T. Gwynn Jones
Camwri Cwm Eryr

Thomas Gwynn Jones (1871-1949) yw un o brif ffigyrau llenyddol a deallusol y byd Cymraeg. Enillodd y Gadair yn 1902 gyda'i awdl Ymadawiad Arthur, ond ar y pryd roedd yn fwy enwog fel nofelydd a newyddiadurwr. Bu'n ysgrifennu ar gyfer nifer o bapurau newydd yn y Gymraeg a'r Saesneg, lle cyhoeddwyd ei nofelau fesul bennod, *Camwri Cwm Eryr* yn eu plith, a ymddangosodd yn *Papur Pawb* yn 1898-1899, yn ddienw.
Hon oedd ei ail nofel.

Y fersiwn hwn yw'r tro cyntaf erioed i'r nofel ymddangos ar ffurf cyfrol. Mae'r orgraff a'r sillafu wedi'u diweddaru rhywfaint. Hoffai'r cyhoeddwr ddiolch i Lyfrgell Genedlaethol Cymru.

Cyhoeddwyd gan
Llyfrau Melin Bapur,
Llanofer,
Sir Fynwy, 2024

Dyluniad y clawr:
©Adam Pearce
Yn seiliedig ar
Chirton Hall (1793)
John Ingleby (1749-1808)

ISBN:
978-1-917237-22-2

T. Gwynn Jones

Camwri Cwm Eryr

Llyfrgell Gymraeg Melin Bapur
Golygydd Cyffredinol: Adam Pearce

T. Gwynn Jones yn 1903 neu 1904, ar ganol cyfnod
ysgrifennu ei nofelau a'i straeon byrion.

Defnyddiwyd y llun gyda chaniatâd Gwasanaeth
Archifau Gwynedd.

Cynnwys

Rhagymadrodd

Er gwaetha'n delwedd ohono heddiw fel ysgolhaig oedrannus a phrifardd uchel ei glod, adeg ysgrifennu ei nofelau newyddiadurwr ifanc o hyd oedd T. Gwynn Jones, ac un digon radicalaidd a beiddgar. Newydd droi'n wyth ar hugain oedd pan gyhoeddwyd pennod gynaf *Camwri Cwm Eryr*. Ei ail nofel oedd hon, a'r cyntaf i ymddangos ar dudalennau *Papur Pawb*, cyfnodolyn wythnosol y byddai llawer i nofel a stori fer gan yr awdur yn ymddangos ynddo dros y ddegawd nesaf. Er y byddai Gwynn ei hun yn dod yn olygydd ar y cylchgrawn ychydig flynyddoedd yn ddiweddarach, Daniel Rees, un o gyfeillion oes Gwynn, oedd y golygydd pan ymddangosodd *Camwri Cwm Eryr*. Ni fyddai'r papur fel arfer yn arfer rhoi enwau awduron y nofelau a gyhoeddwyd ynddo, ac yn wahanol i nofel flaenorol Gwynn (*Gwedi Brad a Gofid*) a'i un nesaf (*Gorchest Gwilym Bevan*) nid ymddangosodd *Camwri Cwm Eryr* ar ffurf cyfrol erioed cyn heddiw (er iddi gael ei chyhoeddi am yr eildro yn *Papur Pawb* yn ystod y 1930au). O ganlyniad, ni chafodd rhyw lawer o ymdriniaeth feirniadol erioed—nid yw'n glir a oedd ysgolheigion yr ugeinfed ganrif hyd yn oed yn ymwybodol ohoni—ac mae'n bur debyg y bydd y nofel yn anghyfarwydd i'r mwyafrif helaeth o ddarllenwyr Cymraeg heddiw.

Cylchgrawn llenyddol, adloniannol oedd *Papur Pawb*, a'i gweledigaeth gyffredinol yn seciwlar, neu o leiaf yn anenwadol. Nid yw'r cyfnodolyn hanner mor adnabyddus â rhai eraill cyfredol fel *Cymru*, ond mae'n hen bryd cydnabod ei gyfraniad, yn enwedig i ddatblygiad rhyddiaith greadigol Gymraeg. Os oes modd dadlau nad oes i *Camwri Cwm Eryr* rhy lawer o ddyfnder seicolegol, yna rhaid cydnabod serch hynny mor ystwyth a chyffrous yw hi fel stori adloniannol. Mae *Camwri Cwm Eryr* yn wrthbwynt llwyr hefyd i'r syniad mai'r capel a chrefydd oedd prif ddiddordeb nofelwyr y bedwaredd ganrif ar bymtheg—ni cheir yma na gweinidog na blaenor na chloriannu neu densiwn enwadol o fath yn y byd. Testun y nofel yn hytrach yw hynt teulu estynedig y Wyniaid yn eu cartref hynafol yng Nghwm Eryr, sy'n ymddangos fel math o feicrocosm o ogledd Cymru: ardal wledig ar y cyfan, ond ag ambell i dref hefyd, a mwynglawdd Harold Jackson yn cynrychioli elfen y diwydiannau trymion hefyd. Math o 'saga' teuluol sydd yma, yn dilyn hynt aelodau gwahanol o'r teulu dros nifer o flynyddoedd. Prif ffynhonnell tensiwn a gwrthdaro'r llyfr yw ewyllys yr hen Sgweiar, Arthur Wynn I. Dymunodd ef adael ei holl gyfoeth a'i eiddo i fab yn hytrach na merch; cafodd ddau ohonynt, Arthur II a Robert, ond bu farw'r ddau cyn eu tad. Oherwydd hynny ewyllysiodd hwnnw ei eiddo yn hytrach i'w fab-yng-nghyfraith, y Sais Harold Jackson, cyn marw'n fuan iawn ar ôl Robert; ond hynny heb wybod fod gwraig Robert yn y cyfamser wedi rhoi genedigaeth i fab, Arthur III—ffaith y bu Jackson a Gaenor, un o ferched yr hen Sgweiar, yn euog o gadw rhag gŵydd yr hen Sgweiar. Arthur Wynn (III) felly yw gwir etifedd yr ystâd, ond drwy dwyll, Jackson sy'n berchen ar Gwm Eryr (rydym wedi paratoi rhestr o gymeriadau'r nofel ar dudalen xvi all fod o gymorth i'r darllenydd!).

Ar ddechrau'r nofel felly mae ymerodraeth Jackson yn gadarn; fodd bynnag, wrth i'r nofel fynd rhagddo daw ei orffennol yn ôl ar ei ben fesul cyd-ddigwyddiad a dirgelwch anffodus. Arwyr y nofel yw Dafydd Owen, llysfab un arall o ferched y Sgweiar, ac Arthur Wynn (III), ond y prif gymeriad mewn gwirionedd yw Jackson: ef a'i weithredoedd sy'n gyrru'r plot yn ei flaen, a'i feddyliau a'i gyflwr mewnol yntau yw testun y naratif yn amlach na'r un o'r cymeriadau eraill.

Ddiddorol yw cymharu Jackson â rhai o fonheddwyr Seisnig eraill llenyddiaeth Gymraeg y bedwaredd ganrif ar bymtheg hir. Arfer digon cyffredin oedd defnyddio Sais (neu fonheddwr Cymreig heb lawer o'r Gymraeg) fel gŵr drwg nofel, fel arfer naill ai'n fonheddwr neu o leiaf yn ryw fath o gyfalafwr (stiward chwarel ac ati). Hwyrach mai'r mwyaf cyfarwydd ohonynt fydd mab Sgweiar y plas yn *Gwen Tomos* Daniel Owen (1894), ond yr archdeip yw Arthur Wilson yn nofel Richard Hughes Williams *Myfanwy Morgan* (1905): stiward chwarel cas sy'n gorthrymu'r gweithwyr, yn aflonyddu ar ferched ac yn gwasanaethu fel cyferbyniad llwyr â'r gwron o Gymro. Mae ei Gymraeg yn garpiog, ei foesau'n llac a'i ddulliau'n dwyllodrus. Mae Harold Jackson yn cyfuno llawer o'r nodweddion hyn, er diddorol nodi ei fod wedi dysgu Cymraeg naturiol a chywir, gwell na lawer i fonheddwr Cymreig, fel Syr Tudur Llwyd yn *Plant y Gorthrwm* (1905) a Rhydderch Gwyn yn *Cysgodau y Blynyddoedd Gynt* (1907) Gwyneth Vaughan, a'r Vaughniaid Seisnigedig yn nofel Gwynn *Lona* (1908).

Mae elfen ystrydebol, blentynnaidd hyd yn oed yn y crach-Saeson ffuglennol hyn, gyda Jackson (fel Arthur Wilson) ar brydiau'n ymddwyn mor afrealistig o ddieflig fel mai anodd yw hi i'r darllenydd ei gymryd o ddifri. Cymeriadau cartŵn ydynt yn hytrach na phortreadau seicolegol manwl gywir o'r cyflwr dynol. Fodd bynnag, pwysig yw cadw dau beth mewn cof wrth wneud y feirniadaeth hon. Y cyntaf—pwynt y byddwn yn dychwelyd ati—yw na roddai nofelwyr y cyfnod lawer o bwyslais ar wneud eu cymeriadau'n gredadwy. Yr ail yw bod angen cydnabod swyddogaeth *gymdeithasol* y cymeriadau hyn. Adlewyrchiad oeddynt o bryder awduron Cymraeg ynghylch yr anghyfiawnder a'r erydiad diwylliannol a welent yn aml iawn yng nghymdeithas Cymru'r cyfnod, yn enwedig ymhlith y dosbarth uchaf o fonheddwyr Cymreig oedd yn cefnu ar y Gymraeg (os nad oeddynt wedi hen wneud eisoes), a chyfundrefn gyfalafol-drefedigaethol oedd yn gosod gwerth uwch ar allu i siarad Saesneg na'r gallu i gyfathrebu'n effeithiol gyda gweithwyr Cymraeg eu hiaith. Gan eu bod yn Saeson (neu'n Gymry'n dangos dylanwadau Saesneg a Seisnig) hawdd fyddai beirniadu'r portreadau hyn fel rhagfarn ethnig, yn enwedig rhai an-soffistigedig fel Arthur Wilson. Camgymeriad fyddai hyn, fodd bynnag. Mae digon o bortreadau mwy cadarnhaol o Saeson unigol hefyd yn ymddangos yn nofelau'r un awduron: mae'n glir nad ymosod ar y Saeson fel grŵp ethnig yw'r bwriad, ond *Seisnigeiddio* fel proses diwylliannol ac economaidd. Math o wrthdystio neu wrthsafiad diwylliannol felly oedd creu'r cymeriadau hyn.

Nofel ag iddi safbwynt cymdeithasol, felly? I raddau. Dyma ddadl Alan Llwyd yn *Byd Gwynn: Cofiant T. Gwynn Jones*, sy'n cynnwys un o'r ychydig drafodaethau beirniadol o'r nofel (yr unig un?):

> Stori sy'n ymwneud â thenantiaeth yw *Camwri Cwm Eryr*, stori sy'n deillio'n uniongyrchol o gefndir yr awdur ei hun... Portreedir Harold Jackson, y tirfeddiannwr, fel gŵr twyllodrus, creulon a barus. Condemniad diarbed ar natur dwyllodrus a thrachwantus landlordiaeth a geir yn *Camwri Cwm Eryr*.[1]

Ni ellir dadlau nad yw *Camwri Cwm Eryr* yn ymateb i ryw raddau i annhegwch y berthynas rhwng y ffarmwr-denantiaid a pherchnogion y tir: nid cyd-ddigwyddiad yw hi mai ffarmwr-denant yw Dafydd Owen, arwr y nofel, a bod Jackson byth a hefyd yn chwilio am esgus i droi ei denantiaid allan. Fel noda Alan Llwyd, roedd Gwynn ei

---

[1] Llwyd, Alan (2019) *Byd Gwynn*, Llandysul, Barddas, t.116

hun yn fab i ffarmwr-denant a orfodwyd i symud nifer o weithiau am feiddio gwrthdaro â thirfeddianwyr; ai math o ddial personol ar rai ohonynt yw'r nofel? Fodd bynnag, os yw'r agwedd gymdeithasol hon yn sicr yn elfen fwriadol o'r nofel, camgymeriad fyddai disgrifio *Camwri Cwm Eryr* fel nofel wirioneddol radicalaidd neu chwyldroadol yn yr ystyr wleidyddol, oherwydd nid yw'r nofel mewn gwirionedd yn cynnig beirniadaeth o'r gyfundrefn nac yn cynnig na galw am newid cyfundrefnol. "Camwri" y teitl yw'r cam a wnaed ag Arthur Wynn, y gwir etifedd; nid creulondeb Jackson i'w denantiaid na'i weithwyr. Nid yw'r rhain mewn gwirionedd yn ddim ond adlewyrchiad o bersonoliaeth greulon Jackson ei hun, yn hytrach na system sy'n strwythurol annheg. Ar ddiwedd y nofel, "unionir" (union air Gwynn) y camwri drwy ddisodli Jackson â bonheddwyr "da" yn hytrach na newid natur hanfodol y drefn ei hun. Dyma'r un neges a geir yn rhai o nofelau Gwyneth Vaughan, cyfoeswr Gwynn, gyda bonheddwyr "drwg" yn ildio'u lle i rai tecach; moeswers ddigon ceidwadol yn y bôn.

Bydd hyn yn siom, hwyrach, i rai darllenwyr cyfoes os ydynt yn gobeithio cael hyd i sylwebaeth gymdeithasol fwy modern neu wleidyddol radicalaidd. Fodd bynnag, mae agweddau eraill o'r nofel sy'n sicr o apelio, ac sy'n codi'r nofel uwchlaw llif gyffredinol nofelau'r cyfnod. Er gwaethaf ambell chwithdod—oni allai'r awdur wedi dychmygu ffordd fwy naturiol o esbonio cefndir y plot nag a wnaeth yn yr ail bennod; ac onid yw diwedd sydyn Jackson braidd yn anghyson â'i gymeriad hyd hynny?—ar y cyfan mae llif a strwythur y plot yn gywrain, sy'n creu nofel gyffrous, ddarllenadwy, a hynny ar gynfas gweddol fawr. Yn hynny o beth mae *Camwri Cwm Eryr* yn gam ymlaen i'r awdur o'i gymharu â'i nofel gyntaf, *Gwedi Brad a Gofid* (er y byddai ei drydedd, *Gorchest Gwilym Bevan*, yn gam ymlaen eto i'r cyfeiriad hwn), ac yn sicr mae cynllun a chyfeiriad y nofel yn gryfach na'r un o nofelau Daniel Owen, er nad yw Gwynn yn dangos agos cymaint o ddiddordeb mewn cymeriadau. Bu'r nofelydd o'r Wyddgrug yn ddylanwad mawr ar Gwynn yn ôl Glyn Ashton,[2] a hwyrach bod hyn yn wir i ryw raddau am bob nofelydd Cymraeg a ddilynodd Daniel Owen, ond rhaid dweud bod gweledigaeth Gwynn ynghylch y nofel fel cyfrwng yn wahanol iawn i Owen.[3] Os ydy Daniel Owen heb os yn rhagori ar unrhyw awdur arall o'r cyfnod o ran creu cymeriadau seicolegol gymhleth, yna mae Gwynn yn rhagori ar ei rhagflaenydd lawn cymaint wrth lunio plot ystwyth. Yn hynny o beth mae agweddau ar *Camwri Cwm Eryr*, fel pob un o nofelau Gwynn, sy'n gallu ymddangos yn fodern eithriadol i ddarllenwyr heddiw, yn enwedig os mai gwaith Daniel Owen yw eu hunig brofiad o ryddiaith y cyfnod.

Serch hynny, ceir yma lawer o elfennau yn y nofel hefyd sy'n hollol nodweddiadol o'u cyfnod. Cawn olygfa gwely angau yn niwedd y llyfr. Ymddengys nid llai na thri o wŷr diarth o orffennol annelwig y cymeriadau eraill i'w haflonyddu. Er bod prif dwyll y nofel yn hysbys i'r darllenydd o'r dechrau, mae'r awdur yn fwriadol gwrthod datgelu ystod o wybodaeth i'r darllenydd. Pwy yw'r gŵr diarth sy'n cael gwaith yn y mwynglawdd? Pwy yw Mr. Robinson mewn gwirionedd a beth mae'n chwilio amdano? Beth yw troseddau gorffennol Jackson? I lawer o feirniad yr ugeinfed ganrif bu'r cyfrinachau mynych hyn, sydd mor gyffredin

---

[2] Ashton, Glyn 'Y Nofel' yn Bowen, Geraint (1976) *Y Traddodiaad Rhyddiaith yn yr Ugeinfed Ganrif*, Llandysul: Gomer tt.106–49.

[3] Diddorol yng nghyd-destun y pwynt hwn yw edrych ar y newidiadau a wnaeth Gwynn wrth olygu nofel Owen *Enoc Huws* yn 1939— un o'i ychydig gamau gweigion. Torrodd gyfran helaeth o gynnwys y nofel allan; yn sicr yn fersiwn Gwynn mae'r nofel yn ystwythach, ond hynny ar draul ei chalon.

yn nofelau'r cyfnod, yn wendidau; dyfeisiau hwylus i greu tensiwn a diddordeb, a phethau felly i'w dirmygu mewn nofelydd sâl a'u hosgoi gan nofelydd da. Safbwynt dilys yw hwn, ac yn sicr, os ystyriwn y pethau hyn yn ystrydebau, yna rhaid cydnabod mai nofel ystrydebol yw *Camwri Cwm Eryr* ar brydiau.

Ar y llaw arall, pwysig yw cydnabod mai hollol fwriadol yw'r holl ddirgelwch yma: ni ddylid ei ystyried yn arwydd o ddiogi neu ddiffyg dychymyg ar ran yr awdur. Os oeddynt yn ddyfeisiau hwylus, yna roedd cyfrinachau a chyd-ddigwyddiadau hefyd yn arfau holl-bwysig yn nwylo awdur, yn bethau a ystyriwyd yn hanfodol i'r cyfrwng, yn yr un ffordd ag ystyriwyd mydr ac odl yn hanfodol i farddoniaeth. Bu tueddiad gan ysgolheigion Cymraeg yr ugeinfed ganrif i or-feirniadu'r defnydd ohonynt, ac wrth wneud hynny edrych ar lenyddiaeth oes gynharach drwy sbectol oes fwy diweddar. Nid dadlau yw hyn nad oedd yr un awdur Cymraeg yn euog o ysgrifennu'n ystrydebol neu'n ddynwaredol; dim ond awgrymu na ddylid ystyried yr elfennau hyn yn wendidau awtomatig, na than-brisio gwerth cynnwrf, cyffro, troeon annisgwyl a gallu nofel i *ddifyrru*. A chyffro a difyrrwch yw cryfderau *Camwri Cwm Eryr*. Mae'n nofel wych i'w chyflwyno i'r sawl sy'n credu mai iaith chwithig a'r capel yw sylwedd llenyddiaeth Gymraeg y bedwaredd ganrif ar bymtheg. Hwyrach nad yw'r nofel o reidrwydd yn eithriadol o ddwfn na chymhleth, ond heb os mae'n adlonni ac yn cyffroi, agweddau y rhoddir rhagor o bwyslais arnynt gan ddarllenwyr heddiw na gan rai o feirniad y gorffennol.

A. P.   2024

Nodyn ar y testun:

Ymddangosodd *Camwri Cwm Eryr* yn *Papur Pawb* rhwng mis Rhagfyr 1898 a Mehefin 1899, gyda rhwng un a thri o benodau'n ymddangos ym mhob rhifyn. Yn unol â pholisi golygyddol Melin Bapur, yn yr argraffiad newydd hon rydym wedi diweddaru'r orgraff, sillafu a'r iaith rhywfaint, gan ymdrechu i beidio ag amharu ar arddull yr awdur. Ymddangosodd crynodeb o'r penodau blaenorol ar ddechrau pob rhifyn; barnwyd nad oedd angen cynnwys y rhain.

Prif Gymeriadau *Camwri Cwm Eryr*

(† = yn farw ar ddechrau'r nofel)

Teulu Cwm Eryr

Arthur Wynn †	*Hen Sgweiar Cwm Eryr*
Arthur †	*Ei fab*
Elen	*Ei ferch*
Rhys Owen	*Ei gŵr, tenant Pen y Wern*
Dafydd Owen	*Mab Rhys Owen o'i briodas gyntaf.*
Hannah Owen	*Cyfnither Rhys; gwraig tŷ Pen y Wern*
Henri	*Mab Elen a Rhys Owen*
Robert †	*Ei fab*
Lil Gruffydd †	*Ei wraig*
Elen (Neli)	*Eu merch*
Arthur	*Eu mab*
Gwendolen (Mrs. Jackson)	*Ei ferch*
Harold Jackson	*Ei gŵr*
Norman Jackson	*Eu mab*
Lucy Jackson	*Eu merch*
Bella a Susie	*Eu merched*
Gaenor	*Ei ferch*

Trigolion Eraill

Yr Hen Ffowc	*Gwas y Sgweiar gynt*
Sioned Ffowc	*Ei ferch*
Ned Huws	*Gwas Pen y Wern*
Mr. Morris	*Teiliwr*

Mr. Griffiths a Mr. Lloyd — *Twrneiod*
Daniel Tomos — *Person y Plwyf*
Sarsiant Jones, Siôn — *Plismyn*

Dieithriaid i'r Ardal
Dieithryn — *Yn chwilio am waith*
Mr. Harrison (Robinson) — *Detectif*
Mr. Warren — *Cyfaill i Robert Wynn*

I.
Ffrost, Ffrae a Ffrwgwd

Roedd yn noson hyfryd tua diwedd yr hydref; roedd y dail yn troi eu lliwiau, ac yn brydferth dros ben; roedd y caeau porfa'n wyrdd fel pe buasai yn wanwyn, a'r caeau sofl* yma ac acw fel clytiau llwydion ar wyneb y cwm gwyrdd. Ar y cwr isaf i'r cwm, gorweddai'r dref, Abercwm; tua thair milltir yn uwch i fyny roedd pentref Blaenycwm, ac yna ymestynnai y cwm i fyny am filltiroedd rhwng y mynyddau, gan fynd yn gulach, gulach. Cerddai hogyn tua phymtheg oed hyd y llwybr a groesai'r cwm o gyfeiriad y pentref; cerddai'n araf gan guro'r cerrig mân oedd ar y llwybr gyda phastwn cryf oedd ganddo. Cariai dan ei gesail fwndel o lyfrau wedi eu rhwymo ynghyd hefo strap lledr.

Toc, daeth at gamfa rhwng dau gae; dringodd i ben y gamfa, ac eisteddodd arni. Ni wyddai beth barodd iddo wneud hynny. Hwyrach ei fod wedi blino, neu efallai mai edrych ar degwch y cwm ydoedd, canys roedd yr olwg yn hardd. Fe ddichon mai damwain fu iddo eistedd yno, neu does wybod nad tynged oedd yr achos. Tebycach fyth yw nad oedd ganddo reswm yn y byd i'w roi am y peth, ond eistedd ar y gamfa a wnaeth, ac edrychai ar y llyn bychan oedd gerllaw'r llwybr, ychydig lathenni oddi wrtho. Yn union deg, gwelai rywun yn rhedeg ar draws y cae hyd y llwybr tuag ato. Adnabu hi ar unwaith. Geneth gweithiwr ar fferm ei dad ydoedd, a rhedai nerth ei thraed, hynny yw, cyn gynted ag y gallai un troed noeth ac un arall â chlocsen amdano ei chario.

---

* Caeau a dyfwyd e.e. grawn ynddynt y flwyddyn honno, ond bellach wedi'u medi, ac yn ddim ond fonion.

Geneth fechan wael ei gwedd a charpiog ei gwisg ydoedd, yn gorfod byw ar rywbeth fel hanner digon o fwyd, a llai na hanner digon o ddillad, ac wrth ei bod yn rhedeg mor gyflym, syrthiai weithiau nes ymroliai ar lawr, ond codai gynted y medrai, ac yna ymlaen â hi drachefn. Ychydig cyn iddi gyrraedd y gamfa lle eisteddai'r bachgen, neidiodd hogyn arall, talach gryn dipyn na'r un eisteddai ar y gamfa, dros y gwrych, a safodd ar y llwybr o flaen yr eneth. Ysgodd yr eneth i geisio ei basio, ond cydiodd yntau yn ffyrnig yn ei hysgwydd, rhoes hergwd iddi'n ôl nes oedd ar ei hyd ar lawr.

"Lle'r ei di, yr holpen bach?" meddai'n ddigllon. "Os gen ti eisiau curfa arall?"

Cododd yr eneth tan wylo'n chwerw, a rhwbio'i llygaid â'i brat carpiog, budr.

"O, gadwch lonydd i mi fynd," meddai. "Mae mam yn sâl, a mae gen i eisio 'nôl 'y nhad adre."

"Ddeudis i ddim wrthat ti am gymryd gofal na welwn i mo'n'at ti yn y ceue yma wedyn?" ebe'r hogyn tal. "Ddaru mi ddim gaddo sgydfa i ti os gwelwn i di'n croesi ffordd yma?"

Gyda hyn, dechreuodd yr hogyn ei hysgwyd a'i churo, a neidiodd y llall i lawr oddi ar y gamfa.

"Hwda," meddai wrth yr hogyn tal, "dyro'r gore i'r curo yna, a gad iddi fynd, nei di?"

Troes y llall ei ben yn sydyn. Nid oedd wedi sylwi fod neb yn edrych. Y funud y gwelodd pwy oedd yno, gollyngodd yr eneth, yr hon a redodd yn ei blaen yn syth.

"Rhag cywilydd i ti guro'r greadures bach dlawd fel yna!" ebe amddiffynnwr yr eneth, gan ddynesi at y bwli.

"Meindia dy fusnes dy hun," ebe hwnnw'n drahaus. "Be ydi o i ti, ysgwn i?"

"Mi ddeuda i i ti be'," ebe'r llall, "llwfrgi brwnt wyt ti—"

"Be!" llefai'r hogyn tal. "Wyddost ti hefo pwy wyt ti'n siarad? Wyddost ti dy fod di'n siarad hefo mab dy fistar tir?"

"Raid i ti ddim mynd i gymaint o drafferth i ddeud pwy wyt ti; fase neb ond mab i fistar tir yn gneud tro mor sâl—'blaw'r mistar tir 'i hun, hwyrach!"

"Hwda!" ebe mab y meistr tir, a chyn fod mab y ffermwr wedi dychmygu beth oedd yn dod, cafodd ddyrnod rhwng ei ddau lygad nes oedd yn synnu.

"Wel, aros!" ebe mab y ffermwr, gan daflu ei lyfrau a'i bastwn ar lawr. "Rŵan amdani hi, ynte!"

Doedd mab y meistr tir ddim mor barod, sut bynnag; ceisiodd osgoi, ond cafodd ddyrnod a'i gyrrodd i "lyfu'r llawr", fel y byddai'r hogiau'n dweud. Dechreuodd grio, ond arhosodd y llall iddo godi ar ei draed, yr hyn a wnaeth yn ochelgar, a chyn fod ei wrthwynebydd wedi sylwi, cipiodd afael yn y pastwn, a chyda'i holl nerth, anelodd ddyrnod at ben ei orchfygwr, ond osgôdd hwnnw, a disgynnodd y pastwn ar ei ysgwydd gyda'r fath rym nes torrodd yn ddau.

Dyna'r peth ffolaf wnaeth mab y meistr tir ers cryn dro, beth bynnag, canys roedd y boen wedi cyffroi cymaint ar ei wrthwynebydd fel nad oedd drugaredd i'w disgwyl mwyach. Deallodd y llall hynny, a cheisiodd ddianc, ond yn ofer; cyn pen hanner eiliad, roedd i lawr drachefn; a'r eiliad nesaf, roedd yn disgyn fel carreg dros yr ymyl i'r llyn gerllaw. Syrthiodd ar ei hyd i'r dwfr lleidiog, a phan gododd ar ei draed, roedd golwg ddigrif arno, yn ddwfr a llaid o'i gorun i'w sawdl.

"Gest ti ddigon, Norman Jackson?" ebe'r gorchfygwr. "Os naddo, tyrd allan o'r dŵr yna, ac mi rof dipyn chwaneg i ti!"

"Gwylia di dy hun, Dafydd Owen!" ysgyrnygai Norman o ganol y baw a'r dwfr. "Mi geiff 'y nhad wybod am hyn!"

Chwarddodd Dafydd, ac eisteddodd ar y gamfa fel o'r blaen. "Paid tithe â churo genethod eto," ebe Dafydd.

"Pa hawl sy gyni hi i fynd hyd y llwybr yma?" ebe Norman yn ddigllon, gan geisio dod o'r llyn.

"Cymaint o hawl ag sy' gen i ne tithe,"ebe Dafydd.

"Does gen neb hawl i fynd drwy'n ceue ni os byddwn ni'n deud wrthyn nhw am beidio," meddai Norman. "A chei dithe ddim mynd yn hir chwaith."

"Ai e?" ebe Dafydd. "Pwy sy'n mynd i gynnig fy rhwystro fi, os gweli di'n dda? Os y ti, mi fyddi yn yr hen lyn yna'n amlach nag y leici di!"

"'Nhad rhwystriff di," ebe Norman. "Mae o'n mynd i gau'r llwybr, dyna ti!"

"Paid â chymryd dy siomi," ebe Dafydd. "Mi fydde'n haws iddo fo gau dy geg di na chau'r llwybr yma!"

Ni wyddai a oedd Norman yn cydsynio â'r dywediad yma ai peidio, ai ynte ofn gorfod mynd i'r llyn drachefn oedd arno. P'run bynnag, aeth yn ei flaen heb ateb, ond wedi cyrraedd pellter neilltuol oddi wrth Dafydd, troes, a gwaeddodd:

"Cofia mai'r unig reswm sy' gen i dros beidio rhoi cweir i ti ydi na fynna i ddim ymladd hefo pheth mor sâl â hogyn ffarmwr!"

"Na, fedri di ymladd hefo dim byd gwell na geneth labrwr," atebai Dafydd, ac yna daeth ateb drachefn oddi wrth aer y plas ar ffurf dair neu bedair o gerrig, ond ni chyrhaeddodd y cerrig at Dafydd, gan fod y lluchiwr yn rhy bell; a phe buasai'r lluchiwr yn nes, mae'n debyg na ddaethai'r cerrig.

Gyda bod Norman wedi diflannu, daeth hogyn arall heibio, hogyn tua deuddeg oed, gyda wyneb pruddaidd, llygaid gleision, a gwallt melyn. "Beth oedd y mater?" meddai, fel y deuai i fyny at Dafydd.

"Hylô, Arthur," ebe Dafydd, "chi sy' yna? O, doedd dim, ond fod Norman wedi curo geneth Sam Llwyd am groesi'r ceue yma, a 'mod inne wedi drawo fo i ganol y llyn."

"O! Mae'n dda gen i!" ebe Arthur. "Ddoe y curodd o finne, a heddiw mi ddeudodd gelwydd arna i wrth f'ewythr, a ches i 'run tamed o ginio. Tase 'nhad yn fyw, y fo fase pia'r cwbl, a roedd yr hen Ffowc yn dweud wrtha i heddiw mai fi ddylse fod bia Cwm Eryr yn iawn, ac nid f'ewythr."

"Digon gwir, yn ôl a glywa i," ebe Dafydd. "Ond waeth i chi heb na meddwl pethe fel yna. Mae'r cwbl yn meddiant Jackson."

"Ydi," meddai Arthur, ac yna rhoes bwys ei ben ar y gamfa, a dechreuodd wylo'n hidl. Ceisiodd Dafydd ei berswadio i fynd adref i nôl ei de, ond ni fynnai Arthur mo'i gysuro. Wylai fel pe buasai ei galon ar dorri, a theimlai Dafydd lwmp yn ei wddw yntau, a gofidiai yn ei galon ei fod wedi gadael i Norman Jackson ddianc ar cyn lleied o dâl am ei draha. Bu'r ddau hogyn wrth y gamfa'n hir, Arthur yn wylo, a Dafydd yn ceisio ei berswadio i fynd adref, ac yn llunio rhoi curfa dostach fyth i Norman y cyfle cyntaf a gâi ar ôl hynny. Wedi wylo'i ofid allan, dechreuodd Arthur ddod ato'i hun, a dwedodd Dafydd bethau rhyfedd ac ofnadwy wrtho. Dwedodd y taflai Norman i'r llyn bob tro y gofynnai Arthur iddo, a dwedodd y cadwai chwarae teg iddo rhag Mr. Jackson ei hun, os byddai raid.

Pan oedd y ddau ar ganol siarad, daeth geneth ieuanc i fyny atynt. Yr oedd hi ryw flwyddyn yn hŷn nag Arthur, ac yn debyg iawn iddo, mor debyg fel na fuasai eisiau dweud hyd yn oed wrth rywun dieithr ei bod yn chwaer iddo.

"O! Arthur," meddai hi, "lle buoch chi? Rydw i'n chwilio amdanoch chi ers dwy awr."

Dwedodd Arthur lle bu, a dwedodd hanes y gurfa roesai Dafydd i Norman.

"Dysgu iddo fo fynd i feddwl y caiff o drin pawb fel y bydd o'n yn trin ni ill dau," ebe'r eneth, ac yna ychwanegodd, "er na dda gen i ddim paffio."

"Fydd o'n y'ch curo chi, Neli?" ebe Dafydd.

"Weithie—ddim llawer," ebe'r eneth, gan wrido a phoethi. Gwridodd a phoethodd Dafydd hefyd, ac edrychodd ar yr eneth. Roedd hithau yn edrych arno yntau, ond y funud y cyfarfu llygaid y ddua, troes y naill a'r llall i edrych ar lawr, a buont yn ddistaw, ac aethant ymaith— Arthur a Neli un ffordd, a Dafydd y ffordd arall—heb ddweud dim gair rhagor. Cyn eu bod wedi mynd ymhell, clywai Dafydd yr eneth yn galw arno. Aeth yn ei ôl ati. Roedd Arthur yn mynd yn ei flaen ar hyd y llwybr.

"Dafydd," ebe'r eneth, "wnewch chi addo un peth i mi?"

Edrychai Dafydd ar lawr o hyd, ond atebodd, "Gwnaf. Beth ydi o?"

"Peidio paffio hefo Norman."

"O'r gore," ebe Dafydd, "phaffia i ddim hefo fo— os—na fydd o'n curo genethod!"

Gwridodd Neli wedyn, ac aeth yn ei blaen, ac aeth Dafydd yn ei flaen hyd ei ffordd yntau. Pan gyrhaeddodd ef adref, roedd ei lysfam, neu ei fam-yng-nghyfraith fel yr arferai pobl sôn amdani wrtho—canys roedd ei fam ef wedi marw, a'i dad wedi ail-briodi—yn ymbaratoi i fynd i edrych am wraig Sam Llwyd, y gwas, ac yn mynd a'i bachgen ei hun, Henri, gyda hi fel arfer. Yr oedd hi yn difetha'r bachgen hwnnw drwy ei foethi a'i anwesu; ef oedd popeth ganddi, ac nid aethai i unman hebddo. Ni fyddai hi yn gas wrth Dafydd, ond dotiai ar Henri; yn wir, gwastraffai gymaint o serch arno fel nad oedd ganddi nemor ddim i'w hepgor i neb arall. Cychwynnodd Mrs. Owen a Henri gyda hi, ac aeth Dafydd at Hannah i gael te.

Hen ferch oedd Hannah, a modryb i Dafydd, cyfnither i'w dad. Hi oedd yn edrych ar ôl y tŷ, oherwydd mai merch i "ŵr bonheddig" oedd hi, yn ymhél â gorchwylion cyffredin y fferm. Sylwodd Hannah fod chwydd o gwmpas un llygad i Dafydd, a gorfu arno ddweud wrthi beth fu'r achos. Roedd Hannah'n ddigon bodlon pan glywodd am y gurfa gawsai Norman.

"Dysgu i'r corgi bach fynd i ddangos 'i hun gymaint!" meddai, gan roi cryn dair llwyed o siwgr yn nhe Dafydd— arwydd bendant fod Hannah wedi ei phlesio.

Cyn hir, daeth rhywun ar gefn ceffyl i'r buarth, a rhedodd Hannah i'r ffenestr i edrych pwy oedd yno. "Mr. Jackson," meddai, gan edrych yn sur. "Cerwch ato fo, Dafydd."

A dyna'n siŵr lle roedd Mr. Jackson, ar gefn ei geffyl, ac yn ei got goch, wedi bod ar ôl y cŵn hela.

Rŵan, doedd Dafydd ddim yn hogyn llwfr; fel mater o ffaith, roedd yn fachgen dewr dros ben, a buasai'n berffaith barod i gyfarfod Mr. Jackson unrhyw ddydd, a'i daflu i'r llyn, fel y taflodd ei fab, hefyd, o ran hynny, ond, rywfodd, teimlai yn anesmwyth wrth fynd allan y tro hwn.

Wrth ei fod yn frawd-yng-nghyfraith i Rhys Owen, roedd Mr. Jackson yn adnabod holl deulu Pen y Wern yn weddol, ac yn ymostwng i ddweud rhywbeth wrthynt wrth eu pasio bron bob amser. Pan aeth Dafydd allan ato, gofynnodd y gŵr mawr mewn tôn feistrolgar:

"Lle mae dy dad, 'machgen i?"

"Mae o wedi mynd i Abercwm," ebe Dafydd.

Edrychodd Mr. Jackson yn bur ddig; aeth ei wyneb cyn goched a'i got bron, a dechreuodd Dafydd obeithio nad achwyn arno ef am daflu Norman i'r llyn oedd neges y gŵr mawr.

"Dyma'r trydydd tro i mi ddod yma'r wythnos yma," meddai Mr. Jackson, "ac mae o i ffwrdd bob tro y dof yma. Dywed wrth dy dad na fynna i mo 'mhoeni dim ychwaneg ynghylch yr arian—rhaid iddo fo'u talu nhw ar unwaith, ne, myn d——, mi fynna wybod pam!"

Troes Mr. Jackson ben ei geffyl, a marchogodd ymaith cyn i Dafydd gael cyfle i ateb, a da fu hynny, hwyrach, canys roedd gwaed Dafydd yn dechrau poethi, a does wybod nad yn y llyn y buasai Mr. Jackson cyn hir oni bai iddo fynd i ffwrdd mor swta.

Gyda bod Dafydd yn y tŷ drachefn, daeth ei Dad i mewn, a dwedodd Dafydd y genadwri wrtho.

"Dyna be ddwedodd o, ai e?" ebe Rhys Owen yn chwyrn, â'i lygaid yn fflamio.

"Ie," atebai Dafydd, "dyna'r geirie."

"A 'sgubo'r costog!*" ebe Rhys Owen yn ffyrnig. "Fynna i mo 'nhrin fel hyn gynno fo, ne mi fynna i wybod pam, 'dawn i byth o'r fan yma!"

Gyda'r gair, cipiodd Rhys Owen ei het, a rhuthrodd allan ar ôl Mr. Jackson yn ei wylltineb. Pe buasai Mrs. Owen gartref, diau y buasai yn ei rwystro, ond doedd hi ddim, ac ar ôl Jackson yr aeth y ffermwr gwyllt ei dymer.

Eisteddodd Dafydd i lawr i orffen ei de, a daeth Siôn Ifan, y cowmon, i mewn i gael ei de yntau. Hen ŵr diniwed oedd Siôn Ifan, a'i glyw'n drwm, a'i olwg heb fod lawn cystal ag y bu. Oherwydd y ddau ddiffyg hyn, byddai'r forwyn a'r hogyn yn hoff iawn o chwarae rhyw fân gastiau â Siôn druan. Y tro hwn, roedd yr hogyn wedi gwylio'i gyfle, a chael hyd i siaced Siôn. Roedd y siaced honno'n globen fawr, a gwraig Siôn wedi ei leinio â gwlanen goch er mwyn iddi gadw Siôn yn gynnes yn y boreau a chyda'r nos. Cawsai'r hogyn ddigon o hamdden i droi'r got tu chwithig allan, a chan nad allai Siôn yn hawdd weld y gwahaniaeth rhwng coch a du yn y gwyllnos, rhoes hi amdano fel yr oedd, a daeth i'r tŷ. Digwyddai fod Hannah a'i chefn at y drws, ac felly ni welodd mo Siôn yn dod i mewn.

"Hen gorgi balch gynddeiriog ydi'r hen Jackson yna," meddai Hannah, hanner wrthi ei hun, hanner wrth Dafydd. "Mae o'n meddwl nad oes neb tebyg iddo fo yn yr holl wlad yma, y costog gyno fo, hefo'i got goch—"

Clywodd Hannah ryw drwst, troes ei phen, a'r foment honno roedd Siôn yn dod drwodd i'r gegin. Gwelodd Hannah'r got goch, gwaeddodd dros y tŷ, a'r un foment, clywyd sŵn fel ergyd o wn, rhoes Siôn naid a bloedd, a syrthiodd ar lawr fel marw.

---

* *Costog:* math o gi gwarchod cryf (Saes. *Mastiff*).

II.
Mympwy, Rhaib a Dichell

Gadawsom gymaint ag oedd adref ar y pryd o deulu Pen y Wern mewn syndod dirfawr, yn methu deall yr hyn ddigwyddodd ar ddyfodiad Siôn Ifan i'r tŷ, ac er mwyn i ninnau ddeall yr hanes yn well, rhaid i ni droi yn ein holau dipyn.

Hwyrach mai Cwm Eryr oedd enw'r cwm o ben i ben yn yr amser gynt; ond ni elwid mo'r ardal llach ond "Y Cwm," a phan sonnid am "Gwm Eryr," golygid bob amser y plas oedd ar ochr dde'r cwm, plas prydferth, mewn llannerch hyfryd, â pharc coediog o'i gwmpas. Roedd y plas wedi dwyn enw'r cwm mor llwyr ag yr oedd y neb oedd yn byw yn y plas wedi dwyn neu feddiannu tir y cwm, ac roedd y bobl wedi lled gynefino â phob un o'r ddau ddigwyddiad erbyn yr adeg y cyfeirir ati yma. Cymry oedd yr hen deulu fu'n byw gynt yn y plas, a hen deulu caredig, hael, llawen, a pharchus fuasai yn ei ddydd; ond roedd bellach yn nos arno, gwaed Seisnig wedi dod i'w wythiennau, a thraha Seisnig wedi ymorseddu yn ei hen drigfa, ym mherson Mr. Harold Jackson. Ac fel hyn y bu: roedd gan yr hen Arthur Wynn, Sgweiar Wynn, fel yr arferid ei alw, bump o blant, nid amgen Arthur, Elen, Robert, Gwendolen, a Gaenor. Hen ŵr balch ac uchel ei fryd oedd yr hen Sgweiar, er ei fod yn dra charedig yn ei ffordd, a thebyg iawn iddo o ran tymer oedd Arthur, Elen, a Gaenor. Dynes dawel, addfwyn, ar y llaw arall, oedd ei wraig, a thebyg iawn iddi hi oedd Robert a Gwendolen. Arthur, wrth gwrs, oedd yr aer, er nad oedd y tir yn dir aeriaeth; daethai un o hynafiaid y Sgweiar o sir gyfagos, prynasai'r ystâd, a daethai i Gwm Eryr i fyw. Tir ffarmio oedd y rhan fwyaf o'r ystâd yn yr hen amser, ond dechreuwyd codi mwyn haearn ar ei chyrrau isaf, yr hyn a ychwanegodd yn ddirfawr at ei gwerth. Ffefryn yr hen Sgweiar oedd Arthur, ei fab hynaf, ond bachgen anffodus oedd Arthur. Un oedd o dymer wyllt, ddireol, fel ei dad; doedd dim dal arno pan gyffroid ei dymer; aeth yn ei nwyfiant i ryw helyntion, rhedodd i ffwrdd, a boddodd ar y môr, ac felly, daeth ei frawd, Robert, yn aer yn ei le.

Bachgen tawel, addfwyn, fel y dywedwyd, oedd Robert, ac nid oedd gan yr hen Sgweiar fawr o feddwl ohono, ond fod yn well ganddo adael yr eiddo i ryw fath o fab nag i'r ferch orau fu ar y ddaear erioed. Doedd dim "gwaed" yn Robert, meddai'r hen Sgweiar. Yr oedd, sut bynnag, ddigon o waed yn Elen a Gaenor, ond wedyn, merched oeddynt hwy, a Robert oedd yr aer i fod, er mor lwfr yr ystyriai ei dad ef. Roedd gan Robert, er hynny, ddigon o "waed" i fynnu priodi'r ddynes a ddewisai, er gwaethaf ei dad, a phriododd Lil Gruffydd, chwaer person y plwyf, gelyn anghymodlon i'r Sgweiar. Cododd yr hen ŵr gyffro mawr yn erbyn y briodas, ond priodi wnaeth Robert, hanner drwy ei hun, a chyflawnwyd y seremoni yn Eglwys Blaenycwm gan y person ei hun. Teimlai yr hen Sgweiar yn ysig dros ben oherwydd hyn, ond ni freuddwydiodd unwaith er hynny am adael ei eiddo i neb ond i'w fab, Robert; ni ddychmygodd am ei adael i'r un o'i ferched. Ond nid oedd yr hen Sgweiar wedi dianc rhag bob trybini ynglŷn â phriodi'r plant. Yr oedd Gwendolen eisoes wedi priodi Mr. Harold Jackson, y cyfeiriwyd ato eisoes. Nid oedd gan yr hen ŵr wrthwynebiad iddo ef, am ei fod yn "ŵr bonheddig," fel y dywedid. Yr oedd Elen hefyd wedi priodi, ond roedd ei gŵr hi wedi marw, gan ei gadael yn weddw. Nid oedd hi'n fodlon ar y cyflwr hwnnw, sut bynnag, a phriododd drachefn â Rhys Owen, gŵr gweddw, ac un o denantiaid ei thad. Hen ferch oedd Gaenor, yr ieuengaf o'r plant, ac roedd, os posibl, yn falchach na'r un o'r teulu, a mynnai i bawb gredu mai oherwydd methu cael yr un dyn teilwng yr oedd hi'n hen ferch. Doedd dim llawer o bobl yn credu hynny ychwaith.

Fel y gellid meddwl, ni phlesiodd Elen mo'i theulu drwy ail-briodi â'r tenant, Rhys Owen, ond y gwir amdani oedd y buasai hi wedi ei briodi y tro cyntaf pe cawsai siawns, canys roedd ef yn ŵr golygus, ac arferai'r cymdogion ddweud fod "merch ei feistr tir amdano." Yn wir, roedd Rhys Owen yn rhyw "hanner gŵr bonheddig" ei hun, fel yr arferai'r bobl ddweud. Buasai ei deulu'n berchenogion y fferm lle trigai, Pen y Wern, ond drwy eu diofalwch aeth y tir i feddiant teulu Cwm Eryr, gan y rhai roedd arian ar y fferm, cyn geni Rhys. Ond er mai tenant oedd Rhys, eto edrychid i fyny ato, ac mewn gwirionedd, roedd yr hen Sgweiar yn gyfeillgar iawn ag ef, a buan y maddeuodd i'r ferch am ei briodi. Arferai'r Sgweiar fynd i Ben y Wern yn aml, ac yn ei ymwneud â Rhys Owen aeth yn hoff iawn ohono. Tir gweddol, ar y gorau, oedd Pen y Wern, a gwaith caled a gâi Rhys Owen i dalu'r rhent. Yr oedd yr hen Sgweiar yn gweld hyn, ac hwyrach ei fod yn teimlo dros ei ferch hefyd; p'run bynnag, y diwedd fu iddo roi benthyg mil o bunnau i Rhys Owen at gael y fferm i drefn. Rhoes eu benthyg iddo, ac addawodd i beidio codi'r rhent, ac ni ddychmygodd Rhys erioed am amau ei air; felly ni roed mo'r addewid mewn ysgrifen. Fel hyn, lled anffodus fu'r Sgweiar gyda phriodi'r plant, ac nid oedd fawr o ryfedd ei fod, gyda'r syniadau oedd ganddo, yn bwrw mai Gwendolen wnaethai orau. Yr oedd y ffaith fod Gwendolen a'i gŵr, Mr. Harold Jackson, yn cael aros faint fynnent yn Nghwm Eryr yn ddigon o brawf o hyn. Gwir nad oedd gan Mr. Jackson lawer o foddion ei hun, ond roedd yn Sais ac yn "ŵr bonheddig," a thrigai efe a'i wraig a'u dau blentyn, Norman a Lucy, gyda'r Sgweiar yn Nghwm Eryr. Byddai Mr. a Mrs. Jackson yn dweud bron bob dydd eu bod yn mynd ymaith, ond aros a wnaent er dweud, a buan y gwnaeth Mr. Jackson ei hun yn wasanaethgar i'w dad-yn-nghyfraith gyda materion o fusnes a phethau cyffelyb. Toc iawn, hefyd, dechreuodd Jackson wneud ei orau i droi yr hen Sgweiar yn erbyn Rhys Owen, a chynorthwyid ef yn hyn o beth gan yr hen ferch, Gaenor, er y dywedid yn yr ardal y buasai hithau'n ddigon bodlon i briodi Rhys Owen, pe cawsai'r cyfle. Y gwir amdani oedd roedd Jackson yn dechrau meddwl am Gwm Eryr fel ei eiddo ei hun. Daethai'r newydd fod iechyd Robert yn torri i lawr, a gwelodd Jackson gyfle i chwarae ei ran er ei fudd ei hun. Oherwydd gwaeledd ei iechyd, aethai Robert, yn fuan ar ôl priodi, i fyw ar y Cyfandir, yn ôl cyngor y meddyg. Ganed iddo ef a'i wraig eneth fach, ac yn fuan wedi hynny, daeth yr hanes fod Robert yn gwanychu'n gyflym. Gwyddai Jackson yn eithaf da na adawai yr hen Sgweiar byth mo'r eiddo i ferch, ac os byddai Robert farw heb eni mab iddo, wel, pwy gâi'r eiddo? Ai mab Rhys Owen, mab merch hynaf y Sgweiar? Nage, os gallai Jackson ei rwystro, ac o'r dydd hwnnw allan, dechreuodd Jackson weithio er sicrhau'r eiddo iddo ei hun. Yn fuan iawn, cafodd gymorth Gaenor, canys er nad oedd yn dda ganddi hi Jackson, roedd yn well ganddi ef na Rhys Owen, erbyn hyn, beth bynnag, a dywedai'r bobl hynny ŵyr hanes pawb, felly, fod Gaenor a Jackson wedi gwneud cytundeb i'r perwyl fod Gaenor i gael gwneud fel y mynnai yn Nghwm Eryr, os deuai i feddiant Jackson, a'i bod hithau, fel cydnabyddiaeth am hynny, i wneud ei gorau i beri i'w thad adael yr eiddo i Jackson.

Pan ddaeth y newydd am selni Robert, roedd yr hen Sgweiar hefyd yn gwanychu, ac yn methu codi o'i wely, a thost oedd ei alar am ei aer—doedd ganddo fawr ofid am ei fab. Gofidiai yn chwerw mai geneth, ac nid bachgen, a anesid i Robert. Gwelodd Jackson ei gyfle, a gweithiodd yn fedrus, ac yn fuan iawn roedd y Sgweiar wedi ychwanegu at ei ewyllys, i'r perwyl fod yr eiddo, os byddai ei ddau fab Arthur a Robert farw, i fynd i Jackson. Bellach, roedd Jackson wedi ennill ei nod, ond cedwid y peth yn ddistaw, ac ni ddwedwyd wrth neb. Yn ystod ei selni, gofynnodd y Sgweiar am weld Rhys Owen, ac aeth Rhys i edrych amdano. Nid oedd neb yn yr ystafell gyda hwy, a phan welodd yr hen ŵr ei fab-yn-nghyfraith, tynerodd ei galon, ac wylodd yn chwerw. Dwedodd wrtho ei fod yn maddau'r ddyled am y mil punnau iddo, ac yr adnewyddai osodiad y fferm iddo am yr un rhent pan ddelai'r brydles i ben. Yr oedd, meddai, wedi gadael cofnodiad i'r perwyl hwn ymhlith ei bapurau, a gyrrodd am ryw gist, lle'r oedd yr ymrwymiad ar ran Rhys am y mil punnau.

"Mi cei o rŵan," meddai'r hen ŵr, "a fydd dim rhagor o sôn amdanyn nhw byth."

Ni chaed hyd i'r gist, sut bynnag, a dwedodd yr hen Sgweiar y rhaid fod Jackson, yr hwn oedd yn edrych ar ôl ei gyfrifon, wedi ei symud; ond roedd am ofyn i Jackson am yr ymrwymiad, ac am ei losgi yn ddi-oed. Felly aeth Rhys ymaith yn llawen, wrth feddwl am y rhyddhad gawsai oddi wrth ddyled drom, ac yn brudd wrth feddwl fod y Sgweiar yn marw. Ond doedd ffordd Jackson ddim i fod mor lefn a didrafferth ychwaith. Beth amser cyn i'r hen Sgweiar drengi, daeth llythyr o'r Cyfandir i ddweud fod mab wedi ei eni i weddw Robert. Tri mis union ar ôl marwolaeth Robert, ganed y bachgen bach. Wedi holl ystrywiau Jackson, dyna aer wedi ei eni, a'r llafur oll yn ofer! Teimlai Jackson yn chwerw, ond cadwodd y llythyr, ni ddywedodd air wrth neb yn ei gylch—ni fynnai efe golli mo'i ysglyfaeth heb ymdrech i'w chadw. Drannoeth, daeth llythyr arall i ddweud fod gweddw Robert hefyd wedi marw, gan adael y ddau blentyn bach yn gwbl amddifad.

Ni chlywodd yr hen Sgweiar air am enedigaeth y bachgen, er ei fod yn dweud yn barhaus mor dda fuasai ganddo pe buasai Robert wedi gadael mab ar ei ôl. Trefnodd Jackson i oedi dygiad y plant bach i Gwm Eryr;

dwedodd wrth y Sgweiar fod y weddw wedi marw, gan adael geneth fach; ni soniodd air am y bachgen, ac yn fuan iawn, roedd yr hen Sgweiar yn ei fedd, a Jackson wedi cario'r dydd. Yr oedd Cwm Eryr yn eiddo iddo drwy ewyllys yr hen Sgweiar, ac ni fyddai raid iddo bellach bryderu. Dygwyd y plant bach adref i Gwm Eryr—ni allai Jackson er ei holl gyfrwystra osgoi hynny. Enw'r eneth oedd Elen, ac enw'r bachgen, yn ôl dymuniad ei fam ychydig cyn marw, oedd Arthur—yr un enw â'i daid, a'i ewythr a foddwyd. Ymgartrefodd Jackson a'i deulu yn Nghwm Eryr, a magwyd y plant bach gyda hwy yno. Ni wybu neb fod Jackson wedi celu hanes genedigaeth y bachgen oddi wrth yr hen Sgweiar, ond roedd pawb yn rhyfeddu fod Jackson wedi dod i'r eiddo, a rhai yn amau fod rhyw "ddrwg yn y caws," fel yr arferent ddweud.

III.
Y Ci, y Ceiliog a'r Cloc

Wrth lwc, doedd Hannah ddim yn un o'r merched hynny fedr fynd i ffitiau pan fynnont hwy eu hunain, a phan na fynno pawb arall, ond pan welodd hi'r got goch, pan glywodd yr ergyd, dybiai hi, a phan welodd Siôn Ifan—neu Jackson, fel y credai hi ar y pryd—yn disgyn yn glwt fel marw ar lawr y gegin, wel, bu Hannah am ennyd fel pe buasai yn methu penderfynu ai oni ddylasai hithau fwrw ymaith ei harfer, a mynd i ffit ar unwaith. Wrth gwrs, roedd yr hogyn, gwir awdur yr helynt, yn llechian o gwmpas, a phan glywodd yr helynt yn y tŷ, daeth i mewn yn syn iawn, ag arno olwg mor ddiniwed ag oedd yn bosibl iddo dan yr amgylchiadau ei gwisgo. Daeth y forwyn hefyd i mewn, a bron yr un funud, daeth Sioned Ffowc i'r tŷ, fel roedd yno erbyn hynny gynulleidfa, a phawb ond yr hogyn mewn mwy neu lai o fraw. Doedd neb, rywfodd, wedi meddwl am estyn cymorth i'r dyn orweddai ar lawr, canys ddigwyddodd y peth mor sydyn fel na chafodd neb hamdden i hêl ei feddwl at ei gilydd. Yr oedd Hannah, sut bynnag, yn dechrau penderfynu nad doeth a fyddai iddi fynd i ffit, a chan nad oedd odid i beth a allai hi ei wneud yn well na siarad, hi a ddechreuodd yn ddi-oed ar y gwaith hwnnw.

"Fuo 'rioed dda gen i mo'r dyn," meddai hi, "ond i feddwl 'i fod o wedi cael 'i saethu'n farw yn nghegin Pen y Wern. Bobol bach, be ddaw ohonon ni?"

"Pwy ydi o?" ebe Sioned Ffowc, yr hon, fel y dywedwyd, oedd yr olaf i ddod i'r tŷ.

"Ond Jackson ydi o," ebe Hannah. "Does mo'r hanner awr er pan oedd o yn y buarth yma. 'Drychwch ar 'i got goch o!"

Gyda hyn, clywyd rhyw sŵn, rhywbeth hanner y ffordd rhwng rhochiad mochyn a gwich ci. Ni wyddid beth barodd i Hannah feddwl mai chwerthiniad ydoedd, ond roedd yn amlwg ei bod wedi meddwl hynny, canys gofynnodd yn chwyrn, "Pwy chwarddodd?"

Nid atebodd neb, ac aeth Hannah rhagddi i siarad. "Mi fydd rhai ohonom ni yn siŵr o gael y'n cymryd i fyny am 'i ladd o," meddai, ond cyn iddi fynd ymhellach clywyd y sŵn rhyfedd drachefn, a gwelwyd yr hogyn yn ei gwman yn ymyl y cloc, fel pe buasai'n ymdrechu rhoi ei ben rhwng ei goesau, goruchwyliaeth a barai iddo duchan yn enbyd.

"Ned!" ebe Hannah, gan ysgubo ar draws yr ystafell, ac ymaflyd yn ysgwydd yr hogyn. "O'r adyn drwg gen ti! Y ti ddaru! Mi ddeudes i wrthat ti y byddet ti'n siŵr o ladd rhywun hefo'r hen bistol hwnnw. Rwyt ti'n siŵr o gael dy grogi, cyn sicred â byd!"

Chwarddodd yr hogyn mor groch nes y tybiodd Sioned Ffowc mai ceffyl Jackson oedd yn gweryru wrth ddrws y gegin, ac nes y tybiodd Hannah fod Ned wedi drysu. "Be ar y ddaear haru ti, Ned?" ebe Hannah mewn syndod, ond daliai Ned i chwerthin yn ddidoriad nes oedd y tŷ yn atsain, a bu gryn dipyn cyn y gallodd ddweud, mewn ateb i ofyniadau parhaus Hannah:

"O, bobol! Ond Siôn Ifan ydi o!" Ac yn siŵr ddigon, erbyn edrych, Sion Ifan ydoedd, â'i got amdano, tu chwithig allan. Doedd dim dal ar dafod Hannah erbyn hyn, a gorfu i Ned ffoi am ei hoedl, yr hyn a wnaeth dan weryru'n waeth nag erioed—canys roedd Ned yn chwerthin fel ceffyl bob amser, a'r tro hwn yn waeth nag arfer.

Codwyd Sion Ifan, a dodwyd ef i eistedd ar y fainc wrth y bwrdd mawr yn y gegin, ac yn fuan, dechreuodd ddod ato'i hun. Taerai fod rhywun wedi ei saethu pan oedd yn croesi'r rhiniog i'r tŷ. Wrth gwrs, roedd Hannah a Dafydd wedi clywed sŵn yr ergyd, ond yn ofer yr edrychid am unrhyw arwydd fod yr ergyd wedi mynd i gorff Siôn Ifan.

"Hwdiwch, Siôn Ifan, cymrwch gwpaned o de, mi ddowch yn well yn union deg," meddai Hannah, gan dywallt cwpaned o de cyn gryfed â thrwyth tunnell neu ddwy o wair, a dweud y lleiaf.

"Fedra i mo'i yfed o," meddai Siôn. "Rydw i wedi fy lladd, does dim dadl. Deud yr oeddech chi fod y ci'n udo neithiwr, a bod y ceiliog yn canu ar gam amser. D'rogan mod i i gael fy lladd yr oedden nhw, waeth i chi heb wadu, a dyma fi rŵan wedi fy lladd yn siŵr ddigon i chi. Arglwydd mawr!" llefai Siôn, gan sylwi ar ei got goch am y tro gyntaf, "Dyma fi'n waed i gyd drosta—O, drugaredd i'r ymddifad! Be' wna' i?"

Pan glywodd hyn, dechreuodd Dafydd chwerthin fel bachgen o'i hwyl, a phrin y gallai Hannah ymatal, ond roedd Sioned Ffowc mewn braw mawr. "Gwaed! Gwaed!" llefai Siôn Ifan, gan guro'i ddwylo ac ymroncio o ochr i ochr mewn dygn fraw a dychryn.

"'Rhoswch funud, Siôn," ebe Dafydd. "Tynnwch y'ch cot; does dim gwaed arnoch chi, Ned yna sy' wedi troi'ch cot chi o chwith. Rŵan, mi ddowch atoch y'ch hun."

"Be?" meddai Siôn. "Ydech chi'n siŵr, Dafydd bach, nad ydw i ddim wedi fy lladd? O, deudwch, ydech chi'n siŵr?"

"Ydw, reit siŵr," ebe Dafydd; "tynnwch chi'ch cot, mi fyddwch yn iawn. Rŵan, dyna fo, yfwch y te yma, rŵan, dyna chi!"

"O," ebychai Sion, "ydech chi'n siŵr 'mod i'n fyw?"

"Wel, wn i ddim," ebe Dafydd, gan chwerthin drachefn. "Hwyrach y'ch bod chi wedi marw, ran hynny, ond os ydech chi wedi marw, chi ydi'r dyn marw cynta' 'rioed welis i'n yfed te. Rŵan, cymrwch gypaned arall. Ydi o ddigon poeth, deudwch—mi faswn i'n leicio gwybod pa mor boeth y meder dyn marw yfed te!"

"O! Ond y ci'n udo a'r ceiliog yn canu!" ebe Siôn. "Rydw i'n siŵr 'mod i wedi marw!"

"O'r gore," ebe Dafydd, "mi yrra i Ned i nôl John Jones y saer i'ch mesur chi am arch—"

"Arch!" llefai Siôn. "O na, peidiwch, peidiwch fy rhoi fi mewn arch—rydw i'n colli fy ngwynt wrth feddwl am arch."

"Ond mewn arch y byddan nhw'n rhoi pobol wedi marw, fel rheol, wyddoch," ebe Dafydd yn gellweirus.

"Arch!" ebe Siôn, ac yna dechreuodd deimlo'i goesau a'i freichiau a'i ddwylo, a thawelodd dipyn, tra safai Sioned Ffowc i edrych arno mewn braw, a Hannah mewn syndod.

"Oedd y ci'n udo, Miss Owen?" ebe Sioned, gyda llais isel, ofnus.

"Oedd," ebe Hannah yn yr un dôn annaearol. "Roedd o'n udo drwy'r nos bron, ac erbyn y bore roedd o wedi crafu clamp o dwll ar y llwybr at ddrws y ffrynt, clamp o dwll mawr, tebyca welsoch chi 'rioed i fedd. Mi ddeudis wrth Rhys Owen, ond wrth gwrs wnaeth o ddim ond chwerthin am 'y mhen i, a deud nad oedd Pero, hyd y gwydde fo, er cystal ci oedd o, ddim yn gi hollwybodol. 'Tawn i'n meddwl 'i fod o,' medde fo, 'mi godwn gapel i bobol fynd yno i'w addoli fo, gnawn, fel mae byw fi!' Ond, wyddoch chi, creaduriaid anghrediniol ofnadwy ydi dynion, yn enwedig Rhys Owen."

"Oedd y ceiliog yn canu hefyd?" ebe Sioned, gan nesu at Hannah, fel pe buasai'n teimlo'n unig.

"Oedd," ebe Hannah. "Roedd o'n canu gefn nos, peth na wnaeth o 'rioed o'r blaen, 'blaw pan fu'r hen Sgweiar farw; rydw i'n cofio'n reit dda iddo fo ganu'r nosweth honno. Mi ddeudis hynny hefyd wrth Rhys Owen, ond wnaeth o ddim ond chwerthin."

"Wel," meddai Sioned, "ma rwfun yn siŵr o fynd. Dyna'r ci a'r ceiliog wedi darogan; gwarchod ni, pwy fydd o, tybed?"

"Wn i ddim," ebe Hannah. "Mae gwraig Sam Llwyd yn sâl, a dyma Sion Ifan yn taeru'i fod o wedi marw eisoes. Ma rhwfun yn siŵr o fynd, does dim amheuaeth am hynny!"

"Nag oes," medai Sioned, "weles i 'rioed mo'r cŵn na'r ceiliogod yn methu."

Roedd Siôn Ifan wedi mynd allan erbyn hyn, heb ei gwbl argyhoeddi pa un ai byw ai marw ydoedd, a Dafydd, er mwyn ceisio ganddo gredu mai byw ydoedd, yn bygwth nôl y saer i wneud arch iddo. Ac felly, mewn brawiau dirfawr yr aeth Siôn druan adref. Daeth Dafydd i'r tŷ yn ei ôl, ac eisteddodd yn y gegin. Roedd Hannah a Sioned wrthi yn siarad o hyd ac yn ceisio penderfynu pwy oedd i farw.

"Does dim posib gwybod pwy sydd i fynd," ebe Hannah, "ond mae'r ci a'r ceiliog yn siŵr o fod yn iawn."

"Dydi'r cloc ddim yn iawn, ynte," ebe Dafydd, gan edrych faint oedd hi o'r gloch. "Mae hi'n siŵr o fod yn chwaneg na hanner awr wedi saith."

Cododd Hannah, ac edrychodd ar y cloc. "Wel," meddai, "dyma arwydd arall, y trydydd: mae'r cloc wedi sefyll!"

"Twt lol!" ebe Dafydd. "Peidiwch â chybola. Ydech chi ddim yn meddwl y'n bod ni wedi cael digon o ffwlbri am heno bellach?"

"Dyna fo," meddai Hannah yn dosturus. "'Run fath â'i dad yn union!"

"Wel," ebe Dafydd yn gellweirus, "gan fod yr hen gloc yn gwybod cymaint, hwyrach y deudith o wrthon ni pwy sydd i farw. Hwda, 'rhen fachgen," ychwanegai Dafydd, gan agor drws y cloc, "fedri di ddeud wrthon ni, dywed, amser pwy sydd i fyny?"

"Dafydd!" ebe Hannah, gan gydio yn ysgwydd y bachgen. "Rhag c'wilydd i chi! Hylô—mae un o'r pwyse wedi disgyn. Dyna arwydd yn siŵr, waeth heb wadu!"

"Ie wir," ebe Dafydd, "dyna achosodd y sŵn ro's gymaint o fraw i'r hen Siôn druan! Yn wir, Hannah, rhwng y ci a'r ceiliog a'r cloc, mi ddylen ni yn y tŷ yma wybod popeth, yn siŵr ddigon."

Gyda hyn, daeth Mrs. Owen a Henri adref, a dechreuodd Hannah hwylio swper, tra roedd Dafydd yn dweud hanes yr hyn ddigwyddodd wrth ei lysfam, neu ei "fam," fel y dysgasid ef i'w galw.

"Dydw i ddim yn meddwl y bydd gwraig Sam Llwyd farw," ebe Mrs. Owen. "Does dim byd gwaeth na thipyn o annwyd arni hi."

"Dydw inne ddim yn meddwl y bydd yr hen Siôn farw chwaith," ebe Dafydd, "hynny ydi, os meder rhwfun 'i berswadio fo nadi ydi o ddim wedi marw eisoes."

"Lle mae dy dad, Dafydd?" ebe Mrs. Owen.

"Mae o wedi mynd i Gwm Eryr," ebe Dafydd.

"Be!" ebe Mrs. Owen mewn syndod amlwg. Aeth Dafydd dros yr hanes, ac edrychai Mrs. Owen yn anesmwyth. "Mae o'n hir iawn yn dod yn ôl," meddai.

Disgwyliwyd yn hir, ond ni ddychwelai Rhys Owen. Dechreuodd Dafydd deimlo'n anesmwyth, a phan darawai ddeg o'r gloch, dwedodd yr aethai at Gwm Eryr i chwilio am ei dad, a chychwynnodd yn ddi-oed. Yr oedd hi'n noson serog, braidd yn oer, a chyfeiriodd Dafydd ei gamau hyd y ffordd tua'r plas, gan ddisgwyl bob munud glywed sŵn ei dad yn dyfod i'w gyfarfod, ond yn ofer. Teimlai y bachgen yn anesmwyth ar ei waethaf, a meddyliai, er ceisio peidio, am ddychmygion a choelion ffôl Hannah a Sioned Ffowc. Toc, cyrhaeddodd y ffordd gerbyd arweiniai at Gwm Eryr, pasiodd y tŷ wrth y fynedfa, lle trigai'r hen Ffowc a'i ferch, Sioned, ac aeth yn ei flaen at y plas. Canodd y gloch, a thoc daeth un o'r morwynion i'r drws.

"Ydi 'nhad yn barod i ddŵad adre?" gofynnai Dafydd.

"Dydy'ch tad ddim yma," ebe'r eneth.

"Pryd yr aeth o i ffwrdd ynte?" ebe Dafydd.

"Fuo fo ddim yma o gwbl, hyd y gwn i," ebe'r eneth.

"Ewch i ofyn," ebe Dafydd. "Mi ddaeth yma ar ôl Mr. Jackson, tua chwech o'r gloch." Aeth y forwyn ymaith, a thoc daeth yn ei hol.

"Na, fuo fo ddim yma o gwbl," meddai, "roeddwn i'n meddwl na fuo fo ddim."

"Ydi Mr. Jackson adref?" ebe Dafydd, heb wybod yn iawn beth i'w ddweud.

"Ydi," ebe'r eneth, "mi ddaeth i mewn tuag wyth o'r gloch, ac mi aeth i'w wely, gan ddeud nad oedd o'n teimlo'i hun yn iach."

Aeth Dafydd ymaith. Ble roedd ei dad, ac i ble'r aethai yntau i chwilio amdano? Yr oedd y sêr yn gliriach nag erioed erbyn i Dafydd gyrraedd y ffordd fawr, a thybiodd y bachgen y gallai fod ei dad wedi mynd i'r pentref ar ryw neges, a'i fod bellach wedi cyrraedd adref. Pa ddiben felly fyddai iddo ef fynd i chwilio amdano, ac i ble yr âi? Mynd adref fyddai orau iddo; diamau fod ei dad wedi cyrraedd hefyd. Er hyn, teimlai Dafydd yn anesmwyth, a dechreuodd redeg tuag adref, ar draws y caeau, yn lle hyd y ffordd, gan ei bod yn nes. Croesai y llwybr ar draws cae mawr, perthynol i Gwm Eryr, ac yn ngoleuni clir y lleuad, gwelai y bachgen rywun yn dod i'w gyfarfod. Tybiodd mai ei dad ydoedd, wedi cyrraedd adref, ac yn dod i'w gyfarfod yntau. Dechreuodd redeg tuag ato, ond yn fuan iawn, daeth yn ddigon agos i weld fod y neb ddenai i'w gyfarfod yn llai na'i dad, a thoc iawn gwelodd nad oedd neb amgen nag un o'r hogiau weithiai yn Nghwm Eryr.

"Welaist ti 'nhad, Bob?" meddai Dafydd, pan ddaeth y bachgen i'w ymyl.

"Do," ebe'r bachgen, "rhwng chwech a saith."

"Ym mhle?

"Yn croesi i gyfeiriad y cae yma."

"Ust! Be oedd hwnna?" ebe Dafydd.

"Tebyg i be' oedd o?" gofynnai'r hogyn.

"Tebyg i sŵn gruddfan; ust, dyna fo eto."

Gwrandawodd y ddau, a chlywent y sŵn, fel pe bai'n dod o gyfeiriad y gwrych ar y dde iddynt. Aeth y ddau tua'r lle ar frys. Deuai'r sŵn yn gryfach. Sŵn gruddfan ydoedd.

IV.
Tynged Rhys Owen

Dynesodd y ddau fachgen at y gwrych. Rhwng y gwrych a'r cae roedd ffos gul, ddofn, ac yn honno welai Dafydd, wrth olau gwelw'r lleuad, wyneb gwelwach na'r golau. Bu agos iddo lewygu yn ei fraw, ond llwyddodd drwy ddirfawr ymdrech i gadw rheolaeth ar ei deimladau, a phlygodd dros ymyl y ffos.

"'Nhad!" meddai, a'i galon bron yn sefyll gan ofn na chawsai ef yr un ateb; ac ni chafodd un. "'Nhad!" meddai drachefn, dipyn yn uwch; "O, 'nhad! Beth ydi'r mater?"

"Pwy sydd yna?" meddai llais gwan, mor annhebyg i lais nerthol Rhys Owen, ac yna daeth gruddfaniad poenus.

"Fi sydd yma," ebe Dafydd. "O, 'nhad! Beth ydi'r mater?"

"Y tarw!" gruddfanai Rhys Owen. "Mae o wedi fy lladd i!"

Ar y foment, tywynnodd y gwir ar feddwl y bachgen. Yr oedd gan Jackson darw peryglus, a byddai yn arfer troi yr anifail cynddeiriog hwn i'r caeau drwy y rhai yr aethai llwybrau, er mwyn cadw pobl rhag cerdded y llwybrau. Yr oedd y tarw wedi ymosod ar ei dad, ac wedi ei daflu i'r ffos, ac yn ôl pob tebyg wedi ei faeddu mor dost fel na fyddai fyw. Aeth ias o ofid, yn gymysg ag ias o ddialedd drwy galon Dafydd, ac ni wyddai yn iawn beth roedd yn ei wneud, ond yn y man deallodd fod ei dad bron rhynnu gan yr oerfel, ond ni allai weld a oedd wedi colli llawer o waed. Yr oedd yr hogyn arall yn sefyll ar ymyl y ffos, heb ddweud gair ar hyd yr amser, ac mewn gwirionedd bron ar ddarfod amdano gan ofn rhag i'r tarw ddod yno drachefn.

"Hwda, Bob, gad i ni dreio'i godi fo o'r ffos," ebe Dafydd, pan fedrodd hêl digon ar ei feddwl at ei gilydd i benderfynu beth i'w wneud.

Safodd y ddau ar war y ffos, a cheisiasant godi Rhys Owen, druan, i fyny, ond roedd ef yn ddyn mor drwm, roedd y ffos mor gul, ac roedd clwyfau Rhys Owen mor dost, fel na allai oddef i'r hogiau ei lusgo i fyny. Gruddfanai yn enbyd, a thorrodd Dafydd i wylo ar ganol.

"Mi af i'r plas i nôl help," meddai. "Mae o'n nes na chartre—"

"Na!" gruddfanai Rhys Owen. "Cymer ofal nad ei di ddim yno. Gynna i ddim cymwynas gan y lleidar hwnnw. Dos adre i nôl help, a chymer ofal na ddeudi di mo'r gwaetha wrth dy fam."

Tynnodd Dafydd ei siaced a'i wasgod, a rhoes hwy dros ei dad, a chan rybuddio Bob i aros yno i'w wylio, rhedodd adref fel y fellten.

Pan gyrhaeddodd ddrws y gegin gefn, cyfarfu Catrin y forwyn, a dywedodd wrthi am fynd i nôl Hannah, canys roedd gan Dafydd ofn dweud wrth ei fam beth oedd wedi digwydd. Aeth Catrin i nôl Hannah a gwnaeth ei gwaith mor drystfawr fel y daeth Mrs. Owen a Henri i'r gegin gefn. Doedd modd gwadu dim bellach.

"Peidiwch â dychryn, mam," meddai Dafydd. "Mae 'nhad wedi syrthio, a feder o ddim cerdded adre."

"Beth ar y ddaear haru'r bachgen?" meddai Hannah. "'Drychwch arno fo heb siaced na gwasgod yr amser yma o'r nos. Beth ydi'r mater, Dafydd?"

"Ydi'r dynion, rhai ohonyn nhw, o gwmpas o hyd?" ebe Dafydd, heb ateb Hannah, a rhedodd tua'r stabl i edrych. Rhedodd Henri ar ei ôl.

"Beth ydi'r mater arnat ti, Dafydd?" meddai Henri. "Wyt ti wedi bod yn paffio hefo Norman eto? Os buost ti, 'ddyliwn i mai fo gariodd y dydd hefyd. Lle mae dy ddillad di?"

"Hwda, Henri," ebe Dafydd, "os deuda i wrthat ti, wnei di beidio deud wrth mam?"

"Gwnaf," ebe Henri.

"Wel, mae 'nhad yn y ffos yn y Cae Canol—tarw Jackson wedi 'i dwlcio fo. Rhaid i ni gael rhywbeth i'w gario fo gartre. Mae gen i ofn na neiff o ddim byw—"

Gyda'i fod wedi clywed hyn, dechreuodd Henri lefain dros yr holl wlad, a rhedodd i'r tŷ. "O! Mam! Mam!" meddai. "Mae 'nhad wedi cael ei ladd!"

"Nag ydi, nag ydi!" ebe Dafydd, yr hwn a ddaethai i'r tŷ ar ôl ei frawd. "Paid â deud gormod, Henri!"

Yr oedd Mrs. Owen wedi dychryn, ond roedd hi'n un o'r merched hynny sydd yn meddwl mai gwendid yw dangos teimlad o fath yn y byd; am hynny, mi ddarfu iddi ond anwesu Henri, gan ddweud, "Druan bach! Ddaru o dy ddychryn di? Rhag cwilydd i ti, Dafydd, ddychryn y bachgen. Pam na fyddi di'n ofalus beth ddeudi di? Tyrd yma, a dywed beth sydd wedi digwydd."

"Wn i ddim yn iawn beth sydd wedi digwydd," ebe Dafydd, "ond mae 'nhad yn gorfedd ar 'i hyd yn ffos y clawdd yn y Cae canol, tarw Jackson wedi ymosod arno fo."

Rhoes Hannah sgrech dros y tŷ. "Y ci! Y ceiliog! Y cloc!" meddai.

"Rhaid 'i fod o yno er yn union ar ôl iddo fo fynd oddi yma," meddai Dafydd. "Mae o'n gruddfan yn enbyd, a bron rhynnu, ac mi rois i fy siaced a fy ngwasgod arno fo tra byddwn i'n dŵad i nôl help."

Heliwyd y gweision at ei gilydd, ac aethant gyda Dafydd i'r fan lle gorweddai Rhys Owen yn y ffos. Yr oedd Bob yno pan gyrhaeddodd y dynion, ond gyda'u bod yno troes, a rhedodd nerth ei draed tua Chwm Eryr.

Codwyd Rhys Owen yn dyner o'r ffos, ac aed ag ef adref ar lidiart wedi ei gorchuddio â matres. Yr oedd Dr. Williams, o Flaenycwm, yno agos cyn gynted â hwythau, ac yn fuan iawn wedyn cyrhaeddodd Dr. Parri o Abercwm. Yn ôl cyfarwyddyd y ddau feddyg, rhoed ef i orwedd ar y fatres ar y bwrdd mawr yn y gegin orau, ac wedi ei archwilio, bu'r ddau feddyg yn ymgynghori. Ychydig oriau fyddai Rhys Owen fyw ar y gorau, ac nid oedd dim i'w wneud ond defnyddio'r moddion mwyaf pwrpasol i liniaru ei boenau. Gruddfanai'n boenus o hyd, ac roedd mewn dirfawr anhawster yn siarad. Safai y teulu o'i gwmpas, a safai'r gweision oll yn y gegin gefn. Roedd braw wedi disgyn ar bawb, ac ni ddwedai y naill air wrth y llall.

Nid oedd y meddygon eto wedi dweud eu barn wrth Mrs. Owen, ond roedd hi'n gwylio pob symudiad o'u heiddo, ac yn deall eu golygon yn drwyadl. Yn y man, cyffyrddodd Dr. Parri hi ar ei hysgwydd, a symudodd o'r neilltu.

"Wel," meddai Mrs. Owen, "deudwch y gwaetha, doctor. Mi wn ar ych golwg chi na wneiff o ddim byw. Waeth i chi heb dreio 'nhwyllo i."

"Doeddwn i'n bwriadu gwneud dim o'r fath, ma'am," ebe Dr. Parri, yr hwn a dybiai fod Mrs. Owen yn edrych braidd yn rhy ddidaro dan yr amgylchiadau. I wneud chwarae teg â hi, nid difaterwch ydoedd, ond roedd hi, fel y dwedwyd, yn un o'r merched uwchraddol hynny na dynnant ddangos eu teimladau; ceisiai ymddwyn bob amser fel "merch i ŵr bonheddig," fel y dwedai'r cymdogion; ceisiai edrych yn fawreddog, ac uwchlaw'r bobl gyffredin hyd yn oed yn ei galar.

"Doeddwn i ddim yn bwriadu'ch twyllo chi, ma'am," ebe'r doctor, braidd yn ddi-seremoni. "Fydd Mr. Owen ddim byw ond ychydig orie; dyna'r gwir i chi'n noeth."

Troes Mrs. Owen draw, a gwnaeth y meddygon eu gorau i'r dioddefwr. Yn y man, lliniarwyd ei boenau ychydig, a galwodd am ei wraig a'i blant. Daethant hwythau'n drist ddigon at ochr y bwrdd lle gorweddai, a cheisiodd Rhys Owen siarad.

"Elen," meddai'n wannaidd, "rydw i'n mynd. Wedi ymladd ar hyd f'oes yn erbyn trais y dyn yna, dyma fi o'r diwedd wedi fy lladd. Wn i ddim beth ddaw ohonoch chi bellach yma. Mi all Jackson, os myn o, y'ch gwerthu chi i fyny, ac wedyn, wn i ddim beth wnewch chi. Pe caech chi aros yma, hwyrach y medrech chi wneud rhywbeth ohoni hi, achos mi fydd Dafydd toc yn ddigon o faint i edrych ar ôl y ffarm. Dafydd, bydd di'n fachgen da i dy fam— mae hi wedi bod yn fam dda i ti. Gwna dy ore iddi hi, fel y baset ti'n gwneud i minne, a bydd yn ufudd iddi, cofia. Henri, bydd dithe'n fachgen da, a bydd yn ufudd i dy fam."

Darfu ei lais, a gruddfanodd Rhys Owen drachefn yn boenus, ac aeth pawb allan o'r ystafell ond y meddygon. Yno, yn nhrymder y nos, ac angau yn prysur wneud ie waith, gwnaeth Rhys Owen ei ewyllys, "y fath ag ydoedd," chwedl yntau, a Dr. Williams yn ei hysgrifennu. Gadawodd bopeth i'w wraig, ond ei oriawr a'i gadwyn, y rhai a adawodd i'w fab Dafydd.

Cyn fod y wawr wedi torri, roedd Rhys Owen wedi marw. Yn union deg wedi gorffen gwneud yr ewyllys, aeth yn ddiymwybod, a dwedodd y meddygon wrth Mrs. Owen fod yn debyg na fyddai fyw ond ychydig amser. Aeth Mrs. Owen a'r bechgyn a Hannah i'r ystafell, a safent o gwmpas y bwrdd i wylio'r hwn oedd yn marw. Wylai Hannah yn ddistaw; edrychai Mrs. Owen yn ddisyfl fel delw; safai Dafydd gerllaw, gwyliai'r anadliadau yn gwanhau ac yn arafu, teimlai ei galon ei hun fel pe buasai yn curo i ganlyn anadliadau ei dad, yn wanach, wanach. Clywodd un o'r doctoriaid yn sibrwd, "Dyna fo wedi darfod," a chyda gwaedd dorcalonnus, rhuthrodd allan o'r ystafell.

Aeth y meddygon i ffwrdd, a gadawyd y teulu yn unig ac amddifad. Tua deg o'r gloch, daeth Jackson i'r buarth. Y cyntaf a'i cyfarfu oedd Dafydd.

"Wel," meddai Mr. Jackson, "mae'n ddrwg iawn gen i glywed am yr hyn ddigwyddodd neithiwr. Sut mae dy dad, 'machgen i?"

"Mae o wedi marw!" ebe Dafydd, gan dorri i wylo'n chwerw.

"Marw! Gwarchod ni! Wyddwn i ddim 'i fod o wedi 'i frifo mor arw," ebe Jackson. "Beth ar y ddaear ddaw ohonoch chi yma rŵan? Roedd hi'n ddigon drwg pan oedd o'n fyw."

"Os rhowch chi chware teg i mam, fyddwch chi ddim yn ôl am y rhent," ebe Dafydd, gan gofio fod ei dad wedi dweud y gallai Jackson eu gwerthu i fyny, pe mynnai.

"Dyma ti," eb Jackson, fel petai'n camddeall amcan y bachgen, "paid ti â mynd i gymryd arnat fod yn fistar ar unweth fel hyn, cyn fod corff dy dad wedi oeri. Ond 'ran hynny, beth sydd i'w ddisgwyl? Eisio bod yn fistar fydde arno fynte bob amser. Tase fo yn fy ngwynebu fi'n onest pan ddois i yma i'w weld o, yn lle trespasu ar draws y ceue yn 'i wylltineb, fel y ddaru o, fase'r helynt yma ddim wedi digwydd. Ond mi fyne'i ffordd 'i hun, ac mi gostiodd yn ddrud iddo fo!"

Ceisiai Dafydd ei orau ymatal rhag dweud dim i gythruddo Jackson, ond ni allai wrando'n ddistaw ar y gŵr hwnnw'n gyrru ar ei dad, oedd yn farw yn y tŷ ychydig lathenni oddi wrthynt.

"Dyma chi, Mr. Jackson," ebe Dafydd, "os nad oes gynnoch chi rywbeth gwell i'w ddeud na deud clwydde am 'y nhad, fyddwch chi cystal â mynd—does yma neb yn awyddus iawn am ych gweld chi yma—"

"Deud clwydde!" ebe Mr. Jackson yn ffyrnig. "Cymer di ofal be' wyt ti'n ddeud, y gŵr bach! Pwy sy'n deud clwydde?"

"Y chi!" ebe Dafydd. "Deud nad oedd 'y nhad yn ddigon gonest i'ch wynebu chi, a deud 'i fod o'n tresbasu—dyna ddau gelwydd cystal ag a ddwedsoch chi 'rioed!"

Cododd Mr. Jackson ei chwip yn fygythiol. Mae'n ddiamau mai ei fwriad oedd rhoi cosb i Dafydd am ei hyfdra, ond nid eiddo gŵr, hyd yn oed gŵr mor fawr â Mr. Jackson, ei ffordd bob amser. "D—l!" meddai Mr. Jackson, ond wybu neb byth beth oedd i ddilyn y "d—l!" hwnnw.

V.
Tŷ Gwledd a Thŷ Galar

Roedd Pero, y ci, yn digwydd sefyll yn y drws yn ystod y ffrae rhwng Mr. Jackson a Dafydd, a gwelodd Mr. Jackson yn codi'r chwip. Gyda chwyrniad ffyrnig, rhuthrodd Pero arno, fel pe buasai y trempyn mwyaf disylw fu erioed wrth y drws. Doedd Mr. Jackson ddim yn ddyn dewr iawn, ac roedd arno ofn cŵn bob amser, ac fel mater o ffaith roedd agos bob ci yn yr ardal fel pe buasent yn elynion iddo. Pan ruthrodd Pero arno, gan ddangos ei ddannedd gwylltion, dechreuodd Mr. Jackson gilio yn wysg ei gefn, gan weiddi ar Dafydd i alw'r ci yn ôl. Ni theimlai Dafydd ar ei galon wneud hynny rhag blaen, ac felly daliai Mr. Jackson i gilio'n wysg ei gefn cyn gynted ag y medrai, a Phero yn ei ddilyn gan ysgyrnygu'n dra ffyrnig arno. Roedd Dafydd yn cwbl fwriadu galw ar y ci cyn y cawsai frathu Mr. Jackson, ond nid oedd am wneud hynny rhag blaen chwaith: a gwae i Mr. Jackson a fu hynny hefyd, canys tra roedd efe yn cilio draw yn wysg ei gefn tua chornel y tŷ roedd Hannah yn dod o'r beudy ac yn cario ar ei phen ystên fawr â'i llond o laeth. Gan nad oedd gan Mr. Jackson ddau bar o lygaid, a chan fod yr unig bar oedd ganddo wrthi'n rhy brysur y gwylio'r ci, ni allai efe hepgor mo'r amser i edrych o'i gwmpas; a chan fod y dorch oedd ganddi ar ei phen o dan yr ystên yn disgyn braidd dros ei llygaid, ni welai Hannah yn syth o'i blaen, a'r canlyniad fu iddi hi a Mr. Jackson daro yn erbyn ei gilydd. Dymchwelodd yr ystên ymlaen ar ei hwyneb, a disgynnodd ar ben Mr. Jackson, nes oedd efe'n llaith o'i gorun i'w sawdl. Dychrynodd yn waeth fyth wrth deimlo'r ystên yn cau am ei ben, a'r llaeth yn llifo hyd-ddo, nes mynd â'i wynt bron, a neidiodd Siôn a fu a neidiodd ar

letraws nes taro ei ben, neu'r ystên yn hytrach, yn gethin
yn erbyn wal y tŷ. Gan rym y gwrthdrawiad syrthiodd Mr.
Jackson wysg ei gefn ar lawr, a'r foment honno rhuthrodd
Pero iddo. Galwodd Dafydd ar y ci yn ddi-oed, ond nid
cyn iddo rwygo un hegl o drowsus Mr. Jackson ymaith yn
groyw o'r pen glin i lawr.

Pan gododd Mr. Jackson ar ei draed, roedd golwg
erchyll arno rhwng dialedd a llaeth a braw, ac un goes ddi-
drowsus. Er mor ddifrifol y teimlent, ni allai Dafydd a
Hannah beidio gwenu, ac am yr hogyn, yr hwn wyliai'r
olygfa o ddrws y stabl, roedd hwnnw'n dawnsio fel hogyn
o'i hwyl gan lawenydd; ac yn gweryru yn waeth nag erioed.

Gofynnodd Hannah i'r gŵr mawr ddod i'r tŷ i ymolchi,
ond aeth Mr. Jackson ymaith gan dyngu dialedd ar bawb
a phopeth o'i gwmpas.

Treuliwyd diwrnod distaw ym Mhen y Wern. Gwnaed
pob gwaith angenrheidiol yn ddistaw a difywyd, a gwnaed
trefniadau angenrheidiol ar gyfer y gladdedigaeth. Tua'r
hwyr roedd Dafydd yn eistedd gyda Hannah yn y gegin.
Yr oedd Mrs. Owen a'i mab Henri mewn ystafell arall, a
gorchymyn wedi ei roddi nad oedd neb i ymyrru arnynt.
Yr oedd Hannah yn ceisio perswadio Dafydd i gymryd
cwpaned o de, ond ni allai Dafydd fwyta nac yfed;
eisteddai yn y gornel yn ymyl cadair wag ei dad, â'i ben
rhwng ei ddwylo.

"Yn wir, mi ddylech fyta rhywbeth, Dafydd," ebe
Hannah.

"Fedra'i ddim," ebe Dafydd. "Does gen i ddim eisio
bwyd na diod, dim ond llonydd."

"Ond fedrwch chi ddim byw heb fwyd," meddai
Hannah, "ac mi collwn chithe os ewch chi fel yna."

"Gore'n y byd," ebe'r bachgen, gan dorri i wylo.
"Waeth gen i farw na byw bellach!"

Cyn i Hannah gael amser i ateb, agorodd y drws, a
daeth Neli i mewn. Edrychodd Hannah arni mewn

syndod, a chododd Dafydd ei ben yn araf, a gloywodd ei lygaid, a pheidiodd wylo. Doedd Dafydd eto ddim yn ddigon medrus ar ddeall ei galon ei hun i fedru gwybod pam, ond teimlai'n well y funud y gwelodd wyneb addfwyn Neli. Yr oedd Hannah wedi synnu'n aruthr, rhaid ei bod, onide nid allasai byth gadw'n ddistaw cyhyd. Am Dafydd, roedd yntau wedi—wedi synnu, hwyrach. Felly, bu'r ddau yn ddistaw, a Neli lefarodd gyntaf.

"Hannah," meddai hi, "rydw i wedi dengid o'r tŷ. Fedrwn i ddim aros yno. Roedd gen i eisio dŵad drwy'r dydd, ond chawn i ddim. Rŵan, mae gynnyn nhw barti yn y tŷ, ac mi ges inne gyfle i ddengid i lawr. Maen nhw wedi gyrru Arthur i'w wely am 'i fod o wedi digio Norman."

"O!" meddai Hannah, o'r diwedd, gan fwrw'i syndod. "A dyna fel maen nhw'n ymddwyn, ai e? Mi ddylase fod yno rwfun yn ddigon boneddigaidd i rwystro peth felly, a gŵr chwaer Mrs. Jackson wedi'i ladd drwyddyn nhw, mewn gwirionedd!"

"Lle bu o farw, Hannah?" ebe Neli'n ddistaw, fel pe buasai arni ofn deffro'r marw.

"Yn y 'stafell yna," ebe Hannah, gan bwyntio at y drws, "mae'r corff yna rŵan."

"Mi faswn i'n leicio 'i weld o," ebe Neli, "am y tro dwetha' am byth. Mi fydde'n arfer gwenu arnai a deud rhywbeth caredig wrtha i, bob amser. Raid i mi gael 'i weld o!"

"Well i chi beidio, rydw i'n meddwl," ebe Hannah.

"Na, gadewch i mi weld o," ebe Neli. "Be ydi'r stori honno am y ci, Hannah?"

"Pwy ddeudodd wrthoch chi?" ebe Hannah, gan gymryd mwy fyth o ddiddordeb yn yr ymddiddan. "Pwy ddeudodd wrthoch chi am y ci?"

"Sioned Ffowc oedd yn deud wrtha i fod y ci yn udo drwy'r nos, a'i fod o wedi crafu twll mawr fel bedd ar y llwybr o flaen y drws."

"Do," meddai Hannah, yn ddifrifol, "clamp o dwll mawr, agos cymaint â bedd. A mae rhai pobl yn chwerthin am ben arwyddion fel yna. Dyna un," ebe Hannah, gan bwyntio at Dafydd.

"O! Tewch â sôn am beth fel yna, Hannah," ebe Dafydd, gan droi'n anesmwyth ar ei gader. Ni fu'r un bachgen erioed a gredai lai mewn hen goelion na Dafydd, ond bellach, ni allai feddwl am y ci, na'r ceiliog, na'r cloc heb deimlo'n annifyr.

"Gadewch i mi 'i weld o, Hannah," ebe Neli, drachefn.

"Wel, os gwnewch chi beidio dychryn," ebe Hannah, "cofiwch, feder pawb ddim edrych ar y marw."

Cododd Hannah, goleuodd gannwyll, a chychwynnodd at ddrws yr ystafell lle'r oedd y corff, ond ymaflodd Dafydd ym mraich yr eneth.

"Peidiwch â mynd, Neli bach!" meddai. "Hannah, well i chi beidio mynd â hi. Mae hi'n siŵr o gael braw."

Pe buasai Dafydd wedi annog Hannah i adael i Neli fyndi i weld y corff mae'n fwy na thebyg y buasai Hannah yn erbyn, ond gan ei hannog i beidio wnaeth Dafydd, wrth gwrs, roedd Hannah, fel dynes mewn oed, yn teimlo yn hollol sicr na ddylasai gymryd cyngor hogyn fel Dafydd, ac am hynny dwedodd wrtho am beidio dysgu pobl hŷn nag ef ei hun, a rhoes dri neu bedwar o gynghorion eraill tra buddiol iddo, a chychwynnodd eilwaith tua'r drws.

"Neli annwyl! Well i chi beidio mynd," ebe Dafydd.

Stopiodd Neli, ac aeth at y bachgen, edrychodd yn myw ei lygaid, a dwedodd:

"Gadewch i mi fynd, Dafydd. Wna i ddim mynd os na ddeudwch chi y ca' i, ond mi faswn yn leicio 'i weld o, am unwaith. Y tro dwetha gwelis i i, mi dorrodd gangen o wyddfid i mi o'r gwrych, a chofis inne ddim diolch iddo fo. Os na cha'i weld o, fydda i ddim yn fodlon."

Ni allai Dafydd wrthod dim a ofynnai'r gwefusau hynny, er na wyddai hynny ar y pryd, a dwedodd, "O'r gore, ond peidiwch â dychryn, Neli."

Aeth Hannah i mewn i'r ystafell, ac aeth Neli ar ei hôl ar flaenau ei thraed. Disgynnai goleuni clafaidd y gannwyll ar y wyneb gwelw, oedd wedi ei rwymo a rhwymynnau gwynion. Yr oedd y llygaid ynghau, a dim ond y wyneb yn y golwg, yn edrych yn fychan a churiedig. Ni welsai Neli erioed gorff marw o'r blaen, a phan welodd y wyneb truan gyda'i bod wrth draed y gwely, llamodd ei chalon a gwaeddodd Neli mewn braw. Cyn bod Hannah wedi cael amser i ffromi,[*] hyd yn oed, roedd Dafydd yn yr ystafell, cydiodd am ganol Neli, a chariodd hi yn ei chorffolaeth i'r gegin.

"Mi ddylsech ddeud wrtha i na welsoch chi 'rioed gorff o'r blaen," meddai Hannah, wedi ffromi erbyn hyn, ac yn teimlo yn dra dolurus am fod rhybuddion Dafydd wedi dod i ben.

"O, peidiwch bod yn ddig wrtha i, Dafydd," ebe Neli, dan wylo'n frawychus, a chydio'n dyn am wddf y bachgen, "ddaru' mi ddim meddwl y base fo'n edrych fel yna!"

"Dydw i ddim yn ddig, Neli bach," ebe Dafydd, yn dyner, "peidiwch â chrïo rŵan, dyna fo. Mi ddof i'ch danfon chi adre."

"O, diolch i chi—fedrwn i byth fynd adre' fy hun, heno!"

Dechreuodd Neli grynu'n enbyd, ond yn y man daeth yn well, a chychwynnodd Dafydd a hithau tua Chwm Eryr. Aethant ymlaen yn ddistaw am beth pellter. Roedd Dafydd yn meddwl am ei dad, ac wrth basio'r troad tua'r cae lle lladdwyd ef, rhoes calon y bachgen naid, ac aeth cryndod drosto. Teimlodd Neli y cryndod.

"Mi ddylsen' 'i saethu fo!" meddai Neli'n wresog.

"Saethu beth?" ebe Dafydd, fel pe buasai'n siarad drwy ei hun.

---

[*] *Ffromi*: Digio, cynddeiriogi.

"Y tarw," ebe Neli. "Yn lle hynny, mae o allan yn y cae heno—nid yn yr un cae, ond yn y cae nesa, er fod modryb wedi crefu ar f'ewyrth 'i roi o i mewn, ac er 'i fod o'n arfer bod i mewn y nos, fel rheol."

Nid atebodd Dafydd. Daeth teimlad o unigrwydd mawr drosto. Nid oedd ganddo neb yn y byd ofalai amdano. Ceisiodd y bachgen ymwroli, ond torrodd i wylo ar ei waethaf, gollyngodd fraich Neli, aeth a rhoes bwys ei ben ar lidiart yn ochr y ffordd, ac wylodd yn chwerw. Edrychodd Neli arno, a thorrodd hithau hefyd i wylo, ond gofynnodd yn y man, "Pam rydech chi'n crio mor arw, Dafydd, yrŵan?"

Cododd y bachgen ei hen. "Does gen i neb yn y byd bellach," meddai.

"Does gen inne neb chwaith," ebe'r eneth. "Peidiwch â chrio, mi fyddwn ni ill dau yn ffrindie bob amser—"

Cododd y gwrid i wyneb Dafydd, curodd, ei galon yn gyflym, a pheidiodd ei ddagrau, ond ni ddwedodd Neli nag yntau ddim rhagor; cerddasant yn ddistaw tua'r plas. Pan oeddynt yn dynesu at y tŷ, clywent siarad uchel yn ymyl drws y ffrynt, a chlywent sŵn rhywun yn dod i'w cyfarfod. Ceisiodd Neli lithro yn lladradaidd o'r tu ôl i rai o'r coed, ond cydiodd Dafydd yn ei braich, a safodd gyda hi ar ganol y ffordd.

VI.
Dial a Chladdu

Cyn fod yr un o'r ddau wedi deall yn iawn beth oedd yr helynt, daeth Norman Jackson i'w hymyl ar ffrwst, a gwelodd pwy oedd yno ar unwaith.

"Neli!" meddai yn chwyrn. "Lle buoch chi? Ryden ni wedi bod yn chwilio'r holl dŷ amdanoch chi. Does gynnoch chi ddim busnes i fod allan mor hwyr. Ac mae'r hogyn Arthur yna wedi dengid o'i wely hefyd. A beth sy gen ti eisio?" ychwanegai Norman, gan droi at Dafydd.

"Rydw i wedi dŵad am 'mod i'n dewis dŵad," ebe Dafydd yn dawel.

"Hwda!" ebe Norman, gan deimlo'n fwy o ddyn ar ei domen ei hun, o bosibl. "Dim o dy dafod di yn y fan yma. Does mo d'eisio di yma—ffwrdd â thi, a dowch chithe hefo fi, Neli."

Cydiodd Norman yn ysgwydd yr eneth i'w dwyn ymaith, ond troes Dafydd ato.

"Gollwng hi!" meddai, "ne mi gei gystal curfa ag a gest ti'r tro blaen. Mi af yn f'ôl wedi i mi danfon hi at y drws—dim mymryn cynt."

Cyn i Norman gael cyfle i ateb, daeth Miss Gaenor tuag atynt.

"Neli!" ebe hi. "Lle buoch chi?"

"Ym Mhen y Wern," atebai Neli. "Mi ddaru chi fy rhwystro fi fynd drwy'r dydd, a diau nad oedd gen inne eisio bod yn y parti pan ddylse pawb fod mewn galar, felly mi es i lawr yno. Roedd raid i mi gael 'i weld o am y tro dwetha."

Cododd Miss Wyn ei hysgwyddau ac ebychodd ryw eiriau yn anghlyw, ac aeth Norman i'r tŷ heb ddweud rhagor.

"Diolch i chi, Dafydd, am ddod i 'nanfon i'r holl ffordd; faswn i byth yn medru dŵad fy hun a chen inne gymaint o ofn," meddai Neli. "Nos dawch, Dafydd!"

Estynnodd Neli ei llaw, ac ysgydwodd Dafydd a hithau dwylo, tra'r oedd Miss Wynn yn sibrwd wrthi ei hun na fuasai raid i Neli gymryd cymaint o drafferth i egluro mai dod i'w danfon adref roedd Dafydd. Cododd Dafydd ei het i Miss Wynn, a chan ddymuno iddi nos da, aeth yn ei ôl. Cyn ei fod wedi mynd ymhell, clywai rywun yn rhedeg ar ei ôl. Tybiodd mai Neli ydoedd, a llamodd ei galon; ond cyn iddo droi ei ben, disgynnodd llaw ar ei ysgwydd yn ysgafn a chlywsai Dafydd lais tyner yn sibrwd:

"O, Dafydd, mae'n ddrwg gen i! Mi fase'n well gen i farw fy hun nag iddo fo gael 'i ladd."

Torrodd Dafydd i wylo er ei waethaf, a cheisiodd ateb. "Diolch i chi, Mrs. Jackson," ebe, canys nid oedd yno neb amgen na gwraig y meistr tir. Cyn i'r un o'r ddau ddweud rhagor daeth rhywun allan o'r tŷ, a chiliodd Mrs. Jackson yn ofnus rhwng y coed, fel pe buasai arni arswyd rhag i neb ei gweld. Aeth Dafydd yn ei flaen, ac i gwtogi ei ffordd, aeth ar draws y parc. Pan ddaeth ef allan i'r caeau ar gwr pellaf y parc, tybiodd weld tri neu bedwar o ddynion yn dod i fyny yn llechwraidd gyda'r gwrych. Ymguddiodd o'r tu ôl i goeden i wylio. Toc, daeth y dynion i'r golwg, ychydig lathenni oddi wrtho. Yr oedd yno bedwar ohonynt, a dau ohonynt yn cario gynau. Daethant yn y man yn ddigon agos iddo eu nabod. Yno roedd Sam Llwyd, gweithiwr Pen y Wern, a thri o weithwyr eraill adnabyddus yn yr ardal. Tybiodd Dafydd mai herwhela oeddynt, a chan fod arno eisiau llonydd, ac eisiau mynd adref, llechodd o'r golwg tu ôl i'r goeden nes oedd y dynion yn ddigon pell oddi wrtho. Yna aeth yn ei flaen tua chartref ar draws y caeau, ond cyn ei fod yn y buarth, clywodd ergyd neu ddwy, a gwaedd groch, dybiai ef, yn y cyfeiriad i'r hwn yr aethai'r dynion.

Erbyn bore trannoeth, roedd y stori'n dew ac yn denau hyd yr ardal fod tarw Jackson wedi ei saethu gan rywun yn ystod y nos, ac roedd hynny'n ddigon gwir. Caed yr anifail ar lawr yn y cae nesaf i'r cae lle cyfarfu Rhys Owen a'i ddiwedd, â dwy ergyd drwy ei galon. Clywodd Dafydd yr hanes ben bore, canys roedd Ned, yr hogyn, wedi clywed y stori, ac yn dawnsio a gweryru'n enbyd gan lawenydd wrth ei ddweud. Cofiodd Dafydd am yr ergyd a glywsai; cofiodd hefyd pwy a welsai yn croesi ar draws y caeau gyda'u gynnau, ond ni farnodd fod arno ddyletswydd i sôn gair am a welodd nac am a glywodd. Nid oedd ganddo amheuaeth beth oedd neges y dynion, ac yn wir, teimlai yn ddiolchgar iddynt am a wnaethant. Yr oedd Jackson o'i go' pan glywodd fod rhywun wedi saethu'r tarw, ond yn ofer y ceisiai gael allan pwy wnaeth.

Cynhaliwyd cwest, a bwriwyd mai drwy ddamwain y cyfarfu Rhys Owen a'i farwolaeth ac o'r diwedd, cyrhaeddodd diwrnod y claddu. "Claddedigaeth i bawb" ydoedd, yn ôl tafodiaith yr ardal, a thuag un o'r gloch dechreuodd y bobl ymgynnull i'r buarth.

Yn unol ag arfer y wlad, roedd darpariaethau helaeth wedi eu gwneud ar gyfer yr amgylchiad. Yn gyntaf oll, roedd Mrs. Owen wedi cau ei hun gyda Henri a rhai o'i pherthnasau yn un o'r ystafelloedd gorau, ac nid oedd neb i gael ei gweld; doedd pobl ddim i gael mynd i gydymdeimlo â hi, megis oedd yr arfer ymhlith y bobl gyffredin. Yn y gegin, roedd cyflawnder o fwyd a diod, megis pe mai dod yno er mwyn gwledda, ac nid i gladdu'r marw, oedd y bobl. Wrth gwrs, hyn oedd arfer y wlad, ac nid oedd dim pellach o feddwl y bobl na mynd yno i wledda. Roedd Hannah, mewn dillad duon iawn, yn edrych ar ôl pethau yn y gegin, ac yn dweud wrth y rhan fwyaf o'r merched am arwyddion y ci a'r ceiliog a'r cloc. Gweinyddid wrth y byrddau gan Sioned Ffowc ac amryw gymdogesau, tra'r oedd Huw Dafis, Bronywaen, cymydog agosaf, yn cynorthwyo mewn amryw ffyrdd. Deuai'r cymdogion ac eraill bob yn bedwar neu bump i'r buarth, symudent yn raddol nes cyrraedd i gymdogaeth y drws; yna safent yno i siarad â'i gilydd. Toc, deuai Huw Dafis allan, aethai atynt, a chan siarad yn ddistaw, dywedai, "Well i chi ddŵad i gael tamed, gyfeillion," ac arweiniai y cyfeillion i'r tŷ. Erbyn iddynt hwy orffen bwyta, a mynd allan, byddai yno dwr arall gyferbyn â'r drws, ac aethai Huw Dafis drwy'r un oruchwyliaeth drachefn, a thrachefn.

Yn y tŷ, rhywbeth yn debyg i hyn fyddai y gweithgareddau: deuai cwmni o gymdogion i mewn, ac eisteddent yn ddistaw wrth y byrddau, a dechreuent fwyta.

Yn y man, fe ddwedai un wrth y nesaf ato, "Y creadur gwirion, ynte!"

Atebai'r llall, "Ie wir," ac yna dywedai rywun arall:

"Un o'r cymdogion mwya' cymwynasgar yn yr holl wlad." Cydsyniai pawb, ac yn bwytaent mewn distawrwydd am ysbaid.

"Tua faint oedd 'i oed o tybed?" gofynnai rhywun yn y man.

"O, tua phump a deugain, mae'n siŵr gen i," ebe un arall. Distawrwydd wedyn am ennyd, ac yna dwedai rhywun,

"Mi fydd yn golled i'r ardal amdano fo."

"Bydd," meddai un arall, "doedd mo'i fath o am brisio anifel."

"Roedd o'n trin y tir yn ardderchog hefyd," ebe un;

"Oedd, ac yn cadw'r anifeilied gore bob amser," meddai'r llall.

"Wel, wel, dyma fydd y'n hanes ni i gyd toc iawn," meddai'r hynaf o'r cwmni, "hwyrach."

"Ie, ie," meddai'r lleill, ac yna, eid drwy ymddiddan cyffelyb drachefn, os na fyddid wedi gorffen bwyta.

Tua hanner awr wedi dau o'r gloch, cychwynnodd y gladdedigaeth. Arhosodd Mrs. Owen yn y tŷ—peth go anghyffredin yn yr ardal, a thybiai mai "uchder" oedd yr achos. Cyrhaeddwyd y fynwent, ac yno, dan gysgod ywen ganghennog, rhoed Rhys Owen i huno ei hun olaf yn yr un bedd a'i wraig gyntaf. Aeth y person drwy'r gwasanaeth yn deimladwy, canys gŵr caredig oedd y Parch. Daniel Tomos, ac roedd yn dra chyfeillgar â Rhys Owen. Canwyd emyn ar lan y bedd, ac yna ymwasgarodd y dorf, ond safai Dafydd wrth y pren ywen i edrych ar y bedd. Yno bellach roedd ei fam a'i dad, ac roedd yntau'n unig yn y byd; edrychodd o'i gwmpas, ac roedd pawb wedi clirio o'r fynwent, nid oedd yno ond efe ei hun, yn edrych ar y bedd—pawb wedi mynd mor fuan. Daeth y teimlad o unigrwydd yn gryfach fyth drosto, a bu agos iddo lefain dros yr holl wlad yn ei alar, ond yr un foment daeth geiriau Ned i'w gof, a disgynnodd llaw ysgafn ar ei ysgwydd, a chlywai lais tyner yn dweud,

"Dafydd! Peidiwch aros yma, dowch hefo fi!"

VII.
Cyfansoddiad Teiliwr

Yr oedd Neli, canys hi ddaeth i gysuro Dafydd yn ei alar eto, wedi ymwisgo mewn dillad duon; roedd ei hwyneb yn welw, ac ôl wylo ar ei llygaid, ond roedd tipyn o wrid ar ei gruddiau.

"Dowch," ebe Neli, "peidiwch ag aros yn y fan yna, Dafydd."

Nid atebodd Dafydd—ni allai, ac ni wyddai pham. Teimlai bob amser fod ganddo gymaint i'w ddweud wrth Neli, a phan welai hi, teimlai bron bob amser na allai ddweud dim. Aeth gyda hi tuag adref, yn ddistaw.

Erbyn iddo gyrraedd roedd y perthnasau oll wedi ymgynnull ynghyd i'r gegin fawr i gysuro Mrs. Owen, ac i glywed darllen yr ewyllys. Yr oedd Jackson yno, ac nid oedd hynny'n beth i ryfeddu ato, canys roedd yn arfer yn yr ardal i wahodd pob perthynas, ac ni fynasai Jackson dynnu sylw'r bobl drwy wrthod mynd i gladdu. Er mor falch a sarhaus oedd ef, eto roedd arno ofn tynnu gwg y bobl, er na fynasai hwyrach addef hynny hyd yn oed wrtho ei hun. Wedi ychydig ymddiddan galarus, ac wedi i bawb ond Jackson wneud ei orau yn ei ffordd ei hun i gysuro Mrs. Owen yn ei galar uchelfryd, darllenwyd yr ewyllys. Syml iawn ydoedd; gadawai bopeth i Mrs. Owen, ac oriawr a chadwyn i Dafydd, dyna'r cwbl.

Yn hynod ddigon, y cyntaf i siarad oedd Huw Dafis, yr hwn oedd yno fel y cymydog agosaf, ac fel hen gyfaill mynwesol i Rhys Owen.

"Wel, wel," meddai Huw Dafis. "Mi fu Rhys druan mor ddirodres yn 'i 'wyllys ag fu o hefo phopeth ar hyd 'i oes—druan bach, wedi gorfod mynd fel hyn! Mrs. Owen, beth bynnag fedra i wneud yn y ffordd o helpu ne gynghori, mi gwnaf o 'wyllys calon; taswn i wedi mynd, a Rhys yn fyw, mi wn y gwneuthe fynte 'run fath. Mi wn y gwnaiff Dafydd 'i ore, ond os bydd gyno fo eisio help ne gyngor, mi ŵyr i ble i ddŵad. "

"Mi ddylwn inne ddeud gair," meddai Jackson. "Mrs. Owen, mi rof fy ngair i chi yng ngŵydd pawb y cewch chi aros yn y fferm os dewiswch chi. Am yr arian roes y Sgweiar Wynn yn fenthyg i Rhys Owen, dydw i ddim yn credu fod y Sgweiar erioed wedi deud y maddeue fo nhw—rhaid fod Rhys Owen wedi 'i gamddallt o. O leia, chlywis i 'rioed sôn am hynny, ac, mewn cyfiawnder a 'ngwraig a 'mhlant, fedrwn i mo'u madde nhw. Fase neb ond dyn fel Rhys Owen—dyn yn rhoid 'i hun yn rhy annibynnol—yn meddwl am ofyn y fath beth—"

"Dyma chi, Jackson," ebe Mrs. Owen yn benderfynol ond yn ddigyffro, "os ydech chi'n mynd i sôn am bethe fel yna, rhaid i minne ateb; ond mi fydde'n well gen i beidio rŵan."

"Does gen inne ddim eisio sôn am y peth rŵan," ebe Jackson, "ond, fel y deudis i, mi gewch aros yma, os mynnwch chi, ac os ydech chi'n fodlon i dalu'r arian fel yr oedd ynte'n gwneud, y llog a thipyn o'r corff bob blwyddyn fel o'r blaen."

"Gore po cyntaf y setlir pethe," meddai Mrs. Owen yn oeraidd. "Hwyrach y dowch chi yma fore fory gael i ni orffen setlo?"

"O'r gore, mi ddof yma fore fory," meddai Jackson.

"Beth wnewch chi hefo'r bechgyn, Mrs. Owen?" meddai Huw Dafis yn sydyn.

"Rhaid i Henri orffen 'i ysgol, wrth gwrs," meddai Mrs. Owen. "Wn i ddim yn iawn beth wnawn ni hefo Dafydd."

Yr oedd Dafydd yn hoffach o'r ysgol na'r rhan fwyaf o fechgyn y pryd hwnnw; roedd wedi cael blas ar ddysgu, ac aethai i'r ysgol bob amser drwy bob math o dywydd ac er gwaethaf pob anhawster. Eto, yng ngwyneb y brofedigaeth hon, ac wrth gofio yr hyn a ddwedasai ei dad wrtho ychydig cyn marw, roedd ef yn gwbl barod i roi'r gorau i'r ysgol a throi i weithio ar y fferm. Dyna fu ei awydd bob amser; bod yn ffermwr, ac nid oedd efe heb awydd bod fel y buasai ei hynafiaid gynt, yn byw yn rhydd ar ei dir ei hun. Wrth gwrs, ni ddychmygodd y gallai fod dim yn ei aros ond gweithio ar y fferm, ac roedd ef yn berffaith fodlon i'w dynged. Felly, pan glywodd efe'r peth nesaf a ddwedodd Mrs. Owen, bu'n syn aruthr ganddo.

"Mae'n amheus gen i," meddai Mrs. Owen, "ai doeth fydde i mi gadw Dafydd gartref. Mae o'n rhy ifanc i edrych ar ôl y fferm, a rhaid i mi gadw beiliff."

"Yn hollol felly," meddai Mr. Jackson, er nad oedd Mrs. Owen wedi ei gyfarch ef mwy na rhywun arall. "Peth ffôl fydde rhoi gofal fferm fel hyn ar fachgen mor ifanc a dibrofiad."

"Ond roedd 'nhad yn deud y byddwn i toc yn ddigon o faint i edrych ar ôl y fferm," ebe Dafydd.

"Deud yr oedd o y galle fo ymddiried ynof fi y gwnawn i'r gore hefo'r plant," ebe Mrs. Owen.

"Does dim byd cystal â chrefft i fechgyn yn yr oed yma," ebe Mr. Jackson. "Mi ddysgan ennill eu tamed felly, ac mi cedwir nhw allan o ddrygioni a phenrhyddid."

Petasai Mr. Jackson wedi llefaru fel y gwnaeth mewn cysylltiad â Henri, ac nid mewn perthynas â Dafydd, fe fuasai Mrs. Owen wedi ei ateb yn ddigon chwyrn, ond gan mai am Dafydd roedd Mr. Jackson yn sôn, ni ddarfu Mrs. Owen ond murmur ei bod yn cydweld.

"Y gwir amdani ydi y bydde'n llawer gwell i'r bachgen gael grefft tan 'i law," ebe Jackson, "achos feder o ddim cymryd gofal y fferm am rai blynyddoedd, beth bynnag."

"Digon gwir," ebe Mrs. Owen, "ond mae'r gost o brentisio yn gofyn peth ystyriaeth."

"Ydi, mae hynny'n wir," ebe Mr. Jackson—a synnai pawb ond Mrs. Owen o glywed Jackson yn siarad mor fwyn—"ond hwyrach y medrwn i drefnu i gael 'i breintio fo heb nemor draul. Mi wn am le gwag, ac mi gredaf y medrwn i drefnu pethe. Mae gen Mr. Morris, Abercwm, eisio teiliwr, rydw i'n meddwl—"

"Teiliwr!" ebe Dafydd, gan fethu meistroli ei ddigofaint yn hwy. "Cerwch yn deiliwr y'ch hun!"

Y gwir oedd fod gan Dafydd, yn gyffelyb i'r rhan fwyaf o fechgyn o'r wlad yr adeg honno, y dirmyg mwyaf tuag at deilwriaid, canys roedd y dywediad fod yn ofynnol cael naw teiliwr i wneud dyn mewn bri mawr yn eu plith, ac fel rheol, bechgyn gwanllyd, afiach a darfodedig fyddai'n mynd yn deilwriaid. Felly nid rhyfedd fod Dafydd wedi gwylltio.

"Rhowch y'ch hogyn y'ch hun yn deiliwr," ebe Dafydd yn boethlyd, "mae o'n ddigon o gadi, ac yn ddigon c'lwyddog—mi wnâi deiliwr tan gamp!"

Er syndod i bawb ond Mrs. Owen eto, ni chythruddodd Jackson nemor yn wyneb geiriau sarhaus Dafydd.

"Mrs. Owen sydd i benderfynu i ble'r ei di, 'machgen i," meddai, "ac os gallwn ni gael lle i ti hefo Mr. Morris, mi fydd yn llawer gwell i ti na bod hyd y fferm yn magu penrhyddid a dysgu segura."

"Petaswn i'n ddigon o gadi i edrych ar y'ch hogyn chi'n curo genethod, ac i wrando arnoch chithe'n deud c'lwydde am 'y nhad; petaswn i'n ddigon o gadi i wneud hynny heb ddeud gair, fasech chi ddim eisio 'ngyrru fi i ffwrdd," ebe Dafydd yn ffyrnig, "ond fedrwch chi na neb arall wneud teiliwr ohona i!"

"Dyma ti, 'machgen i," ebe Mr. Jackson, "does dim dwy awr er pan gladdwyd dy dad; wyt ti'n mynd i anufuddhau iddo fo drwy herio dy fam a phawb yn barod?"

Gwyddai Dafydd na fynasai ei dad mo'i roi'n deiliwr, ond roedd Jackson wedi taro'r tant priodol er hynny, canys y foment y dechreuodd Dafydd feddwl am ei dad, torrodd ei galon, ac wylodd, ac ni wrandawodd ar y gweddill o'r ymgom.

Manteisiodd Jackson ar ei gyfle; dywedodd wrth Mrs. Owen y gwnâi ei orau gyda Mr. Morris i brentisio Dafydd ar delerau da, ac yn ôl pob tebyg, roedd Mrs. Owen yn cwbl gydsynio, a dyfodol Dafydd wedi ei benderfynu.

VIII.
Profi'r Prentis

Erbyn nos drannoeth, roedd tynged Dafydd wedi ei setlo, a Mr. Jackson wedi trefnu gyda Mr. Morris iddo fynd yno yn brentis o deiliwr. Haws dychmygu na disgrifio teimladau Dafydd. Y gwir oedd, nid oedd Mrs. Owen yn gofalu rhyw lawer beth ddeuai o Dafydd; roedd hi'n dotio cymaint ar ei mab ei hun, Henri, fel nad oedd ganddi le yn ei chalon i ddim gofal am neb arall. Yn wir, roedd hi yn llunio i Henri ddyfodol teg. Credi yn ei chalon mai efe ddylasai gael Cwm Eryr; ni feddyliai o gwbl am Arthur Wynn, yr hwn, yn ddiamau, pe gwybuasai ei dad am ei enedigaeth, a gawsai yr eiddo. Ni wyddys pa fodd y gallai ei chydwybod ddibrisio ei hawliau ef, ond eu dibrisio wnâi, ac roedd yn benderfynol o ddwyn Henri i fyny yn y fath fodd fel y byddai yn deilwng o ystâd Cwm Eryr pan ddeuai i'w feddiant. Eithaf peth, yn ddiau, fuasai i Mrs. Owen feddwl tipyn pa fodd y gallai hynny gymryd lle, ond ni wnâi; cymerai yn ganiataol rywfodd mai ei mab hi ddylasai gael yr eiddo, ac ni feddyliai ond am ei ddwyn i fyny fel "gŵr bonheddig." Felly cafodd tynged Dafydd druan ei setlo, a phenderfynwyd mai teiliwr oedd efe i fod. Cyn pen ychydig ddyddiau, roedd ef yn siop Mr. Morris, yn dechrau ar ddysgu ei grefft. Nid ffŵl oedd Mr. Morris, sut bynnag, ac ni fynnai rwymo Dafydd ar unwaith, ac felly trefnwyd fod Dafydd i fod yno am fis o brawd cyn cwblhau'r brentisiaeth.

Cadwai Mr. Morris siop fawr, ac roedd ganddo liaws o deilwriaid, rhai wedi gorffen dysgu'r trad, ac eraill, boneddigion ieuanc tra gobeithiol, wrthi yn dysgu, yn gwneud gwaith dyn (neu deiliwr) am gyflog prentis, ac yn llanw llogellau Mr. Morris ag aur. I blith y rhai hyn y gorfu ar Ddafydd fynd. Bwytai gyda hwy wrth y bwrdd, gweithiai gyda hwy, a chysgai gyda hwy. Wrth gwrs, teimlai'r frawdoliaeth deilwraidd fod yn ofynnol iddynt roi Dafydd, fel newydd ddyfodiad, drwy y profion arferol cyn gwneud cyfaill ohono. Yr oedd y profion yn y yn lluosog a chreulon, megis gwneud pincws ohono yn ystod y dydd a gwneud gwawd ohono yn ystod y nos. Y diwrnod cyntaf, gwthiwyd o leiaf ddwsin o binnau neu nodwyddau i goesau a chluniau Dafydd gan y prentisiaid, a dioddefodd Dafydd y driniaeth yn lled ddistaw, a chyda gwroldeb a brofai nad teiliwr a ddylasai fod, os teg barnu teilwriaid wrth y samplau gadwai Mr. Morris. Erbyn y nos roedd y cywion teilwriaid wedi penderfynu mai creadur diniwed iawn oedd Dafydd, ac y gallent yn ddi-berygl wneud a fynnent gydag ef, a mawr oedd eu difyrrwch. Cysgai cryn saith ohonynt yn yr un ystafell, ac roedd lle wedi ei wneud i Dafydd gyda hwy. Pan ddaeth amser mynd i gysgu, aeth yr hogiau oll i'w llofft, a Dafydd gyda hwy. Yr oedd Dafydd yn arferol â dweud ei bader cyn mynd i'w wely, ac aeth at y gorchwyl hwnnw am y tro cyntaf ym masnachdy Mr. Morris heb feddwl beth a ddilynai. Aeth ar ei liniau ar lawr, a'i ben ar erchwyn y gwely, ond pan oedd efe ar ganol y pader, teimlai rywbeth oer yn rhedeg i lawr hyd asgwrn ei gefn. Yr oedd y gwŷr ieuanc gobeithiol yn tywallt y dŵr o'r jwg ymolchi i lawr rhwng ei grys a'i groen. Er ei fod ar ganol erfyn am gael ei wared rhag drwg, neidiodd Dafydd ar ei draed, a chan ddefnyddio ymadrodd go gryf, trawodd dri o'r mân deilwriaid nes oeddynt yn bentwr ar lawr, a'r jwg o tanynt. Sgwariodd y gweddill i fyny toc i amddiffyn eu cymdeithion, ond buan yr aethant hwythau yr un ffordd. Unwaith y cyffroid ef, roedd Dafydd yn hogyn go beryglus, fel y gallasai Norman Jackson dystio, ac fel y cafodd y teilwriaid achos i gredu cyn hir. Croesodd Dafydd yr ystafell, agorodd y drws, ac mewn llai o amser nag a gymer i ni ddweud yr hanes, ciciodd y saith teiliwr i lawr grisiau yn ddiseremoni, caeodd y drws a chlôdd ef. Yna, wedi gorffen ei bader, aeth i'w wely, a chysgu yn dawel tan y bore.

Gellid meddwl y buasai yno gyffro mawr yn nhŷ Mr. Morris y noson honno, ond fel mater o ffaith, fel arall y bu. Yr oedd ar y teilwriaid ofn Mr. Morris am eu hoedl, a phan gyfeiriwyd hwy allan o'r ystafell gan Dafydd, barnasant mai doethach oedd iddynt dreulio'r noson ar y grisiau yn hytrach na thynnu sylw'r "gaffer" drwy geisio cael mynediad yn ôl i'r ystafell. Wrth y bwrdd brecwast drannoeth, roedd golwg tost ar bob un ohonynt, fel pe buasent wedi hanner rhynnu, ond cafodd Dafydd lonydd perffaith am beth amser ar ôl hyn.

Ond nid oedd y gwŷr ieuanc yn fodlon ar eu gorchfygiad, ac nid hir fuont cyn dyfeisio ffordd arall i boeni Dafydd, ac i ddial arno, a hynny, mewn gwirionedd, fu gwaredigaeth Dafydd. Fel y prentis ieuengaf, roedd Dafydd yn gorfod gwneud pob math o ryw fân negesau a swyddi, ac yn y fan hon y cafodd ei elynion fantais arno. Go drwstan y gwnaethai Dafydd bob rhyw swydd deilwraidd a osodid arno; yn wir, roedd mor gas ganddo'i le fel na cheisiai wneud dim yn briodol. Un diwrnod, pan oedd yr adeg i gwblhau'r brentisiaeth yn nesu, roedd Dafydd wrthi yn pacio nwyddau i fynd â hwy i amryw o'r cwsmeriaid. Yr oedd yn pacio pentwr o ddillad baban i Mrs. Jones, y Stryd Isa', *gown* priodas gwych dros ben i Miss Evans, merch y person—yr hon oedd ar fin mynd i'w phriodi—a siwt o ddillad i Mr. Hugh Thomas, hen lanc cysetlyd oedd yn byw ar ei arian. Paciodd Dafydd y pethau yn briodol, ac ysgrifennodd enwau a chyfeiriadau y cwsmeriaid yn gywir bob un ar ei barsel, ac yna aeth i'r tŷ i gael ei de.

"Wyt ti wedi pacio'r pethe'n iawn, Dafydd?" ebe Mr. Morris wrtho wedi iddo orffen yfed ei de.

"Ydw, syr," ebe Dafydd. "Maen nhw'n barod i gyd."

"O, da iawn. Well i ti fynd i'w danfon nhw rŵan ynte."

Dychwelodd Dafydd i'r siop, ac yn unol â gorchymyn Mr. Morris, aeth i ddanfon y parseli. Aeth yn gyntaf i ddanfon parsel Miss Evans, yna danfonodd barsel Mr.

Thomas, ac yn olaf, aeth â pharsel Mrs. Jones. Wedi gorffen, aeth yn ei ôl i'r siop, lle rhoed ef i wneud rhyw orchwyl arall.

Pan ddaeth Dafydd a'r parsel i dŷ'r person, roedd Miss Evans yn sôn wrth rai o'i chyfeillesau am y *gown* gwych roedd hi wedi ei brynu; roedd Mr. Morris, meddai, wedi mynd i drafferth fawr i'w gael iddi, o Paris—doedd dim byd yn Llundain, heb sôn am Abercwm, a wnâi'r tro. Yr oedd hi wedi treulio tua dwy awr, a dweud y lleiaf, i ddisgrifio'r *gown* i'w chyfeillesau, pryd y daeth y forwyn at ddrws yr ystafell, gan guro'n foneddigaidd.

"Dowch i mewn," ebe Miss Evans.

Agorodd y forwyn gil y drws. "Parsel o siop Mr. Morris, ma'm," meddai hi yn dra gostyngedig.

"O! Dyma fo wedi dŵad!" meddai Miss Evans. "Estynnwch o, Maud," meddai wrth un o'i chyfeillesau, "mae 'nghalon i'n curo gormod."

Estynnodd Maud y parsel, a bu'r cyfeillesau am gryn hanner awr heb hêl digon o wroldeb i'w agor, gan faint eu cyffro a'r teimladau rhyfeddol oedd yn mynd drwy eu mynwesau. Wedi hir siarad, a sôn am y *gown*, mentrodd un o'r cyfeillesau ddweud y dylasent gael golwg arno bellach, a dechreuodd agor y parsel ar ei chyfrifoldeb ei hun.

"O! Peidiwch!" meddai Miss Evans. "Rhaid i mi gael 'i agor o fy un, ac eto, wn i ar y ddaear sut i wneud— mae 'nghalon i'n curo mor ofnadwy."

Cysurodd y cyfeillesau hi, gan ddweud na ddylasai gyffroi cymaint arni ei hun, a thoc, medrodd Miss Evans ymgadarnhau digon i agor y parsel. Wedi datod y papur llwyd, roedd yno glamp o focs, ac wedi codi caead hwnnw'n araf, araf, gwelid yno amryw haenau o bapur sidan o liw prydferth. Symudodd Miss Evans y papur sidan o haen i haen, a daeth golwg o syndod dros ei hwyneb, rhoes sgrech nes oedd y tŷ'n diaspedain, a syrthiodd i 'sterics yn ddi-oed, er dirfawr syndod i'w chyfeillesau.

IX.
Helynt y Parseli

Bu'r cyfeillesau yn hir cyn cael cyfle i edrych beth oedd yn y bocs i roi cymaint o fraw i Miss Evans, ond wedi taflu cryn alwyn o ddwfr am ei phen, a rhwbio'i garddyrnau nes oeddynt agos cyn boethed â'i phen, a gyrru am y meddyg, cawsant hamdden i edrych yn y bocs. Cododd un ohonynt y papur sidan yn ochelgar, a beth oedd yno wedi eu gosod yn daclus ddigon yn y bocs, ond pob rhyw ddillad bychan angenrheidiol at wisgo un newydd wneud ei ymddangosiad yn hyn o fyd! Bu agos i'r cyfeillesau fynd i ffitiau gan syndod, a diau mai dyna fuasai eu rhan hwythau hefyd oni bai eu chwilfrydedd. Cyrhaeddodd y meddyg toc, a tharodd ati i ddod â Miss Evans ati ei hun, a'r ddwy gyfeilles yn ei helpu drwy wneud y gwaith yn saith gwaith mwy anodd iddo.

Tra roedd y digwyddiadau hyn yn mynd ymlaen yn nhŷ'r person, roedd Mr. Hugh Thomas yn mwynhau sigâr ar ôl ei de, ac roedd mewn tymer heb fod o'r fath addfwynaf. Yr oedd efe wedi rhoi gwers neu ddwy (neu hwyrach y byddai dwy ar hugain yn nes i'r marc) i'r forwyn ar briodoldeb cau'r drws ar ei hôl bob tro y deuai i mewn i'r ystafell, a phob tro yr aethai allan, pa un bynnag a fyddai ganddi law wag at wneud hynny ai peidio, ac roedd wedi dymuno, hefyd, i ferch pobl y drws nesaf fynd i wlad yr ystyrir yn gyffredin fod ei hinsawdd yn bur boeth, am fod y ferch honno yn chwarae'r piano ers awr a hanner, neu, fel y dywedai Mr. Hugh Thomas, "yn difyrru ei hun ac yn drysu pawb arall drwy wneud i'r gath gerdded yn ôl ac ymlaen hyd y piano." Gwelir, felly, nad oedd Mr. Thomas yn y dymer orau posib. Felly, pan ddaeth y forwyn at y drws gyda pharsel oddi wrth Mr. Morris, ni wnaeth Hugh

Thomas ond dweud wrthi am ei "daflu ar lawr", yr hyn o'i gyfieithu i iaith bobl gyffredin, felly y gwyddai'r eneth drwy brofiad, oedd ei ddodi'n daclus ar y bwrdd. Gwnaeth yr eneth hynny, ac aeth ymaith. Wedi gorffen ei sigâr, cododd Mr. Thomas yn ddioglyd ar ei draed.

"Y siwt oddi wrth yr adyn teiliwr yna ydi hi, mae'n debyg," meddai wrtho'i hun. "Gwae i'w galon o os nad ydi hi wedi'i gorffen yn iawn, ac yn ffitio i'r dim."

Agorodd Mr. Thomas y parsel, a synnodd braidd weld fod y siwt wedi ei rhoi mewn bocs. Sut bynnag, cododd y caead, a chwalodd y papur, a thynnodd allan glamp o ŵn priodas!

"Be' gebyst ydi hwn?" meddai Mr. Thomas (ond mai nid "cebyst" ddwedodd o chwaith). "Y llyman gwynebgaled! Ydi o'n meddwl y ceiff o wneud rhyw gastie fel hyn hefo fi?"

Heb wastraffu rhagor o eiriau nac o amser, rhoes Mr. Thomas y bocs a'r *gown* a'r cwbl ar y tân, a chipiodd ei het ac aeth allan, mor wyllt nes y tybiodd gwraig y tŷ ei fod wedi drysu'n llwyr yn ei synhwyrau, a'i fod yn mynd yn ddi-oed i anfon merch pobl y drws nesaf i'r wlad honno y soniwyd amdani.

Tua'r un adeg yn union, roedd Mrs. Jones yn eistedd yn y gegin pryd y daeth y bachgen â'r parsel. Agorodd Mrs. Jones y parsel yn ddi-oed, a thynnodd allan—siwt o ddillad i ddyn. Bu agos iddi lewygu, ond newidiodd ei meddwl, a dechreuodd "feithrin ei llid i'w gadw'n gynnes."

"Wel," meddai, "wedi i mi 'i siarsio fo i fynd ag ordro dillad bach, dyma fo wedi ordro siwt iddo fo'i hun! Welis i 'rioed dro mor ddigywilydd, dawn i byth o'r lle 'ma! Doed o adre, mi rof iddo fo siwt!"

Gyda'r gair, daeth Mr. Jones i'r tŷ.

"Rhag c'wilydd i chi, John," ebe Mrs. Jones.

"Be' wnes i rŵan, druan?" ebe Mr. Jones yn ofnus.

"Ordro siŵr i chi'ch hun, yn lle dillad babi, fel y deudis i wrthoch chi—"

"Be'!" meddai Mr. Jones. "Mi ordris i ddillad babi, mi gymraf fy llw, ac er fod gen i fwy o eisio siwt nag oedd gen i o eisio'r babi, ordris i ddim siwt, 'bawn i byth yn symud!"

"Wel, dyma hi!" ebe Mrs. Jones.

"Wel, nid y fi pia hi, ynte," ebe Mr. Jones.

"Wel, y'ch henw chi sy' ar y bocs," meddai'r wraig.

"Rhaid fod rhywun wedi tosturio ac anfon siwt am ddim i mi, ynte," medda'r gŵr; "fydde well i ni ddanfon y babi iddyn nhw yn 'i lle hi?"

"Rhag c'wilydd i'ch calon chi, John," ebe Mrs. Jones; "cerwch i siop Mr. Morris y munud yma, ynte!"

"Mi af—i rywle o'r fan yma," meddai Mr. Jones—y rhan olaf o'r frawddeg yn is na'r cyntaf—ac allan ag ef ar garlam.

Pan oedd y pethau hyn yn cymryd lle, roedd Mr. Morris, Mr. Jackson a Dafydd mewn ystafell yn nhŷ Mr. Morris.

"Felly, rydech chi'n meddwl y gwneiff o'r tro?" meddai Mr. Jackson.

"Wel," meddai Mr. Morris, "go anhylaw ydi o, a deud y gwir, ond mi welis rei mor anhlaw â fynte yn troi allan yn deilwriaid da."

"Felly, mi orffennwn ni'r cytundeb—"

Cyn i Mr. Jackson orffen y frawddeg, heb sôn am y cytundeb, canwyd y gloch mor ffyrnig nes y neidiodd Mr. Morris ar ei draed., ac aeth allan o'r ystafell yn ddi-oed. Erbyn iddo gyrraedd y fynedfa, yno roedd Miss Evans, mewn tymer ofnadwy.

"Dowch drwodd yma, ma'am," ebe Mr. Morris yn fwyn.

"Beth ydi'ch meddwl chi, ddyn?" ebe Miss. Evans, gan fynd ar ôl Mr. Morris i'r ystafell. "Beth ydi rhyw dacle' fel y rhai yrsoch chi i mi, syr?"

"*Gown* campus, ma'am, o Paris, fel roedd gynnoch chi eisio—"

"Dim lol hefo fi!" meddai Miss Evans; "Does yno na *gown* na dim o'r fath beth."

"Gwared ni!" ebe Mr. Morris; "beth sydd yno, ynte?"

"Lot o—fedra i ddim deud wrthach chi. Mae'n g'wilydd i chi insultio merch ifanc yn y fath fodd!" meddai Miss Evans, gan ddangos arwyddion tebyg iawn i 'sterics drachefn.

Cyn iddi ddweud na gwneud dim rhagor, fodd bynnag, agorodd drws y ffrynt, a rhuthrodd rhywun i mewn.

"Lle mae'r teiliwr melltigedig yma?" gwaeddai llais fel taran neu ddwy, a rhuthrodd Mr. Hugh Thomas i mewn i'r ystafell.

"Hylo!" meddai. "Be' felltith ydi'ch meddwl chi, ddyn? Be ydech chi'n danfon y'ch gowne a'ch ddal-di-ral gebyst i mi?"

"*Gown*, syr, lle mae o?" meddai Mr. Morris, heb wybod yn iawn beth i'w ddweud.

"Lle mae o, wir," taranai Hugh Thomas. "Mae o'n lludw i chi bellach, ar y tân yn fy nhŷ i!"

"O!" llefai Miss Evans, ac os oedd hi gynt ar ei chyngor, aeth i 'sterics rhag blaen bellach, a'r un funud, daeth Mr. Jones i mewn.

"Mr. Morris," meddai, "fedrwch chi ddeud sut y do'th siwt o ddillad acw i mi yn lle babi—yn lle dillad babi, ydw i'n feddwl?"

"Wel," meddai Mr. Morris, "rhaid mai rhai o'r hogie yma gamgymerodd wrth 'u pacio nhw. Mae'n wir ddrwg gen i, foneddigion, am yr aflerwch."

"Aflerwch, wir!" ebe Mr. Hugh Thomas; "Os nad ellwch chi neud y'ch busnes yn well na hynna, pam felltith na chaewch chi'ch siop!"

Roedd Mr. Morris mewn gormod o fraw i egluro, ac erbyn hyn roedd Miss Evans yng nghanol ei 'sterics, ac aeth Mr. Jones, fel dyn profiadol, allan yn ddi-oed. Aeth Mr. Hugh Thomas ar ei ôl yn union deg, mewn soriant[*] mawr, a chafodd Mrs. Morris a'r morwynion helbul fawr i ddod â Miss Evans ati ei hun.

Aeth Mr. Morris yn ei ôl at Mr. Jackson a Dafydd, gan gwbl gredu mai camgymeriadau Dafydd oedd wedi dwyn yr holl drybini ar ei ben, trybini barai iddo, yn ôl pob tebyg, golli cwsmeriaid da. Y gwir oedd fod gelynion Dafydd, y teilwriaid ieuainc y soniwyd amdanynt eisoes, wedi gwylio'u cyfle tra'r oedd Dafydd yn cael ei de, ac wedi rhoi'r dillad bach ym mharsel Miss Evans, y *gown* ym mharsel Mr. Thomas, a'r siwt ym mharsel Mr. Jones.

"Wel, mae'n ddrwg gen i'ch cadw chi," meddai Mr. Morris.

"O, popeth yn iawn," ebe Mr. Jackson, "gawn ni orffen yrŵan?"

Edrychodd Mr. Morris yn ddigofus ar Dafydd. "Na chawn!" meddai, "Fynna i mo'no fo. Mae o'n barod wedi peri colled o amryw bunnoedd i mi, ac wedi digio tri o 'nghwsmeriaid gore fi!"

"Gwaredigaeth!" meddai Dafydd wrtho'i hun; "Colledigaeth!" meddai Mr. Jackson wrth bawb (ond ei fod wedi defnyddio gair cryfach) ac—wel, ddywedodd Mr. Morris ddim byd, roedd bron â mynd yn sâl ar ôl yr helynt a meddwl am y canlyniadau.

---

[*] *Soriant:* Dicter, digofaint.

X.
Dychweliad Dafydd

Yr oedd Mrs. Owen mewn trwbl. Yr oedd Sam Llwyd, yr hwn a godwyd i swydd beiliff ar ôl marwolaeth Rhys Owen, yn dechrau mynd yn fwy na llond ei ddillad, ac yn gwneud pethau "o'i ben ei hun." Pen ddigon gwael oedd hwnnw hefyd, ar wahân i'r ffaith nad allai Mrs. Owen oddef y sarhad a osodid arni drwy beidio ymgynghori â hi. Yr oedd hi, mewn gwirionedd, yn dechrau meddwl mai tro ffôl a wnaethai drwy roi Dafydd yn deiliwr, ac roedd gwaith Sam Llwyd yn gwneud rhyw orchwyl yn hollol o'i ben ei hun wedi peri iddi feddwl mai y peth gorau allai hi ei wneud oedd cael Dfaydd yn ôl a gwneud ffermwr ohono yn hytrach na theiliwr. Yr oedd hi ar ganol myfyrio am y pethau hyn pan rodiodd Dafydd i mewn i'r tŷ.

"Dafydd!" ebe Mrs. Owen, gan geisio ymddangos yn ddidaro, ond roedd hi ar ei gwaethaf yn bradychu arwyddion fod yn dda ganddi weld y bachgen.

"Dafydd," meddai Mrs. Owen, "o ble doist ti?"

"O garchar!" ebe Dafydd, a theimlai yn union yr un fath ag un wedi dod o garchar hefyd. "Mae'r pen carcharwr, Mr. Morris, yn barnu nad oes dim deunydd teiliwr ynof; mae'n debyg 'i fod o wedi dod i'r penderfyniad fod yna wyth rhan o naw ormod ynof i wneud teiliwr, ac am hynny, mae o wedi gwrthod caniatáu i mi aros yn y carchar yn hwy."

"O!" meddai Mrs. Owen, gan geisio bod yn sychlyd, ond deallodd Dafydd rywfodd nad oedd ddim yn ddrwg ganddi ei weld er hynny.

"Beth wnest ti?" meddai Mrs. Owen.

"Y peth cynta' wnes i ar ôl mynd yno," meddai Dafydd, yr hwn oedd mewn ysbryd campus ar ôl cael ei ryddid, "oedd cicio saith gyw teiliwr i lawr y grisie am fy rhwystro fi ddeud 'y mhader. Roedd yn rheit ddrwg gen i na fase yno ddau arall, achos mi faswn yn medru gneud hefo naw ohonyn nhw yn ôl yr herwydd, wyddoch."

"Dafydd, Dafydd!" ebe Mrs. Owen, ond roedd tôn garedig yn ei llais.

"Yr ail beth wnes i," ebe Dafydd, "oedd tynnu wn i faint o gwsmeriaid Mr. Morris yn 'i ben o drwy fynd â dillad babi i ferch ifanc ar fin mynd i'w phriodi, mynd â gwisg briodas i hen lanc gwyllt 'i dymer, a mynd â siwt o ddillad i'r dyn oedd eisio'r dillad babi."

"O! Dafydd!" meddai Mrs. Owen, a thipyn o sŵn cerydd yn ei llais.

"Yn wir, mam," ebe Dafydd, "yn hollol ddiarwybod y gwnes i'r rhyfeddode yna, a 'nghred i ydi mai'r cywion teilwriaid newidiodd y parseli yn 'y ngwrthgefn i, ond os felly fu hi, mae gen i ddiolch iddyn nhw, achos dyna brofodd na wnawn i ddim teiliwr!"

Gyda'r gair, curodd rhywun ar y drws, a daeth Mr. Jackson i mewn. Edrychodd yn ffyrnig ar Dafydd.

"Dyna i chi fachgen addawol!" meddai wrth Mrs. Owen. "Mae o wedi bod yn gwneud pob math o gastie, ac wedi peri colled fawr i'w fistar."

"Rydw i newydd glywed yr hanes i gyd," meddai Mrs. Owen, "a gore yn y byd ei fod o wedi dod yn ôl. Mewn gwirionedd, roeddwn i pan ddaeth o i'r tŷ ar fin ysgrifennu at Mr. Morris i ddweud wrtho fo am beidio gorffen y cytundeb."

"O!" meddai Mr. Jackson mewn syndod, "Pam, tybed?"

"Fy musnes i ydi hynny," atebai Mrs. Owen, "ond fedra i ddim gwneud hebddo fo, ac o hyn allan, y fo fydd y mistar yma, yn nesa ataf fi."

"Ydech chi am drystio'r fferm i ryw ddiogyn o hogyn dibrofiad fel hyn?" ebe Mr. Jackson. "Os felly, rhaid i chi fadde i mi am edrych o 'nghwmpas am y rhent—"

"Mae popeth rhyngoch chi a fi wedi'i setlo," meddai Mrs. Owen, "ac mi fydd yn ddigon buan i chi edrych o'ch cwmpas pan welwch chi na fydd y rhent ddim yn barod. Hyd hynny, fyddwch chi cystal â pheidio ymyrraeth â fi, os gwelwch chi'n dda. Nos dawch, Mr. Jackson. Catrin! Agorwch y drws i Mr. Jackson!"

Llwfryn hollol oedd Jackson yn ei galon, ac nid oedd arno flys dweud dim rhagor wrth Mrs. Owen. Aeth ymaith heb gymaint â dweud nos dawch.

Yr oedd Norman a Lucy, ei chwaer, yn siarad â'i gilydd yn y tŷ.

"Lle mae 'nhad?" ebe Lucy, yr hon oedd eneth da a chanddi wyneb sarrug, plaen, tebyg iawn i'w modryb Gaenor.

"Mae o wedi mynd i'r dre i rwymo Dei Owen yn deiliwr!" meddai Norman mewn llawenydd mawr. "Mi faswn yn leicio gweld 'i wyneb o rŵan—roedd o mor ofnadwy yn erbyn mynd yn deiliwr, ond mae o'n ddigon saff bellach."

"Ie," meddai Lucy, "dysgu iddo fo fod mor feistrolgar a chas," ond roedd rhywbeth yn llais Lucy a brofai nad oedd hi ddim yn dweud yn union yr hyn oedd hi'n ei feddwl.

"Mi ddrefiwn ni i lawr yno ryw ddiwrnod i ni gael gweld sut bydd y teiliwr yn edrych!" ebe Norman.

"Ie," meddai Lucy, fel pe buasai yn meddwl am rywbeth arall.

"Mi dynith y gwaith yna'r holl hunanoldeb ohono fo," meddai Norman, "cheiff o mo'i lordio hi fel roedd o'n meddwl y cawse fo adre ar y fferm. O, mi fydd yn werth chweil 'i weld o'n eistedd ar y bwrdd â'i goese'n groes, yn pwytho gwasgod i hwn a chot i'r llall!"

Ni ddwedodd Lucy ddim, ac ar hynny, daeth Mr. Jackson i mewn.

"O, 'nhad ," ebe Norman, "ydech chi wedi gorffen 'i rwymo fo'n deiliwr—"

"Naddo!" meddai Mr. Jackson yn ffyrnig, gan ysgubo heibio. "Mae o adre ym Mhen y Wern eto, ac yno y bydd o hefyd, y corgi gyno fo!"

"O!" meddai Norman, ei olwg mor siomedig â'i lais.

Ni ddwedodd Lucy ddim, ond gwridodd. Beth oedd y mater, ai drwg ai da oedd ganddi?

XI.
Helbul Arthur

Unwaith wedi i Dafydd gael dihangfa o weithdy'r teiliwr, a chael ei draed unwaith yn rhagor ar dir Pen y Wern, efe a ddechreuodd weithio fel llew, a buan iawn y canfu Mrs. Owen mai'r peth doethaf wnaeth hi ers tro oedd penderfynu rhoi gofal y fferm ar ysgwyddau Dafydd. Aeth pethau ymlaen yn lled dawel am rai blynyddoedd, ac roedd rhyw lwc yn canlyn Dafydd. Ffynnai popeth ganddo yn llawer gwell nag y ffynnodd dim gan ei dad, a thelid i Mr. Jackson ei rent, a llog a pheth o gorff yr arian benthyg bob blwyddyn yn gyson. Yr oedd plant Jackson, hefyd, yn tyfu, a Norman yn mynd yn ŵr mawr tu hwnt i bob dychymyg. Rhoed addysg i Neli ac Arthur yr un fath ag i blant Jackson ei hun, ond dywedid mai drwy orfod y caniatâi Jackson hynny, ac mai Miss Gaenor oedd yn ei orfodi. Pan oedd Neli tua deunaw oed, ac wedi "gorffen ei hysgol," dechreuodd Jackson anesmwytho am ei gyrru i ennill ei thamaid, ond roedd yr hen ferch eto ar y ffordd, a'r diwedd fu rhoi Neli i edrych ar ôl a dysgu dwy eneth ieuengaf Jackson, Bella a Susie.

Wedi gorffen hefo Neli fel hyn, roedd rhaid gwneud rhywbeth gydag Arthur, ond nid oedd hynny mor hawdd. Mynnai Jackson ei roi wrth ryw swydd, megis y ceisiasai roi Dafydd yn deiliwr, ond ni fynnai'r hen ferch mo hynny chwaith. Nid am ei bod yn hoff mewn modd yn y byd o'r ddau blentyn amddifad. Y gwir oedd, ni faliai Gaenor ddraen am yr un o'r ddau, ond roedd ei balchder gymaint fel na fynnai weld rhoi ei nai na'i nith i wneud unrhyw swydd ag y gallai rhywun feddwl ei bod yn dwyn diraddiad ar y teulu, neu, yn fwyaf neilltuol, ar yr hen ferch ei hun. Felly, ceisiwyd dwyn Arthur i fyny'n dwrne, yn ddoctor, yn berson, a dwy neu dair o swyddi eraill, ond yn ofer. Er ei fod yn fachgen galluog ac ymroddgar, os mynnai, eto roedd ei iechyd mor wael fel y gorfyddai arno roi'r naill beth ar ôl y llall heibio, ac yn ei ôl y deuai o bob man— nid oedd waeth i Jackson heb geisio gwared ohono.

O'r diwedd, collodd Jackson ei amynedd, a phenderfynodd roi Arthur i wneud gwaith clerc yn swyddfa'r gwaith haearn, ac felly fu. Yr oedd y gwaith haearn tua dwy filltir o leiaf o Gwm Eryr, a byddai raid i Arthur gerdded yno yn y bore ac yn ôl yr hwyr bob dydd, tra byddai Jackson yn dreifio yno yn ei gerbyd, a Norman yn marchogaeth yno ar gefn ei geffyl bron bob dydd.

Lle truenus i'r eithaf oedd Penycwm, lle roedd y gwaith haearn. Pan ddarganfuwyd y mwyn haearn yno, nid oedd yno dŷ na thwlc yn agos i'r fan, ond pan ddechreuwyd gweithio, codwyd yno fath o gabanau isel, salw i'r mwynwyr fyw ynddynt. Er fod y gwaith yn mynd ers blynyddoedd bellach, nid oedd y tai wedi gwella dim, er fod eu nifer wedi cynyddu. Yr oedd yno resi ohonynt, cytiau isel, di-awyr, unffurf, ac arnynt olwg fudr aflawen. Jackson oedd piau'r tai, wrth gwrs, ac roedd yn rhy gybyddlyd i wneud dim rhagor na rhyw fath o gysgod i'w weithwyr. Gallesid yn ddigon aml glywed ymddiddan tebyg i hyn rhwng amryw o'r gweithwyr:

"Fuo'r mawr i lawr heddiw, Dic?"

"Do, mi gyrhaeddodd yn 'i gerbyd tua deg o'r gloch i ti, tua'r un adeg oedd Arthur Wynn yn cyrraedd, wedi cerdded yr holl ffordd."

"Ie," dywedai un arall, "fase waeth i'r llymgi gario'r bachgen druan yn y cerbyd hefo fo. Mae'r bachgen yn pesychu fel 'tae o ar fin marw, ac yn edrych fel drychiolaeth."

"Neithiwr ddwetha yn y byd," ychwanegai Dic, "y gwelis i o'n cychwyn adre, bron yn methu rhoid y naill droed heibio'r llall. Cyn 'i fod o hanner canllath i lawr y ffordd, dyma'r mawr a'r sprigyn mab yna sy' gynno fo yn gyrru yn 'u cerbyd, ac mi ddaryn basio Arthur heb sylwi arno fo—"

"Wel, 'dawn u byth o'r fan yma," ebe gweithiwr arall, "mae eisio chwythu'r ddau i'r c—."

"Mi an' yno wrth 'u pwys, i ti," dywedai Dic.

Ond er fod iddo gydymdeimlad ymhlith y dynion, nid oedd Arthur druan fawr well. Erbyn y cyrhaeddai yn y bore, byddai wedi blino fel na allai wneud ond ychydig o waith, ni allai fwyta ond y nesaf peth i ddim, ac erbyn y nos, byddai yn barod i orwedd ar lawr gan ludded, hyd yn oed cyn cychwyn cerdded adref.

Un noson hyfryd, tua chanol y cynhaeaf, roedd Arthur yn ymlusgo tuag adref yn flinedig dros ben. Eisteddai ar ochr y clawdd yn awr ac yn y man i ddadflino, ac yna cerddai ysbaid wedyn yn araf a di-ynni. Pan oedd efe'n dynesu at Gwm Eryr, daeth dyn ar gefn ceffyl i'w gyfarfod, dyn ieuanc dwy neu dair ar hugain oed, tal a golygus, a gwrid iechyd ar ei ruddiau. Doedd y marchog neb amgen na'n cyfaill Dafydd. Edrychai Dafydd yn dosturiol ar y truan a gerddai'n flinedig i'w gyfarfod, ond cyn iddo ei gyrraedd, daeth cerbyd heibio ar sgri wyllt. Jackson oedd yn y cerbyd, a phasiodd Arthur heb gymryd y sylw lleiaf ohono.

"Yr adyn digywilydd!" meddai Dafydd wrtho'i hun, gan ysbarduno'i geffyl yn ddiarwybod iddo'i hun yn ei ddigofaint. Yn y man, daeth i fyny at Arthur, ac heb ddweud gair, neidiodd i lawr oddi ar gefn ei farch.

"Ewch ar 'i gefn o, Arthur, a marchogwch adre'; mi ddof i nôl y ceffyl yn union deg."

"Na," meddai Arthur druan, "does yma fawr o ffordd eto; mi fedra' gerdded yn iawn—"

"Rhaid i chi gymryd y ceffyl," ebe Dafydd. "Does gen i ddim ond eisio mynd cyn belled â'r cae acw lle mae'r defaid, ac wedyn mi ddof i nôl y ceffyl."

Yr oedd Arthur druan mor flinedig fel nad oedd ynddo galon i wrthod yn hwy, felly aeth ar gefn y ceffyl, a marchogodd tua Chwm Eryr, tra'r aethai Dafydd ymlaen tua'r cae lle roedd y defaid. Nid oedd Dafydd wedi sylwi fod Lucy Jackson yn edrych arnynt o'r llwybr groesai'r cae yr ochr uchaf i'r ffordd. Cyn ei fod wedi cyrraedd cae'r defaid, daeth Dafydd i gyfarfod Neli, yr hon oedd allan am dro gyda Bella a Susie. Yr oedd y ddwy foneddiges ieuanc a enwyd ddiweddaf yn difyrru eu hunain drwy boeni Neli wrth ddringo i ben y llidiardau a'r gwrychoedd, yn unig am fod Neli yn dweud wrthynt am beidio, a phan gyfarfu Neli a Dafydd, roedd y ddwy eneth dipyn ar ôl.

"Neli," ebe Dafydd, gan estyn ei law, "welais i monoch chi ers talwm!"

"Naddo," atebai Neli, a'r gwrid coch yn codi i'w hwyneb.

"Sut mae pethe'n dŵad ymlaen rŵan?" gofynnai Dafydd.

"O, rhywbeth yn debyg—maen nhw'n ymddwyn yn weddol tuag ata i, ond am Arthur..."

"Ie," ebe Dafydd. "Rydw i newydd roi benthyg fy ngheffyl iddo fo fynd adre rŵan. Mi pasiodd Jackson o ar y ffordd heb edrych arno fo—wedi dreifio a gadel i'r bachgen druan gerdded yr holl ffordd, mae'n debyg."

"Dyna fel mae o'n gwneud bron bob dydd," ebe Neli, a'r dagrau yn ei llygaid.

Troes Dafydd ei ben, ac roedd ar fedr ateb pryd y gwelai Lucy Jackson yn dod tuag atynt.

"Nos dawch, Neli," ebe Dafydd, ac heb ddweud rhagor, aeth yn ei flaen tua'r cae lle roedd y defaid.

Daeth Lucy yn ei blaen at Neli. Edrychodd arni gyda golwg na ellid ei alw'n fwyn, a gwridodd Neli'n waeth nag o'r blaen.

"Pwy oedd yn siarad hefo chi?" ebe Lucy.

"Dafydd Owen," ebe Neli.

"Roeddwn i'n meddwl," ebe Lucy. "Mi all'se fod yn ddigon o ŵr bonheddig i f'aros i, yn lle llechian i ffwrdd fel yna y munud y gwelodd o fi'n dŵad!"

Heb ddweud gair yn rhagor, aeth Lucy dros y gamfa i'r cae, a chroesodd yn union i gyfarfod Dafydd, tra'r aethai Neli yn ei blaen tua chartref, a'i chalon yn curo'n gyflym.

"Un gwael ydech chi, mynd i ffwrdd y munud y gwelsoch chi fi'n dŵad!" ebe Lucy, gan geisio ymddangos yn llawen.

"Begio'ch pardwn, ond yn wir, wyddwn i ddim fod gynnoch chi eisio 'ngweld i, ne faswn i ddim yn rhoi trafferth i chi gerdded i'r fan yma," ebe Dafydd.

"Sut y gwyddoch chi fod gen i eisio'ch gweld chi?" ebe Lucy yn chwerw.

"Wel, maddeuwch i mi am gamgymryd," ebe Dafydd. "Eisio gweld y defaid yma sydd arnoch chi, wrth gwrs. Dyma'r myharen brynis i y llynedd yn ffair Abercwm, a dacw'r famog fagodd bedwar oen y llynedd, a welwch chi'r ddafad benddu acw—"

"Twt lol!" ebe Lucy. "Be waeth gen i am y'ch defaid chi—"

"O, wel, rydw i wedi camgymryd eto, ynte," ebe Dafydd, "maddeuwch i mi—"

"Eisio gofyn i chi am y llyfr hwnnw y ddaru i chi addo'i fenthyg o i mi oedd gen i," ebe Lucy, gan geisio ei gorau glas gadw ei thymer.

"O!" ebe Dafydd. "Pryd oedd hynny, deudwch— gwmpas deufis yn ôl, ynte—"

"Ie—mi ddigwyddis gofio amdano fo pan welis i chi," atebai Lucy, gan frathu ei gwefus.

"Mae'n ddrwg gen i 'mod i wedi methu cael hyd iddo fo," ebe Dafydd. "Ond mi chwilia eto. Rydw i wedi chwilio mwy na mwy amdano fo, ond fedrwn i yn fy myw daro fy llaw arno fo, fel y bydd hi bob amser pan fydd rhywun eisio dod o hyd i rywbeth yn neilltuol."

"Ddowch chi cyn belled ag acw heno?" ebe Lucy, gan gwbl anghofio'r llyfr. "Fuoch chi ddim i fyny ers talwm iawn."

"Rydw i'n dŵad yrŵan," ebe Dafydd, "i nôl fy ngheffyl. Mi rois 'i fenthyg o i Arthur fynd adre; roedd o wedi cerdded yr holl ffordd, ac wedi blino'n ofnadwy, a'ch tad yn dreifo a chyno fo ddigon o le i'w gario fo, ac eto'n 'i basio fo ar y ffordd heb edrych arno fo!"

"Gawn ni fynd hyd y llwybr yma?" meddai Lucy, fel pe buasai heb glywed gair o'r hyn ddwedodd Dafydd am ei thad ac Arthur.

XII.
Drws Cloëdig

Fel y dywedwyd eisoes, dynes dawel, addfwyn oedd
Mrs. Jackson, ac roedd y driniaeth gâi Arthur yn pwyso'n
drwm ar ei meddwl, yn ei gwneud yn annifyr drwy'r dydd
ac yn ei chadw'n effro ac annedwydd drwy'r nos. Yr oedd
ganddi ormod o ofn ei gŵr i geisio gwneud odid ddim i
wella cyflwr Arthur druan; roedd arni ofn siarad drosto,
ac ni allai ond dangos ychydig garedigrwydd tuag ato ei
hun, a hynny pan na fyddai neb arall yn y golwg. Yr ofn
hwn oedd wedi difetha bywyd Mrs. Jackson. Pan
dwyllodd Jackson yr hen Sgweiar drwy gelu hanes
genedigaeth Arthur, roedd ar Mrs. Jackson ormod o ofn
i ddweud wrth ei thad beth oedd y gwir, ac felly roedd hi
yn awr yn gorfod dioddef, a dioddef yn dost hefyd, canys
roedd hi yn ddynes o deimladau naturiol serchog, ac
roedd pob cam a gwneid ag Arthur, pob gair cas a
ddwedid wrtho, yn peri cymaint o boen i Mrs, Jackson
fel roedd ei bywyd bellach yn un llinyn di-dor o ddioddef
ac edifeirwch, edifeirwch o'r fath fwyaf poenus, yn
gymaint ag nad oedd ganddi hi ddigon o ysbryd i wneud
dim iawn i'r bachgen druan. Ac yn wir, os gwnâi hi
rywbeth erddo, byddai Jackson a'i blant, y rhai oedd
debyg iawn iddo, yn siŵr o ddial ar Arthur y cyfle cyntaf
gaffent, mewn rhyw wedd neu gilydd. Y noson y soniwyd
amdani yn y bennod ddiwethaf roedd Mrs. Jackson yn
eistedd yn ei hystafell, yn meddwl am y pethau hyn, ac
yn edrych drwy'r ffenestr, pryd y gwelodd ei gŵr yn
dreifio i fyny at y tŷ. Nid oedd neb ond efe yn y cerbyd,
a gwybu Mrs. Jackson rhag blaen y rhaid ei fod wedi
pasio Arthur ar y ffordd a gadael iddo gerdded, er fod
yno ddigon o le yn y cerbyd, pe mynasai Jackson ei gario.

Aeth y peth fel saeth i galon Mrs. Jackson, cuddiodd ei hwyneb â'i dwylo, a dechreuodd wylo. Wylodd yn hir ac yn chwerw, ond toc, clywai sŵn rhywun yn dod i'r ystafell. Jackson oedd yno, ac roedd yn eglur fod ei dymer afrywiog wedi ei chythruddo gan rywun.

"Wel, beth ydech chi'n wneud yn y fan yna yn crio fel plentyn o hyd?" ebe Jackson.

"Yn wir, Harold," ebe Mrs. Jackson yn ofnus, ond eto heb allu ymatal, "fedra i yn 'y myw beidio crio ych gweld chi'n dreifio at y tŷ, a digon o le gynnoch chi yn y cerbyd, ac eto yn gadael i'r bachgen druan yna gerdded yr holl ffordd o'r gwaith."

"Cerdded yn wir!" meddai Jackson yn ffyrnig. "Faswn i'n meddwl na cherddodd o ddim llawer, mae o newydd ddod i mewn y munud yma ar gefn ceffyl. Os meder o fforddio llogi ceffyl i ddŵad adre, rhaid i mi edrych ati hi o ble mae'r pres yn dŵad."

"Harold!" meddai Mrs. Jackson. "Ydech chi ddim yn meddwl awgrymu fod y bachgen yn—yn anonest?"

"Lle mae o'n cael pres i dalu am geffyl ynte?" ebe Jackson. "Wn i am neb eto'n ddigon o ffŵl i roi benthyg ceffyl am ddim i bobl—"

"Dydech chi ddim yn nabod holl ffyliaid yr ardal yrna ynte, 'nhad," meddai Norman Jackson, yr hwn ddaeth i mewn ar y pryd. "Mae yma o leia un sy'n ddigon o ffŵl i roi benthyg 'i geffyl am ddim i bobl."

"Pwy ydi hwnnw?" ebe Jackson, â'i wyneb yn cochi.

"Dafydd Owen," atebai Norman. "Ei geffyl o oedd gan Arthur, a mae Dafydd newydd ddod i'r buarth i nôl 'i geffyl y munud yma, ond mi rwystrais i iddyn nhw ei roi o yn y stabal, ac mi fu raid i Arthur ddal 'i ben o nes daeth Dafydd i'w nôl o."

"Mi ddysga i'r ysgogyn yrru ei geffylau yma!" meddai Mr. Jackson, ac aeth allan o'r ystafell ar ffrwst, a Norman yn ei ddilyn, tra troai Mrs. Jackson i wylo drachefn.

Pan aeth Jackson i'r buarth, roedd Dafydd yn dweud nos dawch wrth Lucy, ac yn esgusodi ei hun am beidio mynd i'r tŷ.

"Dyma'r ceffyl gen i, welwch chi, rhaid i mi fynd â fo adre," meddai Dafydd.

"Rhowch o yn y stabal, a dowch i mewn am dipyn," ebe Lucy, a chan alw ar hogyn safai yn nrws y stabal, meddai, "Hwda, Bob, rho'r cefiyl yma i mewn—"

"Wneiff o ddim byd o'r fath, meddai Mr. Jackson, yr hwn a gyrhaeddodd i'r lle pan oedd Lucy yn siarad â'r hogyn.

"Na wneiff," ebe Dafydd. "Rydw i'n mynd yrŵan."

"Pa fusnes sy gen ti yrru dy geffyl yma?" ebe Jackson, yn drahaus.

"Edrychwch ar Arthur," ebe Dafydd, "a raid i mi ddim deud wrthoch chi. Nos dawch, Miss Lucy, nos dawch, Arthur," a chan godi ei het yn foesgar, aeth Dafydd ar gefn ei geffyl, a marchogodd ymaith heb gymryd y sylw lleiaf o Jackson na Norman.

Eisteddai Mrs. Jackson yn ei hystafell o hyd. Yr oedd awr neu ragor er pan ddaethai Jackson adref, ond nid oedd Mrs. Jackson ond prin wedi peidio wylo eto. Yr oedd sŵn chwerthin a difyrrwch i lawr yn y tŷ, ond ni theimlai Mrs. Jackson ar ei chalon symud or fan lle'r oedd. Curwyd y drws, a daeth Arthur i mewn.

"O, Arthur," ebe Mri Jackson. "Ydech chi'n well heno?"

"O, rydw i'n iawn rŵan," ebe'r bachgen. "Pam rydech chi'n eistedd yn y fan yma ar eich pen eich, hun, modryb?"

"Wn i ddim," ebe Mrs. Jackson, yn anesmwyth. "Beth maen nhw'n wneud i lawr—mae yna ddigon o chwerthin."

"Maen nhw'n chware cardie," ebe Arthur. "Roeddwn i'n mynd i gymryd fy lle hefo nhw, pryd y deudodd Lucy wrtha i, fel arfer, fod yno ddigon ohonyn nhw hebdda i, ac mi es inne i ffwrdd."

Nid atebodd Mrs. Jackson, beth bynnag oedd ei theimladau, a chychwynnodd Arthur ymaith. "Rydw i'n meddwl yr af i lawr i Ben y Wern am ryw awr," meddai.

"O, na, Arthur, Arthur, peidiwch â mynd heno eto!" ebe ei fodryb, yn erfyngar.

"Ond mae hi mor annifyr yma," atebai Arthur. "Fydda i ddim yn hir."

"Wel," meddai Mrs. Jackson, "byddwch yn siŵr, yn siŵr o ddŵad adre mewn pryd, er fy mwyn i, Arthur."

"Mi ddof—er ych mwyn chi," ebe Arthur, â thôn ddigofus yn ei lais.

Aeth Arthur ymaith, a safai Mrs. Jackson wrth y ffenestr i'w wylio nes aeth o'r golwg. A ddeuai efe yn ôl mewn pryd? Gwasgodd Mrs. Jackson ei llaw at ei chalon wrth feddwl am y peth. Y gwir oedd fod Jackson yn ddiweddar wedi rhoi gorchymyn caeth nad oedd Arthur i gael ei dderbyn i'r tŷ os na ddeuai i mewn cyn hanner awr wedi deg o'r gloch. Nid caredigrwydd at y bachgen na gofal amdano oedd wrth wraidd y gorchymyn hwn. Yr oedd Arthur, ar ôl glân flino ar y driniaeth a'r angharedigrwydd a gâi yn y plas, wedi dechrau mynd i Ben y Wern i dreulio ei nosweithiau. Daeth Jackson i wybod hyn, a'r canlyniad fu iddo wneud y rheol y cyfeiriwyd ati. Nid oedd Norman dan y rheol, sut bynnag; gallai efe ddod i mewn pan fynnai, neu beidio dod i mewn o gwbl, os hynny fyddai ei ewyllys, ac ni ofynnid byth iddo pa bryd y daethai i mewn na pha le y bu.

Aeth Mrs. Jackson i lawr, a swperwyd mewn distawrwydd. Yr oedd Mrs. Jackson yn meddwl am Arthur; Mr. Jackson yn meddwl am rywbeth digon annymunol, os teg barnu oddi wrth surni ei olwg; a Lucy yn meddwl am—wel, pwy wyddai am beth? Ychydig fwytai, a dodai ei phenelinoedd ar y bwrdd, a'i hwyneb ar ei dwylo, mewn ffordd hynod anfoneddigaidd, ac edrychai'n hir ar y tân, a phan ddigwyddai rhywun ddweud gair, cyffroai yn sydyn, ac yna, syrthiai i fyfyrio drachefn.

"Lle mae Arthur?" ebe Mr. Jackson, yn sydyn, ymhen tipyn ar ôl swper.

"Mae o wedi mynd i Ben y Wern," ebe Mrs. Jackson, gan grynu gan ofn.

Nid atebodd Jackson, ond canodd y gloch, a gorchmynnodd i bawb fynd i'w gwelyau. Yr oedd Miss Gaenor yn digwydd bod oddi cartref.

"Nid ydi Norman ac Arthur wedi dŵad i mewn eto, 'nhad," ebe Lucy, fel pe buasai yn ddig am gael ei rhwystro yn ei myfyrdod.

"Mae hi'n hannar awr wedi deg," ebe Jackson. "Ddaw'r hogyn yna ddim i mewn i'r tŷ yma heno." Aeth pawb i'w gwelyau, neu, o leiaf, i fyny i'w llofftydd, tra'r aeth Mr. Jackson i edrych a oedd y drysau wedi eu cloi, fel yr arferai ef fynd bob amser. Pan oedd Mrs. Jackson yn mynd i fyny'r grisiau, daeth Neli i'w chyfarfod.

"O! Mae'r dryse wedi eu cloi, a fynte heb ddŵad! Beth ar y ddaear wnawn ni?" meddai Neli, gan dorri i wylo.

"Wn i ddim, Neli bach," atebai Mrs. Jackson, mor dorcalonnus â hithau, "ond rhedwch, dyma'ch ewyrth yn dŵad—rhedwch!"

A rhedeg wnaeth Neli, tra deuai Jackson i fyny'r grisiau. Aeth Mrs. Jackson i'w hystafell ymwisgo, ac eisteddodd ar gadair yno, â'i chalon yn curo'n gyflym. Yn y man, clywai sŵn rhywun yn rhedeg hyd y llwybr at y tŷ, a chlywai'r gloch yn canu. Ni feiddiai fynd i lawr i agor y drws, er y gwyddai o'r gorau mai Arthur oedd yno, ac ni feiddiai neb arall yno fynd ychwaith. Aeth Mrs. Jackson drwodd i'r ystafell wely, lle roedd Jackson yn ymddiosg.

"Harold, ga i fynd i lawr i agor?" meddai Mrs. Jackson, yn grynedig.

"Na chewch!" ebe Jackson.

"Dydi o ddim ond pum' munud ar ôl yr amser."

"Waeth gen i 'tae o ddim ond munud," ebe Jackson, "os na feder o ddŵad i mewn erbyn hanner awr wedi deg i'r funud, ddaw o ddim i mewn i'r tŷ yma."

"Hwyrach mai Norman sydd yna," ebe Mrs. Jackson.

"Dim peryg!" ebe Jackson. "Peidiwch â threio 'nhwyllo fi. Mae gan Norman agoriad."

"Mae o'n canu'r gloch eto," ebe Mrs. Jackson. "O, Harold, gadewch i mi fynd i agor y drws."

"Na—dim gair ychwaneg—cofiwch!" oedd ateb Jackson.

Aeth Mrs. Jackson yn ei hôl i'w hystafell ymwisgo, a bu yno am ysbaid hir, ond ni chanai'r gloch mwyach, ac roedd Arthur wedi mynd—i ble?

XIII.
Ar Hyd y Nos

Aeth Arthur ymaith, ar hyd y ffordd gerbyd drwy'r parc, tua'r ffordd fawr, ond ni wyddai i ble'r aethai. Yr oedd y gwlith yn disgyn yn drwm, a'r awyr yn oer: ni thalai i gysgu allan, ac eto, i ble'r âi? Byddai raid iddo gerdded drwy gydol y nos, neu gysgu allan, ac nid oedd fawr wahaniaeth ganddo beth ddeuai ohono, mewn gwirionedd. Pe buasai'n gorwedd ar lawr dan gysgod y coed, ac yn cysgu, buasai yn rhynu gan yr oerfel, ac hwyrach, pan dywynai haul y bore, na ddeffrai mohono ef. A pha waeth? Nid oedd neb a alarai ar ei ôl, ond Neli, a Dafydd Owen, hwyrach. Am bawb arall, da fyddai ganddynt gael ei le. Gan hêl meddyliau fel hyn, aeth Arhtur yn ei flaen, ac roedd ar fedr croesi i orwedd i lawr dan gysgod y coed gerllaw'r ffordd, pan glywai sŵn rhywun yn dod tuag ato dan chwibanu. Safodd i gael gweld pwy oedd yno. Yn y man, daeth Norman i fyny.

"Hylô, Norman! Mae'n dda gen i'ch bod chi wedi dŵad. Roeddwn i ryw bum munud yn hwyr, ac maen nhw wedi cloi," meddai Arthur.

"Fedra i mo'ch gollwng chi i mewn," meddai Norman yn sychlyd.

"Pam? Does gynnoch chi'r un goriad?"

"Oes, wrth gwrs," ebe Norman, "mi fedra i fynd i mewn, ond fedra i ddim gadel i chi ddŵad."

"Pam?" ebe Arthur.

"Does gen i ddim eisio herio 'nhad yn 'i wyneb. Mae o wedi deud wrthoch chi am fod i mewn erbyn hanner awr wedi deg, neu fod allan—rydech chi wedi cael y'ch dewis. Mae hi'n un ar ddeg bellach."

"Os cewch chi fynd i mewn un ar ddeg, pam na cha inne?" ebe Arthur.

"Nid fy musnes i ydi ateb," ebe Norman. "Dyna ddeudodd y Sgweiar, a waeth heb gybola. Waeth i chi heb ddŵad ar f'ôl i—chewch chi ddim dŵad i mewn."

"Caf! Mi gaf!" ebe Arthur.

"Na, chewch chi ddim! Dyna ddigon!" ebe Norman.

Yr oedd tymer Arthur, tymer hen deulu'r Wynniaid, yn dechrau codi.

"Norman!" meddai. "Llechgi brwnt wyt ti! Tase ryw gyfiawnder i'w gael, fi fase pia Cwm Eryr, ac mi faset ti yn gorfod cymryd rhywbeth am dy damed, ond faswn i byth yn cloi'r drws ar dy ddannedd di—faswn i ddim yn gwrthod cysgod i gi!"

Rhoes Norman yr agoriad yn y clo. "Nid y fi sy'n y'ch cloi chi allan," meddai. "Rhyngoch chi a'r Sgweiar am hynny. Os cewch chi gennad gyno fo i aros allan tan un ar ddeg, popeth yn iawn, ond thorra i mo'i orchymyn o."

Cilagorodd Norman y drws, ac ymwthiodd i mewn, a chlôdd yn wyneb Arthur. Gwnaeth drwst mawr wrth gloi, trwst hollol ddi-alw-amdano, ac wrth dynnu ei esgidiau ac ymbaratoi i fynd i'w wely roedd gwên foddhaus ar ei wyneb, fel pe buasai wedi gwneud y weithred fwyaf Cristionogol wnaeth dyn erioed.

Pasiai ystafell ei fam wrth fynd i'w lofft ei hun. Daeth Mrs. Jackson allan.

"O, Norman!" meddai. "Pam na fasech chi'n gadel iddo fo ddŵad i mewn?"

"Rydw i wedi cael gorchymyn gan 'y nhad i beidio," meddai Norman yn daeogaidd, "a fydda i ddim yn anufuddhau iddo fo."

Celwydd noeth oedd y dywediad, canys anufuddhai Norman i'w dad lawer gwaith y dydd. Aeth Mrs. Jackson yn ei hôl, canys roedd arni ofn ei phlant ei hun, druan! Aeth Norman yn ei flaen, â'r wên foddhaus ar ei wyneb, ond cyn iddo gyrraedd ei ystafell cyfarfu Neli ef.

"Lle mae Arthur?" gofynnai Neli.

"Wn i ddim—mae o'n cysgu dan y coed, neu'n clwydo ar y brige, hwyrach," ebe Norman.

"Welsoch chi o?" ebe Neli.

"Do, wrth gwrs, mi gwelis o."

"A dim peryg y'ch bod chi wedi 'i ollwng o i mewn," ebe Neli â'i llygaid yn fflamio. "Waeth heb ddisgwyl tro boneddigaidd gan gerlyn!"

Aeth Neli i'w hystafell, ac aeth Norman i'w ystafell yntau, â'r wên ar ei wyneb o hyd.

Aeth Arthur ymaith drachefn, gan feddwl am ei fwriad cyntaf o gysgu dan y coed. Meddyliodd yn y man am fynd i Ben y Wern, ond gwyddai na fuasai iddo lawer o groeso gan Mrs. Owen.

Wrth basio bwthyn yr hen Ffowc, meddyliodd Arthur y cai gysgod yno, canys roedd yn oer iawn erbyn hyn, a bron syrthio gan ludded. Safodd o flaen y bwthyn, a chwibanodd. Toc gwthiodd Sioned Ffowc ei phen allan drwy'r ffenestr. "Pwy sydd yna?" meddai.

"Y fi—Arthur Wynn," meddai Arthur.

"Beth ar y ddaear ydech chi'n wneud yn y fan yma?" ebe Sioned.

"Mae Jackson wedi 'nghloi fi allan," ebe Arthur, "am fy mod i bum munud yn hwyr yn mynd adre."

Clywodd yr Hen Ffowc y siarad, a chan gwngial rhywbeth am "gythrel," dwedodd wrth Sioned am fynd i agor y drws. Cyn ei fod wedi dweud hynny, sut bynnag, roedd yr hen ŵr hefyd wedi codi.

Cynigiodd Sioned roi ei gwely i Arthur, a chysgu ei hun ar y fainc yn y gegin, ond ni fynnai Arthur glywed sôn am hynny er y bu raid iddo fygwth mynd o'r tŷ a chysgu allan cyn y rhoddai Sioned y gorau i'w chynnig.

"Pwy clôdd chi allan?" meddai Ffowc.

"Jackson," ebe Arthur.

"Ddeudist ti ddim fod Norman wedi pasio yn o hwyr, Sioned?" ebe'r hen ŵr.

"Do," ebe Sioned, "does mo'r hanner awr ers hynny."

"Mi welais o," ebe Arthur, "ac mi aeth i mewn, a chlôdd y drws yn fy ngwyneb i."

Mwngialodd Ffowc rywbeth am "gythrel" drachefn. "O," meddai, "petase'ch tad yn fyw, fase'r cerlyn yna ddim yn cael 'i ffordd fel hyn! Mi fase'n anhraethol well tase'r hen Sgweiar wedi gadel yr eiddo i Miss Gaenor."

"Mi glywis na fynne fo ddim gadel y lle i'r un o'i ferched," ebe Arthur.

"Ie," atebai Ffowc, "felly'r oedd hi, 'ddyliwn i, a doedd neb o'r plant ond y merched yn fyw. Roedd Arthur, yr aer, wedi boddi, a'ch tad chithe wedi marw."

"Beth barodd i'r aer fynd i'r môr?" gofynnai Arthur.

"Wel, wel," meddai'r hen ŵr. "Tro go ryfedd oedd hwnna—waeth heb sôn amdano fo."

"Ond pam yr aeth o?" ebe Arthur. "Rhaid i chi ddeud wrtha i, chlywis i 'rioed mo'r hanes."

"Wel," meddai Ffowc, "mi ddeuda ynte. Fel hyn y bu hi. Un go wyllt oedd yr aer, Arthur, welwch chi, ac mi aeth o ddireidi diniwed, felly, i ganlyn gwmpeini drwg. Hogyn ifanc oedd o, ac un nosweth mi aeth allan i hela hefo haid o fechgyn. Doedd o'n meddwl dim drwg, yn siŵr, ond y nosweth honno, mi saethwyd cipar yn farw—"

"A fo, f'ewythr, lladdodd o?" ebe Arthur, gan deimlo ias oer yn mynd drosto.

"Nage," meddai Ffowc, "nid y fo ddaru, fel y profwyd wedi hynny, ond wydde neb yn iawn pwy gwnaeth. Hogyn ifanc oedd o, ac un nosweth mi aeth Arthur Wynn i ffwrdd, o ofn ne g'wilydd, ne bob un o'r ddau, hwyrach. Mi ddiengodd i ffwrdd yn ddistaw, a'r peth nesa' glywyd amdano fo oedd 'i fod o wedi boddi, 'i long o wedi torri, a phawb oedd ynddi hi wedi colli'u bywyde."

Cysgodd Arthur ar y fainc ym mwthyn Ffowc, a breuddwydiodd ei fod mewn llong ar y môr mawr, ymhell o dir, ac mewn storm ofnadwy. Teimlai y llong yn suddo ac yntau'n cael ei daflu i'r dwfr oer, trochionog. Yna lluchid ef o gwmpas gan y tonnau, tonnau oedd yn cyrlio fel seirff, a phennau dynol ganddynt, a wynebau yr un fath yn union â wynebau Jackson a Norman! Hyrddiodd ef yn ôl ac ymlaen gan y tonnau, a phan oedd ef ar foddi, daeth ton arall, â wyneb fel wyneb Dafydd Owen ganddi, a chludodd ef yn esmwyth i'r lan, glan nad oedd amgen na bwthyn yr hen Ffowc. Ysgydwai Arthur gan yr oerfel, a deffrodd, bron â rhynnu, a'i aelodau yn ddolurus wedi cysgu drwy'r nos ar y fainc galed.

Cododd Arthur, ac wedi diolch i'r hen Ffowc a'i ferch, aeth tua'r plas. Yr oedd yr hen Ffowc wedi bod ar hyd ei oes yng ngwasanaeth yr hen Sgweiar, a phan aeth yn analluog i weithio, oherwydd cryd y cymalau, rhoes yr hen Sgweiar y tŷ iddo i fyw ynddo yn ddi-rent, a rhoes iddo bensiwn o chweugain yr wythnos. Y peth cyntaf a wnaeth Jackson pan ddaeth yr eiddo i'w feddiant oedd tynnu pensiwn yr hen Ffowc i lawr i bum swllt yn yr wythnos, a buasai yn ei tynnu i lawr i ddim, ac yn troi'r hen ŵr ymaith o'r tŷ hefyd, ond na adawai Gaenor iddo wneud hynny.

Gwyddai Arthur y dialai Jackson ar yr hen ŵr mewn rhyw ffordd neu gilydd os cai allan mai yno y bu ef yn cysgu'r noson, ac, felly, aeth ymaith yn ochelgar.

Arferid brecwasta yn gynnar yng Nghwm Eryr, a phan aeth Arthur i mewn, cafodd y rhan fwyaf o'r teulu wedi codi. Rhedodd i fyny i'w ystafell, ymolchodd, ac aeth i lawr. Yr oedd pawb yno ond Norman a Mrs. Jackson. Nid oedd Norman yn godwr bore, a byddai brecwast drosodd fel rheol pan ddeuai Mrs. Jackson i lawr. Cymerodd Arthur ei le wrth y bwrdd. Yr oedd Mr. Jackson ar y pryd yn codi ei gwpan at ei safn. Rhoes y gwpan i lawr, ac edrychodd yn galed ar Arthur.

"Beth sydd gynnoch chi eisio?" meddai.

"Eisio?" atebai Arthur. "Dim ond fy mrecwast."

"Chewch chi mo'no fo yma, syr," ebe Mr. Jackson. "Fydd neb yn cael 'u brecwast yma os na fyddan nhw wedi cysgu'r nos yma."

"Doeddwn i ddim pum munud yn hwyr," meddai Arthur, "ac mi ddaeth Norman i mewn ymhen yr hanner awr."

"Dydy hynny ddim o'ch busnes chi," ebe Jackson, "y cwbl sy' gynnoch chi i'w wneud ydi ufuddhau i fy rheolau i."

Eisteddai Arthur yn ddistaw, ond ni roed dim iddo i'w fwyta. Yr oedd Lucy yn tywallt y coffi, ond ni chynigiodd ddim iddo, ac ni feiddiai Neli gynnig dim iddo, er ei bod bron torri i wylo wrth edrych arno yn eistedd gyferbyn â hi heb ddim o'i flaen.

"Lle buoch chi'n cysgu neithiwr, syr?" ebe Jackson yn y man.

"Dydy hynny ddim o'ch busnes chi," ebe Arthur yn chwerw, canys roedd y driniaeth a gâi yn ei wneud yn ddibris a chwerw ei ysbryd.

Nid atebodd Mr. Jackson, ond bwytai ei frecwast gydag archwaeth ragorol. Yn y man, fodd bynnag, trodd at Arthur drachefn.

"Waeth i chi heb aros," meddai. "'Tae chi'n aros drwy'r dydd, chewch chi'r un tamed o frecwast yma."

Cododd Arthur, ac aeth ymaith, tra wylai Neli yn ddistaw, heb feiddio dweud na gwneud dim. Pan oedd ef yn mynd allan, daeth Mrs. Jackson i'w gyfarfod.

"Arthur!" meddai. "Lle buoch chi'n cysgu? Chysgis i ddim drwy'r nos gan feddwl amdanoch chi."

"Yn nhŷ'r hen Ffowc," ebe Arthur. "Ond peidiwch dweud, rhag dwyn yr hen greadur i helynt."

"Gawsoch chi'ch brecwast?"

"Naddo, dydw i ddim i gael peth."

"Arthur!"

Dyna'r cwbl allai Mrs. Jackson ei ddweud, ac ni allai wneud ond llai fyth. Pe buasai hi'n debyg i'r rhan fwyaf o ferched, fe gawsai Arthur ei frecwast, ac fe gawsai Mr. Jackson dipyn o rywbeth na fuasai yn hollol wrth ei fodd, ond y gwir amdani ydoedd nad oedd Mrs. Jackson yn neb yn ei thŷ ei hun, nid oedd wiw iddi wneud na dweud dim yn groes i'w gŵr, ac roedd hyd yn oed y plant ieuengaf yn ei thrin fel pe na fuasai yn haeddu y sylw na'r parch lleiaf. Felly, ni wnaeth Mrs. Jackson ond gwasgu ei dwylo, ac aeth Arthur ymaith tua'r gwaith, heb damaid o frecwast.

XIV.
Dyn Diarth

Wedi gorffen brecwast, aeth Neli allan am dro gyda'r genethod, Bella a Susie, fel yr arferai fynd bob bore. Gyda'u bod yn y ffordd, dechreuodd y genethod redeg a neidio, i ddifyrru un hunain ac i boeni Neli. Gwyddai Neli, drwy brofiad, nad oedd waeth iddi heb geisio eu rhwystro, ac am hynny, gadawai iddynt. Cyn eu bod wedi mynd ymhell ar hyd y ffordd, daeth Dafydd Owen i'w cyfarfod ar gefn ei geffyl, a stopiodd i siarad hefo Neli.

"Beth ydi'r mater, Neli?" ebe. "Rydech chi wedi bod yn crio."

"Do," meddai'r eneth, "fedra i ddim peidio. Chafodd Arthur ddim dŵad i'r tŷ neithiwr, ac mi fu raid iddo fo fynd i ffwrdd fore heddiw heb ddim brecwast."

"Felly y clywis i," ebe Dafydd. "Mi welis Arthur 'i hun, ychydig funudau'n ôl, ac roedd o'n deud yr hanes wrtha'i."

"O, mae gen i ofn," ebe Neli. "Mae gen i ofn 'i fod o wedi cysgu allan neithiwr—a fynte mor wael 'i iechyd!"

"Peidiwch ofni hynny," ebe Dafydd. "Mi wn i lle buo fo'n cysgu. Mi gysgodd ar y fainc yn nhŷ'r hen Ffowc, ond peidiwch â deud, neu hwyrach y bydd hi'n ddrwg ar yr hen greadur am roi cysgod iddo fo."

"Ydych chi n siŵr na chysgodd o ddim allan?" ebe Neli, yn bryderus.

"Ydw," ebe Dafydd. "Mi ddeudodd ei hun wrtha i, ond dyma Jackson yn dŵad—well i chi fynd. Bore da."

Aeth Dafydd yn ei flaen i gyfarfod Jackson, ac aeth Neli ar ôl y genethod. Bwriad Dafydd oedd pasio'r gŵr mawr heb ddweud dim ond "bore da" wrtho, ond roedd yn amlwg fod ar Jackson eisiau siarad ag ef, canys ataliodd ei geffyl fel y deuai Dafydd ac yntau i gyfarfod ei gilydd.

“Bore da,” ebe Dafydd, wrth basio.

Dychwelodd Jackson y cyfarchiad, ac ychwanegodd, “Rydech chi ar frys garw y bore yma, ’ddyliwn i, syr.”

“Fwy na heb,” ebe Dafydd.

“Ond mi fedrwch sefyll faint fynnoch chi i siarad hefo rhyw hogennod, fel acw,” ebe Jackson, gan bwyntio ar ôl Neli.

“Mi fedraf sefyll i siarad hefo’r neb fynna i heb ofyn cennad neb arall,” ebe Dafydd, yn chwyrn, “yn enwedig os byddan nhw’n alluog i siarad yn foneddigaidd a moesgar.”

Ymliwiodd Jackson, a dwedodd, “Wel, dyma sydd gen i i’w ddweud wrthoch chi: mi cynghorwn i chi i beidio cynnwys yr hogyn Arthur yna yn eich tŷ tan berfeddion nos.”

“Beth ydech chi’n feddwl, syr?” ebe Dafydd.

“Yr hyn ydw i’n ddeud,” ebe Jackson. “Mae Arthur, yn ddiweddar, yn arfer dod acw, ac yr ydw i’n deud y rhaid iddo fo roi’r gore i’r arfer, dyna’r cwbl.”

“O!” atebai Dafydd. “Ydech chi’n meddwl fod rhyw berygl iddo fo ddŵad acw?”

“Yr ydw i’n meddwl y bydde’n well iddo fo beidio,” ebe Jackson. “Tybed nad oes digon o le iddo yn y Plas? Mi fydda i’n ddiolchgar i chi am beidio ’i gynwys o.”

“Mr. Jackson,” ebe Dafydd, “yr ydech chi’n camgymryd. Nid ydw i’n cynnwys dim arno fo, ond pan fydd o’n dŵad acw, wrth gwrs, mae’n amhosib i mi beidio rhoi croeso iddo fo. ac mae’n ddigon naturiol i bawb fynd i’r lle ceiff o groeso—esgusodwch y dywediad, ond dyna’r gwir.”

“Ydech chi’n fy herio fi?” ebe Jackson.

“Nac ydw,” ebe Dafydd. “Os ydi o’n hoffi dŵad acw, mi geiff groeso bob tro y daw o; rhoi croeso i ymwelwyr ydi’r arfer ymhlith pobol barchus yn y wlad yma, beth bynnag. Wn i ddim beth ydi’r arfer ymhlith y Saeson, o’r dosbarth y dygwyd chi i fyny yn eu mysg nhw, ond dyna'r arfer yn ein plith ni'r Cymry, beth bynnag, ac ni wn i am neb feder wneud i mi roi'r gore iddi hi chwaith."

"Yr ydech chi'n wastad yn fy nghroesi i, ŵr ifanc," ebe Jackson, yn ddigllon, "ond mi rown i gyngor i chi fod yn ofalus."

"Does gen i ddim help fod rheole' moesgarwch cyffredin yn groes i'ch graen chi," ebe Dafydd, "ond rydw i'n rhy brysur y bore yma i roi gwersi i neb ar ymddygiadau gweddus. Bore da, syr!"

Cododd Dafydd ei het yn y model mwyaf parchus, ac yn ei gynddaredd ysbardunodd Jackson ei farch mor ffyrnig nes ffrydiai'r gwaed o'i ystlysau, ac nes llamodd yr anifail gan boen. Aeth Mr. Jackson adref, ac wedi ymholi yn nghylch rhywbeth yn y tŷ, aeth i gychwyn drachefn ar ei geffyl tua'r gwaith haearn. Gwyddai pawb o gwmpas y tŷ fod Arthur wedi ei gloi allan y noson cynt, a theimlai Mr. Jackson ryw ddifyrrwch wrth sôn am y peth yn ngŵydd y gweision a'r morwynion, canys roedd yn hoff ganddo ddangos ei awdurdod lle gallai wneud hynny yn ddi-berygl.

"John," meddai wrth y gwas ddaliai ben ei geffyl. "Wyddost ti lle cysgodd Arthur neithiwr?"

"Na, wn i ddim hyd sicrwydd, syr," ebe John (gan yr hwn yr oedd tipyn o gynffon), "ond synnwn i ddim nad yn y *King's Head* y buo fo."

"Nage, nage!" ebe Neli, yr hon ddaethai i'r lle mewn pryd i glywed y cwestiwn a'r ateb. Gwaetha'r modd fu hynny, canys dangosodd yr hyn a ddwedodd Neli ei bod hi yn gwybod lle bu Arthur yn cysgu. Tafarn led afreolaidd oedd y *King's Head*, a theimlai Neli'n ddig fod neb yn awgrymu mai yno y bu ei brawd yn cysgu.

Troes Mr. Jackson ati. "Lle bu o'n cysgu, ynte?" meddai. "Beth wyddoch chi am y mater?"

Suddodd calon Neli, a gwelodd ei chamgymeriad, ond ni wyddai beth i'w ddweud. Gwyddai Mr. Jackson na fu Neli yn siarad ag Arthur y bore hwnnw. Troes ei olwg sur arni, ac ebe, "Pwy fu'n deud 'i hanes o wrthoch chi?"

Ni wyddai Neli beth i'w ddweud; ni allai ddweud na wyddai ym mha le y cysgodd Arthur, ac ar y llaw arall, ni allai gyfaddef mai yn nhŷ'r hen Ffowc y bu. Pan oedd hi yn ei phenbleth, dwedodd Bella: "Rhaid mai Dafydd Owen ddeudodd wrthi hi; mi fu'r ddau yn siarad ar y ffordd."

Cofiodd Jackson yn y fan am y peth, cyffroes ei holl ddicllonedd at Dafydd, ac heb ateb gair, neidiodd ar gefn ei geffyl, a charlamodd tua Phen y Wern. Wrth fynd, dywedai wrtho ei hun y rhaid fod Dafydd ac Arthur yn cynllunio brad yn ei erbyn, ac yn trefnu sut i gael ei eiddo o'i afael. "Ond waeth iddyn nhw heb," meddai wrtho'i hun. "Ofer fydd eu holl gastie nhw; mae'r 'wyllys yn ddigon diogel; y fi pia'r eiddo, a feder neb 'i ddwyn oddi arna'i." Ar yr un pryd, teimlai Mr. Jackson yn anesmwyth ac annedwydd, a thruenus hyd yn oed. Ni fu efe er pan ddaeth yr eiddo i'w feddiant yn rhydd oddi wrth ofn ei golli, ond yn awr, roedd rhyw ofn rhyfedd yn ei galon, a gyrrai ei farch ar garlam wyllt tua Phen y Wern. Un funud, argyhoeddai ei hun fod yr ewyllys yn berffaith ddiogel, ond y funud nesaf, teimlai mor anesmwyth nes plannai yr ysbardunau yn ochrau y ceffyl druan, fel pe buasai meddiant Cwm Eryr yn dibynnu ar gyflymder y rhedegfa honno.

Rhuthrodd ceffyl Jackson i fuarth Pen y Wern ar garlam wyllt, a phwy oedd yn digwydd croesi'r buarth gyda llond bwced o fwyd moch ar y pryd, ond Hannah. Bu agos iawn i'r ceffyl redeg ar ei thraws, ond llwyddodd Jackson i'w droi i'r dde, a rhuthrodd yr anifail a'i balfais yn erbyn gwal y cwt moch.

"'Rhoswch funud!" ebe Hannah, "os eisio 'stumogiad o fwyd sy' gynnoch chi, dyma fo—"

“Be!” llefai Jackson, yn ei gynddaredd, ac ar golli ei wynt.

“Wel,” meddai Hannah, “welis i ’run mochyn erioed yn rhuthro i’r cwt mor gynddeiriog o wyllt—be wyddwn i nad eisio cafniad oedd gynnoch chi!”

Er fod ei dymer agos cyn wyllted â’i geffyl ar y pryd, eto, gwyddai Mr. Jackson na thalai iddo ateb Hannah fel y buasai’n dda ganddo gael gwneud. Ceisiodd lonyddu ei geffyl, ac aeth Hannah a’r bwyd i’r mochyn, yn hollol ddidaro.

“Beth barodd i chi roi lle i Arthur Wynn gysgu yma neithiwr?” ebe Mr. Jackson, cyn gynted ag y medrodd ffrwyno tipyn ar ei geffyl a’i dymer.

“Beth?” meddai Hannah. “Rhoi lle i Arthur Wynn gysgu? Pwy glywodd sôn am y fath beth? Oes yna ddim digon o le iddo fo yn Nghwm Eryr, tybed; ydi hi wedi mynd mor ddrwg fel na cheiff o ddim cysgu yn ’i dŷ fo’i hun—”

“Ei dŷ fo’i hun!” llefai Jackson. “Cofiwch mai fi pia Cwm Eryr, os gwelwch chi’n dda! Y fi pia fo, a feder neb ei ddwyn oddi arna i, ychwaith!”

“Rŵan! Raid i chi ddim gweiddi mor uchel,” meddai Hannah. “Dydw i ddim yn fyddar, a dydi’r gŵr bonheddig yma ddim yn edrych fel ’tae o’n fyddar, ychwaith, ac os nad hefo phobol Abercwm rydech chi’n siarad, mi ellwch fentro siarad yn is o gryn lawer.”

Troes Jackson ei ben, a gwelai y neb a ddisgrifiodd Hannah fel “gŵr bonheddig” yn sefyll gerllaw, ac yn gwrando’n astud. Dyn canol oed a chanol faint ydoedd, tebyg iawn o ran ei ymddangosiad i gerddedwr[*]. Yr oedd ganddo farf goch gyrliog, a wyneb hynod anserchus, ond roedd ynddo rywbeth a dynnodd sylw Mr. Jackson yn ddi-oed.

---

[*] _Cerddedwr_: trempyn, saes. _vagabond_.

"Beth sy' gynnoch chi eisio?" ebe Jackson wrth y dyn dieithr.

"Eisio gair hefo chi, syr," ebe'r gŵr dieithr.

"Eisio gair hefo fi? Beth sy' gen y'ch bath chi eisio gen i?"

"Rydw i'n dallt mai chi ydi Mr. Jackson—"

"Ie, fi ydi Mr. Jackson."

"Ac mi glywis fod gynnoch chi eisio dyn i edrych ar ôl y gwaith haearn—"

"Oes, ond wnewch chi mo'r tro," meddai Jackson, gan droi pen ei geffyl a marchogaeth ymaith. Edrychodd y gŵr dieithr ar ei ôl, a gwenodd wên na allai Hannah ddweud pa un ai gwên o ddirmyg ai ynte gwên o ddifyrrwch ydoedd.

XV.
Beth Glywodd Tom Huws

Yr oedd cryn lawer o chwilfrydedd yn perthyn i
Hannah, fel yr awgrymwyd, a phan welodd hi olwg y dyn
dieithr pan farchogodd Mr. Jackson ymaith mor swta,
dechreuodd Hannah feddwl beth allai fod yr achos, a
phwy oedd y dyn.

"Ydech chi'n ei nabod o?" meddai Hannah wrth y dyn
dieithr, yn hynod ddi-niwed.

"Nag ydw i," ebe'r dyn. "Ond mi glywis mai fo ydi Mr.
Jackson, y dyn bia'r gwaith haearn."

"Felly, gweithiwr mewn gwaith haearn ydech chi?"

"Ie. Ond sut ddyn ydi Mr. Jackson? Faswn i'n meddwl
mai un go gas ydi o?"

"Cas?" meddai Hannah. "Fase ddim yn hawdd i chi
ddŵad o hyd i'w gasach o!"

"Beth ydi'r rheswm 'i fod o mor anghymeradwy ynte?"

"Wel," ebe Hannah—ond waeth heb ail adrodd yr hyn
a ddwedodd, canys mae'r hanes yn hysbys eisoes i'r
darllenydd. Cyn pen yr hanner awr, sut bynnag, roedd y
gŵr dieithr yn gwybod cymaint ag a wyddai Hannah am
Jackson a'i weithredoedd. Gwrandawodd yn astud arni'n
dweud yr hanes, ac yna, pan welodd ei bod yn tueddu o
ddweud yr un pethau drachefn, yr hyn a ddangosai iddo
ei bod wedi dweud cymaint wyddai, dwedodd y gŵr
dieithr:

"Wel, un tost ydi o, 'ddyliwn, ond nid hir y ceidw'r
diawl ei was—"

"Mae o wedi gadw fo'n bur hir am unwaith, beth
bynnag," meddai Hannah.

"Mwya' yn y byd o sbort geiff o am 'i ben o pan ddaw'r
pen tymor," ebe'r dyn dieithr.

"Nid y fo'n unig geiff sbort y diwrnod hwnnw," ebe Hannah.

"Synnwn i ddim na fydd llawer yn cyd-lawenychu â fo," ebe'r gŵr dieithr, "ond fyddech chi cystal â rhoi llymed o laeth i mi?"

"Cewch, 'neno'r dyn," ebe Hannah, "dowch ffordd yma." Aeth y gŵr dieithr ar ôl Hannah i'r gegin, a chafodd bowliad o laeth a digonedd o fara a chaws.

Wedi gadael Pen y Wern, marchogodd Jackson tua'r gwaith mwyn, â'i dymer yn fwy afrywiog na'r cyffredin. Pan gyrhaeddodd ef yno, roedd Arthur hefo'i waith yn y swyddfa, ond nid oedd y clerc arall gydag ef. Tom Huws oedd enw'r clerc arall, a gŵr ieuanc diofal ydoedd, a geisiai wneud y gorau o'r gwaethaf yn y fath le. Byddai'n fynych ym ffrae rhwng Jackson ag yntau, ond nid oedd Tom yn malio rhyw lawer yn y ffraeo, gan yr arferai ddweud, "'Tawn i'n mynd odd'yma fory nesa, mi fydde'n anodd i mi gael lle salach, a 'thawn i'n gwneud fy ngore, phlesiwn i mo'r llymgi 'run gronyn gwell."

Yr oedd Tom yn o hoff o ddiod gadarn, a'r rheswm ei fod heb droi i fyny y bora dan sylw oedd ei fod wedi cael deuswllt ar lawr y diwrnod cynt, canys rhyw ddamweiniau felly yn unig fyddai'n galluogi Tom i gael sbri. Yr oedd o leiaf dri mis er pan gawsai efe ryw sylltyn dros ben o'r blaen, ac felly roedd y ddeuswllt gafodd ar lawr yn llawn ddigon i gyfrif am y ffaith fod Tom yn hwyr yn dod at ei waith.

Pan gyrhaeddodd Jackson i'r offis, ni sylwodd ar y dechrau nad oedd Tom yno, canys roedd yn rhy brysur yn meddwl am gael allan ym mha fan y bu Arthur yn rhoi ei ben i lawr y noson cynt. Ofer, sut bynnag, fu ei gais i gael gwybod hynny, canys gwrthododd Arthur ddweud wrtho, ac yna, troes Jackson i chwilio am Tom, er mwyn cael rhywun i fwrw ei lid arno. Er gwaeth neu well, nid oedd Tom wedi cyrraedd, fel y dywedwyd.

"Lle mae o?" taranai Jackson, yn ffyrnig.

"Wn i ddim," atebai Arthur. "Welis i mo'no fo'r bora yma."

"Lle mae Norman?" ebe Jackson.

"Welis i mo'no fynte, ychwaith," ebe Arthur. Rhegodd Jackson, a chan neidio ar gefn ei geffyl, marchogodd ymaith ar draws y marian. Nawr, roedd Tom Huws erbyn hyn yn hêl ei draed tua'r gwaith, a phan groesai'r nant, ychydig bellter oddi wrth y swyddfa, clywodd sŵn rhywun yn marchog yn lled gyflym tuag ato. Llithrodd Tom i gysgod llwyn eithin, llechodd yn ei ganol, ac edrychodd o'i gwmpas, canys nid oedd ganddo flys wynebu Jackson y bore hwnnw. Yn y man, gwelai Jackson yn marchog tua'r fan lle'r oedd ef.

Ofnai Tom yn fawr fod y gŵr mawr wedi ei weld, ac roedd mewn penbleth beth i'w wneud pryd y clywai sŵn o'r tu arall iddo. Edrychodd yn ochelgar i'r cyfeiriad hwnnw, a gwelai ddyn tebyg i gerddedwr, a barf goch gyrliog ganddo, yn dod hyd y llwybr i gyfarfod Jackson. Daliodd Tom ei wynt, gan ddisgwyl i'r ddau basio un bob ffordd, heb ei weld ef. Siomwyd ef, canys stopiodd y dyn, a stopiodd Jackson.

"Os gwelwch chi'n dda," ebe'r tramp, "rydw i'n gobeithio, Mr. Johnson—"

"Be?" meddai Jackson, mor sydyn a ffyrnig nes rhoi braw i'w geffyl.

"O! begio'ch pardwn," ebe'r dyn. "Mr. Johnson—Mr. Jackson oeddwn i'n feddwl, ond rydech chi mor debyg i fonheddwr o'r enw Mr. Johnson oeddwn i'n adwaen flynyddoedd yn ôl, felly, esgusodwch fi, Mr. John—Mr. Jackson, 'ydwy'n feddwl."

Gwelai Tom o'i guddfan fod Mr. Jackson yn chwarae'n aflonydd hefo'r awenau yn ei ddwylo, ond atebodd y dyn dieithr yn y man, yn lled sarrug: "Wel, beth sy' gynnoch chi eisio gen i?"

"Wel, syr, eisio gwaith, os byddwch chi cystal."

"Does gen i ddim amser i'w golli hefo chi," ebe Jackson, "ond be' fedrwch chi wneud?"

"Unrhyw beth mewn cysylltiad â gwaith mwyn," meddai'r dyn. "Mi fûm mewn lle da yn ngwaith Tŷ'n y Parc pan oedd o yn eiddo Mr. Watson—" Ymwylltiodd ceffyl Jackson yn sydyn aruthr yn y fan hon, a bu'r bonheddwr am beth amser yn ei lonyddu.

Wedi llwyddo i'w dawelu dipyn, dwedodd Jackson, "Welis i 'rioed geffyl mor gas â hwn—fydd o 'run funud yn llonydd, a mae o'n fy ngwneud i'n reit nerfus, nes ydw i'n chwys drosta."

"Rydw i'n credu mai gwasgu'r 'spardune i'w ochre fo'n ddamweiniol ddaru chi, syr," meddai'r dyn dieithr yn ddidaro.

"Hwyrach, mai e, wir," ebe Jackson, gan blygu ei ben ac anwesu'r ceffyl drwy dynnu ei law hyd ei wddf. Gwelai Tom fod wyneb y bonheddwr cyn goched â'r fflam.

"Ie, deud yr oeddwn i," meddai'r tramp, "y bûm i mewn lle da yn ngwaith Tŷ'n y Parc pan oedd o'n eiddo Mr. Watson—hwyrach y'ch bod chi'n adwaen Mr. Watson, syr, ne Mr. Johnson, fydde'n arfer—"

"Na, 'dweunwn i'r un o'r ddau," ebe Jackson, "ond, yn wir; mae f'amser i'n brin. Os ewch chi i lawr at y gwaith, mae'n ddigon tebyg y meder y gaffer newydd roi rhywbeth i chi i'w wneud—deudwch wrtho 'mod i wedi'ch gyrru chi ato fo."

"Diolch yn fawr i chi, syr," ebe'r gŵr dieithr. Plannodd Jackson y sbardunau yn ystlysau ei farch, ac aeth ymaith ar garlam. Aeth y tramp tua'r gwaith, ac aeth Tom ar ei ôl pan farnodd, fod yn ddiogel iddo ddodi allan o'i guddfan. Teimlai Tom yn sicr yn ei feddwl fod y tramp yn gwybod mwy nag a ddeallai efe oddi wrth y sgwrs rhwng y gŵr hwnnw a Mr. Jackson, a phenderfynodd wylio pethau yn y dyfodol. Felly, y cyfle cyntaf gafodd, dechreuodd Tom holi'r tramp, i'r hwn y rhoesid rhyw swydd yn y gwaith gan y gaffer. Wrth gwrs, cymerai Tom yr hyn a elwir yn "andros o ofal" rhag datguddio ei fod wedi clywed yr un ymddiddan rhwng y tramp a Mr. Jackson, ond methai â chael dim awgrymiad gan y tramp ynghylch y pethau roedd ef wedi eu dweud wrth Mr. Jackson. Tueddai Tom i gredu, fwy na pheidio, fod y tramp yn un "hen ffasiwn" dros ben.

Ychydig waith a wnaed yn yr offis y diwrnod hwnnw; yn wir, ni weithid yn galed yno unrhyw adeg ond pan fyddai Jackson yn y golwg. Yn y prynhawn, roedd Arthur a Tom yn sefyll oddi allan yn siarad â'i gilydd, pryd y daeth Dafydd Owen heibio ar ei geffyl. Yr oedd golwg flinedig druenus ar Arthur, a sylwodd Dafydd arno'n ddi-oed.

"Gwared ni, Arthur, mae golwg flinedig iawn arnoch chi!" ebe Dafydd.

"Yn wir," meddai Arthur, yn ddigalon. "Rydw i bron disgyn gan blinder drwy'r dydd—mi fase'n dda gen i cawswn i rywbeth i 'nghario gartre."

Dwedodd Arthur hyn am ei fod yn ei deimlo; ni feddyliodd beth fyddai y canlyniad, ond y foment nesaf, roedd Dafydd wedi disgyn oddi ar gefn ei geffyl.

"Cymrwch y ceffyl yma i fynd adre," meddai. "Mi gerdda i, rydw i'n gryfach na chi."

Yn ofer y gwrthwynebai Arthur, yn ofer y soniai am yr helynt gododd Jackson y tro o'r blaen y rhoesai Dafydd ei geffyl iddo ef fynd adref, ac, yn wir, roedd Arthur yn falch yn ei galon o gael arbed cerdded.

Aeth Dafydd ymaith, a gadawodd ei geffyl, wedi taflu'r awenau dros bost llidiart yn ymyl yr offis. Aeth Arthur i'r offis i orffen rhyw gyfrifon oedd ganddo ar eu canol, a chan fod ganddo dipyn o gur yn ei ben, aeth Tom Huws adref. Yn y man, daeth Norman i fyny at yr offis, gan dywys ei geffyl, yr hwn oedd yn gloff.

"Beth ydi'r mater?" ebe Arthur.

"Wedi cloffi mae o," ebe Norman, yn gwta. "Hylô, pwy bia'r ceffyl yma?"

"Dafydd Owen," ebe Arthur. "Mae o wedi rhoi ei fenthyg o i mi fynd adre, rhag i mi orfod cerdded."

Aeth Norman a'i geffyl tua'r stabl, gan fwngial y gyrrai un o'r gweision i'w nôl, ac aeth Arthur i mewn i'r offis i orffen ei waith. Ymhen dau funud, clywai sŵn ceffyl yn tuthio ymaith oddi wrth y drws. Rhuthrodd allan, a gwelai Norman yn marchog tua chartref ar gefn ceffyl Dafydd Owen.

XVI.
Curo Drysau a Phennau yn y Plas

Yr oedd Hannah wrthi'n brysur yn bwydo'r moch gyda'r nos pan welai un o weision Cwm Eryr yn tywys ceffyl i'r buarth. Doedd dda gan Hannah neb hyd yn oed o weision Jackson, ac felly ni chymerodd hi nemor sylw o'r hogyn. Teimlai hwnnw y dylasai ddweud rhywbeth, ac felly, fe ddwedodd, "Dyma geffyl Dafydd Owen; fydde well i mi roi o yn y stabal?"

"Bydde," meddai Hannah yn gwta. "Mr. Arthur gyrrodd o, mae'n debyg?"

"Mr. Arthur?" meddai'r bachgen mewn syndod.

"Ie. Mr. Arthur!" meddai Hannah, gan feddwl fod yr hogyn yn ailadrodd yr enw mewn dirmyg. "Pwy ddysgodd chi i'w alw fo wrth ryw enw arall?"

"O, dyna fydda i'n ei alw fo bob amser," meddai'r hogyn, "ond synnu roeddwn i'ch bod chi'n gofyn mai Mr. Arthur gyrrodd o yma. Mr. Norman gyrrodd fi i'w ddanfon o."

"Mr. Norman!" meddai Hannah, hithau bellach mewn syndod. "Beth oedd gynno fo i'w wneud hefo'r ceffyl?"

"Ar gefn y ceffyl y daeth o adre o'r gwaith," ebe'r hogyn.

Aeth Hannah i'r tŷ yn syth.

"Dafydd," meddai, "roeddwn i'n meddwl mai i Arthur y rhoesoch chi fenthyg y ceffyl."

"Ie, wrth gwrs," meddai Dafydd.

"Wel," meddai Hannah, "Norman cafodd o ynte, mae'r hogyn wedi dŵad â fo'n ôl rŵan."

Ni allai Dafydd ddeall beth oedd wedi digwydd. Aeth allan a holodd yr hogyn. Y cwbl allai hwnnw ei ddweud wrtho oedd fod Norman wedi peri iddo ef ddanfon y ceffyl adref, ac mai ar gefn y ceffyl hwnnw y daethai Norman adref.

"Lle'r oedd 'i geffyl o'i hun?" ebe Dafydd.

"Wedi ei adel o yn y gwaith roedd o," ebe'r hogyn. "Roedd o'n deud fod y ceffyl wedi cloffi, a bod eisio i minne fynd i'w nôl o, a bod yn ofalus hefo fo."

Deallodd Dafydd beth oedd wedi bod, a phe buasai Norman o fewn cyrraedd, diau y buasai berygl iddo am ei esgyrn, canys cochodd wyneb Dafydd fel y tân.

"Dywed wrth y corgi am gymryd andros o ofal beth wnaiff o hefo 'ngheffyle fi o hyn allan!" ebe Dafydd, gan fynd ymaith.

Yn hwyrach yn y nos, safai Dafydd yn y buarth, a gwelai Arthur yn dyfod yn araf hyd y ffordd. Nid oedd amheuaeth bellach nad oedd Norman wedi cymryd y ceffyl a gadael i Arthur gerdded adref.

"I beth roeddech chi'n gadel i'r corgi yna gymryd y ceffyl?" ebe Dafydd, a'i dymer eto heb liniaru.

"Gadel iddo fo!" ebe Arthur, gan roi ei bwysau ar y llidiart. "Ches i ddim siawns, roedd o wedi neidio ar gefn y ceffyl a theithio ymaith cyn i mi ddallt be oedd o'n wneud."

"Mi gaf setlo hefo'r gŵr am hynna eto," ebe Dafydd, "ond rydech chi wedi bod yn hir iawn yn dŵad."

"Do," atebai Arthur. "Y gwir amdani hi ydi na fedra i ddim cerdded. Mi eisteddis ar ochr y clawdd i orffwyso, ac mi syrthis i gysgu—roeddwn i wedi blino gymaint."

"Wel, wel," meddai Dafydd, "mi allech gael annwyd difrifol—mae hi'n barugo'n drwm. Faint ddaru chi gysgu?"

"Wn i ddim," ebe Arthur. "Ond pan ddeffris i roeddwn i'n crynu gan annwyd."

"Faswn i'n meddwl, yn wir," ebe Dafydd. "Dowch i mewn i eistedd i lawr am dipyn."

Aeth y bachgen druan gydag ef i'r tŷ, ac eisteddodd ar y gadair freichiau wrth y tân, ac yn fuan iawn, syrthiodd i gysgu. Cysgodd am tua hanner awr, a gwyliai Dafydd ef yn anesmwyth, a thoc deffrodd ef, gan ddweud:

"Peidiwch meddwl fod gen i eisio i chi fynd, Arthur, ond well i chi beidio bod yn hwyr heno eto—mae hi eisoes wedi deg o'r gloch."

"Fedra i ddim cerdded," meddai Arthur yn llesg. "Wn i ddim beth wna i—waeth gen i 'tawn i wedi marw!"

"Dowch, dowch, peidiwch siarad fel yna," ebe Dafydd. "Mi ddof i'ch danfon chi."

Cychwynnodd y ddau, ond roedd Arthur mor llesg fel na fedrai gerdded ond yn araf, ac roedd yn un ar ddeg erbyn iddynt gyrraedd Cwm Eryr. Canodd Dafydd y gloch, ond nid atebwyd. Canodd y gloch a churodd y drws drachefn â'i holl egni, a rhoes floedd ddigon nerthol i ddeffro unrhyw gysgadur o fewn can llath iddo. Clywsai pawb y caniad cyntaf ar y gloch, wrth gwrs, eithr pan glywodd Jackson y floedd, deallodd ar unwaith fod yno rywun heblaw Arthur, gwthiodd ei ben allan drwy un o'r ffenestri, a gofynnodd pwy oedd yno.

"Fi sydd yma," ebe Dafydd, "wedi dŵad i ddanfon Arthur adre. Fyddwch chi gystal â gadael i rywun agor y drws?"

Aeth Jackson yn gynddeiriog gan ddigofaint, a bu peth cyn siarad.

"Be' felltith sy gen ti eisio hêl dy hun i'r fan yma i ymyrru?" meddai toc.

"Dyma chi, Mr. Jackson," ebe Dafydd. "Does gen i ddim eisio ffrae hefo chi; faswn i ddim yn dŵad ar gyfyl y lle oni bai fod Arthur yn analluog i ddŵad ei hun. Os rhaid i mi egluro, mi wnaf, ond os medrwch chi wrando ar reswm, agorwch y drws."

"Agora i mo'r drws," ebe Mr. Jackson yn ffyrnig.

"Beth ydy'r holl helynt yma?" meddai llais awdurdodol o ffenestr arall. Nid oedd yno neb amgen na Miss Gaenor.

Eglurodd Dafydd fod Arthur wedi blino cymaint nes cysgu ar y ffordd, a'i fod yn analluog i gyrraedd adref yn gynt.

"Jackson, agorwch y drws?" ebe Miss Gaenor.

"Wna i ddim byd o'r fath!" meddai Jackson.

Gyda hynny, gwthiodd Norman ei ben allan. "Feder o ddim cerdded tair milltir mewn llai na phum awr o amser?" meddai.

"Hylô, ai ti sydd yna?" ebe Dafydd yn nwydwyllt pan glywodd lais Norman. "Mae gen i eisio sgwrs hefo ti. I beth roeddet ti'n cymryd fy ngheffyl i heddiw i ddwâd adref?"

"Am 'mod i'n dewis," ebe'r wynebgaled.

"Dydw i ddim wedi gorffen hefo ti eto'r gŵr," ebe Dafydd yn ei wylltineb. "Tyrd i lawr gael i mi siarad hefo chdi!"

Yr oedd Norman yn ormod o lwfryn i symud o'i lofft, sut bynnag, a gweiddodd Miss Gaenor drachefn, "Jackson, agorwch y drws yna!"

"Na wna i ddim!" ysgyrnygai Jackson, gan gau'r ffenestr yn glec.

Gyda hynny, agorwyd y drws gan Lucy Jackson, ac aeth Arthur i mewn, a Dafydd yn cydio yn ei fraich. Gyda'u bod yn y neuadd, tyrrodd holl drigolion y tŷ ond y morwynion i mewn, rhai ohonynt wedi hanner ymwisgo. Daeth Norman i mewn gyda'r lleill, ac ysgodd o'r tu cefn i'w dad nes oedd yn ymyl Dafydd.

"Eisio siarad hefo fi oedd gen ti?" meddai. "Cymer hwnna am dy dafod drwg."

Cyn fod Dafydd wedi deall beth oedd yn digwydd, cafodd ddyrnod ar ei ben gyda choes chwip nes oedd yn synnu.

Roedd Dafydd yn gan mil mwy o fonheddwr na neb o dylwyth Jackson, ac ni fynasai wneuthur helynt o flaen y merched, ond pan drawer dyn yn ei ben hefo choes chwip nes bron gweld rhyw filiwn neu ddwy o sêr yn dawnsio o flaen ei lygaid, ni ellir ei feio am na ddichon weithredu yn berffaith arafaidd a digyffro. Cyn fod Norman wedi cael ei hun yn agos i'r grisiau, fel yr amcanai, gyda'r bwriad o ddianc, yr oedd llaw Dafydd ar ei wegil. Gweiddai Mrs. Jackson, a Miss Gaenor, a Neli, a Lucy a'r plant eraill, a rhedodd Mr. Jackson i gynorthwyo ei fab. Y modd a gymerodd ef i wneud hynny oedd cipio'r chwip oddi ar lawr lle gadawsai Norman hi wrth geisio dianc, a rhoi i Dafydd ddyrnod egr ar ei wegil. Parodd hyn i Dafydd droi a chydio yn ngwddf Mr. Jackson, a'i droi gyda'r fath sydynrwydd i wynebu ei fab gobeithiol nes oedd pennau'r ddau yn clecian yn erbyn eu gilydd. Yr oedd tymer Dafydd yn wenfflam, fel y buasai tymer naw deg a naw o bob cant o ddynion dan yr amgylchiadau, a chan fanteisio ar ei gyfle, curodd Dafydd bennau'r ddau yn ei gilydd nes oedd Norman, oedd a chanddo'r pen meddalaf o'r ddau, ond odid, yn dechrau llefain. Yna hyrddiodd Dafydd y ddau gyda'i gilydd nes oeddynt yn disgyn yn swp i'r gornel bellaf oddi wrtho.

Tywynnodd ar ei feddwl y funud nesaf na ddylasai wneud y fath beth yng ngŵydd y merched.

"Maddeuwch i mi," meddai. "Ddylswn i ddim curo maip yn 'i gilydd o'ch blaene chi fel hyn, ond welodd Rhagluniaeth ddim yn dda wneud cadi ohona i. Nos dawch, foneddigesau!"

Aeth Dafydd ymaith, a chaeodd Miss Gaenor y drws. Cyn ei fod wedi troi am gornel y tŷ, gwelai Dafydd Lucy Jackson yn ei wynebu.

XVII.
Yr Ystumog a'r Galon

Pan welodd Dafydd pwy oedd yn ei ddisgwyl ar y gornel, nid oedd efe'n teimlo'n hapus iawn, canys cas ganddo bob amser fod yng nghwmni Lucy, ac wedi rhoddi ohono gurfa mor dost i'w thad a'i brawd, yr oedd yn gasach fyth ganddo ei chyfarfod. Nid oedd Dafydd chwaith heb wybod fod Lucy wedi cymryd ffansi tuag ato, fwy neu lai, ac nid oedd hynny'n ychwanegu dim at ei ddifyrrwch pan fyddai yn ei cwmni. Yn wir, pryd bynnag, y deuai'r ddau i gwrdd â'i gilydd, rhyw ddal her y naill ar y llall yn fwy na dim arall y byddent. Ni wyddai Dafydd yn iawn beth i'w wneud yn awr, ond tybiodd mai bod yn ddi-daro oedd orau iddo (yr hyn oedd benderfyniad doeth iawn, gan gymaint oedd ef wedi "taro" y noswaith honno).

"Gwarchod ni, Miss Lucy!" ebe Dafydd. "Beth ydych chi'n wneud yn y fan yma?"

"Ust!" ebe Lucy, gan godi ei llaw.

"Mi cloan' chi allan!" ebe Dafydd.

"Na wnân," ebe Lucy. "Mae drws y cefn yn agored."

"Wel, beth ar y ddaear ydech chi'n wneud allan yr amser yma—mi gewch annwyd."

"Na chaf," ebe Lucy. "Mae gen i eisio siarad hefo chi, ond dowch draw ffordd yma, ne' mi gwelan ni ill dau."

"Yn wir, rhaid i mi fynd adre," ebe Dafydd. "Mae hi'n mynd yn hwyr—"

"O, hidiwch befo," ebe Lucy. "Does gen i ddim blas ar fynd i'r tŷ yna eto heno. Petawn i'n mynd i 'ngwely, fedrwn i ddim cysgu—"

"Tewch â deud," ebe Dafydd. "Rhaid fod y'ch stumog chi allan o drefn."

"Stumog!" ebe Lucy. "O, creaduriaid dwl ydi dynion."

"Yn hollol felly," ebe Dafydd, "ond mater o stumog ydy hynny, fwy ne lai. Os bydd f'ystumog i'n iawn, mi fydda i'n cysgu fel top."

"Wel, wel," meddai Lucy yn llesg, "fyddwch chi byth yn cael y'ch trwblo gan y'ch calon—"

"Dyn byw! Na fydda i," ebe Dafydd. "Dydi'r galon ddim byd gyferbyn â'r stumog, coeliwch fi."

"Fuoch chi 'rioed yn teimlo fod gynnoch chi eisio rhywbeth na wyddoch chi ar y ddaear beth yn iawn, rhyw deimlad fel hiraeth, yn y'ch cadw chi'n effro ac yn annifyr o hyd—"

"Mater o stumog eto," meddai Dafydd. "Dyna'r arwyddion i'r dim—y stumog sy o'i lle'n siŵr i chi, Miss Lucy."

"O, mi fase'n dda gen i 'taech chi'n peidio sôn am stumog," ebe Lucy. "Stumog, o bob peth!"

"Wel," meddai Dafydd, "mae gen y stumog fwy i'w wneud hefo chysur dyn nag mae neb yn feddwl, yn siŵr i chi, a phetasech chi'n siarad hefo Hannah, yn lle hefo fi, mi fase'n y'ch cynghori chi i yfed te wermod—"

"O, tewch da chi!" ebe Lucy. "Mae'n gas gen i glywed sôn am stumog a the wermod! Y fath bethe i sôn amdanyn nhw, fel tase te wermod yn dda at—at—at y teimlad yr oeddwn i'n sôn amdano fo."

"Yn rheit siŵr i chi," ebe Dafydd, "te wermod ydi'r peth gore yn y byd at deimlade felly; mae o'n beth campus am glirio'r stumog a chodi calon rhwfun."

"Chodith o mo 'nghalon i!" meddai Lucy yn drist.

"Wel, wir," ebe Dafydd, "mi ddylech fynd at y doctor ynte, os na wnaiff te wermod y tro—"

"Does 'run doctor chwaith feder roi dim wnaiff les i mi," ebe Lucy yn dristach fyth.

"Dyn byw!" ebe Dafydd. "Raid i chi beidio mynd fel yna'n siŵr, ne mi gollwch y'ch iechyd."

Nid atebodd Lucy y tro hwn, eithr cerddai yn ddistaw yn ymyl Dafydd, gan fod Dafydd yn parhau i symud yn ôl ac ymlaen ar hyd y llwybr rhwng y coed o hyd er pan ddechreuodd yr ymddiddan. Yr oedd hi'n lled dywyll rhwng y coed lle cerddai'r ddau, a diau fod Lucy yn teimlo'n ofnus—p'run bynnag, does dim rheswm arall i gyfrif am y ffaith ei bod yn cerdded yn agos iawn i ochr Dafydd. Cadwai Dafydd yn ddistaw o hyd, ac yr oedd hynny yn ddiau yn peri i Lucy deimlo yn fwy ofnus fyth, ac felly yr oedd yn ddigon naturiol iddi wasgu'n nes o hyd at Dafydd. Gan nad oedd Dafydd yn teimlo mai peth dymunol iawn oedd cerdded mor agos i Miss Lucy ag yno ddigon o le ar y llwybr, yr oedd yn ddigon naturiol iddo yntau gilio'n wysg ei ochr bob yn dipyn o hyd, ond po fwyaf a giliai ef, mwyaf yn y byd oedd ofn Lucy, canys daliai i wasgu'n nes ato bob cynnig. Yr oedd Dafydd ar fedr gofyn iddi beidio pryd y rhoes Lucy ebwch sydyn, a chydiodd yn sydyn ym mraich Dafydd.

"O, beth oedd yna?" meddai.

Fe fuasai Dafydd yn mynd ar ei lw nad oedd yno ddim byd ond Lucy ac yntau a'r coed, ond rhag ofn fod rhywbeth wedi dianc ei sylw, gofynnodd:

"Oedd yna rywbeth? Welis i ddim byd. Beth welsoch chi?"

"O, mae gen i ofn!" meddai Lucy, gan blethu ei breichiau am Dafydd mewn modd hynod serchog, ac ymollwng fel pe buasai ar fin llewygu. Tybiodd Dafydd yn sicr mai dyna fyddai'r diwedd, ac ymaflodd am ganol yr eneth i'w chynnal i fyny. Gwyrodd ei phen, ar ei ysgwydd, a bu'n ddistaw am ennyd, yn ddistaw ac yn llonydd dros ben, ag ystyried ei bod wedi cael cymaint o draw ddau funud ynghynt. Yr oedd Dafydd, a dweud y gwir, yn teimlo'n dra annifyr, a mentrodd awgrymu mai priodol iawn fyddai iddo ddanfon Lucy at y drws, er mwyn iddi gael mynd i'w gwely.

"Synnwn i ddim na chysgwch chi'n iawn rŵan," meddai Dafydd.

"Wn i ddim," ebe Lucy. "Rydw i'n iawn yrŵan, ond pan af i 'ngwely, mi fyddaf mor annifyr ag y bûm 'rioed. Fuoch chi ddim yn teimlo rywdro fel tase chi eisio rhywbeth—"

"Do," meddai Dafydd, "yn wir, rydw i'n teimlo felly'r funud yma—"

"Yn wir! O, roeddwn i'n meddwl. Rhyw deimlad rhyfedd ofnadwy ydi o'n te?"

"Ofnadwy—dychrynllyd!" ebe Dafydd.

"Mae o'n gwneud rhywun mor annifyr—"

"O, annioddefol!" meddai Dafydd.

"Ac yn peri i galon rhywun crynu."

"Ie."

"Fel 'tae gynnoch chi eisio mynd i rywle na wyddoch chi ddim i ble."

"Ie, ar garlam wyllt, 'tae bosibl."

"Ie," meddai Lucy. "O, teimlad rhyfedd ydi o. Eisio beth ydech chi'n feddwl ydi o?"

"Eisio cysgu, rydw i'n meddwl yn siŵr," ebe Dafydd.

Gollyngodd Lucy ei fraich yn sydyn, edrychodd yn ei wyneb, a dwedodd yn ffyrnig:

"Dafydd Owen! Rydech chi'n gwneud ffŵl ohona i, ond gwyliwch chi beth ydech chi'n wneud!"

Troes Lucy ar ei sawdl, a diflannodd fel cysgod rhwng y coed, gan adael Dafydd i edrych ar ei hôl mewn syndod.

XVIII.
Loesion Lucy

Na thybier fod yn fwriad gan Dafydd roi gwawd na dirmyg ar dosturus gyflwr Lucy. Er na fuasai efe'n debyg o dorri ei galon o draserch tuag ati, ni fuasai efe ychwaith yn gwneud tro cas â hi, ac yr oedd yn wir ddrwg ganddo oherwydd yr hyn a ddigwyddodd. Ond yn ei fyw ni welai pa fodd y galliasai osgoi'r hyn a ddigwyddodd, oni buasai Lucy wedi siarad yn blaenach, fel y gallasai yntau roi taw arni ar y dechrau. Er fod yn gas ganddo Jackson a Norman, ac er nad oedd yn dda ganddo neb o'r teulu, yr oedd yn ofidus gan Ddafydd ei fod wedi rhoi poen i Lucy. Cychwynnodd ar ei hôl gyda'r bwriad o ofyn ei phardwn, a cheisio rhoi ar ddeall iddi mai gorau po gyntaf, iddi hi ac yntau, yr yfai hi de wermod i glirio ei stumog, neu y cymerai fath arall o wermod lawn cyn chwerwed i iachau ei chalon.

Aeth Dafydd rhagddo hyd y llwybr ar ôl Lucy, ond cyn ei fod wedi mynd nemor lathenni, gwelai hi yn eistedd ar fainc dan gysgod coeden, ac yn wylo'n chwerw, a'i dwylo'n cuddio ei hwyneb.

Doedd Dafydd ddim yn fachgen calon galed; yn wir, tipyn yn ormodol i'r cyfeiriad arall oedd efe, a phan welodd efe Lucy yn eistedd yn y fan honno, a phan glywodd hi'n wylo mor chwerw, tynerodd ei galon fwy nag oedd dda er ei les. Fe ddylasai Dafydd wybod ar bob cyfrif mai mynd ymaith a gadael lonydd i Lucy fuasai orau iddo, er ei fwyn ei hun ac er ei mwyn hithau, ond doedd Dafydd, mwy na dynion eraill, ddim uwchlaw gwneud cam-gymeriad, ac, felly, aeth at Lucy, a chan ei chyffwrdd yn ysgafn ar ei hysgwydd, dywedodd:

"Lucy! Mi gewch annwyd yn y fan yma. Gadewch i mi'ch helpu chi i'r tŷ."

Fel yr awgrymwyd, fe ddylasai Dafydd feddwl y buasai'n well gan Lucy i lawer un ei gweld yn wylo yn y fan honno nag iddo ef ei gweld. Tybiai hi'n ddigon naturiol ei fod wedi mynd ymaith cyn gynted ag y cafodd ei hun yn rhydd, ac, felly, pan glywodd ei lais, a phan ddeallodd ei fod wedi ei gweld yn wylo, aeth tymer Lucy yn gynddeiriog.

"Y ffalsgi brwnt!" meddai. "Beth sy gynnoch chi eisio yn y fan yma, yn llechian o gwmpas i wylio pobl?"

"Maddeuwch i mi," ebe Dafydd. "Mae'n ddrwg gen i 'mod i wedi peri dim poen i chi, ond fedrwn i ddim y'ch gadel chi i eistedd yn y fan yna a hithe'n barugo mor drwm, mi fyddwch yn siŵr o gael annwyd."

Yng ngwylltineb ei natur amheugar, tybiodd Lucy mai gwneud rhagor o wawd ohoni yr oedd Dafydd. Llosgai ei gruddiau gan gynddaredd wrth feddwl ei fod wedi ei gweld yn wylo, a theimlai mor ffyrnig fel y gallasai ei ladd bron.

"Ga i'ch helpu chi?" ebe Dafydd yn dosturus.

"Na chewch!" ysgyrnygai Lucy. "Pa hawl sy gynnoch chi i ddod ar f'ôl i?"

"Yn wir," ebe Dafydd, heb allu ymatal rhag gwenu wrth feddwl am sefyllfa wirioneddol pethau, "yn wir, Miss Jackson, rydw i'n meddwl mai fi ddylasem ofyn y cwestiwn yna. Mi faswn i gartre ers cryn amser, cawswn i—"

Cyn iddo orffen, yr oedd tymer Lucy yn wenfflam. Cododd ar ei thraed, trawodd ar draws ei wyneb â'i llaw, a mwngialodd:

"Gwyliwch chi'ch hun, Dafydd Owen, a phawb sy'n dda gynnoch chi hefyd!"

Rhuthrodd Lucy ymaith, a diflannodd i'r tŷ drwy un o ddrysau'r cefn, gan adael Dafydd eto i sefyll mewn syndod.

Aeth Dafydd tuag adref yn araf a myfyrgar. Beth oedd Lucy yn ei feddwl wrth gyfeirio at bawb oedd yn dda ganddo ef? Aeth meddwl Dafydd yn ddi-oed at Neli. A oedd hi mewn perygl oddi wrth Lucy? Aeth mil o bethau drwy ei feddwl, a phenderfynodd roi Neli ar ei gwyliadwriaeth y cyfle cyntaf a gawsai, ond cyn ei fod wedi cyrraedd pen draw'r lawnt, safodd Neli o'i flaen ar y llwybr.

"Gwarchod ni, Neli!" ebe Dafydd, gan gydio am ganol yr eneth a'i thynnu tuag ato. "Beth ar y ddaear ydech chi'n wneud yn y fan yma?"

"O!" meddai Neli, "Rydw i wedi clywed y cwbwl—fedrwn i ddim peidio. Mi welis Lucy yn llithro allan, ac fedrwn i ddim peidio dŵad ar 'i hôl hi—roedd gen i ofn i rywbeth ddigwydd."

"Felly mi glywsoch y cwbwl?"

"Do, bob gair."

"Wel, waeth i mi heb fynd dros y stori wrthoch chi felly, ond byddwch ar y'ch gwyliadwriaeth, Neli annwyl!"

"O," meddai Neli, "peidiwch â thrwblo yn fy nghylch i—mi wna i'r tro yn iawn. Ond, O, Dafydd—"

"Beth sy, 'ngeneth annwyl i?"

"Wnewch chi ddim gwrando arni hi, wnewch chi?"

"Y fi!" ebe Dafydd. "Does gen i ddim stumog i wrando arni hi!"

Chwarddodd Neli, ac er fod ei chalon yn drom, gofynnodd yn chwareus, "Oes gynnoch chi eisio cysgu?"

"Nag oes," ebe Dafydd, "achos er na ches i ddim gwermod, mi ges gernod, ac mae hynny wedi 'neffro i'n arw!"

Chwarddodd Neli drachefn, a dwedodd Dafydd, "Wel yn wir, Neli bach, rhaid i chi fynd i'r tŷ, mae hi'n rhy oer i chi fod yn y fan yma—mi fyddwch yn siŵr o gael annwyd. Gadewch i mi ddŵad i'ch danfon chi at y drws."

"Na!" meddai Neli. "Mae gen i ofn iddyn nhw'ch gweld chi. Rhaid i chi fynd adre o'r fan yma, mi fedra i fynd i mewn yn iawn."

"Beth 'taen nhw wedi cloi'r drws?"

"O, mae 'goriad un o'r dryse gen i, felly, mi fedra i fynd i mewn sut bynnag. Nos dawch, Dafydd."

"Nos dawch, Neli annwyl!" ebe Dafydd gan ei chusanu. "Ond cofiwch beth ddeudis i wrthoch chi, a byddwch ar y'ch gwyliadwriaeth."

"Nos dawch!" ebe Neli, gan dripio'n ysgafndroed rhwng y coed tua'r tŷ.

Gwyliodd Dafydd hi nes aeth o'r golwg, ac yna trodd, ac aeth yn ei flaen tua chartre, gan sibrwd wrtho'i hun, "Wel, stumog i un a chalon i'r llall!"

Tra roedd Dafydd a Neli yn siarad, yr oedd Lucy yn ei hystafell wely, yn wylo drachefn. Erbyn hyn yr oedd yn edifar ganddi ddarfod iddi daro Dafydd yn ei wyneb, canys yr oedd hi wedi dechrau meddwl y rhaid bod Dafydd yn meddwl rhywbeth ohoni cyn y buasai efe'n dyfod ar ei hôl, ac yn gofalu cymaint rhag iddi eistedd yn y barrug. Nid oedd Lucy, mwy na'i thad, yn abl i synied am foneddigeiddrwydd naturiol na'i ddeall, ac am hynny, ni ddychmygodd unwaith nad oedd ymddygiad Dafydd yn ddim amgen na'r hyn a fuasai unrhyw ddyn boneddigaidd yn ei wneud tuag at unrhyw ferch dan gyffelyb am-gylchiadau. Felly, rhuthrodd Lucy i'r casgliad y rhaid fod Dafydd wedi glân ddotio arni, a'i fod yn dod i ddweud hynny pan fu hithau mor ffôl â'i daro yn ei wyneb yn ei chynddaredd. Wylai Lucy o ddigofaint ati ei hun, a phenderfynodd, doed a ddelo, redeg ar ôl Dafydd i erfyn ei faddeuant. Aeth i lawr mor ddistaw ag y gallai, eithr beth oedd ei syndod wedi cyrraedd gwaelod y grisiau bron pan welai Neli yn dod i fyny i'w chyfarfod.

Bu agos i Lucy waeddi dros y tŷ gan fraw a digofaint, canys meddyliodd yn syth y rhaid fod Neli wedi bod allan gyda Dafydd. Bu agos i Neli hefyd weiddi gan fraw, ond medrodd y ddwy gadw'n ddistaw.

Troes Lucy ar ei sawdl, esgynnodd y grisiau, a gwnaeth arwydd ar Neli i beri iddi ei dilyn. Wrth gwrs, credodd Neli fod Lucy wedi gweld a chlywed y cwbl, a suddodd ei chalon, ond penderfynodd wneud ei gorau, beth bynnag a ddelai. Aeth Lucy yn ei blaen i'w hystafell ei hun, aeth Neli ar ei hôl, a chaeodd Lucy y drws. Yna, eisteddodd ar gadair, a gofynnodd i Neli yn gynhyrfus, "Lle buoch chi?"

"I lawr," ebe Neli, bron â syrthio gan ddychryn, ac heb wybod beth i'w ddweud yn ychwaneg.

"Beth oedd gynnoch chi eisio i lawr yr amser yma o'r nos?" ebe Lucy.

Daeth rhywbeth i feddwl Neli ar darawiad, gwridodd yn fflamgoch wrth feddwl nad oedd yn hollol wir, ond nid oedd dim i'w wneud.

"Clywed sŵn ddaru i mi," meddai, "fel pe buase rhywun yn cau un o'r dryse."

"O," meddai Lucy, "dyna beth rhyfedd, mi feddylis inne i mi glywed sŵn felly hefyd, a dyna pham yr es i lawr rŵan."

Cododd Lucy, ac agorodd y drws. "Nos dawch," meddai, a chyn pen chwarter eiliad yr oedd Neli yn ei hystafell ei hun, a'i chalon yn crynu fel calon aderyn newydd ddianc o fagl yr adarwr.

Taflodd Lucy ei hun ar ei gwely yn ei digofaint am ddrysu ei chynllun gan Neli. Gwelai fod y cwbl yn ofer, canys yr oedd Dafydd Owen bellach wedi cyrraedd adref, ac yn cysgu'n dawel, nad odid. Gwyn ei fyd, meddyliai Lucy, canys ni fedrai hi gysgu. Bu'n effro am oriau bwygilydd, ond cysgu a wnaeth hithau o'r diwedd, a chysgu'n drwm, nes oedd yn lled hwyr yn y bore.

Yn hyn a'i deffrodd oedd llais ei thad. Rhegai a siaradai Jackson yn uchel arswydus, a neidiodd Lucy o'i gwely mewn braw. Ymwisgodd yn frysiog, ac aeth i lawr, a'r peth cyntaf a glywai ei thad yn dweud oedd: "Mae yma ladron wedi bod yn y tŷ neithiwr!"

XIX.
Pryder Jackson

Pan glywodd Lucy fod lladron wedi bod yn y tŷ, rhedodd ei meddwl yn syth at y ffaith fod Neli wedi dweud wrthi y noson gynt ei bod wedi meddwl ei bod yn clywed sŵn rhywun yn cau'r drws, a chyda hynny, cofiodd ei bod hithau, yn ei digofaint pan ddaethai i'r tŷ oddi wrth Dafydd Owen, wedi gadael y drws heb ei gloi.

Yr oedd Neli yn yr ystafell, ac yn gwrando ar yr hyn a ddwedai Mr. Jackson mewn syndod, a'i hwyneb yn welw. Sylwodd Lucy arni, a phan gafodd gyfle, aeth ati.

"Neli," meddai, "fuoch chi allan neithiwr?"

"Do," atebai Neli, mewn cymaint o fraw fel na wyddai yn iawn beth yr oedd hi yn ei ddweud.

"Welsoch chi Dafydd Owen?"

"Do," ebe Neli drachefn yn ei braw, ac yna ychwanegodd, "Myi gwelis o'n mynd i ffwrdd ar ôl i chi fod yn siarad hefo fo."

Brathodd Lucy ei gwefus pan ddeallodd fod Neli wedi ei gweld yn siarad hefo Dafydd Owen. Rhaid fod Neli a Dafydd yn deall ei gilydd, a bod Neli yn arfer mynd allan yn y nos i siarad hefo Dafydd. Chwerwodd calon Lucy yn arswydus, a daeth syniad melltigedig i'w meddwl. Os oedd Dafydd Owen yn meddwl y câi wneud gwawd ohoni hi, yr oedd yn methu! Buasai yn well iddo ef a Neli pe buasai wedi peidio, a chai y ddau deimlo beth oedd gwneud gwawd ohoni hi, merch gŵr bonheddig, merch perchen Cwm Eryr!

Aeth Lucy ar ôl ei thad, a chafodd hyd iddo yn y llyfrgell. Eisteddai Jackson ar gadair, â'i ben rhwng ei ddwylo, a golwg rhyfedd arno, fel pe buasai'n ymdrechu rhwng ofn a dialedd.

"'Nhad," ebe Lucy, "mae gen i eisio siarad hefo chi."

"Wel, beth sy' gen ti eisio?" ebe Jackson.

"Wyddoch chi fod Dafydd Owen yn arfer dod yma yn y nos i edrych am Neli?"

"Beth!" ebe Jackson mewn syndod. "Beth wyt ti'n feddwl?"

"Wel, hyn," ebe Lucy. "Neithiwr, mi dybis 'mod i'n clywed rhyw sŵn wrth ddrws y cefn. Mi es i lawr, ac mi ges y drws yn agored—hynny ydi, heb ddim clo. Mi es allan, a phwy welwn i ond Dafydd Owen. Mi fûm yn siarad peth hefo fo, ac yna mi ddois i'r tŷ. Toc, mi feddylis 'mod i'n clywed sŵn, ac mi es i lawr drachefn, a phwy oedd yn fy nghyfarfod i'n dŵad i fyny'r grisie ond Neli, ac mae hi wedi cyfadde wrtha i ei bod hi wedi bod allan, a'i bod hi wedi gweld Dafydd Owen."

Neidiodd Jackson ar ei draed.

"Dyna'r lleidr!" meddai. "Mi fynnaf ei gymryd o i fyny ar unwaith!"

Gwelwodd Lucy, ac aeth ei chalon i grynu'n enbyd.

"'Nhad," meddai cyn gynted ag y medrodd cael ei gwynt. "Peidiwch â gwneud dim yn fyrbwyll. Dydw i ddim yn meddwl y base fo'n torri i'r tŷ, ond meddwl yr ydw i fod Neli wedi gadel y drws yn agored."

"Mae o'n ddigon diegwyddor i wneud unrhyw beth!" ebe Mr. Jackson, gan gofio gyda digofaint am y driniaeth a gawsai Norman ac yntau gan Dafydd y noson cynt.

"Beth sy' ar goll?" ebe Lucy.

"Does dim byd neilltuol ar goll," ebe Jackson, "ond mae'r lleidr, pwy bynnag oedd o, wedi bod yn chwilio ac yn chwalu llawer o'r papurau yma yn y ddesg."

"Wel", ebe Lucy, "dod i ddeud wrthoch chi yr oeddwn i er mwyn y'ch rhoi chi ar y'ch gwyliadwriaeth. Mi fydde'n llawer gwell i chi gadw'r peth yn ddistaw, a bod ar ych gwyliadwriaeth, yn lle gwneud dim byd yn fyrbwyll."

Yr oedd Jackson mewn gwirionedd mewn gormod o fraw i wneud dim ond bygwth ar y pryd, canys yn ôl pob golwg, nid oedd y lleidr, pwy bynnag ydoedd, wedi dod yno gyda'r bwriad o gael hyd i ddim ond papurau, canys yr oedd yr aur a'r arian yn y ddesg wedi eu gadael yno yn ddiogel, a lliaws o bethau ag y buasai ysbeiliwr yn taro ei law arnynt wedi eu gadael heb eu cyffwrdd yn yr ystafell. Felly, yn ei ansicrwydd a'i ofn, ni wyddai Jackson beth i'w wneud, ac yr oedd yn dda ganddo mewn gwirionedd glywed awgrymiad olaf Lucy. Er ei fod wedi penderfynu cael gwared o Dafydd o Ben y Wern, hyd yn oed pe buasai raid iddo droi Mrs. Owen i ffwrdd er gwaethaf Miss Gaenor, ac er y buasai wrth ei fodd pe gallasai gyhuddo Dafydd o ladrata, eto yr oedd Jackson mor ansicr ac ofnus fel na wyddai yn iawn beth i'w wneud. Ofnai fod rhywbeth rhyfedd ar ddigwydd: teimlai yn anesmwyth ac annifyr, ac yn y cyflwr hwn gorchwyl hawdd oedd i Lucy gael ganddo wneud fel y mynnai hi.

"Gan nad oes dim byd neilltuol wedi ei golli," ebe Lucy, "mi rown i gyngor i chi gadw'r peth yn ddistaw, a bod ar y'ch gwyliadwriaeth."

"Ie," meddai Jackson, gan edrych ar lawr, a'r un foment gwelai ddarn o bapur yn agos i draed y cwpwrdd—darn o bapur glas wedi ei blygu'n ofalus. Yr oedd pob darn o bapur yn rhoi braw i Jackson, os na fyddai efe'n cwbl deall ei gynnwys. Cododd y dernyn papur glas yn chwyrn, ac agorodd ef. Nid oedd yno ddim ond ffigyrau, a'r rhai hynny yn hollol annealladwy i Jackson. Yr oedd y ffigyrau wedi eu gosod i lawr yn rhes fel a ganlyn: 16—12—3. Wedi hir fyfyrio uwchben y papur, a methu canfod ynddo ddim o bwys, taflodd Jackson ef i'r tân, ac aeth tua'r gwaith ar gefn ei geffyl.

Mewn gwirionedd, yr oedd Jackson mewn cryn helbul. Ofnai, er na wyddai yn iawn pam, fod rhyw ddrwg ar ei warthaf, ac yr oedd efe yn un o'r rhai hynny y dywedir amdanynt y ffoant heb neb yn eu herlid. Fel yr âi yn ei flaen hyd y ffordd, dyfnhâi ei ofn, a ffyrnigai ei lid yn erbyn Dafydd Owen, a phenderfynodd fynd at y plismyn i'w hysbysu fod rhywun neu rywrai wedi torri i'w dŷ. Ofnai wneud hynny drachefn, canys teimlai mai peth rhyfedd iawn oedd fod y lleidr neu'r lladron wedi torri i mewn, a mynd ymaith heb gymryd dim gyda hwy. Ond hwyrach mai tybio fod peryg ddarfu iddynt, a dianc cyn gorffen yr hyn a fwriadent ei wneud. Pa un bynnag, meddyliai Jackson mai'r unig beth diogel iddo ef oedd rhoi'r mater yn llaw'r plismyn. Felly, marchogodd tuag Abercwm gyda'r bwriad o ddweud y cwbl wrth y Sarsiant Jones.

Yn rhyfedd ddigon, cyn ei fod wedi mynd lled cae, pwy ddaeth i'w gyfarfod ond y Sarsiant. Gŵr tew, bodlon oedd efe, a chanddo feddwl mawr o'i allu fel plismon.

Dywedodd Jackson hanes yr hyn ddigwyddasai wrtho mor gyflawn ag y gallai, gan awgrymu fod Dafydd Owen wedi bod yn agos i'r plas yn lled hwyr y noson cynt.

Synnai y plismon glywed yr hanes, a dywedodd hynny, a synnai fwy fyth glywed awgrymiad Jackson am Dafydd Owen, er na ddywedodd hynny. Y cwbl wnaeth y swyddog oedd dweud yr âi i Gwm Eryr i edrych a oedd yno ryw olion, ac y cymerai y plismyn y mater i fyny o ddifrif.

"Mi ellwch benderfynu, syr, y gwnawn ein gorau," ebe'r plismon, "er y bydd o'n waith go anodd, mae gen i ofn, gan na chymrodd y lladron ddim byd i ffwrdd, fel rydech chi'n deud. Ond mi gawn weld; mi af i fyny rŵan i wneud ymchwil cyn belled ag y medra i."

"Ie," meddai Jackson, "ac mi fydde'n eitha peth i chi gadw'ch golwg ar y rhai y clywch chi eu bod nhw wedi eu gweld yn agos i'r tŷ yn hwyr o'r nos."

"O'r gore, syr," medde'r plismon, ac ymwahanodd y ddau.

XX.
Y Detectif

Pan gyrhaeddodd Jackson i'r gwaith, y cyntaf a'i gyfarfu oedd y gŵr dieithr a welsai y diwrnod cynt.

"Wel," ebe Jackson, "gawsoch chi rywbeth i'w wneud gynyn nhw?"

"Do," ebe'r dyn. "Mi ges amryw fân swyddi gynyn nhw ddoe, ond y gwir amdani hi ydi 'mod i bellach yn analluog i wneud llawer o'r pethe fedrwn i wneud gynt. 'Tawn i'n cael rhyw swydd i glercio tipyn, mi fedrwn 'i gwneud hi'n iawn."

"Yn wir," ebe Jackson, "mae arna i ofn na fedrwn ni ddim gwneud lle i chi glercio, ac heblaw hynny, ydech chi wedi arfer clercio?"

"O do," ebe'r gŵr dieithr. "Mi fûm yn clercio yng ngwaith Tŷ'n y Parc ers talwm—does bosib nad allech chi 'nghofio fi, os oeddech chi'n 'nabod Mr. Watson a Mr. Johnson—"

"Na, 'dweunwn i'r un o'r ddau, fel y deudis i wrthoch chi ddoe, rydw i'n meddwl," ebe Jackson.

"O, ie, begio'ch pardwn," ebe'r gŵr dieithr. "Ddaru mi ddim cofio'ch bod chi wedi deud wrtha i, ond mi fedraf glercio yn iawn. Taswn i'n gwybod lle i gael hyd i Mr. Johnson, mi faswn yn anfon ato fo am garictor, syr. Mae Mr. Watson wedi marw—marw dan amgylchiade rhyfedd ddaru o hefyd—ond mae'n bosib fod Mr. Johnson yn fyw yn rhywle, tase fodd gwybod ym mhle mae o, ond does wybod ar y ddaear ym mhle y galle dyn gael hyd iddo fo rŵan, mae cymaint o flynyddoedd er hynny, ac mae—"

"Esgusodwch fi," ebe Jackson. "Dydw i ddim yn teimlo yn rhyw iach iawn y bore yma. Ond os medrwch chi glercio, wel, mi gewch wneud tipyn o waith yn yr offis, a rhyw fân swyddi o gwmpas, os cawn ni y gwnewch chi'r tro."

"Diolch yn fawr i chi, syr," ebe'r gŵr dieithr. "Rydw i'n cofio'n dda i Mr. Johnson ddeud wrtha i un o'r troea' dwetha' gwelis i fo——"

"Dyna fo," ebe Jackson, "gan nad adwaen i mo Mr. Johnson, does dim diddordeb i mi yn yr hyn ddwedodd o. Mi ddaw'r gaffer i siarad hefo chi toc."

Aeth Jackson tua'r swyddfa, a gwenai'r dyn dieithr wrth edrych ar ei ôl, yr un wên ryfedd ag a barodd ddryswch i Hannah y diwrnod cynt.

Nid hir yr arhosodd Jackson yn yr offis. Cyfarwyddodd y gaffer fod y dyn dieithr i wneud tipyn o waith clercio, ac i wneud mân swyddi o gwmpas y gwaith.

"O'r gore syr," ebe'r gaffer mewn cryn syndod. "Gobeithio y gellir ymddiried ynddo fo, syr."

"Oes rhywbeth yn peri i chi feddwl na ellir?" ebe Jackson yn chwyrn.

"O, nag oes," ebe'r gaffer, "dim ond fod golwg go ddrwg arno fo——o ran gwisg a phethe felly ydw i'n feddwl, syr."

"O," ebe Jackson. "Mae'n ymddangos 'i fod o wedi bod yn anffortunus. Rydw i'n credu y gwnaiff o'r tro, ond, cadwch y'ch golwg arno fo."

"O'r gore syr," ebe'r gaffer, wedi ei foddhau gan yr ymddiriedaeth a ddangosai Jackson ynddo ef.

Aeth y gaffer ymaith, ac yr oedd Jackson yn aflonydd ac anesmwyth. Ni wyddai pam, ac ni wyddai beth i'w wneud, ond penderfynodd fynd i weld y plismon drachefn cyn mynd adref. Aeth ar gefn ei geffyl a marchogodd yn syth i Abercwm. Aeth i fuarth yr *Eryr Inn* i roi ei geffyl i mewn, a meddyliodd na fuasai llymed o chwisgi yn gwneud dim drwg iddo, felly aeth i mewn i'r dafarn. Aeth, wrth gwrs, i'r ystafell orau, ac yno yr oedd gŵr bonheddig yn smocio sigâr, a gwydriad o wirod o'i flaen.

"Dydd da, syr," ebe'r gŵr dieithr. "Mae hi'n ddiwrnod braf."

"Ydi, mae hi," ebe Jackson.

"Mae yma wlad hyfryd o gwmpas yma," ebe'r bonheddwr dieithr.

"Wel, oes, y mae."

"Ac faswn i'n meddwl fod y bobl yn bobl garedig a gonest hefyd," meddai'r gŵr dieithr, "er nad oes ond rhyw bythefnos er pan wyf fi yn y gymdogaeth."

"'Tasech chi yma ar hyd y'ch oes, fasech chi ddim yr un farn am y bobl," ebe Jackson.

"Ai e? Rydech chi'n fy synnu fi. Faswn i'n meddwl eu bod nhw'r bobl onesta ar y ddaear."

"Wel," ebe Jackson, "rydw i wedi treulio f'oes yma bron, a dydw i ddim o'r farn honno."

"Felly," ebe'r gŵr dieithr, gan droi i edrych drwy'r ffenestr, fel pe buasai dywediad olaf Jackson wedi lladd ei ddiddordeb ym mhobl y wlad ar unwaith.

Tybiodd Jackson yn naturiol fod y dyn yn ei amau, ac mai Cymro ydoedd, o bosib, a'i fod wedi ffromi. Felly credai y dylasai ddweud chwaneg.

"Neithiwr dd'wetha' yn y byd y torrodd lladron i fy nhŷ i," meddai.

"Tewch â dweud!" ebe'r bonheddwr. "Gollwyd llawer o bethe?"

"Naddo, fel mae'n rhyfedd dweud," ebe Jackson.

"Wel, mae'n rhyfedd hefyd," ebe'r bonheddwr, "os torron nhw i mewn i'r tŷ."

"I'r llyfrgell," ebe Jackson.

"Maddeuwch i mi," ebe'r bonheddwr, "os ydw i'n ymddangos fel pe tawn i'n cymryd ddiddordeb mwy na'r cyffredin yn y mater. Mi esboniff hwnna'r cwbl i chi, mi gredaf."

Estynnodd y bonheddwr gerdyn i Mr. Jackson. Ar y cerdyn yr oedd yr enw, "Mr. Harrison," ac yna cyfeiriad yn un o brif drefydd Lloegr.

"Mr. Harrison?" ebe Jackson, fel pe buasai'n siarad hefo fo ei hun. "Does bosib mai chi ydi Mr. Harrison, y detectif?"

"Y fi ydi o, syr," ebe'r bonheddwr, "wedi digwydd dod i lawr i dreulio fy ngwyliau yma rydw i, ar ôl bod yn gweithio yn o galed, ac roeddwn i'n meddwl y cawswn i bob llonyddwch yma, ac na fase yma ddim i dynnu fy sylw i."

"Wel yn wir, rydech chi'n gweld y'ch bod chi wedi camgymryd," ebe Jackson, "a chan fy mod wedi'ch cyfarfod chi mor ryfedd, mi faswn yn leicio i chi dalu tipyn o sylw i'r busnes y sonis i amdano fo wrthoch chi."

"Wel," ebe Mr. Harrison, "roeddwn i, fel y dywedis i, wedi meddwl cael tipyn o lonydd, ond mae'n demtasiwn fawr i mi dderbyn y'ch cynnig chi, Mr.—"

"Jackson," ebe'n cydnabod o'r Cwm Eryr, "Mr. Jackson, Cwm Eryr."

"O," meddai Mr. Harrison. "Chi ydi Mr. Jackson, perchennog y gwaith haearn?"

"Ie," ebe Jackson.

"O, mi wn am yr enw'n dda. Wel, mae'n dda gen i'ch cyfarfod chi Mr. Jackson, ac os galla i fod o ryw help i chi, wel, mi fydd yn bleser gen i fod at eich gwasanaeth chi."

"Diolch," ebe Jackson. "Mae'n wir dda gen i fy mod wedi'ch cyfarfod chi; dydi'r plismyn yma fawr o werth mewn achos fel hyn."

"Nac ydyn, yn siŵr," ebe Mr. Harrison. "Mi faswn i'n leicio clywed yr holl hanes gynnoch chi, cyn belled ag y gwyddoch chi, Mr. Jackson."

Aeth Jackson dros yr amgylchiadau oll, heb gadw dim yn ôl: dywedodd hanes yr helynt rhwng Dafydd Owen a Norman ac yntau, a hanes Neli'n mynd allan, yn ôl fel y dywedasai Lucy wrtho. Pan ddaeth efe at hanes y papur gafodd ar lawr, a'r ffigyrau arno, gofynnodd Mr. Harrison:

"Ydi'r papur gynnoch chi, Mr. Jackson?"

"Nac ydi," meddai Jackson, "gan nad oedd dim ond ffigyrau arno fo mi llosgis o."

"O, gresyn y'ch bod chi wedi'i losgi fo," ebe Mr. Harrison, "mi fase'n bwysig."

"Sut hynny?"

"Wel, mi allwn i feddwl mai fo oedd yr unig gliw, ac mae'r peth lleiaf yn bwysig, welwch chi. Sut bynnag, mi faswn i'n leicio cael golwg ar y lle, a gweld oes yno ryw olion erill o ryw fath."

"Da iawn, mi awn ni i fyny'n syth, ac hwyrach y byddwch chi cystal ag aros hefo ni yn y plas tra byddwch chi yn yr ardal, Mr. Harrison; mi fydd yn dda gynnon ni gael y'ch cwmni chi."

"Diolch," ebe Mr. Harrison. "Felly mi awn ni i fyny rŵan."

Aeth Mr. Jackson a Mr. Harrison tua Chwm Eryr, ac wrth gychwyn allan o fuarth y gwesty, dywedodd Mr. Harrison, "Yn awr, Mr. Jackson, tra bydda i'n cofio, gadewch i mi'ch rhoi chi ar y'ch gwyliadwriaeth—"

"Beth?" meddai Jackson, gyda'r fath sydynrwydd brawychus nes synnu Mr. Harrison.

"O, peidiwch â chynhyrfu," meddai Mr. Harrison. "Dyna oeddwn i'n mynd i'w ddweud, byddwch ar y'ch gwyliadwriaeth rhag dweud wrth neb mai detectif ydw i, achos mi fedraf weithio llawer gwell felly. Yr ydw i'n pasio yma dan yr enw Mr. Robinson, o Lunden."

"O, mi welaf," ebe Jackson, yn llawer esmwythach ei feddwl. "O'r gore syr, mi gadw i'r hyn ydech chi'n ddeud mewn cof."

XXI.
Mr. Robinson ar Waith

Pan gyrhaeddodd Mr. Jackson a'i gydymaith newydd i Gwm Eryr, cyflwynodd y gŵr dieithr i'r teulu fel Mr. Robinson, o Lunden, bonheddwr oedd ar ei dro yn yr ardal, ac oedd yn dra hysbys ag enw Mr. Jackson yn y ffordd o fusnes. Dwedodd Mr. Jackson wrth Mrs. Jackson, neu yn hytrach, efe a lefarodd wrth Mrs. Jackson er mwyn dweud wrth Miss Gaenor, ei fod wedi gwahodd Mr. Robinson i aros gyda hwy yn y plas tra byddai yn yr ardal. Dwedodd Mrs. Jackson fod yn llawen iawn ganddi glywed, a dwedodd Miss Gaenor y byddai yn hyfryd ganddi hithau wneud ei gorau i wneud Mr. Robinson yn hapus tra fyddai efe yn ei phreswylfod hi. Brathodd Jackson ei wefus pan glywodd Miss Gaenor yn cyhoeddi mor gloyw i'r gŵr dieithr mai hi oedd feistr yn Nghwm Eryr. Gwelodd Gaenor ef yn gwneud hynny, a bodlonodd, canys ei hunig amcan oedd dial arno am annerch ei wraig yn lle ei hannerch hi.

Gwnaeth pawb eu gorau yn ôl eu gallu i ddifyrru Mr. Robinson, ac ar ôl ymborthi a chael sgwrs, aeth Mr. Jackson ag ef ymaith, dan esgus o ddangos y llyfrgell iddo. Chwiliodd Mr. Robinson yr ystafell yn fanwl. Ystafell henffasiwn ydoedd, yn y darn hynaf o'r tŷ. Yr oedd tri phared wedi eu cuddio â silffoedd llawn o lyfrau, eithr yr oedd y llall yn glir, a gwelid ei fod wedi ei fyrddio i'w hanner ag estyll derw wedi eu caboli nes oeddynt yn disgleirio. Sylwodd Mr. Robinson yn fanwl ar bob peth, ond methodd â chael hyd i ddim cliw o fath yn y byd.

"Gresyn," meddai, "y'ch bod chi wedi llosgi y papur hwnnw, Mr. Jackson. Ydech chi ddim yn cofio beth oedd y ffigyre oedd arno fo?"

"Yr ydw i'n meddwl," meddai Jackson, "mai 16, 12, a 3, ond dydw i ddim yn ryw sicr iawn."

"O," meddai Mr. Robinson, "mae'n berffaith bosib mai peth hollol ddibwys oedd y papur wedi'r cwbwl, ac mae'n debyg iawn mai e, ne fase'r lleidr ddim mor ddiofal hefo fo fel ag i'w golli. Dyma hen ddodrefnyn rhagorol, Mr. Jackson," ychwanegai Mr. Robinson gan gyfeirio at fath o ddesg a chwpwrdd oedd yn nghornel yr ystafell.

"Ie," ebe Jackson, "mae hi yn y teulu ers canrifoedd am wn i. Byddwn ni byth yn gwneud defnydd ohoni hi rŵan, chwaith."

"Yn wir, mae hi'n un anghyffredin," meddai Mr. Robinson. "Mi faswn yn hoffi gweld ei thu fewn hi."

"Y gwir ydi," meddai Jackson, "does gynon ni r'un 'goriad egyr ddrysau'r cwpwrdd yma sy'n ffurfio'r darn ucha ohoni hi, ond mi allaf agor y darn isaf i chi 'i weld o."

Agorodd Mr. Jackson y ddesg, a mawr edmygai Mr. Robinson y cywreinwaith oedd arni. Dywedodd Mr. Jackson eu bod ganwaith wedi meddwl am chwilio am allwedd i agor y darn uchaf, ond eu bod rywfodd yn anghofio o hyd.

"Wel," meddai Mr. Robinson, ar ôl gorffen chwilio'r ystafell, "go dywyll ydi pethe, Mr. Jackson, ond hwyrach y medrwn ni wneud rhywbeth. Yn y nos y medraf weithio ore o ddigon. Os na fydd o'n rhyw wahaniaeth gynnoch chi, mi dreulia i awr ne ddwy yn y 'stafell yma heno, i feddwl y peth allan, a cheisio disgyn ar gynllun i weithio. Mi fyddaf yn ffeindio fod yn fantais, rywfodd, wneud hynny yn y fan lle cyflawnwyd y drosedd, os bydd bosib, ac felly y 'stafell yma fydd y lle gore yn y tŷ, yn enwedig gan ei bod hi'n 'stafell braf a distaw. Os byddaf i ar fy nhraed yn hwyr, peidiwch â chyffroi, ac er mwyn cadw'r boneddigesau yn esmwyth, mi ellir dweud wrthyn nhw mai darllen y byddaf i."

"Campus!" meddai Mr. Jackson, gan ddotio at gywreinrwydd ei gyfaill.

"Oes rhywun yn cysgu yn y llofft uwchben?" meddai Mr. Robinson.

"Nac oes," ebe Jackson. "Eisie gwybod oedd gen i, rhag ofn i mi gadw gormod o sŵn yma," ebe Robinson.

"O," atebai Jackson, "mi ellwch wneud faint fynnoch o sŵn—chlyw neb mo'noch chi."

"Da iawn," ebe, Mr. Robinson. "Felly mi dreulia i dipyn o amser yma heno i ystyried y mater, ac mi gawn weld be' fedrwn ni wneud."

Felly fu, a phan ddaeth yr hwyr, wedi i bawb swpera ac i'r teulu oll fynd i orffwys, ar ôl i Jackson roi ar ddeall fod Mr. Robinson yn mynd i aros i fyny i ddarllen am awr neu ddwy, arweiniodd Mr. Jackson ei gyfaill newydd i'r llyfrgell, ac wedi dymuno iddo nos dda, aeth ymaith, gan adael Mr. Robinson ei hun yn y llyfrgell.

Triniodd Mr. Robinson y lamp, a gosododd ei hun yn gyfforddus ar gadair esmwyth, taniodd ei bibell, a dechreuodd fwynhau mygyn. Bu wrthi yn ysmygu'n hamddenol a myfyrgar nes oedd tua hanner nos, ac yna dechreuodd edrych o'i gwmpas. Yn gyntaf peth, clodd ddrws yr ystafell mor ddistaw ag y gallai, yna rhoes dro neu ddau, o gwmpas, ac yna bu'n gwrando am ysbaid. Yr oedd y lle yn berffaith ddistaw, a phawb yn y tŷ, yn ddiau, ag eithrio Mr. Robinson ei hun—a Lucy, o bosib—yn cysgu'n dawel. Nid oedd frys ar Mr. Robinson, fodd bynnag, canys eisteddodd i lawr drachefn, ac agorodd god fechan a ddygasai yn ei law gydag ef i'r ystafell, yn yr hon, meddai wrth Mr. Jackson, yr oedd llyfrau a phapurau yr oedd ganddo eisiau edrych drostynt. Yn lle llyfrau, sut bynnag, tynnodd Mr. Robinson fwndel o allweddau allan o'r god, ac un neu ddau o gelfi eraill, a ddefnyddir yn gyffredin gan saer. Yna, tynnodd bapur allan, ar yr hwn yr oedd y ffigyrau "16, 12, 3," wedi eu hysgrifennu i lawr. Dewisodd allwedd neilltuol, tynnodd hi'n rhydd o'r bwndel, ac yna, fel pe buasai yn hen gynefin â'r gwaith, agorodd ddrws y cwpwrdd yn y ddesg, y soniwyd amdani eisoes. Yr oedd yn ddigon eglur nad agorwyd mo'r drws o'r blaen ers blynyddoedd, canys yr oedd y clo wedi rhydu a'r un modd y bachau, mae'n debyg, a gwnaeth y drws sŵn go wichlyd wrth agor.

Yr oedd y cwpwrdd oddi mewn wedi ei wneud yn gywrain dros ben. Yr oedd ynddo liaws o fân droriau a lleoedd i gadw papurau ac ati, ac yr oedd yno lawer o bapurau hefyd. Tynnodd Mr. Robinson y papurau allan o un i un, a darllenodd hwy yn fanwl, gorchwyl a gymerodd iddo o leiaf awr o amser. Yna, wedi dodi'r papurau oll yn ofalus yn y god y soniwyd amdani, aeth Mr. Robinson rhagddo i chwilio'r cwpwrdd. Tynnodd o'i boced linyn mesur, a mesurodd union un fodfedd ar bymtheg o'r ymyl chwith i'r cwpwrdd; yna mesurodd union ddeuddeng modfedd o'r top, a chyfarfyddai'r ddau fesur yn union ar ganol drôr fechan. Agorodd Robinson y drôr, a thynnodd hi yn glir allan o'i lle. Yna mesurodd dair modfedd tuag i mewn oddi wrth wyneb y cwpwrdd, hyd y bwrdd llyfn o dderw oedd dan waelod y drôr. Bu gryn ysbaid yn chwilio am rywbeth yn y fan honno, a thoc cafodd hyd iddo. Nid oedd ond rhigol main, mor fain fel na allai Robinson ond prin roi ei ewin ynddo. Tynnodd Robinson fath o gyllell denau o'r god, a rhoes y llafn drwy'r rhigol, a thynnodd nes llithrodd darn o'r astell dderw allan o'i le, gan adael bwlch digon o faint i law fynd drwyddo. Rhoes Robinson ei law drwodd, a thynnodd allan oddi yno bwrs lledr, yn llawn o aur, yna rhoes bopeth yn ei le fel o'r blaen, cloes ddrws y cwpwrdd, cadwodd y pwrs a'r aur gyda'r papurau yn y god, ac wedi cael mygyn arall mewn distawrwydd, gadawodd yr ystafell, gan fynd a'r god yn ofalus gydag ef. Aeth tua'r ystafell wely a roesid at ei wasanaeth, a chysgodd yn dawel tan y bore.

XXII.
Dieithryn, Damwain a Dychryn

Doedd person y plwyf, y Parch. Daniel Tomos, ddim yn cael cyflog mawr, ond roedd yn byw yn hapusach na llawer. Yr oedd y ficerdy yn lle bach prydferth, gyda gardd lawn o goed ffrwythau o bob math o'i gwmpas, a thrwy ei fod ef a'i wraig yn gynnil a chraff, yr oedd y Parch. Daniel Tomos yn gallu byw'n ddigon dedwydd. Nid oedd ganddynt blant, a chadwent un forwyn. Y bore ar ôl y noson y soniwyd amdani yn y bennod ddiwethaf yr oedd Catrin, morwyn y person, wrthi'n brysur yn golchi, ac yr oedd y Parch. Mr. Tomos a'i briod wedi mynd oddi cartref. Y rheswm fod Catrin wrthi'n brysurach nag arfer oedd ei bod wedi treulio'r rhan orau o'r bore i hêl straeon gydag un o'r cymdogion, ac yr oedd raid iddi orffen y golchiad cyn y doi ei meistres adref. Felly, pan glywodd Catrin rywun yn curo wrth y drws, nid oedd arni frys i fynd i agor. Dywedai wrthi ei hun mai un o'r cymdogesau oedd yno, ac nad oedd ganddi hi eisiau chwaneg o straeon. Curwyd y drws drachefn, braidd yn uchel, ac aeth Catrin i agor, yn ddrwg iawn ei thymer, a chan fwrw bygythion ar ryw gymdoges ag y credai mai hi oedd yno.

Synnwyd hi yn arw, sut bynnag, pan welodd wrth y drws nid y gymdoges a ddisgwyliai weld, ond hen ŵr lled ryfedd yr olwg arno. Yr oedd yn dal a thenau, ei wallt a'i farf wedi gwynnu, a'i wyneb yn rhychlyd ond hynaws. Ni wyddai Catrin yn iawn beth i'w wneud, ond wrth weld golwg go batriarchaidd ar y gŵr a'i farf laes, hi a blygodd ei garau[*] yn dra gostyngedig.

---

* *Gar.* Coes.

"Mi ddwedwyd wrtha i mai dyma dŷ'r Parch. Daniel Tomos," ebe'r gŵr dieithr. "Ydi Mr. Tomos adre?"

"Nac ydi wir, syr," ebe Catrin. "Mae o a meistres wedi mynd oddi cartre', a ddon' nhw ddim yn ôl tan y nos."

Edrychai'r gŵr dieithr fel pe buasai mewn penbleth, pan glywodd hyn. "Welis i 'rioed dro mor anlwcus," meddai. "Rydw i wedi dŵad gannoedd o filltiroedd, ac roeddwn i'n meddwl yn siŵr y cawswn i weld fy hen gyfaill. Mi fyddaf yn mynd i ffwrdd o'r wlad eto ymhen ychydig ddyddie."

"Ac rydech chi wedi dŵad gannoedd o filltiroedd i weld mistar?" ebe Catrin, mewn syndod aruthr.

"Wel, nid yn un swydd i'w weld o chwith," ebe'r dyn. "Mi ddois i Loegr ar fusnes ac mi ddois yma o Lunden yn unswydd i weld Mr. Tomos. Mae llawer blwyddyn er pan welis i o, ond roeddwn i'n meddwl aros noson ne ddwy os bydde fo'n barod i ganiatáu i mi. Glywsoch chi mo'no fo'n sôn ryw dro am hen ffrind iddo, o'r enw Warren?"

"Wel, do," meddai Catrin, yr hon oedd yn un ragorol am gofio enwau, "mi clywis o'n sôn wrth meistres am ryw Mr. Warren. Rydw i'n meddwl 'i fod o'n byw yn rhywle oedd mistar yn alw'n Ffrainc, ne rywbeth felly. Rydw i'n cofio fod mistar yn darllen papur newydd, a dyma fo'n deud wrth mistres fod yno hanes marwolaeth rhywun, a'i fod o'n siŵr mai hanes marwolaeth gwraig 'i hen ffrind o, Mr. Warren, oedd yr hanes."

"Ie," meddai'r gŵr dieithr, "dyna fo; y fi ydi Mr. Warren. Wn i ddim beth i'w wneud, ond ga i ddŵad i mewn nes daw Mr. Tomos gartre?"

"Cewch, 'neno dyn," ebe Catrin, "ond does yma ddim cinio heddiw, a'r ydw inne ar ganol golchi."

"O, hitiwch befo'r cinio," ebe Mr. Warren, "os ca'i damed o fara menyn a llymed o laeth, mi wnaf y tro'n gampus."

Aeth Catrin i ymofyn y bara menyn a'r llaeth, gan rwgnach wrth ei hun fod yn rhaid iddi adael y golchi, ond ar yr un pryd, ystyriai fod yr hen ŵr yn "hen ŵr neis iawn." Aeth â'r bara menyn a'r llaeth iddo, a thra bwytai yn araf, dechreuodd yr hen ŵr holi ychwaneg arni.

"Rydw i'n meddwl fod yma le elwir Cwm Eryr yn rhywle yn yr ardal yma, on'd oes?" meddai.

"Oes siŵr," ebe Catrin. "Mi allech weld y cyrn simdde o'r tŷ yma, oni bai am y coed acw."

"Mae'n debyg gen i fod y mistar ifanc wedi tyfu i fyny'n ddyn nobl erbyn hyn?"

Tybiodd Catrin, wrth gwrs, mai Norman feddylid wrth y "mistar ifanc," ac am hynny gwnaeth olwg go sur, canys nid oedd dda ganddi hi, mwy na'r gweddill o bobl yr ardal, mo Norman na'i dad.

"Nobl!" meddai Catrin. "Na, a deud y gwir, does dim byd yn nobl yn'o fo, a fo ydi'r hogyn casa' yn yr ardal."

"Does bosib!" ebe Mr. Warren. "Ydi o'n briod? Digon o waith—dydi o ond ifanc eto."

"Mae llawer o rai iau na fo'n priodi," ebe Catrin. "Ond dydw i ddim yn meddwl fod yma neb yn yr ardal fase'n 'i gymryd o—faswn i dim, mi gymraf fy llw!"

"Pwy magodd o?" ebe Mr. Warren.

"Pwy magodd o?" ebe Catrin mewn syndod. "Wel, ond 'i dad, debyg iawn, syr."

Rhoes Mr. Warren y gyllell o'i law. "Does gyno fo'r un tad," meddai.

"Oes yn wir y mae," meddai Catrin, "a thad ffetus[*] ydi o hefyd."

"Wel, wel," meddai Mr. Warren. "Dydech chi dim yn dallt am beth yr ydw i'n siarad. Mi fu ei dad o farw lawer o flynyddoedd yn ôl. Roeddwn i yn 'i gladdedigaeth o."

"Grym annwyl ar y ddaear!" ebe Catrin mewn dirfawr syndod. "Does bosib mai tad rhywun arall sy gyno fo!"

---

[*] *Ffetus*. Cyfrwys, craff.

Ni wyddis yn iawn beth olygai Catrin wrth ddweud hyn, a dichon na wyddai ei hun, gan faint ei syndod. Chwarddodd Mr. Warren, ac ychwanegodd, "Ydi, mae'i dad o wedi'i gladdu."

"Nag ydi wir, syr," meddai Catrin, gan fwrw ymaith dipyn o'i syndod. "O leia, roedd o'n fyw fore heddiw, achos mi gwelis o â'm llygid fy hun, a doedd o ddim wedi 'i gladdu 'r amser honno—"

"Wel, mi cladded o flynyddoedd yn ôl," ebe Mr. Warren.

"Mae o wedi atgyfodi ynte," ebe Catrin, "achos roedd o'n rheit fyw pan welis i o fore heddiw."

"Am bwy rydech chi'n sôn, 'ngeneth i?" meddai Mr. Warren o'r diwedd.

"Am Jackson, Cwm Eryr, wrth gwrs," ebe Catrin. "Roeddech chi'n gofyn am fistar ifanc Cwm Eryr. Norman Jackson ydi hwnnw, o leia fo fydd y mistar ar ôl 'i dad Jackson, mae'n debyg gen i."

"Jackson? Jackson? Pwy ydi Jackson?" ebe Mr. Warren.

"Fedra i ddim deud wrthoch chi," ebe Catrin, "heblaw mai fo bia Cwm Eryr."

"O," ebe Mr. Warren, "rydw i'n cofio rŵan. Ydi Arthur Wynn wedi marw, felly?"

"Chlywais i ddim sôn," ebe Catrin. "Roedd o'n fyw ddoe beth bynnag."

"Wel, sut ar y ddaear nad y fo bia Cwm Eryr ynte?"

"Dyna fwy nag a fedra i ddeud, hefyd," ebe Catrin.

"Ond chafodd o mo'r stâd ar ôl 'i daid, yr hen Sgweiar?"

"Naddo, Jackson cafodd hi."

"Wel, sut hynny?" ebe Mr. Warren, gan gwbl anghofio'i hun.

"Wn i ddim," ebe Catrin, "ond Jackson gafodd yr eiddo, mae hynny'n sicr."

"Beth mae Jackson yn berthyn i'r teulu—yr ydw i wedi anghofio."

"Priodi un o ferched yr hen Sgweiar ddaru fo."

"O, ie. Ydi Arthur yn byw hefo nhw ynte?"

"Ydi, y fo a'i chwaer, Neli, maen nhw'n byw hefo Jackson. Mae hi'n dysgu plant Jackson, a mae Arthur Wynn yn glerc ne rywbeth yn y gwaith haearn."

"Be!" llefai Mr. Warren. "Does gynyn nhw ddim arian?"

"Ddim ceiniog goch ar eu helw, syr," ebe Catrin. "Mae pawb yn yr ardal yn gwybod na fydd Jackson byth yn rhoi pres i'r un o'r ddau."

"Ond y nhw bia'r stâd," ebe Mr. Warren. "Eu tad nhw oedd yr aer, ac wedi iddo fo farw, y nhw oedd bia'r eiddo. Sut mae hyn yn bod?"

"Dydw i ddim yn dallt sut, syr," ebe Catrin, "ond mae llawer yn deud hyd heddiw mai Arthur Wynn ydi'r cyfiawn aer, ac mai fo ddyla' gael y stâd."

"Y fo ydi'r aer—y fo ydi'r aer!" meddai Mr. Warren. "Mi fedraf brofi—"

Cofiodd Mr. Warren yn sydyn, ac yr oedd fel pe wedi ymgolli mewn myfyrdod.

"Mi fedar mistar ddeud ychwaneg wrthoch chi," meddai Catrin, ond doedd Mr. Warren ddim yn gwrando. Edrychai'n syn, ac yn awr ac yn y man ebychai "Wel!" nes tybiai Catrin ei fod wedi drysu yn ei synhwyrau.

Tra'r oedd y pethau hyn yn digwydd yn nhŷ'r person, yr oedd Norman Jackson yn hwylio at fynd allan am dro gyda cheffyl newydd a brynasai, yn groes i orchymyn ei dad. Yr oedd y ceffyl yn un gwyllt, fel y gwyddai Norman yn dda, ond yr oedd efe yn un o'r bechgyn hynny a gredent y gallent wneud a fynnent gyda dyn a cheffyl, ac felly aeth Norman am dro, a chymerodd ei fam gydag ef yn y cerbyd. Yr oedd cael Norman yn cynnig ei chymryd gydag ef yn beth mor anghyffredin fel na allai Mrs. Jackson wrthod, er fod ganddi ofn ceffylau bob amser. Aeth Mrs. Jackson felly i fyny i'r cerbyd, a chychwynnodd Norman ddreifio tua'r ffordd fawr.

Aeth pethau ymlaen yn ddigon hwylus nes cyrraedd y ffordd fawr, ond yn fuan wedi hynny, dechreuodd y ceffyl aflonyddu, ac yn fuan iawn, dechreuodd redeg, cwbl feistrolodd Norman, trodd y cerbyd, gan daflu Mrs. Jackson a'i mab i ffos y clawdd, a charlamodd ymaith, gan gicio'r cerbyd yn ysgyrion.

Digwyddai Dafydd Owen fod yn gweld y ddamwain, a rhedodd yn uniongyrchol i gynorthwyo Mrs. Jackson, tra'r aeth Norman ar ôl y ceffyl. Fel y bu'r ffawd, nid oedd Mrs. Jackson wedi brifo, ond yn oedd wedi cael braw ac ysgydwad enbyd. Yr oedd y ffos yn sych ar y pryd, ac eisteddai Mrs. Jackson ar ochr y clawdd, a'i hwyneb yn welw fel angau. Aeth Dafydd a hi yn ei blaen at fwthyn yr hen Ffowc, a rhedodd tua'r plas i nôl diferyn o frandi neu rywbeth cyffelyb iddi, ac ar hynny daeth Mr. Jackson i fyny ar gefn ei geffyl. Yr oedd yn amlwg na chlywsai am y ddamwain, a phan glywodd, nid oedd ei dymer yn y cyflwr mwyaf dymunol, yn enwedig pan glywodd fod y cerbyd wedi ei falurio, ac mai'r ceffyl a brynasai Norman ar ei waethaf ef oedd y ceffyl.

"Mi gaiff o glywed rhagor am hyn eto!" ebe Mr. Jackson.

"Ddigwyddodd ddim o'r fath iddo fo o'r blaen, syr," ebe'r hen Ffowc, yr hwn oedd yr oedd yn gwrando'r ymddiddan; "Does yma odid well gyrrwr na fo yn yr holl wlad. Mae'r aer ifanc yn wahanol rŵan—"

"Pwy?" meddai Jackson, gan droi ar yr hen Ffowc fel llew. "Yr aer ifanc! Am bwy ydech chi'n sôn?"

A oedd yr hen Ffowc a'i fwriad hefo fo, ynte damwain fu? P'run bynnag, ceisiodd yr hen ŵr esmwytho pethau orau y gallai.

"Wel, syr," meddai, "rydw i'n mynd yn hen, a phobl a phethe'n mynd blith draphlith yn fy nghof i. Yn yr amser gynt, Arthur Wynn oedd enw'r aer, wyddoch, ac mi fyddai weithiau'n anghofio nad ydi'r Arthur Wynn yma ddim yn aer; yr un un ydi'r enw, welwch chi. Wn i ddim beth barodd i mi wneud y fath gamgymeriad heddiw, os nad yr hyn ddeudodd rhyw ŵr bonheddig oedd yma ryw awr yn ôl. Roedd o'n galw Mistar Arthur yn aer o hyd, a fynne fo mo'i alw'n ddim byd arall."

Cochodd wyneb Jackson fel tân. "Pwy oedd y gŵr bonheddig?" ebe.

"Welis i erioed mo'no fo o'r blaen, syr," meddai Ffowc. "Roedd o'n hollol ddiarth, ac yn holi pob math o gwestiyne am y lle. Roedd o'n galw Mistar Arthur yn aer, ond mi ddeudis inne wrtho fo ei fod o'n methu, ac nad Mistar Arthur oedd yr aer. 'Rydech chi'n iawn,' medde fynte, 'nid aer ydi o, ond perchennog; y fo bia'r stâd.' Fedrwn i ddim peidio edrych arno fo mewn syndod pan ddeudodd o hynny, syr."

Teimlai Jackson fel pe buasai ei waed yn ceulo. Ai dyma'r act gyntaf yn y ddrama fawr oedd efe'n ei hofni ers cyd o amser? A oedd Nemesis ar ei warthaf?

"O ble'r oedd y dyn yn dŵad? Sut ddyn oedd o?" gofynnai, heb wybod yn iawn beth yr oedd efe yn ei ofyn, a phob digofaint wedi cilio o'i wyneb, ac ofn yn ei le.

"Wn i ddim o ble mae o'n dŵad, syr," ebe Ffowc. "Mi ddoth heibio, ac mi ofynnodd ai hon oedd y ffordd i Gwm Eryr. Mi ddeudis inne mai e, ac wedyn mi ofynnodd gant o gwestiyne i mi."

"Beth oedd y cwestiyne?" ebe Jackson yn awyddus.

"Yn wir, fedra i ddim cofio'u chwarter nhw," ebe Ffowc, "ond roedd o'n holi am farwolaeth yr hen Sgweiar, am yr 'wyllys, a phob math o bethe. Mi ddeudis wrtho fo na wyddwn i ddim, ac y bydde well iddo fo ddod atoch chi ne Miss Gaenor."

Aeth Jackson ar gefn ei geffyl, a marchogodd ymaith heb ddweud gair yn rhagor, ac heb dalu'r sylw lleiaf i'w wraig. Yr oedd ofn dychrynllyd wedi treiddio i enaid Jackson—beth oedd i fod?

XXIII.
Cyfaill i Arthur Wynn

Wrth gwrs, pan ddigwyddo damwain, hyd yn oed yn y wlad, bydd torf o bobl yn sicr o ymgasglu i'r lle yn fuan, ac felly y bu yma. Daeth un oddi yma ac un oddi acw, ac ymhen ychydig iawn o amser yr oedd y ffordd yn llawn, a rhagor yn dod o hyd i weld beth oedd wedi digwydd, ac i holi ynghylch y ddamwain. Wrth gwrs, yr oedd y stori oedd ar led yn llawer gwaeth nag oedd pethau mewn gwirionedd. Dywedid fod Mrs. Jackson wedi ei lladd, Norman wedi ei hanner ladd, y cerbyd wedi ei falu'n ysgyrion, a'r ceffyl wedi rhedeg ymaith mor ofnadwy fel yr ofnid na welid byth mohono mwyach. Yr oedd y stori, yn ei ffurf waethaf, wedi cyrraedd Pen y Wern, a daethai Hannah tua man y ddamwain i edrych ai gwir oedd yr hyn a glywsai.

"Felly, dydi hi ddim yn wir fod Mrs. Jackson wedi ei lladd?" ebe Hannah, pan glywodd eglurhad hwn a'r llall ar y ddamwain.

"Nac ydi," meddai rhywun, "dim ond ei bod hi wedi cael ei hysgwyd yn o arw, ac wedi cael braw. Mi aeth Dafydd Owen â hi at dŷ'r hen Ffowc."

"Mi rho i hi i'r hogyn Ned yna!" meddai Hannah, "y cena drwg, dŵad i'r tŷ â'i wynt yn 'i ddwrn, a deud fod Mrs. Jackson yn gorwedd yn farw ar ochr y ffordd!"

Prin yr oedd hi wedi gorffen bwrw bygythion ar ben Ned, druan, yr hwn mewn gwirionedd a gwbl gredai yr hyn a ddywedasai ar y pryd, daeth dyn dieithr i'r fan. Yr oedd efe wedi bod yn cerdded yn ôl ac ymlaen yn hamddenol yn y cae gerllaw, a phan welodd efe'r dyrfa, daeth yno yn ddi-oed i edrych beth oedd yr helynt. Ciliodd y dynion a'r bechgyn i wneud lle iddo, ac i edrych arno, canys yr oedd efe yn ddyn go anghyffredin. Yr oedd yn dal, a'i wallt a'i farf laes yn glaer wyn, a'i olwg drwodd a thro yn dra thramoraidd.

Nid oedd efe, fel y gwêl y darllenydd, yn neb amgen na Mr. Warren, yr hen fonheddwr roesai gymaint o drafferth a chwaneg fyth o benbleth i forwyn y person. Wrth gwrs, ni wyddai'r dyrfa oedd yn y ffordd gymaint ag a wyr y darllenydd, ac am hynny nid oedd ganddynt ond syllu a thremio ar y gŵr dieithr fel pe buasai gyrn ar ei ben. Yr oedd Mr. Warren, fel mater o ffaith, wedi bod yn crwydro o gwmpas, ac ar ôl cael sgwrs â'r hen Ffowc, wedi mynd hyd y caeau am dro, a phan glywodd y twrw yn y ffordd aeth yno yn ddi-oed i edrych beth a ddigwyddasai.

"Beth sy wedi digwydd?" meddai. "Oes yna ddamwain arw?"

Ymgiliodd y dorf dipyn drachefn, fel pe buasai arnynt ofn y dieithryn fwy na pheidio, ond daliodd Hannah ei thir.

"Fu yma ddim llawer o ddifrod, cyn belled ag y gwela i," meddai. "Y cerbyd cafodd hi waetha, fel y gwelwch chi—dyma fo."

"Pwy pia fo?" gofynnai'r gŵr dieithr.

"Rydw i'n dallt," ebe Hannah, "mai cerbyd Norman Jackson ei hun ydi o. Mi fydd yn wers iddo fo hwyrach i beidio meddwl ei hun yn gymaint o ddyn o hyn allan."

"Ai i'r Jacksons y digwyddodd y ddamwain?" ebe'r gŵr dieithr.

"Ie," meddai Hannah. "Yr oedd Norman Jackson yn dreifio'i fam allan am dro. Ceffyl newydd oedd gyno fo a dyna fu'r diwedd. Mi daflwyd Mrs. Jackson i'r ffos, ac mi gafodd ei hysgwyd yn o dost. Piti nad y fo fase wedi 'i daflu."

Edrychodd Mr. Warren mewn tipyn o syndod pan glywodd hyn. "Am bwy rydech chi'n siarad?" meddai.

"Am Jackson, gŵr Mrs. Jackson. Mi fase tipyn o ysgwyd yn gwneud lles iddo fo."

"Dda gynnoch chi mo'no fo, 'ddyliwn?" ebe'r gŵr dieithr.

"Dda gen neb arall mo'no fo chwaith, hyd y gwn i," ebe Hannah.

"O," ebe Mr. Warren. "Nid fi ydi'r unig un, felly. Dda gen inne mo'no fo chwaith."

"Ydech chi'n ei adwaen o?" gofynnai Hannah.

Nid atebodd y gŵr dieithr, ac yr oedd yn amlwg nad oedd yn bwriadu ateb, ond ni wnâi hynny ond deffro chwaneg ar chwilfrydedd Hannah.

"Ers pryd rydech chi'n ei nabod o?" meddai hi.

"Pa waeth am hynny," ebe'r gŵr dieithr. "Rydw i'n clywed mai yn ei feddiant o y mae Cwm Eryr."

"Le buoch chi'n byw os mai newydd glywed hynny rydech chi?" ebe Hannah. "Mae pawb yn gwybod hynny. Mae Cwm Eryr yn 'i feddiant o ers ugien mlynedd, yn lle yn meddiant Arthur Wynn."

"Arthur Wynn ydi'r cyfiawn berchennog," meddai'r gŵr dieithr, mor bendant ag y gallasai Hannah ei hun byth ddweud.

"Ie," ebe Hannah'n ddigofus, "mae pawb yn gwybod hynny, ond yn meddiant Jackson y mae'r eiddo, ydech chi'n gweld."

"Pam na wneiff rhwfun helpu Arthur Wynn gael ei iawnderau?" ebe Mr. Warren.

"Pwy feder?" ebe Hannah. "Fedrwch chi?"

"Hwyrach y medra i," ebe'r gŵr dieithr.

Pe buasai efe wedi dweud y medrai, hwyrach, godi'r hen Sgweiar Wynn o farw'n fyw, prin y buasai ei ateb yn peri cymaint o syndod i Hannah. "Ei helpu fo i'w eiddo?" ebe Hannah. "Ydech chi'n meddwl deud y medrwch chi droi Jackson i ffwrdd?"

"Hwyrach," ebe'r gŵr dieithr, drachefn.

"Wel, pwy ydech chi, ynte?"

Gwenodd y dyn, ond nid atebodd, ac aeth Hannah rhagddi i holi. "Ydech chi'n nabod Arthur Wynn?"

meddai, ond hyd yn oed i hyn ni chafodd ateb uniongyrchol.

"Mi ddois yma mewn rhan i weld Arthur Wynn," ebe'r dyn. "Roeddwn i'n adwaen ei dad o'n dda, ac yn gyfaill agos iddo fo."

"Pwy ar y ddaear ydi o?" meddai Hannah wrthi ei hun, ac yna gofynnodd iddo yntau, "Ai twrne ydech chi?"

Pesychodd Mr. Warren. "Dynion garw ydi twrneiod," meddai, a buasai Hannah yn hoffi ei daro am ro'i ateb mor amhendant, ond cyn iddi ddweud dim yn rhagor daeth tincer oedd yn digwydd trwsio tegell ar ochr y ffordd pan ddigwyddodd y ddamwain, a'r hwn, yn ôl fel lled awgrymid, oedd wedi dychryn y ceffyl, ymlaen at Mr. Warren.

"Rydech chi'n dwrne, syr," meddai'r tincer. "Fydde rywbeth gennych chi i ddeud fedran nhw wneud rhyw ddrwg i mi? Doeddwn i'n gwneud dim ond sodro tegell, ac os dychrynodd y ceffyl, nid arna i roedd y bai'n siŵr. Feder y gyfraith afel yna i, syr?"

Troes Mr. Warren mewn syndod at y tincer. Nid oedd efe wedi clywed y stori mai'r tincer ddychrynodd y ceffyl, ac felly ni ddeallai efe mo gwestiwn y tincer druan ffordd yn y byd. Eglurwyd y mater iddo'n fuan gan amryw, ond daliai'r tincer i ofyn, "Feder y gyfraith afel yna i, syr?"

"Wn i ddim," atebai Mr. Warren.

Cuchiodd y dyn, a thynnodd bwrs o'i logell. "Mi ddylswn feddwl," meddai, "na chawswn ddim gan dwrne am ddim, ond rydw i'n barod i dalu am wybod."

"Cadwch eich pres," ebe Mr. Warren, "fedr i ddim rhoi gwybodaeth i chi ar y pwnc, am nad ydw i'n gwybod beth ydi'r gyfraith ynghylch trwsio tegelli ar ochr y ffordd. Pan oeddwn i'n byw yn y wlad yma lawer o flynyddoedd yn ôl doedd dim cyfraith yn erbyn hynny, hyd y gwn i, ond hwyrach fod pethau wedi newid erbyn hyn—mae blynyddoedd lawer er pan fûm i ym Mhrydain o'r blaen."

Roedd hyn yn newydd i'r dorf, ac yn peri cryn syndod iddynt, ond ni wyddent eto pwy oedd y dyn, o ble y deuai, na beth oedd ei fusnes yno. Yr oedd hynny yn eu gwneud yn fwy chwilfrydig byth, wrth gwrs, ac wrth weld nad oedd dim hysbysrwydd pendant i'w gael gan y dyn, aeth Hannah ymaith mewn tipyn o dymer. Yn fuan iawn, sut bynnag, gwelodd fod y gŵr dieithr yn dod ar ei hôl. Penderfynodd Hannah beidio sylwi arno, er ei bod bron gwefrio eisiau holi rhagor arno, ond fe siaradodd y dyn dieithr ohono'i hun.

"Oddi wrth air neu ddau ddwedsoch chi," meddai, "rydw i'n casglu eich bod chi'n ffrind i Arthur Wynn?"

"Wrth gwrs fy mod i," sylwai Hannah. "Wn i am neb yn yr ardal yma nad ydyn nhw'n ffrindie iddo fo—ond Jackson a'i dylwyth, hwyrach."

"Felly, hwyrach y medrwch chi ddeud wrtha i sut y daeth Cwm Eryr i feddiant Jackson yn lle i feddiant Arthur Wynn. Fedra i ddim dallt sut y galle'r fath beth ddigwydd. Hyd nes dois i yma heddiw, thybiais i 'rioed nad y bachgen oedd yn meddiannu'r eiddo."

"Hwyrach y deudwch chi wrtha i'n gyntaf oll i beth mae gynnoch chi eisio gwybod?" meddai Hannah. "Wn i ar y ddaear pwy ydech chi, syr."

"Mi clywsoch fi'n deud fy mod i'n gyfaill i dad y bachgen; wel, mi faswn yn hoffi bod yn gyfaill iddo fynte. Mae'n ymddangos i mi ei fod yn anghyfiawnder ofnadwy dwyn eiddo'i hynafiaid oddi ar y bachgen. Ddygwyd yr eiddo'n gyfreithiol oddi arno fo?"

"Mor gyfreithiol ag y medre 'wyllys safadwy ei roi o i rywun arall," ebe Hannah, "ond dydi'r gyfraith a chyfiawnder ddim yn cyd-fynd bob amser yn y wlad yma."

"Roedd Robert Wynn, fy hen gyfaill, yn aer i'r eiddo. Ar ei farwolaeth ef, ei fab oedd yr aer. Pam na chafodd o'r eiddo?"

"Mae rhai pobol yn deud mai drwy dwyll y collodd o'r eiddo," ebe Hannah, mewn tôn a ddangosai'n eglur ei bod hi'n hollol unfarn â'r "bobol" ddwedai hynny.

"Trwy dwyll?" ebe'r gŵr dieithr.

"Ie. Dywedir na chafodd yr hen Sgweiar Wynn 'rioed wybod fod Arthur Wynn wedi ei eni, a bod yr hen Sgweiar wedi marw heb wybod fod ŵyr iddo wedi ei eni."

"Wel, pwy gadwodd yr hanes oddi wrtho fo?"

"Y rhai ag yr oedd gynnyn nhw rhywbeth i'w ennill drwy wneud hynny—Jackson a Miss Gaenor Wynn—o leiaf, dyna mae pobol yn ddeud; dydw i ddim yn deud, cofiwch."

"Raid i chi ddim ofni siarad yn groyw hefo fi," ebe Mr. Warren. "Rydw i wedi deud y gwir wrthoch chi——fy mod yn gyfaill i Arthur Wynn. Nid yw Jackson yn gyfaill i mi, a welis i 'rioed mo'no fo."

Fe'i credodd Hannah yn ddiau, canys dywedodd wrtho gymaint ag a fedrai o hanes Cwm Eryr a'i drigolion, ac nid ychydig oedd hynny. Pan oedd hi'n tynnu at y terfyn, mewn cryn hwyl, pwy ddaeth heibio ond Dafydd Owen. Stopiodd Hannah yn y fan.

"Dyma ŵr diarth," meddai, "sy'n gyfaill i Arthur Wynn."

XXIV.
Dychryn Jackson

Pe buasai un o'r tri'n meddwl edrych yn fanwl o'u cwmpas, gallasent weld pen dyn yn y golwg dros wrych ryw led cae neu ddau oddi wrthynt. Pen Jackson ydoedd. Aethai Jackson adref ar ôl clywed stori'r hen Ffowc mewn ofnau dirfawr. Gyrrodd Miss Gaenor a Lucy i ofalu am Mrs. Jackson, ac wedi danfon ei geffyl i'r stabl, aeth i'r tŷ mewn cyffro mawr. Ni allai fwyta, ni allai eistedd i lawr, ni allai sefyll yn llonydd. Aeth allan i wybeta a gwrando beth glywai. Aeth ar ei gyfer i'r caeau, er na wyddai pam yr aeth ffordd honno mwy na rhyw ffordd arall. Nid aeth yn wrol tua'r ffordd; yr oedd arno ormod o ofn. Ofn beth? Cerddodd hwnt ac yma. Llechodd gyda'r gwrych nes oedd gyferbyn â'r dorf yn y ffordd, a thrwy dwll yn y gwrych gwelai bob symudiad, er na chlywai mo'r siarad. Chwilio am y gŵr dieithr yr oedd, ond ni welai mohono, er y buasai'n rhoi deg punt, ie gant, er mor gybyddlyd oedd, am un olwg arno. Ceisiai gofio pob gelyn: ai un o'r rhai hynny oedd? Ai ynte perygl oedd o le na wyddai?

Nid oedd yr estron ymysg y bobl. Yr oedd Jackson yn eu hadnabod bob un—roedd yno amryw o'i weithwyr ef ei hun, ac o, fel y carasai efe fynd yno a'u chwalu fel dail rhag corwynt! Ond ni feiddiai fynd. Ni feiddiai ef gyfarfod y dyn dieithr, pwy bynnag oedd, wyneb yn wyneb. Yr oedd arno eisiau ei weld heb yn wybod iddo. Nid oedd diben yn y byd edrych yn hwy ar y dorf yn y ffordd. Troes Mr. Jackson ymaith, a cherddodd rhagddo'n ddistaw gyda'r gwrych i gae arall ac un arall drachefn. Daeth i olwg Pen y Wern, a phwy welai yn y buarth ond Hannah, Dafydd Owen, a'r dyn dieithr yn ddiamau—cyfatebai yn union i ddisgrifiad yr hen Ffowc. Aeth Jackson yn chwys oer drosto, a chrynai gan arswyd.

Beth oedd y tri yn wneud? Llunio rhyw frad i'w erbyn ef yn ddiamau. Oedd y dyn dieithr yn aros ym Mhen y Wern? Oedd, yn ddiau. Yr oedd Jackson bob amser yn credu fod Dafydd Owen yn llunio brad i'w erbyn; bellach, gwyddai hynny hyd sicrwydd!

Pe buasai Mr. Jackson yn ddigon agos, fe glywsai'r gŵr dieithr yn egluro i Dafydd Owen pwy oedd, o ble y deuai, a beth oedd ei neges, dyna'r cwbl. Ymhen ychydig ymwahanodd y tri, ac aethant o olwg Jackson. Barnodd Jackson mai'r peth gorau iddo yntau oedd mynd adref. Ni allai chwilota chwaneg ar y pryd, a rhaid oedd iddo fod ar ei wyliadwriaeth. Sychodd y chwys oddi ar ei wyneb, a cherddodd yn chwyrn ymaith. Ofnai hyd yn oed i rywun o'i deulu wybod am ei ofn. Os clywai rhywun am ei arswyd, byddai hanner y frwydr wedi ei hennill, fe dybiai. Felly aeth Jackson rhagddo, gan ddychmygu stori i gyfrif am ei absenoldeb. Wrth gerdded yn chwyrn, adfywiodd gwroldeb Jackson dipyn, ac yn y man dechreuodd feddwl y fath ffŵl a fu efe yn ofni'r gŵr dieithr. Yr oedd yr ewyllys yn ddigon eglur, a Chwm Eryr yn feddiant digon diogel iddo ef. Wrth droi am gornel gwrych i gae arall, bu agos i Jackson daro rhywun i lawr. Nid oedd hwnnw neb amgen nag un o'i weithwyr ef ei hun. Dyma gyfle rhagorol i Jackson ollwng ei lid ar rywun, a dechreuodd arni yn ddi-oed drwy ofyn i'r dyn lle buasai'n segura. Atebodd y dyn ei fod wedi clywed am y ddamwain, ac wedi rhedeg i'r fan gyda'r bwriad o roi help.

"Dal dy dafod," ebe Jackson. "Help, yn wir! Mynd yno i sefyllian ddaru ti. Mi fuost yno am amser. Be? Dim ond pum' munud? Paid â deud celwydd—"

Bu agos i Jackson ddweud ei fod ef ei hun wedi ei weld yno ers dros hanner awr, ond brathodd ei dafod, ac ychwanegodd, "Mi fuost yno wn i ddim faint. Ydi cerbyd wedi torri yn beth mor ryfedd fel y base raid i ti dreulio darn diwrnod i edrych arno fo?"

"Wel," ebe'r dyn, gan weld ei bod yn mynd i'r pen arno, "nid edrych ar y cerbyd yn gymaint roeddwn i, syr, ond gwrando ar ryw ddyn rhyfedd oedd yno, dyn hefo gwallt a barf wen laes. Roedd o'n sôn am Gwm Eryr, yn deud mai Mistar Arthur oedd bia'r lle, a'i fod o'n mynd i'w helpu fo i gael ei eiddo."

Troes Jackson ei ben, fel na welai hyd yn oed y gweithiwr diddawn mo'r chwys a ferwai allan o'i dalcen. "Beth oedd o'n ddeud?" meddai, gyda chymaint o ddirmyg ag a allai roi yn ei lais.

Atebodd y gweithiwr, ac er nad oedd ei atebion yn gywir o lawer, nid amcanai'r dyn ddweud celwydd; dweud yr hanes yr oedd yn ôl fel yr effeithiodd arno ef wrth wrando, ac nid yn ôl yr hyn a ddigwyddodd yn fanwl.

"Wel," meddai, "'roedd o'n deud yn un peth nad oedd dda gyno fo mo'noch chi, syr—"

"Sut mae o'n fy nabod i?" ebe Jackson yn ffyrnig.

"Mi ofynnodd Hannah Owen—hefo hi roedd o'n siarad—iddo fo, ond atebai fo ddim. Twrne ydi o, ac—"

"Sut y gwyddost ti mai twrne ydi o?" ebe Jackson eilwaith.

"Am ei fod o'i hun wedi deud hynny," ebe'r dyn; "mi ddeudodd ei fod o wedi dŵad yma i helpu Mistar Arthur i gael ei eiddo, a'i fod o wedi dŵad i'ch troi chi i ffwrdd. Roedd fy ngwallt i'n sefyll i fyny fel gwrychyn ci wrth ei glywed o'n siarad, syr."

"Pwy ydi o? O ble mae o'n dŵad?" ebe Jackson, ar ei waethaf.

"Ni ddeudodd o ble mae o'n dŵad, syr, heblaw deud na fuo fo ddim yn y wlad yma ers blynyddoedd lawer iawn. Roedden ni'n rhyfeddu o ble roedd o'n dŵad ar ôl iddo fo fynd i ffwrdd hefo Hannah Owen."

"Ydi hi'n gwybod?"

"Nac ydi, syr. Mi ddaeth y dyn yno tra roedd hi'n edrych ar y cerbyd, ac roedd hithe'n rhyfeddu fel ninne. Drwy iddi hi ei holi fo y cawson ni wybod cymaint."

"Ond beth sy a wnelo fo â 'mhethe i? Beth sy a wnelo fo ag Arthur?" ebe Jackson, gan gwbl anghofio hefo pwy yr oedd yn siarad.

"Dwedodd ei fod yn ffrind i'r aer fu farw, Mistar Robert," meddai'r dyn, "a'i fod o wedi dŵad yma mewn rhan i weld Mistar Arthur. Doedd o ddim fel tase fo'n gwybod nad oedd Mistar Arthur yn berchen yr eiddo, a phan glywodd o hynny dyma fo'n deud yr helpie fo Mistar Arthur i gael ei hawlie. 'Beth,' medde Hannah Owen, 'a throi Jackson i ffwrdd?' 'Ie,' medde fynte. Roedden ni wedi synnu cymaint, syr, fel y ddaru ni aros dipyn yn hwy nag y dylsen ni, syr."

Yr oedd dychryn Jackson yn gymaint fel nad atebodd mo'r dyn. Rhuthrodd adref, ac aeth i'r tŷ fel pe buasai mewn breuddwyd ofnadwy. Ceisiwyd ganddo gymryd ei ginio, ond ni allai fwyta. Cyfarfu â Miss Gaenor, yr hon a ofynnodd iddo a oedd efe'n wael. Atebodd Jackson nad oedd, ei fod wedi chwysu ac oeri, ond nad oedd dim o'i le arno. Gyda hynny, canwyd y gloch, a safodd Jackson ar ganol y llawr fel delw.

"Ydech chi'n disgwyl rhywun?" ebe Miss Gaenor.

"Byddwch ddistaw!" ebe Jackson, gan godi ei ddwylo mewn arswyd. Agorodd rhywun y drws, a throes wyneb Jackson yn welw fel angau. Bu peth siarad rhwng un o'r gweision a rhywun wrth y drws, a daeth y gwas i mewn.

"Mae yna ŵr bonheddig eisio gweld Mr. Arthur, syr," meddai.

"Pwy ydi o?" ebe Miss Gaenor.

"Wn i ddim, ma'am," ebe y gwas. "Dyn mewn oed, a barf wen laes gyno fo ydi o, a golwg tramor arno fo."

"Eisio Arthur sydd gyno fo, ydech chi'n ddeud?"

"Pan agoris i'r drws, ma'm, mi ofynnodd am y Sgweiar ifanc. Mi ofynnis inne pwy oedd o'n feddwl, gan mai Mr. Jackson oedd y Sgweiar. Mi atebodd yntau mai cyfiawn berchennog yr eiddo oedd o'n feddwl, mab yr aer, Mr. Robert, fu farw. Mae o'n disgwyl, ma'am."

Troes Jackson ei wyneb gwelw at y dyn, a sibrydodd mewn dychryn anaele, "Mae Arthur yn ei wely, a 'dellir mo'i weld o. Deudwch wrtho fo, James."

Yr oedd Miss Gaenor wedi ei tharo â syndod aruthr gan eiriau y gŵr dieithr ac ymddygiad Jackson. "Pwy ydi o?" meddai wrth y gwas.

"Ddwedodd o mo'i enw, ma'am—"

"Ewch chi i ddeud wrtho fo, James? Ewch—gyrrwch y dyn i ffwrdd."

"Dim o'r fath beth," meddai Miss Gaenor. "Beth ydi'r mater arnoch chi? Mi af i weld y dyn—"

"Peidiwch!" llefai Jackson. "Trowch o i ffwrdd, James, costied a gostio."

Yr oedd syndod Miss Gaenor yn gymaint fel na cheisiodd hi mwyach rwystro James wneud yr hyn a orchmynnai Jackson. Aeth James tua'r drws, ac ymddangosai na chafodd nemor drafferth i droi'r ymwelydd ymaith. Agorodd Jackson ddrws yr ystafell, a gofynnodd i'r gwas, "Beth ddeudodd o?"

"Ddeudodd o ddim, syr, ond y galwe fo eto," ebe James.

"James, ydi o'n edrych fel dyn o'i bwyll?" ebe Jackson mewn tôn erfyniol ac ofnus.

"Wn i ddim, syr, yn siŵr. Roedd o'n siarad yn od iawn, ond does dim golwg dyn o'i bwyll arno fo."

Caeodd Mr. Jackson y drws, a throes at ei chwaer-yn-nghyfraith, yr hon oedd yn edrych arno o hyd mewn syndod.

"Rydw i'n meddwl mai chi sydd o'ch co, Jackson," meddai.

"Ust, Gaenor! Rydw i wedi clywed am y dyn yma o'r blaen. Eisteddwch, mi ddeudaf wrthoch chi amdano fo."

Yr oedd efe wedi penderfynu y byddai well iddo ddweud y newydd ofnadwy wrthi; nid dweud am ei ofnau ei hun, ond dweud beth a glywsai. Yr oedd y gweithiwr wedi gorliwio pethau'n ddiarwybod wrth ddweud yr hanes wrth Jackson, fel y gwelwyd, a digon posibl fod Jackson yn awr wedi eu gorliwio wrth eu dweud wrth Miss Gaenor. Gwrandawai y foneddiges honno mewn braw. Twrne wedi dod yno i'w troi hwy allan ac adfer ei eiddo i Arthur Wynn! "Chlywis i 'rioed y fath beth!" meddai. "Feder o ddim gwneud hynny, Jackson, mi wyddoch," meddai.

"Wrth gwrs, na feder," meddai Jackson yn ofnus. "O leia, wn i ddim sut y meder o. Mae arna i ofn fod y dyn yn wallgo'."

"Jackson," ebe Gaenor, "allai Robert fod wedi gadael 'wyllys?"

"Hyd yn oed pe tase fo wedi gwneud," meddai Jackson, yr hwn oedd wedi meddwl yn fanwl am bob agwedd ar yr achos, "fase hi dda i ddim. Mi fu farw o flaen ei dad, ac felly nid y fo oedd pia'r eiddo i'w 'wyllysio."

"Wrth gwrs. Does dim peryg o'r fan yna," ebe Gaenor. "Mi ellwn fod yn dawel."

"Ys gwn i ŵyr Arthur rywbeth am hyn?"

"Arthur? Beth all o wybod?"

"Wn i ddim," ebe Jackson. "Mi af i ofyn iddo fo'r munud yma."

Rhuthrodd i fyny i ystafell wely Arthur, ond nid oedd Arthur yno. Safodd Jackson, a'i waed bron fferru gan ddychryn. Credasai efe fod Arthur yn ei wely, ddim yn iach, fel y dywedwyd wrtho gan Miss Gaenor.

Daeth ofn rhyfedd ar Jackson.

Yr oedd Arthur wedi cymryd arno fynd i'w wely er mwyn cael aros adref i fynd i gyfarfod y gŵr dieithr!

Rhuthrodd Jackson i lawr gan waeddi "Arthur! Arthur!" ond nid atebai Arthur mohono—nid oedd yn y tŷ.

XXV.
Ymgom ag Arthur

Fel mater o ffaith, peth digon diniwed fuasai mynediad Arthur allan o'r plas. Yr oedd hi'n hwyrhau yn hyfryd, a meddyliodd yntau am fynd allan am dro cyn mynd i'w wely. Aeth cyn belled â thŷ'r hen Ffowc, a throes i mewn am sgwrs. Yr oedd Sioned Ffowc wrth y ffenestr yn pwytho, pryd y gwelai rywun yn dod tua'r tŷ.

"Hylô! Dyma'r hen ŵr diarth hwnnw'n dŵad eto," meddai.

"Pwy ydi o?" gofynnai Arthur.

"Wn i ar y ddaear," meddai'r hen Ffowc. "Mi ddaeth heibio yma gynne, ac mi fu'n siarad hefo fi am yn hir. Roedd o'n synnu mai nid chi oedd bia'r plas a'r eiddo."

"Synnu, ai e?" ebe Arthur, mewn tipyn o syndod ei hun hefyd.

"Ie," meddai Ffowc. "Mi ddaeth i'r ardal yma, medde fo, gan gwbwl ddisgwyl mai chi oedd bia'r eiddo. Roedd o'n deud mai chi ydi'r cyfiawn berchennog, ac y dyle rhywun eich helpu i gael eich eiddo."

"Pwy ar y ddaear ydi o?" ebe Arthur braidd yn gynhyrfus.

Aeth Arthur a'r hen Ffowc rhagddynt i siarad fel hyn am beth amser, ac yr oedd y gŵr dieithr erbyn hyn wedi pasio tuag at y plas. Blinodd Arthur toc yn gwrando ar yr hen Ffowc yn dychmygu mai twrne oedd y gŵr dieithr, a'i fod wedi dod i adfer i Arthur ei gyfiawn hawliau.

"Pa ddiben siarad am bethe o'r fath?" ebe Arthur. "Mae'r eiddo yn meddiant Jackson yn ddigon diogel."

Cododd Arthur, ac aeth tua'r ffenestr, rhoes ei ben allan, a dechreuodd chwibanu. Yr oedd efe ar ganol chwibanu rhyw hen dôn pryd y daeth y gŵr dieithr yn ei ôl o gyfeiriad y plas. Safodd y gŵr dieithr, ac edrychodd ar Arthur.

"Chi ydi Arthur Wynn," meddai.

"Ie, dyna f'enw fi," ebe Arthur.

"Mi faswn yn eich nabod yn unrhyw le, gan mor debyg ydech i'ch tad," ebe'r hen ŵr. "Rydech chi'n hynod debyg iddo fo."

"Ym mh'le daethoch chi i'w nabod o?" ebe Arthur.

Yn lle ateb, aeth yr hen ŵr i mewn i'r tŷ, ac ysgydwodd law ag Arthur.

"Mi fûm wrth y plas yn holi amdanoch chi," ebe, "ond mi ddwedson wrtha i eich bod chi wedi mynd i'ch gwely."

"Roeddwn i wedi meddwl mynd i 'ngwely," ebe Arthur, "ond roeddwn i'n ei gweld hi mor braf fel y dois i allan. Roeddech chi'n sôn am fy nhad. Oeddech chi'n ei adwaen o?"

"Roeddwn i'n ei adwaen yn dda iawn," ebe'r gŵr dieithr, gan eistedd ar gadair estynnodd Sioned iddo. "Wyddoch chi pwy bedyddiodd chi?"

"Na wn," ebe Arthur braidd yn synedig.

"Wel, y fi. Y fi ddaru'ch bedyddio chi a'ch chwaer. Mi bedyddis chi'n ddiwrnod oed, ac mi fu farw'ch mam, druan, cyn pen deuddydd wedyn. Y fi ysgrifennodd at yr hen Sgweiar Wynn i ddeud am eich genedigaeth, a fi ysgrifennodd gyda'r post nesaf i hysbysu am farwolaeth eich mam. Y fi, fy nghyfaill ieuanc, y fi—gladdodd eich tad a'ch mam."

"Person ydech chi felly, syr?" ebe Arthur, gan edrych yn o amheus.

Deallodd yr hen ŵr yr amheuaeth, ac eglurodd yn ddioed. Eglurodd ei fod pan yn gurad wedi priodi dynes ieuanc o foddion. Yr oedd hi'n wael ei hiechyd, ac yn ôl cyngor y meddygon, rhoes yntau ei guradaeth i fyny, ac aethant i'r Cyfandir, i'r un lle ag yr aethai Robert Wynn, tad Arthur, ac yno aethant yn gyfeillgar iawn. Ymhen ychydig, bu Robert Wynn farw, ac yn fuan iawn wedi hynny bu farw ei wraig. Gan fod Mr. Warren yn glerigwr, efe a gladdodd y rhieni, ac a fedyddiodd y plant. Bu ei wraig ef fyw, ond yr oedd mor wael fel na allent symud i unman, a pharhaodd felly drwy'r blynyddoedd hyd o fewn ychydig fisoedd yn ôl. Yr oedd gan ei wraig ddigon o foddion iddynt eill dau fyw'n gysurus, ac nid oedd efe mwyach am droi at ei alwedigaeth glerigol. Yr oedd efe wedi mynd yn hoff o'r wlad lle bu fyw cyhyd, a lle claddwyd ei wraig, ac ar ôl gorffen ei fusnes yn Lloegr ynglŷn ag ewyllys ei wraig, yr oedd yn dychwelyd yno i orffen ei ddyddiau mewn tawelwch. Addefai nad oedd ganddo duedd at waith na dim, a'i fod wedi cwbl golli ei ddiddordeb bron yn ngwlad ei enedigaeth. Nid arferai ysgrifennu at neb, ac felly ni wyddai ddim o hanes pethau yn y wlad hon. Yr oedd y Parch Daniel Tomos yn hen gyfaill iddo, a daeth i edrych amdano ef cyn mynd yn ôl, ac i gael golwg, os gallai, ar y plant bach a fedyddiodd efe flynyddoedd cyn hynny, a disgwyliai, wrth gwrs, fod Arthur bellach yn feistr ar ystâd ei hynafiaid.

"Fedra i ddim dallt," meddai ar ôl gorffen ei eglurhad, "sut y daeth yr eiddo i feddiant Mr. Jackson. Petasai gan eich tad ddim ond merch mi fuaswn yn medru dallt, er mai peth annheg fuasai peidio gadel yr eiddo iddi hithau."

"Wydde 'nhaid ddim ond am enedigaeth fy chwaer— medde nhw."

"Fedra i ddim dallt er hynny sut y mae Mr. Jackson yn medru cadw meddiant o'r eiddo ac yntau yn gwybod mai arall ddylasai ei chael hi. Sut mae o'n medru tawelu ei gydwybod?"

Jackson â chydwybod! Chwarddodd Arthur. "Nid llawer roddai Jackson o'i afael na orfodid ef," meddai.

"Wnewch chi ddim helpu'r aer ifanc i gael chware teg?" meddai'r hen Ffowc, yr hwn oedd yn dechrau mynd yn gynhyrfus.

"Mi wneuthum pe gwyddwn sut," meddai Mr. Warren. "Mi fyddaf yn siŵr o ddeud wrtho fo dro mor anghyfiawn mae o'n wneud. Pan ysgrifenis i at yr hen Sgweiar i ddweud am eich genedigaeth chi a marwolaeth eich mam, yr oedd yr atebion ges i wedi eu harwyddo gan 'H. Jackson,' yr un Mr. Jackson a hwn yn ddiau! Mi ysgrifennodd drachefn ata i yn ddiweddarach, ar ôl marwolaeth y Sgweiar, yn gofyn i mi anfon y plant hefo'r *nurse* i Loegr."

"O, ie," ebe Arthur. "Yr oedd yn ddigon diogel i ni ddŵad yr amser hwnnw. Wedi marw'r hen Sgweiar, ac wedi i Jackson gael yr eiddo, doedd dim perygl oddi wrtha i. Pe buasai fy nhaid wedi gwybod am fy ngeni i, ni chawsai Jackson mo'r eiddo. O leiaf, mae pobl yn deud hynny; wn i ddim."

"Wel, raid i mi fynd," ebe Mr. Warren. "Pryd y galla i weld Mr. Jackson?"

"Mi ellwch fy ngweld i pan fynnoch chi," ebe Arthur, "ond fedra i ddim ateb drosto fo. Mae o'n bwyta 'i frecwast yn gynnar fel rheol, ac yn mynd allan."

Pe buasai Mr. Warren yn abl i weld drwy amryw goed go breiffion, gallasai weld Mr. Jackson ar y pryd, canys yr oedd y bonheddwr hwnnw yn llechian rhwng y coed o fewn ychydig lathenni iddynt. Y gwir oedd fod Mr. Jackson bron o'i gof gan ofn. Pan gafodd nad oedd Arthur yn ei wely, aeth allan yn anesmwyth, a dilynodd y gŵr dieithr i gyfeiriad tŷ 'rhen Ffowc, lle'r ofnai fod Arthur wedi mynd i'w gyfarfod. Yr oedd Jackson yn ormod llwfryn i fynd at y gŵr dieithr a gofyn iddo yn agored beth oedd ei fusnes. Yn lle hynny, llechiodd i lawr fel lleidr, ac ymguddiodd rhwng y coed. Gwelodd y gŵr dieithr yn sefyll o flaen y tŷ, yn cyfarch Arthur, ac yn mynd i mewn. Ac yno y bu, mewn ofnau arteithiol tra bu'r hen ŵr yn y tŷ. Er ei waethaf ni allai glywed y sgwrs, ac yr oedd yn ormod o lwfryn i fynd yn nes.

Toc daethant allan, a churai calon Jackson gan ofn. Troes Arthur i ddanfon Mr. Warren drosodd i'r ffordd, a rhedodd Mr. Jackson tua'r plas, ac yna troes yn ei ôl yn hamddenol i gyfarfod Arthur.

"Hylo!" meddai, fel pe buasai wedi synnu. "Roeddwn i'n meddwl eich bod yn eich gwely."

"Mi es allan am dro yn lle hynny," meddai Arthur, "wrth ei bod hi mor braf."

"Pwy oedd yr hen ddyn rhyfedd yna aeth allan ir ffordd rŵan?" ebe Jackson mor di-daro ag y gallai.

Atebodd Arthur yn berffaith rwydd.

"Rhywun sydd ar ymweliad â'r person," meddai. "Mae o'n berson ei hun, 'ddyliwn. Warren ydi'i enw fo."

"Warren? Warren?" ebe Mr. Jackson gan frathu ei wefus. "Lle clywis i'r enw o'r blaen—mewn cysylltiad â pherson?"

"Roedd o'n deud y bu o'n ysgrifennu atoch chi flynyddoedd yn ôl, pan aned fi a phan fu farw fy mam. Roedd o'n adwaen fy nhad a fy mam yn dda. Roedd o'n deud hyn wrtha i yn nhŷ'r hen Ffowc rŵan."

Rhuthrodd y gorffennol i feddwl Jackson, a daeth arswyd dychrynllyd arno drachefn. "Beth sydd gyno fo eisio yma?" meddai.

"Wn i ddim," ebe Arthur, ond, fel y bu orau i Jackson, daeth amryw weithwyr a'r cerbyd drylliedig i fyny ar hynny, a thorrwyd yr ymddiddan i fyny.

Fore drannoeth, daeth galwad at Miss Gaenor fod rhywun eisiau ei gweld. Roedd Jackson wedi mynd ymaith yn gynnar, ac wedi dweud wrth Gaenor am beidio siarad â'r gŵr dieithr os deuai yno, ond siarad ag ef wnaeth Miss Gaenor er hynny.

"Fyddwch chi gystal â deud wrtha i pa hawl sydd gynnoch chi i ymyrraeth?" ebe Gaenor.

"Mae'n ddyletswydd ar bawb achub cam y diamddiffyn," ebe Mr. Warren.

"Wel, mi fydde gen bawb lawer iawn i'w wneud ynte," ebe'r hen ferch.

"Bydde'n ddiamau os oes llawer o bobl fel Mr. Jackson a'i gymheiriaid yn y wlad," ebe Mr. Warren.

"Ydech chi wedi dod yma yn unswydd i unioni'r cam hwn?" ebe Gaenor.

"Nac ydw," atebai Mr. Warren. "Ar fy musnes fy hun y dois i drosodd, ac mi feddylis y buaswn yn hoffi gweld y plant fedyddis i cyn mynd yn fy ôl."

"Mae gynnoch chi ryw ddiben cudd yn hyn, neu mi fuasech wedi ymholi yn eu cylch cyn hyn, yn ystod y blynyddoedd sydd er pan fu farw eu rhieni."

"Nac oes gen i 'run diben cudd. Mae'n wir nad ysgrifennis i holi yn eu cylch, ond freuddwydis i 'rioed, ac ni wybûm ddim hyd ddoe nad oedden nhw wedi syrthio i ddwylo pobl onest, ac nad oedd y bachgen wedi cael ei hawliau. Roeddwn i'n meddwl fod y neb benododd eu mam i edrych ar eu holau yn siŵr o wneud chware teg â nhw."

"Pwy benodwyd?" ebe Gaenor.

"Chwi'ch hun," atebai Mr. Warren.

"Y fi? Phenodwyd mono'f fi—"

"Yn wir? Mi wnaed y weithred pan oedd eich chwaer-yn-nghyfraith ar farw, gennyf fi fy hun, ac mi ddanfonais y weithred i chwi, fy hun."

"Chlywais i erioed air am y weithred," ebe Gaenor, braidd yn falch o gael rhyw gysgod o esgus. "I bwy y cyfeiriasoch chi'r llythyr?"

"I'ch tad."

Meddyliodd Gaenor am yr amser a fu. Jackson fyddai'n derbyn y llythyrau y pryd hwnnw. A oedd efe wedi celu unrhyw lythyr iddi hi? Gwridodd wyneb Gaenor gan ddigofaint, canys er ei bod yn gyfrannog yn y twyll gyda Jackson, ni allai oddef meddwl ei fod ef wedi celu dim rhagddi hi.

"Yr wyf yn edmygu eich awydd i wasanaethu Arthur mewn unrhyw fodd," meddai, "ond ofer fydd y cwbl. Maddeuwch i mi am na fedraf ganiatáu eich cais i weld Neli. Fydd rhagor o siarad ddim yn ddymunol i chwi na minne. Caniatewch i mi ddymuno bore da i chwi."

Dychwelodd Mr. Warren y cyfarchiad, ac aeth ymaith. Wrth fynd, gwelodd eneth ieuanc a adnabu ar unwaith fel Neli, a chychwynnodd groesi tuag ati, ond newidiodd ei feddwl ac aeth ymaith. Yn y cyfamser yr oedd Jackson mewn gwaeth picil nag erioed.

XXVI.
Yr Euog a Ffy

Fel yr awgrymwyd yr oedd Mr. Jackson mewn cryn drybini. Yr oedd Mr. Robinson, drannoeth ar ôl y noson a dreuliodd yn Nghwm Eryr, wedi mynd i ffwrdd i Lundain, gan ei fod wedi derbyn llythyr yn galw amdano yn ddi-oed. Addawsai ddod yn ei ôl, os gallai, ond cyn mynd, rhoddasai ar ddeall i Mr. Jackson ei fod yn ofni mai gorchwyl anhawdd os nad amhosibl fyddai cael hyd i'r lleidr dorasai i mewn i'r tŷ. Yr oedd digwyddiadau diweddarach, sut bynnag, wedi gwneud cymaint o argraff ar feddwl Jackson fel mai ychydig a boenai efe ynghylch y mater hwnnw. Yr oedd yn dda ganddo mewn gwirionedd fod Mr. Robinson wedi mynd i ffwrdd pan aeth, canys ni fuasai er dim yn hoffi iddo weld yr hyn a ddigwyddasai ar gyrhaeddiad Mr. Warren, er y buasai yn dda ganddo gael ymgynghori â rhywun. Y drwg oedd na fuasai'n medru ymgynghori â Mr. Robinson heb fradychu ei ofnau ei hun, ac yr oedd arno arswyd meddwl fod neb yn gwybod am yr ofnau hynny. Felly, fore'r diwrnod yr ymwelodd Mr. Warren â Miss Gaenor, yr oedd Mr. Jackson wedi marchog i Abercwm i ymweld â Mr. Lloyd, y twrne. Yr oedd offis Mr. Lloyd yn union yn ymyl siop Mr. Morris, y teiliwr, gyda'r hwn y ceisiodd Jackson brentisio Dafydd Owen. Wrth glywed sŵn traed y ceffyl, o bosibl, daeth Mr. Morris allan, ac ysgydwodd law â Mr. Jackson.

"Rydech chi allan yn fore, syr," meddai Mr. Morris.

"Ydw," ebe Jackson. "Mae gen i eisio gweld Lloyd ynghylch les un o'r ffermydd, sy ar derfynu, ac roeddwn i'n meddwl mai cychwyn yn fore oedd ore i mi."

Yn awr, pe mai dyna mewn gwirionedd fuasai busnes Jackson, ni fuasai berygl yn y byd iddo ddweud hynny wrth Morris, ond yr oedd ar Jackson gymaint o ofn fel y ceisiai yn ddiymwybod bron droi amheuaeth pawb ymaith, hyd yn oed lle yr oedd yn amhosib fod amheuaeth yn bod.

"Mi glywais fod damwain wedi digwydd i Mrs. Jackson a'r mab ddoe," ebe Mr. Morris. "Yr oedd y newydd ar led fel tân gwyllt ddoe. Rydw i'n gobeithio na frifodd yr un o'r ddau."

"Naddo," meddai Jackson. "Mi fu Norman yn ddigon o ffŵl i geisio dreifio rhyw geffyl gwyllt. Mi falwyd y cerbyd, dyna'r cwbl. Hei, hwda!"

Ar hogyn a safai yn ymyl y galwai Jackson. Daeth yr hogyn ymlaen, a gofynnodd Jackson iddo ddal pen ei geffyl, yr hyn a wnaeth yr hogyn gan gwbl gredu fod y swydd yn sicr o ddwyn iddo chwe' cheiniog o leiaf. Aeth Jackson i mewn i'r swyddfa, gan ddweud wrtho'i hun y câi hyd i Mr. Lloyd yn union ar ôl ei frecwast, ond yr ateb a gafodd gan yr hogyn o glerc oedd yno oedd nad oedd Mr. Lloyd i mewn.

"Lle mae o?" ebe Jackson.

"Mae o wedi mynd i Lundain, syr."

"I Lunden!" ebe Jackson, hanner wrtho'i hun.

"Ie, syr, i Lunden. Mi gychwynnodd hanner awr yn ôl."

Yr oedd hyn mor annisgwyliadwy ac mor groes i'w gynlluniau fel y methodd Jackson ddweud gair am beth amser. Yr oedd efe, wedi noson o gwsg lawn o'r dychmygion mwyaf ofnadwy, wedi dod at ei dwrne gyda'r amcan o ddweud y cwbl wrtho a gofyn ei gyngor gan obeithio cael llonyddwch meddwl, ac yn awr dyma'r twrne wedi mynd!

"Hefo'r trên hanner awr wedi wyth yr aeth o?" ebe Jackson pan gafodd ei wynt.

"Ie, syr."

"Pryd y daw o'n ôl?"

"Roedd o'n disgwyl na fydde fo'n ôl cyn pen yr wythnos, syr."

Gwaeth fyth. Hwyrach y gallasai dawelu ei ofnau am ddiwrnod, ond wythnos? Ofnai y buasai wedi drysu yn ei synhwyrau cyn pen yr wythnos! Er mor gybyddlyd oedd efe, teimlai nad oedd dim i'w wneud ond mynd i Lundain ar ôl Mr. Lloyd. Yr oedd y bonheddwr hwnnw'n gwybod amryw o gyfrinion Jackson, ac yn eu cadw'n ffyddlon, a chredodd Jackson y gallai fentro ymddiried ynddo eto. Mewn gwirionedd Mr. Lloyd oedd yr unig gynghorwr cyfrinachol oedd ganddo yn y byd.

"Lle bydd Mr. Lloyd yn aros yn Llundain?"

"Wn i ddim, syr. Mae o'n mynd yno'n aml, ac mae'n ddiamau ei fod o'n arfer stopio yn yr un fan, syr."

"Ydi, mae'n debyg," meddai Jackson, ac yna dechreuodd feddwl ai oni fyddai'n well iddo fynd yn syth yn ei flaen i Lundain yn lle mynd adref i egluro iddynt ddim ynghylch ei symudiadau. Tra'r oedd efe'n meddwl, daeth Mr. Morris allan drachefn, a sylwodd ar yr olwg ryfedd oedd ar Mr. Jackson. Yn awr, yr oedd Mr. Morris, fel y rhan fwyaf ohonom, yn ddyn lled chwilfrydig, a buasai'n hoffi gofyn cwestiwn plaen i Jackson, ond ofnai ei ddigio. Felly aeth Mr. Morris o gwmpas y peth yn araf.

"Mi glywis yn siop y barbwr, neithiwr, Mr. Jackson," meddai, "fod tipyn o anghytundeb rhyngoch chi ag Arthur Wynn—"

"Beth?" ebe Jackson yn ffyrnig.

"O," meddai Mr. Morris, "mae'n siŵr mai straeon ydi'r cwbl, ond roedd y barbwr yn deud fod rhyw dwrne diarth wedi dod i lawr i helpu Arthur Wynn i gael yr eiddo."

Bu agos i Jackson dagu. A oedd y bobl eisoes yn gwybod y stori? Troes ei ben ymaith a gwnaeth ymdrech fawr i fod yn ddidaro.

"Mr. Morris," meddai, "deudwch wrth y barbwr am feindio'i fusnes ei hun yn lle mynd i ledaenu celwyddau fel yna."

Cymerodd Mr. Morris yr awgrym, ac ni ddwedodd ragor, ond yr oedd wedi dweud digon i beri i Jackson benderfynu mynd i Lundain yn uniongyrchol ar ôl Mr. Lloyd. Felly, aeth ar gefn ei geffyl, a marchogodd ymaith, yng nghanol rhegfeydd arswydus yr hogyn, i'r hwn y rhoesai efe ddime am ddal pen y ceffyl. Aeth Jackson i dafarn yn ymyl yr orsaf, ysgrifennodd nodyn i Miss Gaenor, yn dweud ei fod yn mynd i Lundain ar fusnes y gwyddai hi amdano, a gofynnai iddi wneud esgus addas dros ei absenoldeb. Disgwyliai ddod adref rywbryd drannoeth neu'r diwrnod wedyn. Rhoes y llythyr i un o'r dynion oedd yn y stablau, gan ddweud fod arno eisiau iddo ei gymryd i Gwm Eryr yn ddi-oed.

"Hwdiwch," ychwanegai, "mi ellwch gymryd fy ngheffyl i fynd, mi ewch yn gynt."

"O'r gore, syr. Ga'i ddod â fo'n ôl i chi?"

"Wel—na, hidiwch be'fo, mi gerddaf."

Aeth y dyn ymaith, heb unwaith feddwl fod Mr. Jackson â'i wyneb ar Lundain ac nid ar Gwm Eryr.

Yr oedd un o'r gweision yn sefyll gerllaw y drws gyda cheffyl Norman pan gyrhaeddodd y negeseuwr.

"Gafr ulw! Does dim damwain arall wedi digwydd ai oes?" ebe gwas Jackson pan welodd y dyn yn dod i fyny at y drws. "Lle mae'r Sgweiar?"

"Mae o'n iawn. Mae o wedi 'ngyrru fi yma hefo hwn," ebe'r dyn, gan ddangos y nodyn. Y foment honno, daeth Miss Gaenor i'r drws. Yr oedd Miss Gaenor braidd yn awyddus am weld Jackson, er mwyn cael gwybod beth wnaethai efe â'r llythyr yn yr hwn yr hysbysid fod ei chwaer-yn-nghyfraith wedi ei phenodi hi i edrych ar ôl y plant amddifaid. Rhoes y dyn y nodyn iddi, a darllenodd hithau yr ychydig eiriau mewn syndod.

"Mae Jackson yn ffŵl!" meddai wrthi ei hun wrth droi i fynd i'r tŷ. "Mae o'n gadel i'r breuddwyd yma'i ddychryn o. Mi ddyle wybod na fedr neb ar y ddaear 'i droi o allan o Gwm Eryr tra bydd 'wyllys fy nhad mewn bod.''

Aeth Miss Gaenor i fyny i ystafell Mrs. Jackson, lle'r oedd y foneddiges honno yn ysgrifennu.

"Mae gen i eisio'ch sylw chi am funud, Gwendolen,'' meddai. "Mi gewch ysgrifennu wedyn. Fedrwch chi fynd yn ôl yn eich cof hyd y bore y cawson ni lythyr yn hysbysu am enedigaeth Arthur?''

"Medra'n dda. Rydw i'n cofio'r diwrnod yn rhy dda, yn wir, achos—''

"Dyna fo. Felly hwyrach y medrwch chi gofio'r diwrnod wedyn, pryd y daeth y newydd am farwolaeth gwraig Robert?''

"Ydw, rydw i'n cofio hynny hefyd.''

"Ydech chi'n cofio'r manylion? Fedrech chi, er enghraifft, ddeud pryd ar y dydd y daeth o, pwy dderbyniodd o, a phwy agorodd o?''

"Pam rydech chi'n gofyn?'' ebe Mrs. Jackson mewn syndod.

"Am fod gen i eisio gwybod. Ceisiwch gofio.''

"Mi agorwyd y ddau lythyr, cyn belled ag y galla i gofio, gan Mr. Jackson. Fo fydde yn agor llythyre 'nhad ar y pryd.''

"Roeddwn i'n meddwl y galle eich bod chi yno pan agorwyd nhw.''

"Nag oeddwn. Rydw i'n cofio iddo fo ddod i fy stafell i wedi hynny, a deud fod Mrs. Wynn wedi marw.''

"Gwrandewch arna i, Gwendolen. Mae gen i reswm dros gredu fod yno lythyr i mi gyda'r llythyr hwnnw. Ches i byth mo'no fo. Wyddoch chi beth ddaeth ohono fo?''

Yr oedd golwg syn Mrs. Jackson yn ddigon o ateb na wyddai.

"Rydw i'n gweld na wyddoch chi ddim,'' ebe Miss Gaenor, "ac rŵan rydw i'n mynd i ofyn i chi a glywsoch chi rywdro fod gwraig Robert, ar fin marw, wedi gofyn i mi edrych ar ôl y plant?''

"Naddo 'rioed," ebe Mrs. Jackson. "Ydech chi wedi bod yn breuddwydio, Gaenor, ynte beth sy'n peri i chi ofyn y fath beth yn awr?"

"Y chi fydd yn breuddwydio," ebe Miss Gaenor. "Peidiwch malio pam roeddwn i'n gofyn—nid oedd ond mater personol. Wrth gofio, rydw i wedi cael llythyr oddi wrth Jackson, o Abercwm. Mae o wedi mynd i ffwrdd ar fusnes, ac efallai na ddaw yn ôl tan yfory. Does ddim eisio i neb aros ar ei draed i'w ddisgwyl o heno."

"Ydi o wedi mynd i ffair C——?" ebe Mrs. Jackson yn anesmwyth.

"Hwyrach ei fod o," ebe Gaenor. "Sut bynnag, peidiwch dweud dim am ei absenoldeb o wrth neb. Mi fydd y plant yn siriol os can nhw wybod ei fod o i ffwrdd. Mae'n debyg gen i y daw o adre fory."

Ond ni ddaeth Mr. Jackson adref drannoeth. Yr oedd Miss Gaenor bron â cholli ei hamynedd eisiau ei weld, ond yr oedd raid iddi aros. Aethai diwrnod ar ôl diwrnod heibio ond ni ddychwelai Mr. Jackson yn ôl.

XXVII.
Wrth Olau'r Sêr

Yr oedd gwasanaeth diolchgarwch am y cynhaeaf i fod yn Eglwys Blaenycwm, a mawr a fuasai'r paratoi, canys yr oedd y Parch Daniel Tomos yn credu mewn addurno'r eglwys â phob math o ffrwythau'r ddaear ar gyfer yr achlysur hwnnw, a buasai efe a'i wraig a Catrin, y forwyn, a Mr. Warren wrthi'n brysur yn gwneud y gwaith hwnnw. Pa un bynnag a ellir yn rhagorach addoli mewn eglwys wedi ei haddurno felly ai peidio, yr oedd yr effaith, i bawb a chanddo lygad welai beth prydferth, yn ddymunol iawn. Ddydd diolchgarwch y byddai'r gynulleidfa fwyaf yn yr eglwys a fyddai yno ddydd mewn blwyddyn, canys âi llawer o'r capelwyr yno ar yr achlysur hwnnw, ac âi llawer hen gybydd o ffermwr yno nad âi byth i gapel nac eglwys o ddechrau blwyddyn i'w diwedd ond hynny. Yr oedd Dafydd Owen wedi bod yng ngwasanaeth y prynhawn, ond nid oedd wedi ei fwynhau. Nid am nad oedd efe'n ddiolchgar am ei gynhaeaf, ond am nad oedd Neli yn yr eglwys. Aeth Dafydd tua'r eglwys drachefn yn yr hwyr, a thra roedd efe yn siarad â rhai o'i gymdogion o gwmpas porth yr eglwys, gwelai deulu Cwm Eryr yn dod. Yr oeddynt yno i gyd ond Neli, a'r genethod ieuengaf, a Jackson, wrth gwrs. Gwynodd wyneb Dafydd pan welodd hwy. Deallodd ar unwaith fod Neli wedi ei gadael adref i edrych ar ôl y plant, a chwerwodd ei galon. Safodd wrth y porth nes oedd pawb wedi mynd i mewn ac yna troes ymaith, a cherddodd tua Chwm Eryr. Erbyn iddo gyrraedd yno, roedd y lle fel pe wedi ei adael, ond cerddodd Dafydd yn benderfynol at y drws, a churodd. Daeth un o'r morwynion i'r drws, a gofynnodd Dafydd am Neli. Aeth y forwyn i'w nôl, ac yn y man, daeth Neli i'r drws.

"O Dafydd!" ebe.

"Rydw i wedi dod i'ch nôl chi. Dowch hefo fi i'r gwasanaeth," ebe Dafydd.

"O, wiw i mi ddŵad, mi gaf ddrwg am adael y tŷ!" ebe Neli yn ofnus, a'r dagrau yn ei llygaid.

"Raid i chi ddŵad allan, ynte, os na ddowch chi i'r gwasanaeth. Mae gen i eisio siarad hefo chi. Rŵan, rhowch rywbeth drosoch, a dowch hefo fi."

Ni allai Neli wrthod, a chan ryfeddu at ei hyfdra ei hun, rhoes hugan drosti, a het am ei phen, ac aeth allan gyda Dafydd—ni allai beidio, costied a gostiai.

"Rydech chi'n crynu, Neli," ebe Dafydd, gan dynnu'r eneth yn nes ato. "Beth ydi'r mater?"

"O, mae gen i ofn Lucy; hi rhwystrodd fi fynd i'r eglwys. Beth petai hi yn dod i wybod 'mod i wedi mynd allan, hefo chi—mi fydde'n gas wrtha i."

"Felly, Neli, rhaid i chi roi cennad i mi ei hateb hi."

"O, gwnaf; cewch, mi gewch ei hateb hi."

"Ond mi fydd yn golygu mwy nag ydech chi'n feddwl," ebe Dafydd. "Rhaid i mi ddweud wrthi hi na wiw iddi hi'ch sarhau chi, a bod gen i hawl i'ch amddiffyn chi."

Safodd Neli yn sydyn, ac edrychodd yn ei wyneb, a'i chalon yn crynu'n enbyd.

"Rŵan, Neli," ebe Dafydd, "pam rydech chi'n synnu cymaint? Does bosib eich bod chi wedi 'nghamddallt i ar hyd y blynyddoedd yma? Mi faswn wedi siarad yn gynt ond mai 'chydig o obaith sydd o 'mlaen i. Mi fydde'n well gen i beidio siarad ag eraill nes bydd mwy o obaith o'n blaene ni."

Teimlai Neli, er gwaethaf yr hapusrwydd oedd yn ei chynhyrfu drwyddi, teimlai bron yn sâl gan ofn. Beth am allu pobl Cwm Eryr?

"Does dim dadl na fyddan nhw yn erbyn," ebe Dafydd, gan ddeall ei theimladau heb iddi siarad, "a'r canlyniad fydde helynt ofnadwy. Yr ydw i'n ddigon annibynnol i'w herio nhw, ond dydech chi ddim, Neli. Am hynny, wna i ddim siarad, os gallai i beidio. Rydw i'n gobeithio na wneiff yr hogen yna fy ngorfodi fi i siarad!"

Safodd Neli drachefn yn sydyn, ac edrychodd ar Dafydd, â dychryn yn ei hwyneb.

"Raid i chi beidio dweud dim byth wrthi hi, Dafydd," ebe. "Raid i chi beidio er fy mwyn i. Petai Lucy yn amme hyn, mi—mi—"

"Mi roe wenwyn i chi, mae'n debyg," ebe Dafydd, gan chwerthin. "Mi wn beth ydech chi'n feddwl. Ond hitiwch befo hi."

"Wnewch chi ddim deud dim byd, ynte?"

"Na wnaf, ar hyn o bryd. Peidiwch ofni, Neli."

Yr oedd y ddau erbyn hyn yn cerdded hyd llwybr ar draws y caeau, a dechreuodd Dafydd sôn am ei amgylchiadau, yn rhwyddach nag y soniodd amdanynt wrth neb erioed o'r blaen. Yr oedd ei fam-yn-nghyfraith wedi ei aberthu ef er mwyn ei mab ei hun, doedd dim dadl, ac er na ddwedodd Dafydd hynny yn blaen, yr oedd yn amhosibl iddo beidio cyfeirio at y peth wrth siarad â Neli. Yr oedd Henri yn yr ysgol o hyd, ac ymhen rhyw chwarter neu ddau, yr oedd i ddod adref yn feistr ym Mhen y Wern, a byddai raid iddo ef, Dafydd, droi allan i rywle; ond hyd nes deuai Henri adref, yr oedd efe yn rhwym o aros ym Mhen y Wern.

"Erbyn y gwanwyn, hwyrach y galla i gael fferm fy hun," meddai. "Rydw i wedi bod yn meddwl am y Rhos. Mae John Jones yn ymadael—mwya o ffŵl ydi o—ond gan ei fod yn mynd, mi faswn i'n leicio cael y fferm."

Bu agos i Neli golli ei hanadl pan glywodd hyn, canys Jackson oedd biau'r Rhos, a hi oedd y fferm fwyaf ar yr ystâd.

"Fentrech chi byth ffarm mor fawr â'r Rhos, Dafydd!" ebe Neli.

"Fentrwn i byth mo Jackson fel mistar tir, ydech chi'n feddwl, ynte?" ebe Dafydd. "Ond mi gymraf y ffarm, os

caf hi. Y gwaetha ydi y bydde raid i mi fenthyca arian,"
ebe yn bur ddifrifol, "ac mae arian benthyg yn faich of-
nadwy ar ddyn. Rydech chi'n cofio fel y bu hi hefo 'nhad.
Ond does dim arall amdani, ac rydw i'n gobeithio y
medrwn ni ddŵad ymlaen."

Agorodd Neli ei gwefusau. Yr oedd ganddi eisiau
dweud rhywbeth na wyddai yn iawn sut i'w ddweud.

"Mae gen i ofn—" meddai, ac yna stopiodd.

"Ofn beth, Neli?"

"Ofn na fedrwn i byth wneud mewn ffarm—rydw i
wedi fy nwyn i fyny mor ddi-drefn cyn belled ag y mae
edrych ar ôl pethe yn mynd, wyddoch."

"Neli," ebe Dafydd, "phriodwn i byth 'tawn i'n
meddwl y bydde raid i mi wneud i fy ngwraig wneud
gwaith morwyn neu slaf. Mi ddeudaf i chi gynllun sydd yn
fy meddwl. Pe caem ni ffarm i ni'n hunen, mi allen roi lle
i Arthur—mi fydde'n llawer hapusach nag y mae o
rŵan—"

"O, Dafydd," llefai Neli, "mi fase'n dda gen i 'tae ni'n
medru. O, mor garedig ydech chi—"

"Ust, Neli!" Nid eisiau Neli i beidio sôn am ei ddaioni
oedd ar Dafydd, ond yr oedd efe wedi clywed lleisiau eraill.
Yr oedd rhywrai yn cerdded am y gwrych â hwy, ac yn
siarad yn lled uchel. Er syndod dirfawr i Dafydd, fe
adnabu un o'r lleisiau. Llais Mr. Jackson ydoedd, a
dwedodd Dafydd hynny wrth Neli.

"Does dim posib," ebe Neli. "Mae o filltiroedd oddi
yma. Hyd yn oed 'tae o wedi dod yn ôl, beth wnâi o yn y
fan yma'n ffraeo?"

Ond yr oedd Dafydd yn sicr o'i bwnc. Yr oedd y ddau
berson arall yn dod i lawr hyd lwybr ar yr ochr arall i'r
gwrych, ac yn ôl pob tebyg, fe ddeuent drwodd yn union
i gyfarfod Dafydd a Neli. Nid oedd yr un o'r ddau yn
awyddus iawn am gyfarfod Jackson unrhyw adeg, ond dan
yr amgylchiadau presennol, buasai'n fwy annymunol fyth

ganddynt. Tynnodd Dafydd ei gydymaith i gysgod derwen braff dyfai ar ochr y llwybr lle safent hwy.

"Am funud, Neli, nes bydd y ddau wedi pasio. Rydw i'n siŵr mai Jackson ydi un o'r ddau." Agorodd y giât, a daeth rhywun drwodd, dim ond un. Jackson ydoedd. Aeth yn ei flaen, gan fwngial rhywbeth wrtho'i hun. Roedd ganddo barsel tan ei gesail. Ond cyn ei fod wedi mynd ymhell, safodd, troes, a daeth yn ei ôl. Safodd wrth y giât, ac edrychodd ar ôl y dyn arall oedd yn mynd i ffwrdd. Pe troesai ei ben tua'r de, gallasai Jackson weld Dafydd a Neli yn sefyll yn ymyl y goeden.

Ond ni throes; yr oedd yn crensian ei ddannedd, yn cau ei ddwrn ar y dyn arall, ac yn talu gormod o sylw i hwnnw, i edrych dim o'i gwmpas. Yn y man, wedi i'w dymer oeri tipyn, troes drachefn, ac aeth tuag adref.

"Pwy ydi'r dyn arall yna y mae o mor ddig wrtho fo?" ebe Neli.

"Ust," ebe Dafydd. "Mae o'n clywed yn dda."

Arosasant yn ddistaw iawn nes aeth Jackson o'r clyw. Yna aethant yn eu blaenau, ac i'r ffordd. O'u blaenau yr oedd dyn tal, yn cyfeirio ei gamau tua'r pentref.

"Roeddwn i'n meddwl," ebe Dafydd.

"Pwy ydi o?" ebe Neli.

"Y dyn diarth hwnnw sydd yn nhŷ'r person," ebe Dafydd. "Faswn i'n meddwl fod Jackson a fynte'n ffraeo."

"Wn i ddim. Roedden nhw'n siarad yn uchel iawn."

Aeth y ddau ymlaen mewn distawrwydd tua Chwm Eryr. Ychydig siaradodd y ddau, ond yr oeddynt yn meddwl am yr hyn oedd newydd ddigwydd rhyngddynt. Buont yn hir iawn yn cyrraedd y ffordd gerbyd at y plas, a diau y buasent yn hwy fyth oni bai iddynt glywed sŵn y gweddill o'r teulu yn dychwelyd o'r eglwys. Prysurodd y ddau yn eu blaenau nes daethant i ymyl y tŷ. Yno, yng nghysgod y coed, safasant. Troes Dafydd at ei gydymaith, a siaradodd. Dyna'r gair cyntaf ddwedasai ers chwarter awr o leiaf, ac yr oedd ei lais yn dyner fel awel hwyrddydd haf yn siffrwd rhwng dail y coed.

"Neli, Neli, wnewch chi ddim anghofio?" meddai.

"Anghofio beth, Dafydd?" ebe Neli'n yswil.

"Ein bod ni ill dau o hyn allan yn cychwyn bywyd newydd. O hyn allan, ryden ni'n eiddo'r naill i'r llall. Neli, Neli! Wnewch chi ddim anghofio?"

"Na, anghofia i byth!" oedd yr ateb a sibrydodd Neli drwy ei dagrau.

Yr oedd y sŵn yn dod yn nes, nes, a chyn pen ychydig eiliadau byddai teulu Cwm Eryr yn ymyl. Plygodd Dafydd, edrychodd ar y wyneb tlos godasid i fyny i gyfarfod ei drem yntau. Cusanodd y ddwy wefus fechan lawer gwaith, llithrodd ymaith rhwng y coed, a thripiodd Neli i'r tŷ, ychydig cyn i'r parti o'r eglwys gyrraedd i'r fan lle safasai'r cariadon eiliad ynghynt.

XXVIII.
O'r Badell Ffrio i'r Tân

Lle buasai Mr. Jackson yn y cyfamser? Sut y bu i Dafydd a Neli ei weld ar y caeau yn y nos, pan y dylid ei fod ef filltiroedd i ffwrdd? Dyma'r eglurhad. Cafodd Mr. Jackson fod cynlluniau gorau dynion a llygod yn aml iawn yn mynd o chwith. Pan aeth efe i fyny i Lundain ar ôl Mr. Lloyd, y twrne, ni feddyliodd efe o gwbl y byddai fwy na rhyw ddeuddydd neu dri ar y siwrne. Iddo ef nid ymddangosai dim yn haws na dal Lloyd yn ei westy, cael chwarter awr o ymgom ag ef, a dychwel adref. Ond ni fu mor lwcus. Pan gyrhaeddodd Llundain, llogodd Jackson gerbyd, ac aeth yn syth i'r gwesty lle'r arferai Mr. Lloyd stopio. Wedi ymdderu tipyn â'r cerbydwr ynghylch y tâl, aeth i'r gwesty, a gofynnodd am weld Mr. Lloyd.

"Mr. Lloyd? Mr. Lloyd?" ebe'r gweithiwr. "Does yma neb o'r enw hwnnw, syr."

"Mr. Lloyd, y twrne, ydw i'n feddwl," ebe Jackson yn flin. "Hwyrach nad ydech chi'n ei nabod o. Mi ddaeth i fyny o Gymru awr neu ddwy yn ôl."

Un newydd oedd y gweithiwr, ac nid oedd yn adwaen Mr. Lloyd ei hun. Aeth i nôl gweithiwr arall, a daeth hwnnw at Mr. Jackson. Yr oedd y gweithiwr cyntaf yn ei le: nid oedd Mr. Lloyd wedi dod.

"Mi ddaeth efo'r trên wyth," ebe Mr. Jackson. "Rhaid ei fod o yn Llundain."

"Y cwbl fedra i ddeud ydi na ddaeth o ddim yma," ebe'r gweithiwr.

Yr oedd Jackson yn lled ddig. Yn ei ddiffyg amynedd, yr oedd yr oediad yn gas anghyffredin. Aeth o'r gwesty, a thua swyddfa goruchwylwyr Llundeinig Mr. Lloyd. Aeth i mewn yn awyddus, gan lawn obeithio y cawsai hyd i Lloyd yn ddi-oed. Nid felly y bu. Yr oedd yno glercod yn yr ystafell, a dau neu dri o bersonau oedd yn ymddangos yn ddieithriaid. Nid oedd Mr. Lloyd yno, ac ni allai'r clercod roi unrhyw hysbysrwydd amdano. Dwedodd un o'r meistriaid wrtho eu bod wedi cael nodyn oddi wrth Mr. Lloyd yn dweud y byddai yn y dref cyn pen diwrnod neu ddau, ond nid oedd wedi dod hyd hynny.

"Ond y mae o wedi dŵad," ebe Jackson. "Mi ddois ar ei ôl o. Mae gen i eisio'i weld o ar fusnes pwysig."

"O, mae o wedi dod felly," ebe'r bonheddwr arall, mor ddidaro nes cyffrôdd Jackson yn ei orawydd am weld Lloyd. "Mae o'n siŵr o ddod yma felly, rywbryd."

"Mae o'n siŵr o ddod yma ynte?"

"O, ydi. Mae gynon ni gryn dipyn o fusnes hefo fo'r tro yma."

"Felly, os caniatewch i mi, mi ddisgwyliaf amdano fo yma. Rhaid i mi gael ei weld o, a mae gen i eisio mynd yn fy ôl cyn gynted ag y medra i."

Dywedwyd wrtho fod croeso iddo ddisgwyl yno, os mynnai, a rhoddwyd cadair iddo eistedd yno. Bu yno nes oedd bron yn wallgof gan golli amynedd. Yr oedd rhai yn dod i mewn i'r ystafell o hyd. Am yr awr gyntaf, yr oedd gwylio'r drws yn esmwytháu tipyn ar feddwl Jackson, canys disgwyliai o hyd mai Mr. Lloyd fyddai y nesaf. Ond blinodd ar hynny o'r diwedd, ac effeithiodd y siomedigaeth gawsai bob tro ar ei dymer.

Daeth yr hwyr, ac amser cau'r offis, ond ni ddaeth Mr. Lloyd. "Welais i 'rioed beth od-iach," ebe Mr. Jackson wrth un o'r twrneiod.

"O," meddai hwnnw, "mae o wedi bod ynghylch rhyw fusnes arall, ac wedi methu cael amser i ddod yma. Os ydi o wedi dod i fyny am wythnos, fel y dywedwch, rhaid fod gyno fo rhyw fusnes pwysig ar law, ac hwyrach na ddaw o ddim yma am ddeuddydd neu dri."

Aeth Jackson yn ôl i'r gwesty, a chafodd drachefn nad oedd Mr. Lloyd wedi cyrraedd. Yr oedd disgwyl drwy'r diwrnod hwnnw yn ddigon drwg, ond pan aeth yn ddisgwyl am amryw ddyddiau eraill, gellir meddwl ym mha gyflwr yr oedd Jackson. Ni ddeuai Mr. Lloyd, ac yr oedd Jackson fel dyn gwallgof, yn treulio ei amser rhwng yr *hotel*, swyddfa'r goruchwylwyr, a gorsafoedd y ffordd haearn. Telegraffiodd i Abercwm, a chafodd ateb fod Mr. Lloyd yn Llundain, ac yna bu wrthi'n fwy dygn nag erioed yn chwilio amdano, yr hyn oedd fel chwilio am bin mewn tas wair. Aeth Jackson i bob un o'r llysoedd oedd yn agored, gyda'r amcan o weld Lloyd yn rhywle, ond yn gwbl ofer. Un diwrnod, yr oedd efe wedi crwydro o'r ddinas cyn belled â Phont Llundain, ac yn croesi'r bont fel dyn gwallgof bron, pryd y gwelodd ddyn yn dod i'w gyfarfod. Cyn pen dau funud, sut bynnag, collodd olwg ar y dyn, ac ni fedrai er chwilio a chwilio weld mo'no yn unman. Ni allai chwaith gofio pwy ydoedd ar y foment, ond cofiai yn eithaf ei fod yn adwaen yr wyneb. Yr oedd yn debyg iawn i ryw wyneb a welsai yn ddiweddar, a wyneb barodd beth pryder iddo, yn ôl ei atgof, ond ym mha le y gwelsai y wyneb? Ar drawiad, cofiodd. Wyneb y dyn y rhoesai efe waith iddo yn y gwaith haearn gyntaf ydoedd, ond fod y farf gyrliog, gringoch, wedi ei heillio. Dyna ddychryn arall i Jackson. Beth ar y ddaear oedd gan y dyn hwnnw eisiau yn Llundain, a phaham y diflannodd mor sydyn y funud y gwelodd ef, canys yr oedd yn ddiau wedi ei weld, megis y gwelsai Jackson yntau. Bu agos i Jackson dagu a disgyn ar lawr, ac yna bu agos iddo gymryd y trên a dychwel yn syth adref i chwilio a oedd y dyn dieithr wedi ymadael o'r gwaith. Ailfeddyliodd, ac aeth yn ôl tua'r gwesty. Ar y ffordd, digwyddodd edrych ar gerbyd oedd yn pasio—yn wir, yr hyn barodd iddo edrych arno oedd y ffaith y bu agos i'r cerbyd fynd ar ei draws. Pwy oedd yn y cerbyd ond Lloyd, y twrne!

Rhedodd Jackson ar ôl y cerbyd gan waeddi a chrochlefain. Tybiai pobl ei fod yn wallgof, ond yr oedd ganddynt oll eu busnes eu hunain, ac nid oedd ganddynt amser i fwy na thaflu golwg syn arno.

Llwyddodd Jackson i gadw golwg ar y cerbyd, a dilynodd ef i'r gwesty, lle cyrhaeddodd pan oedd y twrne yn disgyn o'r cerbyd ac yn talu i'r cerbydwr.

"Beth ar y ddaear ydi'r mater?" ebe Mr. Lloyd. "Y chi yma, Mr. Jackson? Oes gynnoch chi f'eisio fi?"

"Mi ddois i fyny ar ych ôl chi ymhen yr awr wythnos yn ôl, ac yr ydw i'n edrych amdanoch chi ym mhobman byth er hynny. Lle buoch chi'n ymguddio'r holl amser?"

"Mi fûm yn Ffrainc. Mi ysgrifennodd gŵr bonheddig ata i o Paris, ac mi es yno. Doeddwn i ddim yn bwriadu aros, ond mi fu raid i mi aros er fy ngwaethaf."

Aeth y ddau i mewn i'r gwesty, ac yno, cyn i'r twrne gael na thamed na llymed, gosododd Jackson ei achos ger ei fron. Dwedodd am ymddangosiad sydyn y dyn dieithr yn Nghwm Eryr, a'i gyhuddiad agored ei fod wedi dod i droi Jackson ymaith, a rhoi Arthur Wynn yn ei le yng Nghwm Eryr.

"Ond pwy ydi o?" ebe Lloyd.

"Twrne," oedd yr ateb, canys cofier na wyddai Jackson ond a ddwedodd y gweithiwr wrtho y diwrnod y digwyddodd y ddamwain. "Wn i ddim rhagor am y dyn, heblaw ei fod yn dweud ei fod wedi dŵad acw i 'nhroi fi i ffwrdd a rhoi'r eiddo i Arthur Wynn. Ond feder o ddim, wyddoch, Lloyd. Y fi pia'r eiddo, a feder neb ei ddwyn oddi arna i."

"Na feder, wrth gwrs," ebe'r twrne. "Beth ydech chi'n trwblo yn nghylch y peth?"

"Fedra i ddim gwadu nad ydi'r peth yn fy nhrwblo i," ebe Jackson. "Beth ddoi ohona i a'r plant 'tawn i'n colli'r eiddo?"

Edrychai'r twrne arno mewn syndod. Methai â'i ddeall. Ni allai unrhyw allu ar y ddaear ei amddifadu o'r eiddo. Pam, ynte, yr ofnai?

"Mae Cwm Eryr yn eiddo i chi drwy ewyllys yr hen Sgweiar," meddai Lloyd, "a feder neb fynd a'r eiddo oddi arnoch chi, os nad oes—"

"Os nad oes beth?" ebe Jackson, a'i galon bron â neidio i'w safn.

"Os nad oes rhyw *flaw* yn 'wyllys yr hen Sgweiar, a dydi hynny ddim yn debyg."

"Mae o'n amhosibl," ebe Jackson, ac eto ofnai yn ei galon ei fod yn bosibl.

"Mae'n nesa peth i amhosibl," ebe Lloyd, "er fod camgymeriadau yn digwydd weithiau. Pwy wnaeth yr ewyllys iddo fo?"

"Griffith a Jones, ei dwrneiod o."

"Felly, mae'r 'wyllys yn ddiogel. Nid pobol i wneud camgymeriadau ydyn nhw. Peidiwch trafferthu ynghylch y peth."

Buasai'n dda iawn gan Jackson pe gallasai gymryd y cyngor, ond ni allai.

"Beth wnaeth i chi feddwl y galle fod *flaw* yn yr 'wyllys?" ebe.

"Doeddwn i ddim yn meddwl fod," ebe Lloyd. "Mi ddigwyddis feddwl y galle fod, ac mai dyna'r unig beth alle'ch rhoi chi mewn peryg. Pan fydd rhywun yn gofyn fy marn i, mi fyddaf yn meddwl am bopeth posibl, a dyna'r unig beth posibl i'ch peryglu chi. Tra bydd yr 'wyllys yn bod, mi fydd yr eiddo yn ddiogel i chi—os nad oes *flaw* yn yr 'wyllys."

"Pam rydech chi'n meddwl fod *flaw* ynddi hi?" ebe Jackson drachefn.

"Dydw i ddim yn meddwl nac yn ofni'r fath beth. Doeddwn i ddim ond crybwyll hynny fel peth posibl. Ond mi ellwch fod yn dawel; doedd bygythion y dyn diarth ddim ond oferedd hollol."

"Pe buasai rhyw *flaw* yn yr 'wyllys," meddai Jackson, bron tagu wrth ddweud y geiriau, "fedrech chi ei weld wrth ddarllen yr 'wyllys?"

"Medrwn," ebe Mr. Lloyd.

"Felly, gadewch i ni fynd ar unwaith a rhoi terfyn ar yr ansicrwydd ofnadwy yma."

"Mynd i ble?" ebe Lloyd mewn syndod.

"I'r *Doctors' Commons*. Mi gawn weld yr 'wyllys yno ond o dalu swllt."

"O—ie. O'r gore, mi ddof, os mynnwch chi, ond rhaid i mi gael ymolchi a chael tamed i ddechre. Rydw i heb ddim er pan adewis i Ffrainc."

Ymfodlonodd Jackson nes torrodd Mr. Lloyd ei ympryd, ac yna aethant i weld yr ewyllys, yr hon a ddarllenodd Lloyd yn ofalus a meddylgar.

"Rydech chi'n hollol ddiogel," meddai, wedi gorffen. "Mae'r ewyllys yn hollol gyfreithiol."

"Roeddwn i'n sicr," ebe Jackson, gan deimlo'n esmwythach.

"Does dim ond y chwanegiad ati hi, welwch chi, yn effeithio arnoch chi. Ymddengys fod yr Ewyllys wedi ei gwneud flynyddoedd cyn y chwanegiad, a gedy'r eiddo i'r mab hynaf, Arthur, a phe buasai ef farw, yna i Robert. Mi fu Arthur farw; mi fu Robert farw, ac yna gwnaed y chwanegiad yn gadael yr eiddo i chi. Yr ydech chi'n dod ar ôl y ddau fab, a does dim sôn am y plentyn, Arthur."

Pesychodd Jackson, ac ni welodd yn dda egluro na wybu'r hen Sgweiar erioed am enedigaeth Arthur, ond diau y gwyddai Lloyd hynny hefyd.

Wedi cael y sicrwydd hwn, cychwynnodd Jackson adref, gan feddwl yn awr am y dyn y cawsai gipolwg arno ar bont Llundain. Yr oedd ei ofnau yn ei ddilyn o hyd. Cyrhaeddodd Abercwm gyda'r nos, a cherddodd yr holl ffordd adref, yn llechwraidd, megis y gwna dyn â'i fwriad ar wneud rhywbeth na fynnai i neb ei wybod.

XXIX.
O Ddrwg i Waeth

Roedd Jackson yn sicr fel dyn wedi ei reibio. Doedd dim gorffwys iddo hyd yn oed y foment y cyrhaeddodd adref. Gyda'i fod ef yn troi i un o'i gaeau ei hun, yn gyfagos i'r lle y lladdwyd Rhys Owen gan y tarw, wynebwyd ef gan hen ŵr tal, yr hwn a safodd yn sydyn, ac a siaradodd.

"Mi gredaf mod i'n siarad hefo Mr. Jackson?" meddai'r hen ŵr.

Yn ei fraw fe fu agos i Jackson golli parsel bychan oedd ganddo dan ei gesail. Daethai arswyd dybryd arno, yn gymaint nes collodd reolaeth arno'i hun bron, canys gwybu ar unwaith mai dyma'r gelyn a ofnai efe gymaint, y dyn ddaethai i'r ardal i'w droi ef ymaith ac i adfer yr eiddo i Arthur. Arwydd ddrwg yn ddiau oedd ei gyfarfod fel hyn yn gyntaf un wrth ddychwel adref.

"Rydw i'n disgwyl eich gweld chi ers rhai dyddiau," ebe'r gŵr dieithr, "ac wedi galw ddwywaith neu dair i edrych oeddech chi wedi cyrraedd adref. Roeddwn i'n gyfaill i'r diweddar Robert. Wynn. Yr wyf yn awr yn gyfaill i'w fab."

"Ie," mwngialai Jackson, canys yn ei ddirfawr ofn, methai ddilyn ei symbyliad cyntaf, sef siarad yn awdurdodol a digllon. "Alla i ofyn beth sydd gynnoch chi eisio gen i?"

"Mi ddymunwn siarad hefo chi ynghylch Arthur Wynn. Mi fynnwn geisio dangos i chi eich bod yn gwneud cam, mawr â fo drwy ei gadw rhag meddiannu Cwm Eryr, eiddo ei gyndadau. Nid wyf yn credu eich bod wedi meddwl am y peth yn briodol, Mr. Jackson, ac yn sicr nid ydych wedi edrych arno yn ei olau priodol, neu yn sicr ni allech amddifadu'r bachgen o'r hyn sydd yn ddiamau yn eiddo cyfiawn iddo fo."

Yn ei ofn yr oedd Jackson wedi troi ymaith, gan fwriadu cael gwared o'r dyn. Yr oedd yn rhaid iddo ei gymodi neu ei gythruddo, ac yn ei ofn a'i arswyd ni allai Jackson benderfynu pa un i'w wneud. Ond yr oedd y gŵr dieithr yn ei ddilyn.

"Fy enw yw Mr. Warren," meddai. "Hwyrach eich bod yn ei gofio, canys mi gefais yr anrhydedd o ohebu tipyn â chwi tua'r adeg y bu mam Arthur Wynn farw. Y fi yrrodd i chwi hanes genedigaeth Arthur. Hysbysir fi yn awr na fynegwyd am ei enedigaeth i'r hen Sgweiar o gwbl."

"Does gen i eisio clywed dim am y peth, syr; does gen i ddim eisio siarad hefo chi o gwbl," ebe Jackson, gan fynd yn ei flaen.

"Ond mi alle fod yn well i chi wneud, ac yr wyf yn gofyn hynny mewn caredigrwydd," ebe Mr. Warren, gan gydgerdded ag ef. "Nodwch y lle a'r amser, ac mi ddof i'ch cyfarfod chi. Mae'n llawer gwell setlo pethau fel hyn yn gyfeillgar nag fel arall; mae cyfreithio fel rheol yn dwyn llu o ddrygau gydag ef, ac nid oes gan Arthur Wynn ddim arian i'w colli, er y gallai ei gostau ddod o'r eiddo, wrth gwrs."

Troes Jackson yn sydyn. "Cyfreithio?" meddai. "Beth ydech chi'n feddwl? Beth ydech chi'n siarad hefo fi fel hyn? Pwy ond lleidr fase'n atal dyn ar y ffordd fel hyn yn y nos?"

Ni chollodd Mr. Warren mo'i dymer.

"Does gen i ddim ond eisio i chi nodi lle i mi eich cyfarfod," meddai, "waeth gen i ym mha le na pha bryd. Ond, rwystrir mohonof fi yn hyn, Mr. Jackson. Yr wyf wedi cymryd achos Arthur Wynn i fyny, ac mi geisiaf gario'r dydd."

Ymwylltiodd Mr. Jackson yn ofnadwy, ond troes Mr. Warren ymaith. "Mi gaf eich gweld eto pan fyddwch mewn tymer fwy rhesymol," meddai. "Yfory mi alwaf yn y plas, ac mi obeithiaf y byddwch yn fwy rhesymol nag ydych heno."

"Fynna i mo'ch gweld chi byth; fynna i ddim gwrando arnoch chi," ebe Jackson, gan golli ei dymer a'i ochelgarwch. "Os oes gynnoch chi eisio gwybod drwy ba hawl y mae Cwm Eryr yn fy meddiant i, ewch i edrych ewyllys yr hen Sgweiar. Dyna'r unig ateb gewch chi gen i!"

Pan gyrhaeddodd Jackson adref, yr oedd yno dderbyniad arall heb fod o'r fath fwyaf dymunol yn ei aros. Yr oedd Miss Gaenor yn barod i ofyn amryw gwestiynau go gas iddo. Pan gliriodd pawb arall, a'i adael yntau a Gaenor ynghyd, dechreuodd Gaenor ar ei gwaith.

"Jackson," meddai, "rydw i wedi clywed peth go ryfedd. Yn yr amser a fu—ewch a' ch meddwl yn ôl—pan ddaeth yma hysbysrwydd am enedigaeth Arthur a marwolaeth ei fam, ydech chi cofio?"

"Ydw, wrth gwrs," ebe Jackson.

"Mewn llythyr y daeth y newydd. Mi ddaeth dau lythyr, yr ail ymhen diwrnod ar ôl y cyntaf."

"Wel?" ebe Jackson, gan gredu fod y digwyddiad mewn rhyw wedd neu gilydd i'w boeni yn dragywydd. "Beth am y llythyrau?"

"Yn yr ail lythyr, yr hwn y rhaid ei fod yn un trwm, yr oedd yno lythyr i mi yn bersonol."

"Nid wyf fi'n cofio dim amdano," ebe Jackson.

"Does dim dadl nad oedd yno," ebe Gaenor. "Llythyr ysgrifennwyd ar gais Mrs. Wynn, mam Arthur, yn fy mhenodi i i edrych ar ôl y ddau blentyn. Beth wnaethoch chi â'r llythyr hwnnw?"

"Y fi?" ebe Jackson, gyda syndod, a chan edrych yn myw llygaid ei chwaer-yn-nghyfraith. "Wnes i ddim byd hefo fo. Wn i ddim byd amdano fo."

"Rhaid eich bod chi wedi ei agor o a'i gadw fo rhagddo i," ebe Gaenor.

"Welis i mo'no fo, a chlywis i 'rioed air amdano fo," ebe Jackson yn benderfynol. "Pa ddiben fase hynny? Mi wyddoch am y cwbwl wnaed cystal â finne. Mi allasech fod wedi'ch penodi i edrych ar eu holau nhw â chroeso, o'm rhan i; y chi yn bennaf sydd wedi edrych ar eu holau. Rydw i'n deud wrthoch chi na welis i ac na chlywis i ddim am y llythyr. Waeth i chi heb edrych yn amheus arna i."

"Ydi o'n deud y gwir?" meddyliai Miss Gaenor, gan ddal i edrych ar Jackson. Ond yr oedd wyneb y gŵr hwnnw yr un fath, ac heb newid dim dan ei golygon hi. "Os na ddinistriodd o'r llythyr," meddyliai Gaenor ynddi ei hun, "beth ddaeth ohono fo? Lle mae o?"

Y gwir oedd doedd fawr o wahaniaeth gan Gaenor lle yr oedd y llythyr, o ran hynny. Pe daethai'r llythyr i'w llaw pan ddylasai ddod, ni wnaethai fymryn o wahaniaeth i'r plant druain. Y cwbl a'i poenai hi oedd y meddwl fod Jackson wedi meiddio cadw dim rhagddi. Gallai hi gydsynio'n eithaf rhwydd a chynorthwyo hefyd, i gadw'i gyfiawn eiddo rhag Arthur, ond pan dybiodd fod ei chyd-dwyllwr wedi cadw llythyr rhagddi hi, codai ei gwrychyn yn ddi-oed. Cymaint â hynny am onestrwydd ac anrhydedd Gaenor Wynn!

Aeth ychydig ddyddiau heibio'n weddol ddistaw, ond yr oedd pob math o straeon ar led yn yr ardal. Straeon amhendant, mae'n wir, ond yr oedd y cwbl yn tueddu tua'r un pwynt: fod y gwir aer yn dod i feddiant o'i eiddo wedi'r cwbl. Clywodd hyd yn oed Jackson am y straeon, ac yr oedd ei gyflwr yn un na ellir yn hawdd ei ddychmygu. Edrychai ar Arthur gydag amheuaeth a chasineb mileinig, fel pe mai efe fuasai gwraidd y cwbl. Ofnai golli golwg ar Arthur am foment. Pan aethai i'r gwaith haearn, cymerai Arthur gydag ef, a dygai ef yn ôl gydag ef yn yr hwyr. Synnai Arthur, a methai ddeall pam yr oedd Jackson mor ofalus ohono.

Un bore, pan oeddynt ar fedr cychwyn, daeth bonheddwr i fyny at y tŷ. Gwelodd Jackson ef, a gofynnodd i Arthur yn sydyn:

"Pwy ydi hwn?"

"Mr. Griffiths," ebe Arthur.

"Pwy Mr. Griffiths?"

"Mr. Griffiths, y twrne," atebai Arthur, gan sylwi ar gyffro Jackson. Buasai Mr, Griffiths yn dwrne'r ystâd yn amser yr hen Sgweiar, ac er fod Jackson wedi dewis Lloyd fel twrne, eto roedd yn adwaen Mr. Griffiths yn dda. "Bore da, Mr. Jackson," meddai'r twrne, "mi fûm yn lwcus i gael hyd i chi. Allwch chi roi ryw hanner awr i siarad hefo fi?"

Buasai'n llawer gwell gan Mr. Jackson beidio am amryw resymau, yn bennaf am fod arno ofn, er na wyddai ofn beth.

"Rydw i eisoes ar ôl yn arw heddiw," ebe. "Oes gynnoch chi rywbeth neilltuol?"

"Oes, neilltuol iawn," oedd yr ateb, "rhaid i mi ofyn i chwi siarad â mi."

Troes Jackson yn ôl i'r tŷ gyda'r twrne, a gadawsant Arthur allan i ddisgwyl.

"Yr wyf wedi dod ar neges hynod, Mr. Jackson, ac un annerbyniol, yn ddiamau, er, yn ôl wyf yn ddeall, nad yw yn hollol annisgwyliadwy," meddai Mr. Griffiths. "Mae cwestiwn yn codi ers tipyn bellach, ai onid oes gan Arthur Wynn ryw hawl i Gwm Eryr. Fy neges yma yw hawlio gennych roi'r lle i fyny iddo."

Edrychai Jackson ar y twrne gyda dychryn yn ei wyneb. A oedd pawb yn troi yn ei erbyn? A oedd y dynged ofnadwy yn ei oddiweddyd yn gyhoeddus fel hyn? Sychodd Jackson y chwys oddi ar ei wyneb, a gofynnodd yn ffyrnig i Mr. Griffiths beth oedd ei feddwl, a ph'le y cafodd ei haerllugrwydd.

"Nid wyf ar fedr dwyn yr eiddo oddi arnoch ar eich gwaethaf, Mr. Jackson, na bygwth gwneud hynny," ebe

Mr. Griffiths. "Ni raid i chwi ofni hynny. Ond, rhaid i chi gydnabod eich bod ers ugain mlynedd yn mwynhau eiddo ddylasai fod yn meddiant y bachgen."

"Chydnabydda'i ddim byd o'r fath," gruddfanai Jackson. "Beth ydech chi'n feddwl wrth ddwyn yr eiddo ar fy ngwaethaf?"

"Yn ara' deg syr; raid i chi ddim mynd fel yna hefo fi. Rydw i wedi dod yma ar neges heddychlon, neges gyfeillgar, os mynnwch chi."

Synnodd Jackson yn waeth fyth. Neges gyfeillgar, a gofyn iddo ildio'r eiddo!

Eglurodd Mr. Griffiths. Ymddangosai fod Mr. Warren, yn ei sêl, wedi mynd at dwrneiod yr hen Sgweiar, ac wedi llwyddo i'w perswadio fod Arthur yn cael cam. Dwedodd ei fod am wneud popeth yn ei allu i gael cyfiawnder i Arthur, ac arweiniodd y cyfreithwyr, yn ddi-fwriad, fe ddichon, i feddwl fod ganddo yn ei feddiant ryw allu neilltuol a digonol i wneud hynny. Dywedasai fod yn bosibl y rhoddai Jackson yr eiddo i fyny yn heddychol, a dyna oedd neges Mr. Griffiths yn awr. Bu rhagor o ymddiddan rhyngddynt, ac yn y diwedd, aeth Mr. Griffiths ymaith wedi ei gwbl argyhoeddi fod yr eiddo yn ddiogel feddiant i Jackson, a bod Mr. Warren wedi ei arwain ef i gymryd gormod yn ganiataol.

XXX.
Traha a Chwymp

Erbyn i Jackson fynd allan, cafodd fod Arthur wedi cychwyn ar ei draed tua'r gwaith. Ei fwriad yntau ar y dechrau oedd cerdded, ond pan gollodd olwg fel hyn ar Arthur, cymerodd geffyl, ac ymaith ag ef. Wrth farchog yn ei flaen, meddyliai fod yr ymdrechfa rhyngddo ef ag Arthur am yr eiddo yn agosáu, a'r unig fodd i'w osgoi fuasai marwolaeth Arthur. Ni feddyliodd Jackson, i wneud chware teg ag ef, am geisio cwmpasu hyn, ond meddyliai, ac ail-feddyliai, mai dyna'r unig ddihangfa iddo ef.

Marchogodd Jackson i fyny at y gwaith, a dechreuodd holi, canys ni fuasai efe yno er pan ddaethai'n ôl o Lunden. Dywedwyd wrtho fod y dyn dieithr i'r hwn y rhoesai efe waith, wedi diflannu'n sydyn ers wythnos bellach. Daeth hyn a'r hyn ddigwyddodd ar Bont Llunden i feddwl Jackson, a theimlai fel dyn yn suddo'n is, is, i gors anobaith. Sylwodd fod amryw o'r dynion o gwmpas, heb fod i lawr yn y pwll, ac aeth atynt i siarad.

"Pam nad ewch chi i lawr?" ebe'n ffyrnig. "I beth rydech chi'n segura yn y fan yma?"

Dwedodd y dynion mai disgwyl gweithiwr o'r enw Jenkins yr oeddynt, ond yr oedd gair newydd gyrraedd nad oedd Jenkins yn dod.

"Ddim yn dod?" ebe Jackson. "Lle mae o? Ydi o'n diogi eto?"

"Dydw i ddim yn meddwl 'i fod o'n diogi, syr," ebe un o'r dynion. "Mae o'n sâl."

"Mi gawn weld!" ebe Jackson yn ffyrnig, ac ymaith ag ef ar gefn ei geffyl tua'r cwt lle trigai Jenkins. Cyn mynd ymhell, troes yn ôl, a gofynnodd lle roedd gweithiwr arall, a elwid Ifan. Dwedodd y dynion ei fod yn yr offis. Aeth Jackson tua'r offis, a daeth Arthur a Thom Huws allan i'w gyfarfod.

"O, mi ddaethoch yma, do?" meddai Jackson yn sarhaus wrth Arthur. "Mae gen i eisio Ifan."

"Mae Ifan yn y pwll, syr," ebe Tom Huws.

"Roedd y dynion yn deud 'i fod o yma," ebe Jackson.

"Felly doedd o ddim yn 'i le," ebe Tom Huws, "mae Ifan i lawr ers meitin."

Troes Jackson at Arthur. "Ewch i lawr, a dywedwch wrth Ifan am ddod i fyny. Mae gen i eisio'i weld o," meddai.

Marchogodd Jackson ymaith, ac aeth Arthur tua'r pwll. Trigai Jenkins yn un o'r cytiau truenus ychydig bellter oddi wrth y gwaith, a phan gyrhaeddodd Jackson ar ei farch at y drws, daeth dynes gref yr olwg arni allan, gan ostwng garrai iddo.

"Lle mae Jenkins?" ebe Jackson.

"Mae e'n dost, mishtir."

Cuchiodd Jackson. "Wedi bod yn yfed y mae o?" meddai

"Nage, wirione'," ebe'r wraig yn heriol. "Mae gyda fe boen ambeidus yn 'i 'lode."

Disgynnodd Jackson, a chan wthio'r ddynes o'r neilltu, aeth i mewn i'r cwt. Yr oedd Jenkins wedi ymwisgo, ond gorweddai ar fainc yn nghornel y cwt.

"Wi'n rhy anhwylus i fynd bant sha'r gwaith heddiw, mishtir," ebe. "Mae'r gwynegon gyda fi ers mish, ac alla i'n awr mo'r symud."

"Gadewch i mi'ch gweld chi'n cerdded," ebe Jackson. Cododd Jenkins oddi ar y fainc gydag anhawster, ac ymlusgodd yn gloff ar draws y llawr.

"Roeddwn i'n meddwl," ebe Jackson. "Mi wyddwn mai diogi oedd y cwbwl. Rydech chi'n cerdded cystal â finne. Ffwrdd â chi at eich gwaith!"

Edrychodd Jenkins arno. "'Tae gyda chi'r boen sy' gyda fi, mishtir, wetech chi mo hynny," ebe. "Falle medrwn i 'mlusgo bant a'r gwaith, ond alla i witho dim."

"Mi gawn weld," ebe Jackson yn benderfynol. "Rhaid i chi weithio heddiw, ne weithiwch chi ddim rhagor i mi, felly cymrwch ych dewis."

Edrychai Jenkins yn betrusgar, a'r ddynes yn ffyrnig.

"Dowch," ebe Jackson, "cychwynnwch o 'mlaen i. Ryden ni'n rhy brysur i'ch hanner chi fod yn diogi. Ydech chi'n mynd? Raid i chi weithio heddiw, neu adel y gwaith, fel y mynnoch chi."

Edrychodd y dyn ar ei blant. Yr oedd yno dwr bach carpiog ohonynt, yn llechu'n ddistaw mewn cornel, gan ofni'r gŵr mawr. Heb ddweud gair, cymerodd Jenkins ei gap, ac ymlusgodd allan yn gloff.

"Oes gyda chi ddim trugaredd, y dyn brwnt gyda chi!" ebe'r wraig, gan osod ei hun o flaen Jackson. "Oes gyda chi ddim teimlade?"

"Mae gen i chwip," ebe Jackson. "Cliriwch o'r ffordd. Beth ydech chi'n feddwl wrth siarad fel yna hefo fi, ddynes?"

"Mi weta i chi beth," ebe'r ddynes yn eofn, "os damshang y dynon tan y'ch' tra'd fel'ny rych chi, fe weta i i chi daw'r dydd i'ch damshang chithe hefyd!"

Cododd Jackson ei chwip yn fygythiol, ond ni thrawodd y ddynes. Aeth ar gefn ei farch, a gyrrodd ymaith. Gwelai Jenkins yn ymlusgo hyd lwybr tua'r gwaith. Tua hanner y ffordd rhwng y cytiau a'r gwaith, yr oedd hen wal wedi hanner dadfeilio. Yr oedd darn ohoni, tua llathen a hanner o uchder, yn union ar lwybr Jackson. Gallasai ei osgoi drwy droi ychydig lathenni i'r naill ochr, neu'r llall, ond yr oedd y ceffyl yn arferol â'i neidio, a gallai neidio drosti eto.

Ysbardunodd Jackson y ceffyl ymlaen, ac yr oedd yr anifail ar fedr cymryd y naid, pryd y daeth i dramgwydd sydyn. Yr ochr arall i'r wal, yr oedd cardotyn yn eistedd yn llygad yr haul, i orffwys a bwyta'i ginio, sef tamed o fara a chaws a gawsai gan rai o'r gweithwyr. Clywodd hwnnw drwst y ceffyl, a chan nad oedd yn dymuno cael ei sathru dan garnau'r anifail, neidiodd ar ei draed. Y canlyniad fu i'r ceffyl ddychryn, a tharo yn erbyn y wal yn lle llamu drosti. Syrthiodd y ceffyl a Jackson gydag ef.

Nid oedd y ceffyl fawr gwaeth, a chododd yn ddi-oed, ac yna troes ei ben at Mr. Jackson, fel pe'n disgwyl iddo yntau godi.

Ceisiodd Jackson godi ei orau, ond yn ofer. Yr oedd rhyw anghaffael wedi digwydd i un o'i fferau, ac o ganlyniad yr oedd ei dymer yn waeth nag oedd cynt. Rhegai mor greulon fel y dychrynodd y cardotyn druan yn anaele, ac y rhedodd ymaith cyn gynted ag y gallai ei draed ei gario.

Er cymaint a regai Mr. Jackson, doedd y boen nemor lai, na'i allu yntau i godi nemor fwy. Nid oedd neb yn y golwg ychwaith i'w helpu. Bu yno am dros awr, a'r ceffyl yn sefyll yn ei ymyl, ond ni ddeuai help o unman. Buasai Jackson yn credu ei fod yno ers teirawr, ond fod ei oriawr ganddo, a'i fod yn edrych faint oedd hi o'r gloch bob rhyw bum' munud. Roedd y ffordd lle roedd yn un na fyddai tramwyo hyd-ddi ond yn anfynych, ac felly nid oedd fawr obaith y deuai neb heibio, a gallasai Jackson fod yno am ddiwrnod cyfan heb help.

Y cyntaf ddaeth heibio oedd Mrs. Jenkins. Lledodd ei llygaid pan welodd pwy oedd yno ar lawr yn methu codi, ac yn ddigon truenus ei gyflwr. "Ha mishtir, oti chi'n barod wedi cwrdd â'ch tâl?" ebe'r ddynes.

"Cerwch i nôl help," ebe Jackson, "brysiwch—ffwrdd â chi!"

"Symuda 'i gam i mo'yn help i chi os ta' fel na'r ych chi'n gofyn." Gwelodd Jackson na thalai bod yn drahaus bellach, ac am hynny ceisiodd ofyn yn fwynach i'r ddynes fynd i ymofyn help. "Ewch ar gefn y ceffyl, ac ewch at y gwaith, mi ewch yn gynt," meddai.

"Ar gefen y ceffyl!" ebe'r ddynes gan chwerthin. "Halwch i mi'ch llaw, nawr, fynydd a chi, 'ta beth."

Gydag un ymdrech, cododd y ddynes ef ar ei draed, ond rhoes ei ffêr gymaint o boen iddo fel y llefodd allan, ac y gwthiodd y ddynes ymaith yn ffyrnig.

"Ewch i nôl help, ddynes!" meddai.

"Dyna 'nhâl i, ai efe?" ebe'r ddynes, yr hon oedd garedig o natur, eithr oedd led annibynnol hefyd. "Dyna shwd rych chi'n 'y nhalu fi, ai efe?" a chyda'r gair, rhoes wth i Mr. Jackson nes disgynnodd i'r un fan ag o'r blaen, gyda dolef o boen.

"Ha! Doedd dim poen gyda 'ngŵr i gynne, mynte chi; shwd rych chi'n lico poen y'ch hunan? Falle gwna fe les i chi, mishtir!"

Aeth y ddynes ymaith, gan adael Jackson i ruddfan ac i regi.

Yn y man, daeth y ddynes i olwg y gwaith, a sylwai fod yno fywiogrwydd mawr. Yr oedd torf o gwmpas genau'r pwll, a phobl yn rhedeg tuag yno o bob cyfeiriad. Yr oedd rhai'n gwaeddi, eraill yn siarad yn uchel, ac yn galw ar ei gilydd mewn cyffro mawr. Beth oedd yr helynt oll?

"Hap nad y'n nhw'n mo'yn y gŵr mowr!" ebe'r ddynes wrthi ei hun, ond prin yr oedd hi wedi llefaru'r geiriau pan welai dwr o ferched yn rhedeg i'r golwg, gan ysgrechian a llefain, a gwau drwy ei gilydd o gwmpas genau'r pwll. Safodd calon y ddynes mewn dychryn, aeth ei hwyneb cyn wyned â'r galchen. Nid oedd amheuaeth bellach beth oedd y mater: yr oedd damwain wedi digwydd yn y pwll!

XXXI.
Y Codwm a'i Ganlyniadau

Rhy wir oedd ofnau Mrs. Jenkins. Yr oedd damwain wedi digwydd yn y pwll. Pa un ai codwm anferth a ddigwyddasai ynte a foddwyd y gwaith, ni wyddid yn iawn eto, ond yr oedd pob sicrwydd fod trychineb wedi digwydd. O'r dynion aeth i lawr y bore, yr oedd rhai wedi marw ac eraill yn marw. Dechreuodd Mrs. Jenkins lefain gyda'r merched eraill, ac yr oedd yr olygfa o gyffro gwyllt a galar di-reolaeth a welid wrth enau'r pwll yn dorcalonnus i'r eithaf.

Yr oedd Mr. Lloyd, gweinidog y capel i'r hwn yr âi llawer o'r mwynwyr, yn y fan, yn gwneud ei orau i gysuro a helpu. "Ydach chi'n deud fod Mr. Jackson ei hun i lawr yn y pwll," meddai, "wedi mynd i lawr y bore yma? Yn wir, mae o'n drychineb ofnadwy!"

Clywodd Mrs. Jenkins y geiriau hyn, ac ymwthiodd drwy'r dorf. Gosododd ei hun o flaen y pregethwr. Yr oedd ei hwyneb yn welw, a'i gwefusau'n crynu rhwng digofaint a galar.

"Nag yw, syr," ebe, "dyw e ddim lawr, wath fe yrrodd ddynon gwell nag e'i hunan i lawr i gael 'u mwrdro ganto fe. Mae e heddi wedi 'ngwneud i'n widw a 'mhlant i heb 'run tad, wath fe wnaeth i John fynd lawr er fod e'n gloff ac na alle fe symud mwy na phren!"

"Ydi, mae hi'n iawn," ebe rhywun arall, "nid y mistar aeth i lawr, ond Arthur Wynn."

"Arthur Wynn!" ebe'r gweinidog. "Rydw i'n gobeithio nad ydi o ddim i lawr."

"Ydi, mae o, syr—Jackson gyrrodd o."

"Ond lle mae Mr. Jackson?" ebe Tom Huws, y clerc. "Wyddoch chi lle mae o, Mrs. Jenkins?"

"Mae e mywn gwell lle nag y dyle fe fod," ebe'r ddynes, yn ffyrnig. "Fe wetis wrtho fe y doise'r drwg erno fe, a fuodd e ddim yn hir."

Wrth gwrs, nid oedd y bobl yn deall ymadroddion damhegol y ddynes, ac er nad oedd neb ohonynt yn hoff o Mr. Jackson, dechreuodd rhai holi beth oedd hi yn ei feddwl. "Mae e ar ei hyd ar lawr wrth yr hen wal yco," ebe'r ddynes; "hap ta'i geffyl a'i taflodd e. Fe roes i'n llaw iddo fe i'w helpu, a alle fe ond fy rhegi fi am hynny."

Aeth y gweinidog tua'r lle i ymofyn Mr. Jackson, ac aeth Tom Huws ar ei ôl. Yr oedd yn angenrheidiol cael rhywun i'r lle i ddweud beth i'w wneud, gan nad oedd yno neb o awdurdod, mwy na'i gilydd. Yr oedd Jackson wedi codi ar ei draed erbyn iddynt gyrraedd, ac yn ymgynnal yn erbyn y wal. Pan welodd bwy, dechreuodd rwgnach, a gosod ar Tom Huws am na ddaethai i chwilio amdano yn gynt, fel pe gallasai Tom, druan, ddychmygu beth oedd wedi digwydd iddo ef! Dywedai Jackson y drefn yn gethin[*] yn erbyn cerddedwyr a chardotwyr, a bygythiai alw ei gyd-ustusiaid ynghyd i ystyried beth ellid ei wneud i gael gwared o'r fath bla ar y wlad, a therfynodd drwy alw'r ddamwain a gafodd yn "felltith gynddeiriog."

"Ust!" ebe'r gweinidog, yn dawel. "Mi faswn i'n ei galw'n fendith."

Edrychodd Jackson arno gyda dirmyg, gan feddwl ei fod yn cario ei grefydd dipyn yn rhy bell. Gwelai fod golwg bur ddifrifol ar y gweinidog a'r clerc, a gwenodd yn ddirmygus.

"Bendith, yn wir," meddai, "rhoi fy ffêr o'i lle, a cholli darn diwrnod fel hyn? Yn wir, syr, mi ellwch chi a'ch bath nad oes gynnoch chi ddim gwell i'w wneud hefo'ch amser na'i fo i bregethu feddwl nad oes fawr o bwys mewn peth fel hyn, ond dydi o ddim mor ddymunol i ddynion busnes. Bendith, ai e!"

---

[*] *Cethin.* Llym, ffyrnig.

"Ie, bendith," meddai'r gweinidog, yn ddifrifol, "ac mi ddylech ddiolch amdani hi hefyd. Doeddech chi ddim yn bwriadu mynd i lawr i'r pwll heddiw?"

"Oeddwn, wrth gwrs," meddai Jackson, yn ddiamynedd, "ac mi faswn i lawr yrŵan, oni bai am—y fendith yma—"

"Ie," meddai'r gweinidog, yn dawel, "ac mae'r ddamwain yma yn ddiamme wedi arbed eich bywyd i chi. Mae damwain wedi digwydd yn y pwll. Mae'r dynion, druain, aeth i lawr, ychydig orie'n ôl, yn cael eu cario i fyny'n feirw rŵan."

Dygodd y newydd hwn Jackson i'w bwyll. "Damwain!" meddai. "Beth sydd wedi digwydd—deudwch!"

"Mae yna godwm ofnadwy wedi digwydd, neu ynte mae'r gwaith wedi boddi," ebe Tom Huws, "wyddon ni ddim yn iawn beth sydd wedi digwydd eto."

"Pwy oedd lawr?" ebe Jackson.

"Yr un rhai ag arfer, a—Mr. Arthur."

Bu agos i Jackson waeddi allan. Rhuthrai syniad ar ôl syniad drwy ei feddwl, ac yn eu plith o hyd, y syniad a ddaeth i'w feddwl yn y bore, sef mai marwolaeth Arthur oedd yr unig ddiogelwch iddo ef. A oedd y meddwl, y dymuniad, wedi ei sylweddoli?

"Arthur i lawr!" ebe, a'r chwys yn berwi allan o'i wyneb. "Mi wn ei fod o wedi mynd i lawr—mi ddwedais wrtho am fynd fy hun, ond—ddaeth o ddim i fyny yn ei ôl?"

"Naddo," ebe Tom Huws, yn brudd, canys yr oedd efe yn hoff o Arthur. "Does dim gobaith y daw o i fyny'n fyw!"

Un ai yn ei fraw neu ei lawenydd—canys yr oedd yn llawen, waeth heb wadu, wrth feddwl na chaffai ragor o drafferth gydag Arthur—medrodd Jackson gyrraedd y pwll yn weddol ddi-drafferth a di-boen.

Yr oedd y dorf wedi cynyddu, a phobl yn dal i ddod o bell ac agos. Yr oedd meddygon eisoes wedi cyrraedd, yn barod i roi help. Darfu un ohonynt drwsio ffêr Mr.

Jackson. Nid oedd yr anaf yn un tost, meddai, a deuai ato'i hun yn fuan.

Eisteddodd Jackson ar ferfa olwyn gerllaw, canys ni allai sefyll, a rhoddai ei orchmynion gyda llais clir, croyw. Dechreuwyd codi'r cyrff i'r lan. Codwm anferth oedd wedi digwydd. Un o'r rhai cyntaf ddygwyd i fyny oedd corff Ifan, y dyn y gyrasai Jackson Arthur i lawr i ddweud wrtho am ddod i fyny. Edrychodd Jackson arno yn hanner breuddwydiol. Ai corff Arthur fyddai'r nesaf? Prin y gallai efe sylweddoli y gallai corff yr hwn a ofnai efe gymaint rywfodd, gael ei ddodi yn y man ar lawr gerllaw iddo, yn oer ac yn farw. A oedd yn ddrwg ganddo, ynte a oedd ei ryddhad oddi wrth bob ofn rhag Arthur yn gryfach na phob teimlad arall? Oedd, yr oedd, canys llwfryn brwnt oedd Jackson, a gwyliai yn ofalus bob corff a ddygid i'r lan.

Yr oedd y dynion aethai i lawr yn clirio'r codwm yn rhwydd, a dygid y cyrff i fyny'n gyflym. Gosodid hwy ar lawr gerllaw, gael i'r perthnasau, druain, eu hadwaen. Yr oedd y dynion a yrasai efe i lawr yn y bore yn eu plith; aethant i gyfarfod â'u tynged wrth ei air, ac ni theimlai Jackson ronyn o ofid nac o gywilydd; disgwyliai'n fanwl am gorff arall, corff na ddaethai i'r golwg hyd yn hyn. Daeth Mrs. Jenkins ymlaen, â golwg ofnadwy ar ei hwyneb. Safodd o flaen Jackson, ac edrychodd arno.

"Rych chi wedi ladd e, mishtir," meddai; "rych chi wedi ngwneud i'n widw a 'mhlant i'n amddifaid. Fe ddaw'r drwg ernoch chi yto, mishtir, a bydd melltith gwidw a Duw ar y'ch pen chi!"

"Ewch â'r ddynes yma i ffwrdd!" meddai Jackson. "Mi fydd yn well iddi fod adre."

Yr oedd geiriau ofnadwy'r ddynes yn treiddio drwy ei galon lwfr.

"Ha!" ebe'r ddynes. "Oes gydag e ofan melltith gwidw'r dyn a laddws e? Pan fydd e'n marw 'i hunan, mi fydd gwidw a'i phlant bach amddifad o flaen 'i lyged e, yn 'i gysuro fe!"

Stopiodd y ddynes. Dygid corff arall i fyny, a throes hithau i'w ddisgwyl. Yr oedd ei hwyneb yn welwach nag o'r blaen, a gwasgai ei dwylo ar ei mynwes wrth blygu i edrych ar y corff. Nid y corff yr oedd hi'n ei ddisgwyl ydoedd. Rhuthrodd dynes arall ymlaen yr oedd hi yn ei adwaen, a chofleidiodd y corff marw, gan lefain yn ei galar. Aeth Mrs. Jenkins ymlaen at enau'r pwll.

"Y'n nhw i gyd wedi lladd? Faint o ddynon oedd i lawr?" ebe llais o'r tu ôl iddi.

Troes y ddynes yn sydyn, gan waeddi, yn ei balchder. Yno, yn ei hymyl, safai ei gŵr. Sut y dihangodd ef?

"Allwn i ddim mynd lawr," ebe Jenkins, "pwy sy' wedi'i ladd?"

"Diolch i Dduw!" ebe'r ddynes, gan dorri i wylo o lawenydd.

Yr oedd Jackson yn parhau i edrych yn graff ar enau'r pwll, ac yn disgwyl yn eiddgar am rywun. Fel y dygid corff ar ôl corff i fyny, edrychai arnynt, ond nid oedd yr un ohonynt a chanddo wyneb hardd a gwallt golau fel Arthur Wynn. Ni thalai efe nemor ddim sylw i'r golygfeydd o'i gwmpas gan faint ei ofal yn gwylio genau'r pwll, ond wrth droi ei ben yn sydyn, gwelai yn agosáu gerbyd bychan, a gwybu ar unwaith mai cerbyd Miss Gaenor ydoedd. Gwybu'r un foment mai ei wraig a'i chwaer-yn-nghyfraith oedd yn eistedd yn y cerbyd. Galwodd ar Tom Huws, mewn braw.

"Rhedwch, Tom! Rhedwch," meddai. "Rydw i'n meddwl 'mod i'n gweld cerbyd Miss Wynn yn dod i lawr, draw yn y fan acw. Peidiwch gadael iddyn nhw ddod yma. Gwnewch iddyn nhw droi o'r neilltu, i'r offis, neu rywle, ac mi ddof inne atyn nhw. Peidiwch gadael iddyn nhw ddod yma!"

Pam yr oedd Jackson mor ofalus?

Rhedodd Tom, â'i holl egni, a chyfarfu'r cerbyd gryn dipyn o bellter oddi wrth y gwaith. Cydiodd ym mhen y merlyn, a thraddododd genadwri Jackson gystal ag y gallai, ond yr oedd ei ddull, ynghyd â'r olwg ar y twr pobl o gylch y pwll yn ddigon.

"Mi wela'i beth sydd wedi digwydd, Tom," ebe Miss Gaenor; "peidiwch ceisio gwadu. Faint oedd yn y pwll?"

"Llawer iawn, ma'am," ebe Tom, "roedden nhw ar lawn waith heddiw."

"Mae Mr. Jackson yn ddiogel? Doedd o ddim i lawr? Dydi ddim yn debyg 'i fod o?"

"Nac oedd," ebe Tom, ond wrth feddwl am y ddamwain arall a gyfarfu Mr. Jackson, ac yn ei gyffro, llefarodd Tom mor betrusgar fel y deallodd Gaenor, yn y fan, fod rhywbeth o'i le na ddymunai Tom ei ddweud.

"Oedd yno rywun i lawr heblaw'r dynion? Oedd—lle mae Arthur?"

Edrychai Tom fel pe'n gwbl analluog i ateb. Deallodd Mrs. Jackson bellach fod rhywbeth wedi digwydd. Hanner gododd ar ei thraed yn y cerbyd, ac estynnodd ei dwylo allan yn erfyngar, fel pe buasai Tom yn cadw allweddau bywyd ac angau yn ei feddiant.

"O, deudwch, deudwch," meddai. "Doedd o ddim i lawr y pwll—does bosib ei fod o i lawr!"

"Roedd o newydd fynd i lawr, ma'am," ebe Tom, yn ddistaw, canys pa ddiben oedd gwadu mwyach. "Mi fydd pawb yn galaru amdano fo—fase'n well gen i fynd fy hun, bron!"

"Newydd fynd i lawr," ebe Gaenor, wrthi ei hun, ond clywai Tom yn gwaeddi. Yr oedd Mrs. Jackson wedi llewygu.

XXXII.
Dihangfa a'i Chanlyniadau

Drwy ganol y bobl, ymwthiai hen ŵr tal gwallt-wyn, neb llai na Mr. Warren. Aeth ar ei union at y rhes o gyrff oedd wedi eu dodi ochr yn ochr ar lawr, ac edrychodd ar bob wyneb gwelw yno.

"Maen nhw'n deud fod Arthur Wynn ymhlith y rhai oedd yn y pwll," meddai wrth y dynion oedd yn ei ymyl.

"Roedd o hefyd, syr," oedd yr ateb.

"Wela i mo'no fo yma," ebe yntau gan bwyntio at y cyrff.

"Dydi o ddim wedi dŵad i fyny eto."

"Oes dim gobaith y gall o ddod i fyny'n fyw?" Ysgydwodd y dynion eu pennau.

"Tase fo'n fyw, mi fase i fyny cyn hyn," ebe un ohonynt.

"Beth oedd yr achos ei fod o i lawr?" gofynnai Mr. Warren.

"Fydde fo'n arfer mynd i lawr?"

"Ddim fel rheol. Na, fydde fo ddim yn mynd i lawr unwaith mewn chwe' mis."

"Felly, beth aeth a fo i lawr heddiw?" gofynnai Mr. Warren.

"Y mistar gyrrodd o," ebe un o'r dynion, gan bwyntio at Jackson.

Yr oedd yn amlwg nad oedd Mr. Warren wedi sylwi ar Mr. Jackson cyn hynny. Troes, ac aeth tuag ato. Prin y gallasai gelyn gwaethaf Jackson roi'r bai ar Jackson am dynged Arthur, ond yr oedd Mr. Warren yn ddyn gwyllt ei dymer.

"Ydi'n wir eich bod chi newydd yrru Arthur Wynn i lawr i'r pwll ychydig funude cyn i'r ddamwain ofnadwy yma ddigwydd?"

Yr oedd Mr. Jackson yn edrych yn graff ar rywbeth ddygid i fyny o'r pwll, ac nid oedd wedi sylwi ar Mr. Warren. Troes ei ben yn sydyn, a gwelodd pwy oedd yno. Gwynodd ei wyneb gan ddigofaint, ond nid oedd ganddo ofn Mr. Warren mwyach. Llwyddodd i gadw ei dymer am y tro.

"Beth oeddech chi'n ddeud, syr?" meddai.

"Oedd yna neb arall, Mr. Jackson, allsech chi yrru i lawr ond eich nai druan, yr ydech chi eisoes wedi gwneud cymaint o gam â fo?" ebe Mr. Warren, mor uchel nes clywai pawb. "Rydw i wedi clywed, er pan ddois i i'r ardal yma, y base'n dda gan Mr. Jackson tase fodd symud y bachgen anffodus yna oddi ar ei ffordd o rywsut. Mae'n ymddangos ei fod o wedi llwyddo i wneud hynny rŵan."

Gwgodd Mr. Jackson. "Cymerwch ofal beth yr ydych yn ei ddeud, syr, neu mi gewch ateb am eich geiriau," meddai; "Beth ydech chi'n feddwl, syr?"

"Rydw i'n gofyn, oedd yna neb arall allsech chi yrru i lawr y bore yma i'r pwll peryglus yma, ag yr oedd codwm ar fin digwydd ynddo fo, heblaw'r bachgen druan yna, na allai anufuddhau i'ch gorchymyn chi, ac felly a aeth i gyfarfod â'i ddiwedd? Oedd yna neb arall?"

Yr oedd Mr. Warren yn mynd yn rhy bell. Pe buasai'n dweud ei feddwl yn gynilach, gallasai roi colyn miniog yn ei awgrymiad, ond yn awr, ni chafodd yr honiad fawr o effaith ar Mr. Jackson.

"Wel, bendith arnoch chi! Ydech chi wedi drysu, ddyn?" ebe, mewn ton heb fod yn gas. "Fedrwn i ddeud fod codwm ar ddigwydd? Pe taswn i'n gwybod fod perygl i'r fath beth ddigwydd, ydech chi'n meddwl na faswn i ddim yn gorchymyn i bob dyn ddod i fyny, hyd yn oed tase raid i mi fynd i lawr fy hun i ddeud wrthyn nhw? Mae mor ddrwg gen i dros Arthur â chithe, ond nid arna i mae'r bai. Does fai ar neb, os nad arno fo'i hun. Mi gafodd ddigon o amser; mi allse fod i fyny ers meitin, petase fo wedi dewis. Ond mae'n debyg gen i ei fod o wedi aros i lawr i siarad hefo'r dynion.

Y fi bia'r tir yma, syr, ac os nad oes gynnoch chi ryw fusnes yma, rhaid i mi ofyn i chi fynd i ffwrdd."

Yr oedd cymaint o wir yn yr hyn a ddwedai Mr. Jackson am y tro, fel y dechreuodd Mr. Warren gywilyddio tipyn oherwydd ei dymer.

"Er y cwbl," meddai'n uchel wrth droi ymaith, "mae o'n ddraenen wedi ei symud o'ch llwybr chi, ac mi fasech wedi ei symud o eich hunan ers talwm pe gallasech wneud hynny'n ddiogel!"

Murmurodd y dorf ei chyd-olygiad. Yr oedd Mr. Warren wedi taro'r hoel ar ei phen y tro hwn. Pe gallasai Jackson symud Arthur o'i ffordd yn ddiogel, fe fuasai wedi gwneud hynny ers talwm.

Edrychodd Mr. Jackson yn ffyrnig ar y bobl, ond cyn iddo ddweud dim, daeth ei wraig a'i chwaer-yn-nghyfraith yno. Nid oedd waeth i Tom Huws heb geisio ganddynt beidio, fel y dywedasai Jackson wrth am wneud; yno y daethant.

"Mi faswn yn rhoi fy mywyd fy hun yn ei le fo; mi faswn yn mynd i lawr i'r pwll yn ei le fo, tase bosib," ebe Mrs. Jackson gan wasgu ei dwylo, ac yn hollol anghofus am y distawrwydd y barnai hi fel rheol yn weddus ei gadw yn ngŵydd ei gŵr.

Yr oedd ei galar hi yn wirioneddol, a chydymdeimlai y bobl â hi, agos gymaint ag a gydymdeimlant â'r gwragedd oedd newydd gael eu gwneud yn weddwon.

"Er mwyn trugaredd, byddwch yn ddistaw yn y fan yma!" ebe Jackson yn ddigofus; "Oes gynnoch chi'r un syniad sut i ymddwyn yn briodol?"

Ond nid oedd ei wraig yn barod i dewi ar ei air yn awr. Ni allai hi ddweud fel y teimlai. Yr oedd y bachgen druan wedi mynd am byth, a hwythau wedi bod mor gas wrtho, mor greulon, mor anghyfiawn!

"Mae o wedi mynd â'n holl angharedigrwydd ni ar ei ben," ebe hi, bron heb yn wybod beth a ddwedai, yn ddiau, "wedi mynd i gyfarfod ei dad, fy mrawd druan, wedi mynd i ddeud mor greulon fuo ni wrtho fo! O! Pe—"

"Byddwch yn ddistaw!" llefai Jackson. "Ydech chi'n drysu, ddynes?"

Cuddiodd Mrs. Jackson ei hwyneb â'i dwylo, a phwysodd yn erbyn y ferfa ar yr hon yr eisteddai Jackson.

Ar hyn, daeth Miss Gaenor i fyny at Jackson. "Peth anlwcus ofnadwy oedd i chi ei yrru fo i lawr heddiw," meddai wrth Jackson, gan edrych yn llym.

"Ie," ebe yntau. "Ond wyddwn i ddim beth oedd i ddigwydd. Mi—mi allaswn fod wedi gyrru Norman i lawr. Tase Norman yn y fan a'r lle ar y pryd, ac nid Arthur, mi faswn wedi ei yrru fo i lawr yn union yr un fath."

"Jackson, mi roeswn gymaint sy ar fy helw am ei gael o'n ôl eto—"

Tynnwyd eu sylw gan waeddi ar gwr pellaf y dorf. Stopiodd Miss Gaenor yn sydyn, oblegid yr oedd sŵn rhyfedd yn y gwaeddi, sŵn fel gwaeddi hwrê, hwrê yn y fan honno, wrth ben y cyrff meirw!

Ymagorodd y dorf, a daeth rhywun ymlaen ar frys i'r canol. Llefodd Mrs. Jackson allan mewn llawenydd, ac agorodd Jackson ei lygaid yn ddwbl lletach nag arfer, fel y bydd dyn yn gwneud wedi ei synnu a'i siomi.

Arthur Wynn oedd yno. Nid oedd efe wedi mynd i lawr i'r pwll o gwbl. Pan oedd efe ar fynd i lawr, cyrhaeddodd rhai o'r dynion a orchmynasai Jackson i fynd i lawr, ac, anfonodd Arthur genadwri Jackson at Ifan i lawr gyda'r dynion. Gyda hynny, yr oedd efe wedi cyfarfod cyfaill, ac wedi mynd gyda hwnnw i weld rhyw ferlyn oedd ganddo ar werth. Felly bu ymaith am gryn amser, fel yr arweiniwyd pawb i gredu ei fod wedi ei ladd, ac i ddisgwyl ei gorff i fyny. Yr oedd Mrs. Jackson yn dal i lefaru yn ei llawenydd, heb dalu'r sylw lleiaf i olygon sarrug ei gŵr. Wrth weld Arthur, torrodd y dorf i waeddi hwrê, a llefodd rhywun oddi draw—ai Mr. Warren oedd?—"Hir oes i aer Cwm

Eryr!" Llefodd y dorf yr un peth gyda hwyl angerddol, a throes wyneb Mr. Jackson yn wyn fel y galchen, ac yna'n lasddu—gan beth?

Codwyd yr holl gyrff i'r lan, a bu'r dorf o gwmpas y lle drwy'r dydd. Agorwyd y cwest, a gohiriwyd ef: yr oedd y teimlad yn rhedeg yn uchel yn erbyn Jackson. Nid oedd rhag-ocheliadau priodol wedi eu cymryd er diogelu bywydau'r mwnwyr, a dyna pa fodd y digwyddodd y trychineb. Yr oedd pobl yn dweud fod Jackson yn ormod o gybydd i wario'r arian gofynnol i ddiogelu'r pwll. Wrth feddwl am y pethau hyn, yr oedd Jackson yn gymaint ei helbul ag erioed, ac ofnai'n wir ganlyniad y cwest pan orffennid ef. A beth am Mr. Warren a'i ymyriad annioddefol? Nid oedd fawr o ofn hynny ar Jackson yn awr, canys yr oedd Mr. Warren ar fin mynd ymaith, ac yntau, Jackson, wedi llwyddo i gredu'n weddol ddiysgog na allai Mr. Warren, o leiaf, ddirymu ewyllys yr hen Sgweiar. Yr oedd y Mri. Griffiths a Jones, y twrneiod, ar ôl i Mr. Warren egluro popeth iddynt, wedi siarad braidd yn hallt wrtho am eu harwain hwy i gredu fod ganddo sail i obeithio medru profi mai Arthur Wynn oedd cyfiawn berchennog yr eiddo drwy gyfraith, ac yr oedd hyn wedi dod i glyw Jackson; er cryn foddhad iddo hefyd.

Y noson yr oedd Mr. Warren yn ymadael, aeth Arthur a Dafydd Owen i dŷ'r person i ganu'n iach iddo. Yr oedd efe'n mynd gyda'r trên olaf, tua deg o'r gloch. Cyd-swperwyd yn y persondy, ac yna aeth Arthur a Dafydd Owen i ddanfon Mr. Warren i'r stesion. Yr oeddynt yno erbyn deg, ond yr oedd y trên ar ôl ei amser. Disgwyliwyd a disgwyliwyd, ond yr oedd yn hanner awr wedi deg cyn y daeth y trên, ac erbyn i Arthur gyrraedd adref, yr oedd wedi un ar ddeg.

Yr oedd pob drws ynghlo, a gwyddai Jackson fod Arthur allan. Yr oedd Mrs. Jackson yn ei hystafell ymwisgo, a'r ffenestr yn agored. Pwysai Mrs. Jackson ei phenelinoedd ar ymyl y ffenestr, ac edrychai drwodd gan wrando'n astud, a'i chalon yn curo nes oedd hi bron a llewygu. Teimlai ei bod yno'n disgwyl ers oriau lawer, ond toc, daeth i'r golwg. Gwelodd ei fodryb, a deallodd y geiriau a sibrydodd hi: "Ewch yn ddistaw at ddrws y cefn, mi'ch gollyngaf i mewn." Aeth Arthur at ddrws y cefn yn ddistaw, ac aeth Mrs. Jackson i lawr yn ddistaw, agorodd y drws, a gollyngodd y bachgen i mewn.

"Diolch i chi, modryb annwyl. Fedrwn i ddim dŵad ynghynt—"

"Dim gair chwaneg!" ebe Mrs. Jackson mewn ofn dirfawr rhag i Jackson glywed. "Tynnwch eich esgidiau, ac ewch i'ch gwely'n ddistaw."

Ufuddhaodd Arthur mewn distawrwydd, ac aeth i'w wely cyn ddistawed â llygoden. Yr oedd Mr. Jackson yn ei ystafell ei hun, yn edrych ei gyfrifon, ac ni wyddai ddim am yr anufudd-dod oedd wedi ei weithredu tuag ato. Eisteddodd yno yn hir, gan ddisgwyl a disgwyl clywed sŵn Arthur yn dod at y drws ac yn canu'r gloch. Ond yn ofer y disgwyliai.

XXXIII.
Curfa a'r Canlyniad

Cododd Mr. Jackson yn fore ac yn flin. Nid oedd y cwest ar y dynion laddwyd yn y pwll wedi ei orffen, ac yr oedd yn dra thebyg, pan orffennid ef, y byddai peth cost ar Mr. Jackson, oherwydd ei fod wedi esgeuluso diogelu'r gwaith. Dan yr amgylchiadau, nid oedd efe mewn tymer dda, ac yr oedd y ffaith fod Arthur wedi beiddio aros allan dros y nos, fel y tybiai ef, yn ei flino'n fawr. Digwyddai fod yn ddiwrnod ffair yn Abercwm, ac yr oedd gan Mr. Jackson eisiau mynd yno'n fore. I lawr ag ef, mewn tymer drwg, a'r peth cyntaf a wnaeth oedd baglu ar draws pâr o esgidiau wrth ddrws y cefn. Yr oedd hynny, wrth gwrs, yn ddigon i yrru ei dymer yn wenfflam. Pa fusnes oedd gan neb i adael ei esgidiau yn y fan honno? Rhoes Mr. Jackson gic ffyrnig i'r esgidiau, fel pe mai arnynt hwy eu hunain yr oedd y bai, ac agorodd y drws. Gwelodd ar unwaith mai esgidiau dyn oeddynt. Ai esgidiau Norman oeddynt? Na, cofiai fod Norman wedi dod i mewn yn gynnar drwy ddrws y ffrynt. Roedd yr esgidiau hefyd yn rhy fychain i Norman, nid oeddynt mor debyg i esgidiau nafi a'r rhai yr oedd raid i'w fab gobeithiol ef wrthynt er medru rhoi ei draed ynddynt. Esgidiau Arthur oeddynt! Beth a'u dygodd yno? Ni allai Arthur ddod drwy dwll y clo a'u gadael yno. Edrychai Jackson mewn syndod ar y ddwy esgid. Daeth un o'r morwynion i lawr, y gyntaf ohonynt i godi, geneth o'r enw Marged.

"Beth ddaeth a'r sgidiau yma i'r fan hon?" ebe Mr. Jackson yn ffyrnig.

Edrychodd Marged arnynt. "Esgidiau Mr. Arthur ydyn nhw, syr," ebe.

"Doeddwn i ddim yn gofyn esgidiau pwy oedden nhw," ebe Jackson. "Mi wn i pwy pia nhw. Sut y daethon nhw yma? Maen nhw'n fudron, a rhaid fod rhywun wedi eu gwisgo nhw ddoe."

"Mae'n debyg gen i ei fod o wedi eu gadel nhw yma; hwyrach ei fod o wedi dŵad i mewn drwy'r drws yma," ebe'r eneth, braidd mewn syndod oherwydd fod Mr. Jackson yn cymryd cymaint o sylw o bar o esgidiau.

"Hwyrach na ddaeth o ddim," ebe Jackson. "Ddaeth o ddim i mewn o gwbwl neithiwr."

"O, do, syr, mi ddaeth. Mae o yn ei wely rŵan."

"Pwy sy' yn ei wely rŵan?" ebe Jackson, gan gredu fod yr eneth yn camgymryd neu yn dweud celwydd.

"Mr. Arthur, syr," ebe'r eneth. "Amdano fo roeddech chi'n holi, on'te?"

"Dydi Arthur ddim yn ei wely; sut medrwch chi ddeud y fath gelwydd yn fy ngwyneb i?"

"O, ydi, mae o," ebe'r eneth, "o leia', os nad ydi o wedi mynd allan y bore yma."

"Fuoch chi yn ei lofft o?" ebe Jackson yn ei dymer ddrwg.

"Syr!" ebe Marged yn ddigllon.

"Sut y gwyddoch chi, ynte?"

"Mi welis i Mr. Arthur yn mynd i'w lofft neithiwr, ac felly mae'n naturiol casglu ei fod o yn ei wely'r bore yma."

"Rhaid mai breuddwydio ddaru chi," ebe Mr. Jackson.

"O, nage," ebe Marged. "Mi gwelis o, rydw i'n sicr, pan oeddwn i'n mynd i fy llofft fy hun, wedi bod yn gofyn i'r forwyn arall am fenthyg ede a nodwydd."

"Faint oedd hi o'r gloch?"

"Fedra i ddim deud yn siŵr, ond roedd hi wedi un ar ddeg."

Wedi un ar ddeg! Roedd pawb ond efe, Jackson, wedi mynd i'w gwelyau hanner awr wedi deg. Felly, pwy ollyngodd Arthur i mewn? Rhaid fod rhywun wedi gwneud.

"P'run ohonoch chi gollyngodd o i mewn?" ebe Jackson.

"Ddaru 'run ohonon ni, rydw i'n siŵr," ebe'r eneth. "Chlywson ni mo'no fo'n canu'r gloch, a roeddwn i'n meddwl mai chi agorodd iddo fo."

Yr oedd yn amlwg fod yr eneth yn dweud y gwir. Aeth Mr. Jackson ymaith, gan geisio dychmygu pwy ollyngodd Arthur i mewn. Ai Gaenor? Na, ni fuasai hi yn cymryd cymaint o ofal i wneud hynny mor ddistaw. Ai Neli? Na, fe fuasai ar Neli fwy o ofn gwneud hynny nag a fuasai ar y morwynion. Ai Mrs. Jackson? Dim peryg!

Wrth ddychwel o'r ffair, galwodd Mr. Jackson heibio'r gwaith. Yr oedd y cwest wedi ei orffen, a rhoes Tom Huws iddo adroddiad o'r gweithrediadau.

"Bwriwyd," meddai Tom, "mai damwain fu achos marwolaeth y dynion, ond gan fod y lle heb ei ddiogelu fel y dylasai, roedd y rheithwyr o'r farn y dylech chi wneud rhywbeth i'r gweddwon a'r amddifaid."

Gwynodd wyneb Jackson, ond ni ddwedodd ddim, ac aeth Tom Huws rhagddo.

"Mi fu yma rhyw ddynion wedyn," meddai; "wn i ddim pwy oedden nhw, os nad dynion dros y Llywodraeth. Roedd ganddyn nhw eisio'ch gweld chi, ac roedden nhw'n gofyn pryd yr oedden ni'n mynd i ddechre torri siafft arall i'r pwll."

"Siafft arall i'r pwll' ebe Jackson mewn syndod a digofaint.

"Ie," meddai Tom, "dyna oedden nhw'n ddeud. Mi fydd y gost yn fawr os rhaid gwneud hynny, syr."

Cyrhaeddodd Tom ei amcan, sef rhoi colyn i Mr. Jackson drwy sôn am y gost. Aeth Jackson adref, â rhyw deimlad yn ei fynwes mai Arthur oedd achos yr holl helyntion yr oedd efe ynddynt. Casâi Arthur gyda chas chwerwach nag erioed, a mwy nag unwaith y teimlodd siomedigaeth chwerw wrth feddwl am y ddamwain yn y pwll, a'r ffaith nad oedd Arthur yn un o'r trueiniaid a laddwyd.

Yr oedd Arthur wedi cerdded adref o'r gwaith, ac wedi cael tamed o fwyd, aeth allan i'r buarth i roi tro. Yr oedd yn dechrau tywyllu, ac wrth ddychwel i'r tŷ, aeth Arthur drwy'r ydlan. Yno, canfu Ned, yr hwn y mae'r darllenydd yn ei gofio, o bosibl, fel hogyn Pen y Wern, a gŵr bach go ddireidus. Roedd Ned wedi dod yno ar fusnes o'i eiddo'i hun, a chludai yn ei freichiau gi bychan, yr hwn a geisiai gyfarth tipyn yn awr ac yn y man.

"Hylô, Ned! Ti sydd yna?" ebe Arthur. "Beth ydi hwnna sydd gen ti'n gwichian yn y fan yna?"

"Ci bach, syr," ebe Ned; "dydi o ddim ond 'chydig ddyddie oed, ond mae o'n gi braf. Drychwch chi arno fo."

"Fedra i mo'i weld o," ebe Arthur, "mae hi'n rhy dywyll."

"'Rhoswch funud," ebe Ned. Tynodd fath o ffagl o'i boced, a thrwy ryw foddion, taniodd hi. Symudasant draw yn ddigon pell oddi wrth y teisi. Yr oedd y ffagl yn rhoi golau cryf, ac arferid hwy yn lled gyffredinol yn yr ardal, er eu bod yn bethau digon peryglus, os na chymerid gofal gyda hwy.

Cymerodd Arthur afael yn y ei bach, a dechreuodd edrych arno, gan ddal y ffagl yn y llaw arall. Cyn pen 'chydig eiliadau, daeth Mr. Jackson i'r lle, newydd gyrraedd adref o'r gwaith, ac ar ei ffordd i'r tŷ. Diflanodd Ned, ond safodd Arthur lle roedd, â'r ffagl yn un llaw, a'r ci yn y llall.

"Beth ydech chi'n wneud yn y fan yma?" ebe Jackson yn ffyrnig.

"Dim byd," ebe Arthur, "ond edrych ar y ci bach yma," gan ei ddangos i Mr. Jackson. Nid oedd gan Mr. Jackson eisiau gweld y ci. Eisiau holi Arthur ar fater arall oedd ganddo ef.

"Lle buoch chi'n treulio gyda'r nos neithiwr?" ebe Jackson.

"Yn nhŷ'r person," atebai Arthur yn rhwydd. "Roedd Mr. Warren yn mynd i ffwrdd, ac mi ofynnodd i mi fynd yno i ffarwelio â fo."

"Pryd daethoch chi adre?"

"Roedd hi ymhell wedi un ar ddeg," addefai Arthur yr un mor rwydd. "Mi es i ddanfon Mr. Warren at y trên, ac roedd hwnnw'n hir iawn ar ôl ei amser. Taswn i'n gwybod y base fo mor hwyr, mi faswn wedi dod adre' yn lle aros."

"Sut yr aethoch chi i mewn i'r tŷ?"

Petrusodd Arthur, ac yna atebodd, "Mi agorwyd y drws i mi."

"Felly rydw i'n dallt. Pwy agorodd?"

"Mi fydde'n well gen i beidio deud, os gwelwch chi'n dda."

"Ond rydw i'n dewis i chi ddeud."

"Na, fedra i ddim deud, Mr. Jackson."

"Ond raid i mi gael gwybod," taranai Jackson, "rydw i'n gorchymyn i chi ddeud."

Cododd Jackson ei chwip wrth siarad, ond ni syflodd Arthur.

"Ydech chi'n fy herio fi, Arthur Wynn?"

"Nid wyf yn dymuno eich herio, ond ni allaf ddweud wrthych pwy gollyngodd fi i mewn neithiwr. Ni fyddai'n deg nac anrhydeddus."

"Unwaith eto, rydw i'n gofyn, ddeudwch chi?"

"Na, ddeuda i ddim." Cydiodd Jackson yn ei ysgwydd, cododd ei chwip, a thrawodd ef, nid unwaith na dwywaith, ond lawer gwaith. Disgynnodd yr ergyd olaf ar draws wyneb Arthur, nes codi gwrym mawr, ac yna, troes Mr. Jackson, heb ddweud gair, a cherddodd tua'r tŷ.

Druan o Arthur! Yr oedd tymer wyllt ei deulu ynddo, a honno'n wenfflam. Wedi ei gynddeiriogi gan y gurfa, a'i arteithio gan y boen, collodd bob rheolaeth arno ei hun. Gyda llef o wylltineb, cipiodd afael ar y ffagl, yr hon yr oedd efe wedi ei gollwng ar lawr, rhuthrodd i'r ydlan fel gwallgofddyn, a gwthiodd y ffagl i'r das agosaf ato. Yna neidiodd dros y gwrych, a rhedodd ymaith ar draws y caeau, fel dyn o'i gof.

Gwelodd Ned yr oll a ddigwyddasai, ac yr oedd ei ddychryn y tu hwnt i ddisgrifiad. Sut bynnag, cipiodd y ffagl o'r das, a thynnodd yr ychydig wair oedd wedi dechrau cynnau eisoes allan, a sathrodd ef dan ei draed i ddiffodd y tân. Yna, troes i chwilio am ei gi bach. Y gwir oedd mai i Marged, y forwyn, yr oedd Ned wedi dod â'r ci. Roedd Ned braidd yn rhy hoff o Marged, ag ystyried ei bod hi dipyn yn hŷn nag ef, ond does dim cyfrif am "ffansi'r bachgen ieuanc ffôl." Gyda bod Ned wedi diffodd y tân, daeth Marged i'r fan, a rhyngddynt cawsant hyd i'r ci bach yn y man, a dwedodd Ned hanes yr hyn ddigwyddasai, er dirfawr syndod i Marged hefyd.

Am Mr. Jackson, aeth ef i'r tŷ, a chafodd ei wraig a'i chwaer-yn-nghyfraith gyda'i gilydd.

"Ddaru un ohonoch chi ollwng Arthur i mewn neithiwr?" ebe Jackson.

"Naddo," meddai Gaenor, gan ateb drosti ei hun a Mrs. Jackson. "Roedden ni yn ein gwelyau ymhell cyn iddo fo gyrraedd."

"Felly, pwy gollyngodd o i mewn?" ebe Jackson.

"Un o'r morwynion, wrth gwrs," ebe Miss Gaenor.

"Ond maen nhw'n deud na ddaru nhw ddim."

"Ydech chi wedi gofyn iddyn nhw i gyd?" Doedd Mr. Jackson ddim wedi gofyn iddynt oll, a chofiodd hynny, a barnodd yn sicr mai un o'r morwynion oedd wedi troseddu. Troes at y ffenestr, a'r foment honno, llefodd mewn dychryn.

Yr oedd yr ydlan ar dân!

XXXIV.
Arthur yn y Ddalfa

Pan welodd Jackson fod yr ydlan ar dân, gwaeddodd dros y tŷ yn ei fraw, a rhuthrodd allan. Yr un foment, codwyd gwaedd oddi allan, a syrthiodd dychryn ar drigolion Cwm Eryr. Rhuthrodd pawb tua'r ydlan mewn cyffro mawr. Yr oedd pawb yn gwaeddi mwy neu lai, ond uwchlaw'r cwbl, clywid llais main treiddgar yr hen ferch, Gaenor Wynn.

"Pwy wnaeth hyn?" meddai. "Rhaid fod rhywun wedi ei wneud yn fwriadol!"

Troes yn sydyn at dwr o'r gwasanaethyddion oedd gerllaw iddi. Disgynnai goleuni'r tân ar eu hwynebau dychrynedig, a dwedodd un o'r dynion:

"Mi glywis i sŵn siarad yn yr ydlan funud neu ddau yn ôl. Llais dynes oedd un. Mi welis ole hefyd."

Yr oedd y morwynion yn sefyll yn dwr yn ymyl, yn edrych ar y tân. Troes Gaenor ei sylw tuag atynt. Yr oedd golwg frawychus ar bob un ohonynt, ond cyn gynted ag y siaradodd y dyn, tybiodd Gaenor fod un o'r morwynion, sef Marged, yn edrych fel pe buasai ar ddisgyn i lawr gan ofn neu rywbeth—euogrwydd, efallai. Dechreuodd yr eneth gilio o'r neilltu, ond cydiodd Gaenor yn ei hysgwydd. "Dowch yma," meddai, "mi wyddoch chi rywbeth am hyn!"

Torrodd Marged i wylo, ac yr oedd golwg truenus o ddychrynedig arni. Yn ei ffedog, yr oedd ganddi rywbeth wedi ei guddio.

"Beth sy' gynnoch chi yn y'ch ffedog?" ebe Gaenor yn chwyrn; hyd yn oed yn nghanol y cyffro, yr oedd hi am fod yn feistres, a dangos ei hawdurdod a'i chlyfrwch hen-ferchetaidd. Roedd Marged wedi cael gormod o fraw i siarad, eithr agorodd ei ffedog, a dangosodd y ci bach.

"Oeddech chi yn yr ydlan?" ebe Gaenor. "Ai'ch llais chi glywodd Sam?"

Wrth gwrs, doedd wiw gwadu, ac yn wir yr oedd Marged druan yn rhy ddychrynedig i feddwl am wadu. Yna dilynodd croesholi go faith, gyda'r amcan o ddangos clyfrwch yr hen ferch, a phorthi ei hunanoldeb ei hun yn llawn cymaint ag er mwyn ceisio dod o hyd i'r gwir. Caed allan, wrth gwrs, fod Ned yn yr ydlan gyda Marged, a beth oedd ei neges, ac addefodd Marged fod Ned wedi rhedeg ymaith wrth ei draed pan welodd y tân, ond gwadai yn bendant mai efe a roesai'r das ar dân.

"Mi fuasai bachgen gonest yn aros i geisio rhoi rhyw help," ebe Gaenor, yn glyfar dros ben; "ac nid rhedeg i ffwrdd fel hynny. Mae gen i ofn fod rhyw ddrwg ynglŷn â fo."

Daliai Marged i wadu yn ei braw, ond ar hynny daeth Norman Jackson heibio. Yr oedd efe ar fedr mynd i nôl ceffyl i fynd i Abercwm i gyrchu'r peiriant diffodd tân.

Cydiodd Mrs. Jackson yn ei fraich. "O, Norman," meddai, "mae hyn yn ofnadwy. Pwy gyneuodd y tân?"

"Beth?" ebe Norman yn ffyrnig. "Wyddoch chi ddim pwy ddaru? Mi ddyle gael ei grogi!"

Synnodd Mrs. Jackson, a chysylltodd eiriau ei mab â'r hyn yr oedd hi newydd ei glywed. "Norman!" meddai, "does bosib mai Ned ddaru?"

"Ned!" ebe Norman. "Beth wnaeth i chi feddwl am Ned? Nage, nid Ned ddaru, ond eich annwyl nai, Arthur Wynn!"

Llefodd Mrs. Jackson mewn dychryn, neidiodd Neli ymlaen mewn digofaint, a gofynnodd hyd yn oed yr hen ferch beth oedd Norman yn ei feddwl.

"Peidiwch â fy rhwystro fi," ebe Norman. "Yr oedd Arthur yn yr ydlan a ffagl ganddo fo ychydig cyn i'r tân dorri allan, a rhaid mai fo ddaru."

"Does bosib!" ebe Mrs. Jackson, gan gafael ym mraich Norman. "Pwy sy'n deud?"

Ysgydwodd Norman ei hun yn rhydd. "Fedra i ddim aros," meddai. "Gwell i chi ofyn i 'nhad, fo ddeudodd wrtha i. Mae'n ddigon gwir; pwy ond Arthur fase'n gwneud?" Parodd yr ergyd hon at Arthur boen i Mrs. Jackson, cyffrôdd falchder teuluaidd yr hen ferch, a gwnaeth i rai o'r gweision a'r morwynion furmur, canys yr oedd yn dda ganddynt Arthur, ac yn gas ganddynt Norman.

"Hawdd iawn," ebe un o'r gweision, "ydi ceisio taflu'r bai oddi ar Ned ar Mr. Arthur. Roedd Ned—"

"A beth sy' gynnoch chi i'w ddeud am Ned?" ebe Marged, bellach yn barod i siarad pan ddechreuodd ofni y gallai fod Ned mewn perygl. "Hwyrach, taswn i wedi gollwng 'y nhafod y baswn i'n medru deud mai Mr. Arthur ddaru, cystal ag y mae erill yn deud. Hwyrach y base Ned yn medru deud hefyd. Sut bynnag, nid—"

"Beth ydech chi'n ddeud, Marged?" ebe Gaenor. Syrthiodd Marged ar ei deulin mewn dychryn ac ofn. "Mr. Arthur ddaru, ma'am, y fo; mi gwelodd Ned o'n gwneud."

Gruddfanodd Mrs. Jackson, a chroesodd ar draws yr ydlan at ei gŵr.

"Beth sydd gynnoch chi eisio yn y fan yma?" meddai Jackson gyda llw.

"Deydwch wrtha i, Harold," ebe ei wraig, "beth oedd Norman yn feddwl wrth ddeud mai Arthur roes y lle ar dân?"

"Y fo ddaru," ebe Jackson, "does dim amheuaeth o gwbl. Mi gwnaeth o er mwyn dial."

"Dial am beth?"

"Dial am i mi ei chwipio fo. Mi chwipiais o yn y fan yma, ac mi gadewis o yma, a ffagl yn ei law."

"O, Harold am beth yr oeddech chi'n ei chwipio fo? Beth oedd o wedi wneud?"

"Mi chwipiais o am ei haerllugrwydd. Mi heriodd fi drwy wrthod deud pwy gollyngodd o i'r tŷ neithiwr."

Llefodd Mrs. Jackson dros y lle.

"O, beth ydech chi wedi wneud? Y fi gollyngodd o i mewn!"

"Y chi!" ebe Mr. Jackson gyda chynddaredd. "Ydech chithe'n ceisio 'nhwyllo fi?"

"Nag ydw; mae'n hollol wir mai fi ddaru, ac os gwrthododd o ddeud wrthoch chi, er fy mwyn i y gwnaeth o hynny, rhag fy nwyn i helynt. O, Harold, rhaid i chi fadde iddo fo—er fy mwyn i."

"Madde iddo fo!" ebe Jackson. "Mi cosbaf o i eitha'r gyfraith. Cyn pen yr awr, mi fydd yng ngafael y gyfraith."

Ymronciodd Mrs. Jackson yn erbyn un o'r teisi, a buasai wedi syrthio oni bai am Neli, yr hon a safai gerllaw, ac a'i daliodd. Y pryd hyn, yr oedd Arthur yn rhedeg fel gwallgofddyn ar draws y caeau. Pan wnaeth efe'r tro ofnadwy yn ei gynddaredd, yr oedd efe wedi colli pob rheolaeth ar ei deimladau, ac ni wyddai mewn gwirionedd beth yr oedd yn ei wneud. Croesodd Arthur y caeau a'r ffordd, eithr pan oedd efe yn croesi'r ffordd, pwy ddaeth i'w wyneb ond Huw Dafis, Bron y Waen. Wrth ei weld yn rhedeg mor wyllt, cydiodd Huw Dafis yn ei fraich, ond ysgythrodd Arthur heibio iddo heb ddweud gair, gan beri syndod ofnadwy i Huw Dafis.

"Arthur Wynn oedd o, mi gymraf fy llw," ebe. "Beth ar y ddaear oedd y mater arno fo? Rhaid ei fod o wedi drysu!"

Gyda hynny, gwelodd Huw Dafis y tân, a chafodd ragor fyth o syndod. Cyfeiriodd tua'r golau yn ddi-oed, ond yn y fan daeth un arall i'w gyfarfod nerth traed. Adnabu Huw Dafis ef.

"Ned," meddai, "beth ar y ddaear ydi'r mater?"

"Peidiwch â fy stopio fi," ebe Ned, "mae ydlan Jackson ar dân."

"Gwared ni!" ebe Huw Dafis, "pwy ddaru?"

"Mr. Arthur," ebe Ned yn ddistaw, "mi gwelis o fy hun yn gwneud. Gadewch i mi fynd."

Aeth Huw Dafis tua Chwm Eryr, a chyrhaeddodd yno toc. Yn y man, cyrhaeddodd peiriant tân Abercwm, ac eglurodd y dynion mai Ned ddaethai i alw arnynt, ar frys mawr. Yna dwedodd Huw Dafis wrth rywun ei fod wedi gweld Arthur a Ned, a bod Ned wedi dweud wrtho mai Arthur daniodd yr ydlan. Bu llawer o siarad, wrth gwrs, ond nid oedd gan neb ryw syniad eglur iawn sut y digwyddasai pethau. Cyrhaeddodd y Sarsiant Jones yn y man, a hysbysodd ei fod, yn ôl gorchymyn Mr. Jackson, wedi rhoi'r plismyn ar waith i chwilio am Arthur a Ned.

Gyda hynny, clywid y bobl yn murmur, ac yn ngolau'r fflamau, gwelid Arthur Wynn yn dynesu. Yr oedd ei wyneb yn welw, ond yr oedd erbyn hyn yn dawel, a'i gynddaredd wedi ei adael. Edrychai'n flinedig, ond daeth ymlaen yn syth ac yn ddibetrus.

Cerddodd y Sarsiant Jones i fyny ato, a chan roi ei law ar ei ysgwydd, dwedodd, "Mae'n ddrwg gen i, syr, ond rhaid i mi'ch cymryd chi i fyny."

"Does gen i mo'r help," ebe Arthur yn llesg. Yr oedd efe, wedi i Huw Dafis geisio ei stopio, wedi taflu ei hun ar lawr ar y cae, ac yno y gorweddodd nes aeth ei gynddaredd heibio. Yno y bu am ysbaid, ond toc clywai waeddi, ac aeth i'r ffordd, lle cyfarfu amryw bobl, a dywedwyd wrtho fod ydlan Jackson ar dân. Daeth teimlad ofnadwy drosto mai ei waith ef oedd y cwbl. Nid oedd yn cofio yn eglur sut y digwyddodd y peth, ac heb feddwl unwaith beth fyddai y canlyniad iddo ef ei hun, troes ac aeth tua Chwm Eryr cyn gynted ag y gallai gerdded. Yn ddiweddarach, cyrhaeddodd peiriant tân y dref gyfagos, a chynorth-wyasant i ddiffodd y tân.

XXXV.
Hannah ar Waith

Yng nghanol yr holl dorf a safai o gwmpas y tân, nid oedd yno neb mor anhapus â Mrs. Jackson, efallai. Yr oedd hi yn meddwl o hyd am yr angharedigrwydd oddefasai Arthur oddi ar law ei gŵr, ac yr oedd y canlyniad ofnadwy hwn bron â'i llethu. Clywai y bobl yn siarad â'i gilydd. Dywedai rhai yn bendant na chredent mai Arthur rhoes y lle ar dân, ac nad oedd sail i'r cyhuddiad ond yn nychymyg Jackson. Dywedai eraill fod Jackson wedi ei siomi yn ofnadwy na laddwyd mo Arthur yn y ddamwain yn y pwll; sylwai eraill nad oedd ond gair Ned i brofi mai Arthur gyneuodd y tân, ac os na ddeuai Ned i gadarnhau ei stori, byddai raid ystyried Arthur yn ddieuog.

Y syndod oedd, ym mha le yr oedd Ned? Nid oedd efe wedi dod i'r golwg, ac yn ddiau yr oedd ei absenoldeb yn edrych yn amheus. Pan fo rhywun mewn ofn mawr, mae'r gair lleiaf yn dueddol o effeithio'n ddwfn ar y meddwl, ac felly llamodd calon Mrs. Jackson pan glywodd yr awgrymiad—os na ddeuai Ned ymlaen i gadarnhau ei dystiolaeth, rhaid fyddai ystyried Arthur yn ddieuog. Onid oedd yn bosibl cadw Ned draw? Drwy ei ddarbwyllo, drwy ystryw, neu drwy orfod hyd yn oed, os yn angenrheidiol? Gwridodd wyneb gwelw Mrs. Jackson wrth feddwl am y peth, a'r foment honno gwelai Ddafydd Owen yn prysuro heibio. Croesodd ato, a safodd yntau.

"Welwch chi," meddai, "maen nhw wedi dal Arthur."

"Ydyn," ebe Dafydd. "Peidiwch â chymryd atoch. Ddylsech chi ddim bod wedi aros yma ar un cyfrif—does yma ddim lle ffit i chi."

"Ydech chi'n credu, Dafydd, mai fo ddaru?" Yr oedd Dafydd yn credu. Clywsai fod Jackson wedi camdrin

Arthur, a gwyddai am ei dymer, âi weithiau yn gwbl ddireolaeth, ac ni allai ond credu.

Gwelodd Mrs. Jackson ei fod yn petruso. "Mi wela," meddai, "eich bod chithe yn credu. Ond does dim ond gair Ned yn ei erbyn o, medda nhw."

"Digon gwir," ebe Dafydd, gan ddymuno rhoi unrhyw gysur a allai iddi. "Rhaid i Ned brofi ei eirie cyn y gellir condemnio Arthur."

"Mae Ned yn fachgen digon geirwir," ebe Lucy, yr hon oedd wedi dod atynt.

"Rhaid profi'n gyntaf fod Ned wedi gwneud y cyhuddiad," ebe Dafydd. "Dydi ddim yn canlyn o angenrheidrwydd fod hynny'n ffaith, er fod Marged yn deud hynny. Ac hyd yn oed os dwedodd Ned, hwyrach fod o'n methu. Rhaid iddo fo ddangos o flaen yr ustusiaid yfory ei fod o'n iawn, neu mi fydd y cyhuddiad yn disgyn i lawr."

"Ac Arthur yn cael ei ryddhau?" gofynnai Mrs. Jackson yn awyddus.

"Wrth gwrs—o leia mi dybiwn hynny," ebe Dafydd.

Aeth Dafydd yn ei flaen, dilynodd Lucy ef, a safodd Mrs. Jackson lle roedd mewn myfyrdod dwfn. Ymhen ychydig funudau, ciliodd o'r ydlan. O gam i gam yn ofalus dihangodd o olwg y dorf i'r cae agored, ac yna dechreuodd redeg ymaith, ond rhedodd yn union i wyneb rhywun a redai y ffordd arall. Llefodd Mrs. Jackson yn ei braw, fel pe buasai'r gwrthdrawiad wedi dwyn ei bwriad i fod yn hysbys i bawb.

Ond nid oedd yno ond Hannah Owen. Yr oedd hi wedi clywed am y tân, ac am y gurfa a roesai Jackson i Arthur, ac yn ei thymer wylltaf, yr oedd Hannah yn rhuthro tua Chwm Eryr i ymofyn ai gwir oedd y stori am y curo yn hytrach nac am y tân, canys os oedd y curo yn ffaith, teimlai Hannah fod y tân yn beth a ddylasai ddilyn yn ddigon naturiol.

Bu'r ddwy yn siarad ychydig, ac eglurodd Mrs. Jackson beth oedd wedi digwydd. Torrodd Hannah allan i fwrw ei digofaint ar ben Mr. Jackson, heb feddwl, o bosibl, ei bod yn siarad â'i wraig, ond parodd hynny i Mrs. Jackson ganfod y gallai ymddiried yn Hannah.

"Rhaid ei fod o wedi gwneud y peth mewn tymer wyllt," ebe Mrs. Jackson, "a rŵan maen nhw wedi ei ddal o, ac mi fydd o flaen yr ustusiaid yfory. Mi traddodan o i sefyll ei brawf neu mi rhyddhawn o, yn ôl fel y bo'r tystiolaethau. Pe caen' nhw fo'n euog, mi alle gael ei yrru i garchar am ei oes."

"Duw a'i helpo fo!" ebe Hannah mewn braw.

"Ond os na fedran nhw brofi dim yn ei erbyn o fory, mi geiff ei ryddhau," ebe Mrs. Jackson. "Does dim yn ei erbyn o, dim i brofi ond gair Ned, ac hwyrach, Hannah, y medrwn ni gadw Ned draw!"

"Ned!" ebe Hannah. "Beth sydd gan Ned i'w ddeud?"

Eglurodd Mrs. Jackson, ac ychwanegodd, "Roeddwn i ar fy ffordd i chwilio amdano fo, ond wn i ddim lle i gael hyd iddo fo. Mi faswn yn gwneud unrhyw beth iddo fo pe base fo yn peidio dod ymlaen yfory."

Deallodd Hannah ar unwaith beth oedd yn meddwl Mrs. Jackson, ac aeth y ddwy ymlaen. "Well i mi fynd fy hun, Mrs. Jackson," meddai, mi ellwch ymddiried ynof fi y gwna i bopeth, os gellir. Mae hi mor oer hefyd mi gewch anwyd wrth ddod allan fel hyn."

"Na, cha'i ddim anwyd heno," ebe Mrs. Jackson, gan lapio'r hugan oedd ganddi am ei phen. "Rhaid i mi fynd hefo chi. Fedra i ddim gorffwys nes cawn ni hyd i Ned."

Toc, daeth y ddwy i olwg cartref Ned, bwthyn bychan dwy ystafell, ac un lofft isel iddo. Gwelent Mrs. Huws, mam Ned, yn sefyll yn y drws.

"Safwch chi yn nghysgod y gwrych yma, Mrs. Jackson, ebe Hannah, "a gadewch i mi fynd i deimlo fy ffordd gyda'i fam o. Mi fydd yn llawer mwy anodd delio hefo hi nag efo Ned, a fiw i neb y'ch gweld chi yn y mater yma."

Cydsyniodd Mrs. Jackson, ac aeth Hannah tua'r drws. Yr oedd wedi ei gau erbyn iddi gyrraedd. Agorodd Hannah'r drws, ac aeth i mewn. Edrychodd y ddynes arni gyda braw ofnadwy ar ei hwyneb, a thynnodd Hannah gasgliad digon naturiol.

"Lle mae Ned?" meddai.

"Dydi'r hyn maen nhw'n ddeud amdano fo ddim yn wir, Hannah Owen," ebe'r ddynes. "Mi gymra fy llw mai nid Ned ddaru."

"Ond mae'r fath beth â damwain yn bosib, wyddoch," ebe Hannah, wedi deall bellach pa ffordd i weithio. "Mi gwelwyd o yn yr ydlan a, ffagl gyno fo, a chreaduriaid diofal ofnadwy, fel y gŵyr pawb, yw bechgyn. Ydi Ned yma? Mae'n debyg gen i eich bod chi'n ei guddio fo?"

"Welis i 'run golwg arno fo ers orie."

"Dyma chi, Mrs. Huws, well i chi ddeud y gwir. Rydw i wedi dŵad yma fel ffrind i edrych beth ellir wneud dros Ned, ac mi alla ddeud wrthoch chi y base'n well gen i ei guddio fo na deud wrth y plismon, 'Dyma fo Ned i chi.' Deudwch y gwir wrtha i, ac mi fydda inne'n ffrind i Ned."

Collodd Mrs. Huws dipyn o'i hofn. "Yn wir," ebe, "fuo fo ddim yn agos i'r tŷ er pan ddaeth oddi wrth ei waith, ac yr aeth o i ffwrdd ac un o'r cŵn bach yma hefo fo."

"Sut y clywsoch chi fod Ned yn cael ei gyhuddo o roi y lle ar dân?"

"O, mae dwsin o leia wedi deud wrtha i wrth basio, ac mi glywis fod Mr. Arthur yn cael ei gyhuddo hefyd."

"Ydi, mae o; maen nhw wedi gymryd o i fyny."

"Ei gymryd o i fyny!" ebe'r ddynes mewn braw amlwg.

"Ie, a rhaid cuddio Ned yn rhywle am y pedair awr ar hugain nesa, ne mi cymeran ynte i fyny hefyd. Lle mae o?"

"Wn i ddim, 'tawn i'n marw," ebe'r ddynes.

"Gwrandewch, Mrs. Huws," ebe Hannah yn ddifrifol. "Fedra i ddim gwneud yr hyn oeddwn i'n feddwl am nad ydi Ned ddim yma. Ond rŵan, os daw o i mewn ar ôl i mi fynd, gyrrwch o ar f'ôl i i Ben y Wern. Deudwch wrtho fo am fynd drwy'r coed, a chymryd gofal na wêl neb mo'no fo. Wedi iddo fo gyrraedd, rhaid iddo fo guro'n ddistaw ar ddrws y ffrynt."

"Be' wedyn?" ebe Mrs. Huws mewn braw.

"Mi gymera i ofal ohono fo wedyn," ebe Hannah. "Ydach chi'n dallt, rŵan?"

"Ydw, ydw," ebe'r ddynes. "Rydw i'n siŵr o wneud fel rydech chi'n deud."

Aeth Hannah yn ei hôl, ond cyn ei bod wedi dweud yr hanes i gyd wrth Mrs. Jackson, daeth Huw Dafis yn ei flaen o gyfeiriad Cwm Eryr hyd y ffordd. Rhoes Mrs. Jackson lef fechan frawychus, ond llwyddodd Hannah i'w thawelu a'i chadw yn y cysgod. Clywodd Huw Dafis y llef, ac edrychodd o'i gwmpas, ond ni welodd neb, a chychwynnodd yn ei flaen, pryd y gwelai Ned yn sefyll gerllaw iddo. Neidiodd Huw Dafis ato, a chydiodd yn ei ysgwydd.

"Helo!" meddai. "Lle buost ti'n diogi?"

"Diogi?" ebe Ned. "Duwch annwyl, fûm i ddim yn diogi. Rydw i bron disgyn wedi rhedeg cymaint."

Druan o Ned! Yr oedd efe mewn gwirionedd wedi gwneud mwy na neb tuag at ddiffodd y tân drwy redeg i nôl y peiriannau, ac mewn blynyddoedd diweddarach sonnid yn yr ardal am wrhydri Ned y noson hon fel peth anhygoel, canys rhaid ei fod, chwedl yr hen gwpled, wedi

> Rhedeg yn gynt, helynt hir
> Na mellten, ddeunaw milltir!

Eglurodd Ned yr hyn a wnaethai, a gollyngodd Huw Dafis ei ysgwydd.

"Maen nhw'n deud fod gen ti ffagal yn yr ydlan," meddai.

"Oedd," meddai Ned, "ond Mr. Arthur rhoes hi yn y das wair, ar ôl i Mr. Jackson ei chwipio fo. Mi gwelis o fy hun."

"Wel, y peth gwiriona wnest ti oedd mynd â ffagal i'r ydlan. Cymer di ofal, 'machgen i, na wnei di byth mo'r fath beth eto. Lle rwyt ti'n mynd?"

"I Gwm Eryr, syr, i helpu diffodd y tân, os medra i."

"Mae'r tân wedi diffodd bellach, ac well i ti aros lle rwyt ti. Os ei di yno, mi cymer y plismyn di i fyny. Well i ti fynd i dy wely. Hwyrach bydd raid i ti fynd o flaen y 'stusiaid fory, ond well i ti gysgu yn dy wely dy hun nac yn y gell yn y dre."

Aeth Huw Dafis ymaith, a safai Ned mewn syndod a phetrusodd, pryd y cydiwyd yn ei ysgwydd gan rywun arall. Tybiodd Ned, wrth gwrs, mai'r plismyn oedd yno, a throes ei ben i edrych, pryd y gwelodd Hannah a Mrs. Jackson.

XXXVI.
Ned Huws Ar Ôl

Cyn ei fod wedi mynd yn ei flaen hanner can llath ar ôl bod yn siarad hefo Ned, cyfarfu Huw Dafis â Siôn y Plismon, fel y gelwid ef. Yr oedd y Sarsiant Jones wedi gyrru Siôn i chwilio am Ned, ac yr oedd Siôn yn awr yn dod o gyfeiriad Abercwm.

"Fedra i ddim cael hyd iddo fo yn unman," meddai wrth Huw Dafis. "Rydw i wedi bod ym mhob twll a chornel, a welis i 'run golwg arno fo. Rydw i'n mynd i'w gartre fo rŵan, fel mater o ffurf, felly, ond dyna'r lle dweutha fase fo'n mynd iddo fo."

"Am Arthur Wynn rydech chi'n sôn?" ebe Huw Dafis, yr hwn na wyddai fod Siôn mewn ymchwil am Ned.

"Nage," meddai Siôn. "Am Ned Huws rydw i'n chwilio."

"O," ebe Huw Dafis, "raid i chi ddim chwilio amdano fo. Rydw i newydd fod yn siarad â fo. Mae Ned yn iawn i chi. Nid fo wnaeth y drwg. Mae o wedi bod yn nôl y bobol hefo'r peirianne i ddiffodd y tân, a newydd ddod yn ei ôl, bron disgyn wedi blino. Roedd o'n mynd tua'r Cwm i helpu i ddiffodd y tân, ond mi ddeudis i wrtho fo fod y cwbl drosodd bron, ac y bydde well iddo fo fynd i'w wely. Does dim angen o gwbwl chwilio am Ned."

Doedd Siôn ddim yn enwog am ei graffter, er ei fod yn blismon, ac nid amheuodd nad oedd Huw Dafis yn ei le.

"Roeddwn i'n meddwl mai peth rhyfedd iawn fase i Ned wneud y fath beth," meddai. "Does dim digon o gythral ynddo fo. Wedi mynd adre' mae o, ydech chi'n deud?"

"Ie, mae o yn ei wely bellach. Maen nhw wedi dal Mistar Arthur."

"Maen nhw!" ebe Siôn, fel pe buasai'n synnu at fedrusrwydd ei gyd-swyddogion. "Ond hen gyhuddiad cas ydi o. Fase'n dda gen i 'tai o'n dod yn rhydd, fy hun."

Aeth Huw Dafis un ffordd a'r plismon y ffordd arall. Gan ei fod yn pasio cartref Ned, meddyliodd Siôn mai purion peth fyddai iddo alw yno i edrych fod Ned yn ddiogel yno. Aeth at y drws, a churodd, cnoc digon annhebyg i gnoc plismon. Daeth Mrs. Huws i'r drws yn ddi-oed, gan feddwl y gallai mai Ned oedd yno, ond pan welodd y plismon yn sefyll o'i blaen, bu agos iddi lewygu gan fraw.

"Mae Ned newydd ddŵad i mewn yn saff, roedd Huw Dafis yn deud wrtha i, Marged Huws," ebe Siôn.

"Ydi, syr," meddai Marged Huws yn ei braw, a bron heb wybod iddi ei hun ei bod yn dweud celwydd.

"Ydi o wedi mynd i'w wely? Does gen i ddim eisio aflonyddu arno fo os ydi o."

"Ydi, syr," meddai Marged Huws drachefn, gan grynu digon i beri i unrhyw un amau, ond Siôn, yr hwn oedd greadur difeddwl-ddrwg dros ben, a hithau'n noson go dywyll hefyd.

"Wel, maen nhw wedi dal Arthur Wynn, ac mi dygir o o flaen y 'stusiaid fory'r bore. Mi fydde'n well i Ned fynd i Abercwm y peth cynta fory ar ôl brecwast. Deudwch wrtho fo am fynd yno, a disgwyl amdana i wrth le'r plismyn yno. Mi fydd raid iddo fo roid ei dystiolaeth, wyddoch."

"O'r gore," ebe'r ddynes mewn ofn anaele rhag i Ned ddod at y tŷ cyn i'r plismon fynd. "Dydi Ned ddim yn euog, syr, mi gymraf fy llw."

"O, nag ydi," ebe Siôn. "Rydw i'n credu nad ydi o ddim, ond rhaid iddo fo roid ei dystiolaeth, wyddoch. Cofiwch ddeud wrtho fo am gychwyn mewn pryd—ond, 'rhoswch funud, deudwch wrtho fo am ddod at fy nhŷ i i'r pentre, ac mi geiff fynd hefo fi i Abercwm, dyna'r ffordd ore."

"Heno, syr?" meddai Marged Huws yn ofnus.

"Heno? Nage, beth wnawn ni hefo fo heno? Rhaid iddo fo fod yno erbyn wyth o'r gloch yn y bore, neu gynt, cofiwch. Nos dawch."

"Nos dawch, syr," ebe Marged Huws, gan fethu yn glir â deall pethau, canys ni welsai hi olwg ar Ned, ac nid oedd ond ychydig amser er pan aethai Hannah Owen ymaith. Aeth Siôn tuag adref. Yr oedd ei dŷ yn nghanol pentref Blaenycwm, tŷ go helaeth, a chell ynglŷn ag ef at gadw ambell i ddrwg weithredwr a ddigwyddai dorri weithiau ar heddwch a chymdogaeth dda y lle. Toc daeth y Sarsiant Jones yno ag Arthur ganddo mewn dalfa. Hysbysodd Siôn yn ddi-oed fod Ned Huws yn ddiogel.

"Ydi o yma gynnoch chi?" ebe'r Siarsiant.

"Yma? Nag ydi," ebe Siôn, "'doedd dim angen ei ddwyn o yma. Roedd o yn ei wely'n cysgu; y fo aeth i nôl yr injans tân, a roedd o bron marw wedi blino."

"Y gorchymyn rois i chi oedd ei ddwyn o yma," ebe'r Sarsiant. "Mi gwelwyd o yn yr ydlan â ffagal yn ei law, ac mae hynny'n ddigon."

"Wnaeth Ned Huws ddim drwg hefo'r ffagal, Jones," ebe Arthur. "Mi taniodd hi i ddangos y ci bach i mi, dim arall. Does dim angen cyhuddo Ned—"

"Maddeuwch i mi," ebe'r swyddog, "ond well gen i i chi beidio deud dim wrtha i y naill ffordd na'r llall, Mr. Wynn, os na fydd raid i chi, ac er y'ch mwyn chi rydw i'n deud hyn. Mae llawer carcharor wedi dwyn yr euogrwydd ar ei ben ei hun drwy siarad, ac na fase byth bosib ei brofi o'n euog tase fo'n bod yn ddistaw."

Cymerodd Arthur yr awgrym, a thawodd. Aed ag ef i'r gell am y noson.

Wyth o'r gloch fore drannoeth yr oedd cerbyd wrth y drws i gludo Arthur i Abercwm. Barnai'r Sarsiant Jones mai doeth fyddai mynd â'r prif dyst, yn wir, yr unig dyst mewn gwirionedd, yno gyda'r un cerbyd, ond doedd y tyst hwnnw, nid amgen Ned Huws, ddim yn troi i fyny mor brydlon a disgwylid, a gyrrwyd Siôn i'w nôl yn ddi-oed. Aeth Siôn, ond daeth yn ei ôl yn y man, heb Ned.

"Mae o wedi mynd, y penbwl gyno fo," meddai Siôn. "Mae'i fam o'n deud ei fod o yno bellach."

Felly cychwynnwyd, Jones a Siôn, ac Arthur rhyngddynt, ac un arall yn dreifio. Yr oedd cyffro mawr yn Abercwm; prin y buasai yno fwy pe buasai Arthur wedi lladd rhyw ddwsin o ddynion neu betris. Sôn am y tân yr oedd pawb, wrth gwrs. Y cwbl a wyddid hyd sicrwydd oedd y tair ffaith yma—fod Jackson wedi chwipio Arthur; fod tân wedi torri allan yn yr ydlan yn ddi-oed; a fod Arthur yn y ddalfa dan y cyhuddiad o'i gynnau. Doedd y mwyafrif o'r bobl ddim yn credu mai Arthur ddarfu; credent mai Ned Huws oedd y pechadur, ac âi rhai mor bell ag awgrymu mai Jackson ei hun ddarfu, er mwyn cael cyfle i roi'r bai ar Arthur, a'i gael rywsut o'r ffordd. Ond daeth newydd arall rhyfeddol. Roedd Ned Huws ar goll; doedd dim golwg arno i'w gael yn unman, a hynny barai'r cyffro mwyaf yn Abercwm. Disgwyliasai'r plismyn gael Ned yno, ond ni chaed ef, a gyrrwyd Siôn druan drachefn i chwilio amdano.

Yr oeddid i ddechrau'r achos ddeg o'r gloch, a chyn i'r cloc daro yr oedd y fainc yn llawn o ustusiaid. Yr oedd y llys yn orlawn. Yr oedd Dafydd Owen yno, a Hannah Owen, Huw Dafis, a'r Parch Daniel Tomos, y person, a chyn i'r gweithrediadau ddechrau, daeth Jackson a'i wraig a'i chwaer-yn-nghyfraith i mewn. Edrychai Jackson fel blaidd, Gaenor fel llefrith wedi suro, a Mrs. Jackson fel cangen helyg dan y glaw.

Dygwyd Arthur i gôr* y carcharor gan y Sarsiant Jones. Roedd golwg gwelw ond di-gyffro arno; nid oedd yn ei osgo yn debyg i daniwr ydlanau.

---

* *Côr:* yn yr ystyr hwn mae'n golygu "man" neu "lle"; dyma'r elfen sydd yn enw dinas Bangor.

"Ydi'r tystion i gyd yma?" ebe'r ustus oedd yn y gadair.

"I gyd ond un, syr," atebai Jones, "ac rydw i'n ei ddisgwyl yntau bob munud. Yn wir, efallai fod o yma. Os gellir cymryd ei dystiolaeth o'n gyntaf, mi all fod yn derfynol, ac arbed rhagor o drafferth."

"Mi ellwch ei alw fo," ebe'r ustus. "Os ydi o yma, mi etyb. Beth ydi ei enw fo?"

"Edward Huws, eich anrhydedd."

"Galwch Edward Huws," ebe'r ustus, a gwnaed hynny.

"Edward Huws! Edward Huws!" ebe swyddog y llys, ond nid atebai Edward. Disgwyliwyd, ond yn ofer. Tra'r oedd y llys yn disgwyl, yr oedd Siôn y Plismon yn gyrru mewn cerbyd ar garlam i nôl Ned. Gorchmynnwyd iddo wneud hynny, ac felly fe gychwynnodd Siôn, i ble, nid oedd ganddo'r ddychymyg leiaf. Ar y ffordd, meddyliodd am fynd i gartref Ned, ac yno'r aeth, a chyfaddefodd Marged Huws wrtho ei bod wedi dweud celwydd wrtho'r noson cynt yn ei braw, ac na welsai hi olwg ar ei mab. Rhoes hyn fraw mawr i Mr. Siôn, a cheisiodd ysgafnhau ei ofid drwy dyngu tipyn yn lled greulon.

"Dyma chi," meddai, "neidiwch i'r cerbyd yna. Raid i chi ddeud y stori yna o flaen y 'stusiaid!"

Ac felly cludwyd Marged Huws, fel yr oedd ar ganol golchi, i ymddangos o flaen ei gwell. Blinodd y "fainc" yn aros am Ned, a gorchymynnodd y cadeirydd fynd ymlaen hefo'r achos. Agorodd Mr. Lloyd, y twrne, yr achos dros Jackson, a'r tyst cyntaf alwyd oedd Jackson ei hun.

Bu raid iddo yn gyntaf peth gyfaddef ei fod wedi curo Arthur, a gwnaeth hynny, tra roedd agos bob wyneb yn y llys yn ysgyrnygu arno.

"Dywedwch eich rhesymau dros gredu mai Arthur Wynn roes y lle ar dân," ebe'r prif ustus.

"Does dim amheuaeth," ebe Jackson, "nad y fo ddaru mewn ffit o dymer ddrwg. Doedd neb ond y fo yno, cyn belled ag y gwelis i, ac yr oedd gyno fo ffagal yn ei law."

"Dywedir fod Edward Huws yno hefyd, ac mai fo oedd bia'r ffagl."

"Fedra i ddim deud. Welis i mo'no fo. Welis i ddim ond Arthur Wynr, ac yr oedd y ffagl yn ei law o pan welis i o gynta'. Cyn pen ychydig funude, mi welis fod yr ydlan ar dân."

Dyna'r oll allai Mr. Jackson ddweud, ac ni ofynnodd Mr. Griffith, y twrne oedd yn amddiffyn Arthur, ond dau gwestiwn iddo.

"Mr. Jackson," meddai. "Dyngwch chi nad oedd neb arall yn yr ydlan?"

"Na wnaf."

"Welsoch chi Arthur Wynn yn tanio'r das?"

"Naddo."

XXXVII.
Wedi'r Prawf

Y tyst nesaf a alwyd ar ôl Mr. Jackson oedd un o'r gweithwyr, yr hwn a dystiodd ei fod wedi gweld Ned Huws yn yr ydlan. Yna galwyd Marged, y forwyn, yr hon, mewn braw mawr, a gydnabu fod Ned yn yr ydlan, ei bod hithau wedi bod yno gydag ef, fod ganddo ffagl, a'u bod wedi gweld y tân yn torri allan yn y das. Adroddodd ei stori yn weddol fanwl, a gorffennodd drwy ddweud fod Ned wedi dweud wrthi mai Arthur roes y das ar dân.

"Arhoswch funud, 'ngeneth i," ebe Mr. Griffith, y twrne, yr hwn oedd yn amddiffyn Arthur. "Yr ydech chi newydd ddeud wrth yr ustusiaid fod Ned Huws wedi dianc ymaith fel un o'i go y munud y gwelodd o'r tân, ac heb ddweud gair o'i ben. Yrŵan, yr ydech chi'n deud ei fod o wedi deud wrthych chi mai Mr. Arthur roes y das ar dan. Sut yr ydech chi'n cysoni'r ddau ddywediad yna?"

"Roedd o wedi deud wrtha i cyn hynny, syr," ebe'r eneth.

"Ydech chi'n siŵr mai nid dyfais Ned Huws i'w arbed o'i hun ydi'r stori yma?"

"'Rydw i'n siŵr mai nad e," ebe'r eneth gan dorri i wylo. "Pan ddeudodd Ned wrtha i am Mr. Arthur, doedd o ddim yn dychmygu fod y das ar dân." Yr oedd yn amhosib mynd ymlaen heb Ned Huws, ond er disgwyl nid oedd Ned yn dod. Yr oedd Siôn y Plismon wedi gyrru yn syth i gartref Ned, ond nid oedd Ned yno, ac ni allai ei fam ddweud lle'r oedd. Gwelodd Siôn druan ei fod mewn penbleth, yn enwedig pan addefodd Mrs. Huws wrtho ei bod wedi dweud fod Ned yn ei wely. Ni wyddai Siôn beth i'w wneud, ond toc, tybiodd y byddai yn well iddo fynd â

Mrs. Huws ei hun gydag ef o flaen yr ustusiaid yn hytrach na mynd heb neb, ac felly fu.

Dygwyd Mrs. Huws i'r llys, a phan ddeallwyd drachefn fod Ned heb gyrraedd, troes yr ustusiaid i edrych yn ddifrifol iawn, a gofynnwyd i'r Sarsiant Jones beth oedd ei feddwl, yn gadael i'r bachgen ddianc felly. Atebodd hwnnw mai ar Siôn yr oedd y bai, a cheisiodd Siôn roi'r bai drachefn ar Mrs. Huws. Galwyd Mrs. Huws o flaen yr ustusiaid, ac yno fe ddwedodd hithau'r gwir, sef na welsai hi olwg ar Ned, ac na fu efe adref o gwbl y noson gynt. Canlyniad hyn fu i Siôn y Plismon druan gael tipyn o eiriau go hallt gan yr ustusiaid, am ei drwstaneiddiwch a'i ymddygiad croes i bob dyletswydd ac arfer blismonyddol dan amgylchiadau o'r fath.

Galwyd Huw Dafis, ar waith Siôn yn dweud mai hwnnw ddwedodd wrtho fod Ned Huws wedi mynd adref. Holwyd Huw Dafis yn fanwl, ond ni chaed dim neilltuol ganddo am ennyd. Yr oedd efe ar fin cael ei ollwng o gôr y tystion, pryd y troes Lloyd, twrne Jackson ato.

"Mr. Dafis," ebe, "welsoch chi mo Ned Huws yn gynharach ar y nos neithiwr?"

"Do," ebe Huw Dafis, "mi gwelis o pan welis i'r tân gynta'. Roedd o'n rhedeg i ffwrdd, ac mi ddeudodd wrtha i gystal ag y medre fo, gan mor gynhyrfus oedd o, ym mhle'r oedd y tân."

"Oedd o'n gynhyrfus, oedd o?" gofynnai un o'r ustusiaid, a brathodd Lloyd ei wefus wrth glywed y cwestiwn.

"Oedd," ebe Huw Dafis, "roedd o mor gynhyrfus fel mai prin y gwydde fo beth oedd o'n ddeud, rydw i'n credu."

"Ddaru o ddim deud yn eglur wrthoch chi mai Arthur Wynn roes yr ydlan ar dan?" gofynnai Mr. Lloyd.

Petrusodd Huw Dafis, a chofiodd ei fod ef ei hun wedi dweud wrth amryw ar ôl hynny beth a ddwedasai Ned wrtho. Nid oedd ganddo eisiau mynd o'i ffordd i ddrygu achos Arthur, ond yr oedd raid iddo ateb.

"Ydech chi wedi colli'ch tafod?" ebe'r twrne. "Ddaru Ned ddim deud wrthoch chi mai Arthur Wynn roes y lle ar dân?"

"Wel," meddai Huw Dafis, "fedra i ddim gwadu na ddeudodd o rywbeth felly, ond roedd golwg mor wyllt arno fo fel yr ydw i'n credu, fel y deudis i o'r blaen, na wydde fo ddim yn iawn beth oedd o'n ddeud."

"Os nad ydw i'n methu, Mr. Dafis, mi welsoch Arthur Wynn tua'r un adeg. Yr oedd ynte'n edrych yn wyllt iawn, rydw i'n dallt, yn waeth na Ned, yn ôl fel y dywedasoch chi eich hun, Mr. Dafis?"

"Oedd, yr oedd o felly," ebe Huw Dafis, gan ofidio'n arw ei fod wedi dweud wrth neb beth welsai y noson cynt.

"Roedd Mr. Arthur Wynn, onid oedd o, yn rhedeg fel anifel gwyllt—dyna'ch geirie chi'ch hun, Mr. Dafis. Roedd golwg arno fo fel pe buase fo mewn dychryn mawr, neu fel petase fo tan ddylanwad euogrwydd? Deudwch wrth y fainc."

"Oedd," meddai Huw Dafis, ac eisteddodd Mr. Lloyd i lawr yn foddhaus ei olwg.

Cododd Mr. Griffith ar ei draed, a gofynnodd gwestiwn neu ddau.

"P'run o'r ddau oedd yn edrych fwya'i gyffro, Mr. Dafis?" meddai.

"Roedd y naill mor gynhyrfus a gwyllt â'r llall," ebe Mr. Dafis.

"Ie, ac os oedd yr arwyddion hynny yn brawf o euogrwydd, roedd y naill yn edrych lawn mor debyg â'r llall o fod wedi cyflawni'r trosedd."

"Oedd," ebe Huw Dafis, a chafodd y geiriau ddylanwad ar y fainc. Anerchodd y ddau dwrne yr ustusiaid, a phan oedd yr ustusiaid yn ymgynghori, yr oedd pawb yn y llys bron yn dal eu hanadl i ddisgwyl am y canlyniad.

Yn y man, siaradodd y Cadeirydd. Credai yr ustusiaid, meddai, nad oedd ddigon o dystiolaeth yn erbyn Arthur

Wynn i gyfiawnhau'r fainc am orchymyn ei gadw mewn dalfa na gohirio'r achos. Profwyd, wrth gwrs, fod Arthur Wynn yn yr ydlan ychydig cyn y tân, a'r ffagl yn ei law. Yr oedd yn ddigon posibl iddo gynhyrfu wedi i Mr. Jackson ei chwipio, yn wir, amhosibl fuasai iddo beidio, ond fe brofwyd hefyd fod Ned Huws yn yr ydlan, a bod y ffagl wedi bod yn ei feddiant ef ar ôl i Jackson guro Arthur Wynn. Yr oedd Mr. Griffith, meddai'r cadeirydd, wedi ymresymu mai Ned Huws oedd y troseddwr, a'i fod wedi ffoi. Sut bynnag am hynny, nid oedd Ned Huws yno, ac yn wyneb yr holl ystyriaethau hyn, a diffyg unrhyw dystiolaeth bendant ac uniongyrchol yn erbyn Arthur Wynn, yr oedd y fainc yn teimlo mai eu dyletswydd oedd ei ryddhau.

Torrodd y bobl i waeddi hwrê, ac ymwthiodd llawer ymlaen i longyfarch Arthur ar ei ryddhad.

Aeth Dafydd Owen yn ddi-oed i chwilio amdano, gyda'r bwriad o'i gymryd adref gydag ef yn ei gerbyd, ond cafodd yn fuan iawn fod Arthur wedi diflannu o'r golwg i rywle. Chwiliodd yn hir amdano, ond yn ofer, ac o'r diwedd, gorfu iddo gychwyn adref hebddo.

Ym mhle'r oedd Arthur? Wedi cael ei hun yn rhydd, yr oedd efe wedi dianc ymaith o fysg y bobl, a'i deimladau yn gyfryw ag na ellid eu disgrifio. Yr oedd yr ymdeimlad ynddo ei fod yn euog yn peri poen angerddol iddo. Yr oedd yn gwbl wir nad oedd ganddo gof am yr hyn a ddigwyddodd, ond credai yn sicr ei fod wedi rhoi'r ffagl yn y das. Ni wyddai beth i'w wneud. Yr oedd yr ymdeimlad o euogrwydd yn boenus, ond yr oedd arno ofn y gosb hefyd, ac ofnai, er ei fod yn awr yn rhydd, nad oedd efe eto allan o berygl. Crwydrodd ar draws y caeau tua Chwm Eryr, ac heibio iddo, yn newynog a blinedig, ac heb wybod yn iawn i ble'r âi. Dechreuodd ofidio na fuasai wedi mynd gyda Dafydd Owen. Ni allai feiddio mynd i Gwm Eryr—yr oedd hynny'n eglur. Meddyliodd am fynd ar ôl Mr. Warren, hen gyfaill ei dad; hwyrach y rhoddai hwnnw gysgod iddo. Ond yr oedd Mr. Warren yn byw ar y Cyfandir yn rhywle; yr oedd wedi cyrraedd yno bellach, ac nid oedd ganddo yntau arian i fynd ar ei ôl. Eisteddodd ar gamfa i feddwl am y pethau hyn. Cyn hir, clywai sŵn rhywun yn dod tuag ato. Sioned Ffowc ydoedd. Pan welodd hi ef, daeth dagrau i'w llygaid.

"Mae'r hanes wedi cyrraedd ers meitin, syr," meddai, "ond beth ar y ddaear ydech chi'n ei wneud yn y fan yma?"

"Am nad oes gen i le yn y byd i fynd," ebe Arthur.

Stopiodd Sioned. "Pam nad ewch chi adre?" ebe.

"Adre?" ebe Arthur. "I Gwm Eryr ydech chi'n feddwl? Wiw i mi fynd yno."

"Ble'r ewch chi, ynte?"

"Wn i ddim, os na orfedda i dan y coed yma, tan y bore—mae gen i eisio bwyd yn ofnadwy." Agorodd Sioned fasged fechan oedd ganddi ar ei braich, a thynnodd deisen fechan allan, gan ei hestyn iddo.

"Dydw i ddim yn leicio'ch gadel chi yma, meddai. "Dowch hefo fi, mi gewch gysgu acw—mi fydde'n well i chi gysgu ar lawr y gegin na bod yn y fan yma."

"Na," ebe Arthur, "wna i ddim ond y'ch tynnu chi a'ch tad i drwbwl os do'i acw. Diolch i chi 'run pryd."

Aeth Sioned ymaith yn drist, a bwytaodd Arthur y deisen gydag awch. Teimlai ddialedd chwerw yn erbyn Jackson, canys gwyddai mai i'r gŵr hwnnw yr oedd efe i ddiolch am ei holl drueni. Gweithiodd ei hun i fyny i deimlad angerddol, a dymunai gyfarfod ei elyn wyneb yn wyneb, a thalu'r pwyth iddo am yr holl gam. Troes ei ben, a chyda dolef o syndod a dychryn, gwelai Jackson o'i flaen. Daeth ato'i hun mewn eiliad, a pharhaodd i eistedd ar y gamfa.

Am Jackson, ni fu efe erioed yn teimlo mor chwerw at Arthur â'r noswaith honno, wedi iddo ddianc yn rhydd megis o'i grafangau ar waethaf cyfraith a phopeth. Fel y deuai ymlaen hyd y llwybr, yr oedd Mr. Jackson yn ceisio llunio yn ei feddwl pa fodd y cai godi gwarant i ddal Arthur drachefn. Mewn gwirionedd, yr oedd ganddo ofn yn ei galon o hyd rhag y gallai Arthur ryw ddydd gael cyfiawnder ac—yno o'i flaen, o fewn teirllath iddo, gwelai Arthur!

Neidiodd Mr. Jackson yn ei flaen fel llew, a chydiodd yn ysgwydd Arthur yn ffyrnig. Dilynodd ymdrechfa. Bu taro o bobtu, ond Mr. Jackson oedd y cryfaf, hyrddiodd Arthur i lawr, a disgynnodd yntau gyda sŵn fel sŵn corff marw'n disgyn.

Ai Arthur ai Jackson wnaeth y sŵn? Nid Arthur, canys yr oedd efe'n llonydd ar lawr, yn llonydd fel marw, a gwyddai Jackson mai nid efe wnaeth y sŵn. Gwrandawai Jackson, a chlywodd yn y man sŵn fel pe buasai rhywun yn dod drwy'r gwrych ychydig bellter oddi wrtho.

Troes ymaith, a ffoes fel y gwynt.

Pwy oedd wedi ei weld?

XXXVIII.
Dirgelwch

Wedi cyrraedd adref, aeth Dafydd Owen tua Chwm Eryr i chwilio am Arthur, gyda'r bwriad o'i gymryd gydag ef i Ben y Wern, gan y gwyddai na fyddai iddo fawr o groeso yn nhŷ Jackson. Pan gyrhaeddodd Dafydd, yr oedd Jackson wedi mynd allan, ac nid oedd hanes am Arthur, na neb yn gwybod i ble'r aethai. Bu Dafydd yn disgwyl a disgwyl, ond ni ddeuai Arthur, ac o'r diwedd, cychwynnodd Dafydd tuag adref. Prin yr oedd efe wedi mynd ddeg llath yn ei flaen pryd y daeth Neli ar ei ôl.

"Maddeuwch i mi am ddod ar y'ch ôl chi, Dafydd," ebe Neli, "ond raid i mi gael gofyn i chi. Ydi Arthur allan o beryg?"

Ymaflodd Dafydd yn ei llaw, ac edrychai arni gyda thynerwch a gresyni, ond petrusai ateb. Plygodd hithau ei phen at ei fynwes, a chan ocheneidio'n dorcalonnus, gofynnodd yn isel, "Ydech chi'n credu mai fo ddaru?"

"Neli, 'ngeneth annwyl i, rydw i'n credu mai fo ddaru; yr ydech chi'n gofyn i mi ddeud yr hyn ydw i'n feddwl, a fynnwn i ddim deud dim arall wrthoch chi. Ond rydw i'n credu y rhaid ei fod o o'i go, ac nad oedd o ddim yn gwybod beth oedd o'n wneud."

"Beth ellwn ni wneud?" ebychai Neli.

"Dim. Fedrwn ni wneud dim byd, ond rhaid i ni geisio llochi* Jackson. Os gellir gwneud hynny, mi fydd y peryg drosodd."

"Fyn o byth mo hynny," ebe Neli mewn anobaith. "Mi fydd yn meddwl am werth y teisi a'r golled. Dafydd, os daw pethe i'r gwaethaf, ac os dalian nhw fo eto, mi dyr fy nghalon."

---

* *Llochi:* tawelu, bodloni.

"Ust, 'ngeneth annwyl i. Ceisiwch edrych ar yr ochor orau; wneiff eich gofid chi les yn y byd i Arthur, ac mi wneiff ddrwg i chithe. Mi wnaf bopeth fedra i er ei fwyn o. Mi fase'n dda gen i tase gen i fwy o ddylanwad ar Jackson— mae gen i ofn na wneiff y gurfa rois i iddo fo a'r cynghorion rois i i'w ferch at ei stumog fawr o les i mi rŵan!"

Gwenodd Neli er gwaethaf ei thristwch, ac atebodd, "Does gen neb ddylanwad arno fo ond modryb Gaenor."

"Ie," ebe Dafydd, "mae gyno fo ei hofn hi. Mi ddof yma i siarad hefo hi yn y bore."

Ymwahanodd y ddau, ac aeth Dafydd ymaith. Safai Neli i edrych ar ei ôl nes aeth o'r golwg, a phan gollodd olwg arno, teimlai fel pe buasai ei chalon ar dorri. Aeth pethau ymlaen yn ddistaw yn Nghwm Eryr, ac yr oedd yn mynd yn hwyr o'r nos, a Mr. Jackson eto heb ddod adre. Yr oedd pawb ar eu traed yno, ac yn synnu ym mha le y gallai fod. Yr oedd agos yn hanner nos pan ddaeth efe i mewn.

Pan ddaeth i'r golau, yr oedd ei olwg yn ddigon i dynnu sylw. Yr oedd gwaed ar ei wyneb, ac un o'i lygaid wedi duo. Edrychai'r forwyn agorodd y drws iddo mewn syndod arno, a phan gyrhaeddodd efe at ei deulu, sylwodd Lucy arno yn ddi-oed.

"Gwared ni, 'nhad, beth ydi'r mater arnoch chi?" ebe.

Unig ateb Mr. Jackson oedd gofyn yn ffyrnig beth oeddynt yn wneud ar eu traed yr adeg honno o'r nos, a phaham na fuasent yn eu gwelyau.

"Beth ydi'r mater ar eich wyneb chi?" ebe Miss Gaenor yn awdurdodol.

"Dim byd," ebe Jackson yn gwta.

"O, ai gwaed a llygad du, a ffrynt crys wedi ei rwygo ydi dim byd, ai e?" ebe Gaenor yn oeraidd.

"Rydw i'n deud wrthych chi nad oes dim byd arna i," ebe Jackson. "Fedrwch chi ddim cymryd ateb dyn?"

"Medra—ateb dyn," ebe Gaenor. Ni byddai Jackson byth mewn hwyl ffraeo llawer hefo Gaenor, a llawer llai y tro hwn, felly fe gipiodd gannwyll, ac aeth i'w wely.

Erbyn bore drannoeth, yr oedd tipyn gwell golwg ar wyneb Mr. Jackson, ac ni bu chwaneg o sôn am ei gyflwr y noson cynt. Brecwestwyd mewn distawrwydd, ond pan oeddid ar orffen, curwyd y drws, a gwaeddodd Jackson ar y sawl a gurai i ddod i mewn. Nid oedd yno neb amgen na Bob, un o'r gweision.

"Beth sydd?" ebe Jackson yn flin.

"Mae Ned Huws wedi dŵad yn ôl, syr."

"Lle mae o? Sut y gwyddost ti?" ebe Jackson yn frysiog.

"Un o'r bechgyn gwelodd o hefo'i waith y bore yma ym Mhen y wern," ebe Bob, "ac roeddwn i'n meddwl y down i ddeud wrthoch chi. Mi ofynnodd yr hogyn iddo fo i ble y rhedodd o i ffwrdd ddoe, ac mi ddeudodd ynte na redodd o ddim i ffwrdd o gwbwl, ac na ddaru o ddim ond cysgu'n hwyr."

Aeth Mr. Jackson a Norman allan ar unwaith, a gofynnodd Mrs. Jackson i Bob a glywsai efe rywbeth am Arthur. Safai Bob fel delw, sut bynnag, heb ateb gair.

"Pam na 'tebwch chi?" ebe Gaenor.

"Achos nad ydw i ddim yn leicio," ebe Bob. "Hwyrach na fasech chi ddim yn leicio clywed yr ateb, ma'am."

"Twt!" ebe Gaenor. "Glywsoch chi rywbeth amdano fo?"

"Wel, do," ebe Bob. "Roedden nhw'n sôn amdano fo rŵan yn y buarth."

"Beth oedden nhw'n ddeud amdano fo?" Nid atebodd Bob, ond edrychai yn hurt ar Mrs. Jackson. Gofynnodd Miss Gaenor iddo eilwaith, ac nid oedd ganddo ddim i'w wneud bellach ond ateb.

"Mae'n nhw'n deud, ma'am," meddai, "fod o wedi marw."

"Wedi beth?" ebe Gaenor.

"Wedi marw, ma'am," ebe Bob. "Mae'n nhw'n deud ei fod o wedi cael ei ladd neithiwr ar y llwybr dipyn is i lawr na'r llyn. Doeddwn i ddim yn leicio deud wrth mistar, achos mae'n nhw'n deud, os ydi o wedi ei ladd, mai mistar. lladdodd o."

Daeth dychryn ar bawb a glywodd hyn, a bu hyd yn oed Gaenor am beth amser yn hêl ei meddwl at ei gilydd.

"Bob," meddai, "pwy glywsoch chi'n deud?"

"Y dynion yn y buarth," ebe Bob. Cododd Gaenor, ac aeth allan a Bob gyda hi, a chroesodd y buarth, ond yr oedd y dynion wedi mynd i rywle. Daeth Norman i'w chyfarfod o gyfeiriad y stablau.

"Lle mae'ch tad?" ebe Gaenor.

"Wedi mynd i roid y plismyn ar drac Ned Huws."

"Norman, glywsoch chi'r stori am Arthur?"

Roedd rhywbeth ofnadwy hyd yn oed i Norman yn llais Gaenor. "Na, chlywais i ddim amdano fo," ebe Norman. "Beth sydd? Ydi o wedi marw?"

"Ydi, mae o wedi marw."

Er mai mewn rhyw hanner gwawd y gofynasai Norman y cwestiwn, aeth ias o rywbeth fel braw drosto pan glywodd yr ateb, ac aeth ei wyneb yn welw. "Beth ar y ddaear ydech chi'n feddwl, modryb?"

Cyn i Gaenor gael ateb, daeth Dafydd Owen atynt, yr hwn a ddaethai i fyny yn ôl ei addewid i chwilio am Arthur ac i siarad â Gaenor. Deallodd Dafydd ar wynebau'r ddau fod rhywbeth wedi digwydd, a gofynnodd, "Beth ydi'r mater—mi welaf fod gynnoch chi ryw newydd drwg."

Gofynnodd Gaenor iddi ei hun a ddylasai ddweud y stori wrth Dafydd, a phenderfynodd ddweud. Fe allai Dafydd fod o wasanaeth.

"Mae Bob," meddai, "wedi dod â'r stori fod Arthur wedi ei—wedi marw,"—ni allai Gaenor ddweud y cwbl.

"Beth!" ebe Dafydd.

"Maen nhw'n deud ei fod o wedi cael ei ladd. Mi fase'n dda gen i petaech chi'n mynd ar ôl y dynion i holi ai gwir ai celwydd yw'r stori."

Safodd Dafydd am ennyd heb symud na dweud gair, ond yn y man troes, a chychwynnodd ar ôl y dynion, y rhai oeddynt wedi mynd i rai o'r caeau. Cychwynnodd Norman ar ei ôl, ond cydiodd Gaenor yn ei fraich ac ataliodd ef.

"Safwch yma," ebe.

"Sefyll yma?" ebe Norman yn ddigllon. "Chymeris i 'rioed arna 'mod i'n hoff o Arthur, ond os ydi o wedi cael ei ladd, raid i mi gael gwybod pwy ddaru—"

"Maen nhw'n deud mai'ch tad ddaru."

Troes Gaenor ac aeth ymaith yn syth, canys ni allai ymddiried ynddi ei hun i sefyll yno'n hwy—yr oedd hyd yn oed yr hen ferch wedi colli rheolaeth arni ei hun am y tro. Edrychai Norman ar ei hôl, fel dyn mewn breuddwyd. Prin y gallai sylweddoli beth oedd y geiriau a lefarodd hi wrtho yn olygu, ond safai yn ei unfan, heb allu symud llaw na throed. Yn y cyfamser, yr oedd Mr. Jackson wedi mynd i gyfeiriad Blaenycwm, ac wrth orsaf y plismyn, cyfarfu'r Sarsiant Jones.

"Mi wn y'ch neges chi," ebe'r Sarsiant. "Dod i ddeud fod Ned Huws wedi dod i'r golwg rydech chi? Ryden ni'n gwybod, a rydw i wedi gyrru Siôn i'w ddal o. A sgubo'r hogyn, rhoi cymaint o drafferth i ni!"

"Mi geiff y gŵr bach ddiodde am hynny," ebe Jackson.

"Wel, mae golwg amheus iawn ar ei waith o'n rhedeg i ffwrdd fel yna," ebe Jones.

"Ydi Siôn yn mynd i ddŵad â fo yma?" gofynnai Jackson.

"Ydi, gynted ag y meder o. Welis i 'rioed hogyn 'run fath â fo—mynd o gwmpas 'i waith heddiw fel tase ddim byd wedi digwydd. Mi fydd yma toc."

"Felly, mi arosa'i yma," ebe Jackson.

XXXIX.
Yr Hyn Welodd Ned

Cafodd Dafydd Owen hyd i'r dynion yn fuan, a dechreuodd eu holi, ond ni allai gael unrhyw sicrwydd ganddynt. Cafodd, sut bynnag, hyd i'r dyn a ddygodd y stori i Gwm Eryr, a dilynodd hwnnw. Dwedodd hwnnw wrtho mai gan ei wraig y clywsai efe'r stori, ac mai Marged Huws a'i dywedasai wrth honno. Ymaith â Dafydd tua thŷ Marged Huws. Yr oedd Mrs. Huws wrthi'n brysur yn gorffen golchi'r golchiad y bu raid iddi ei adael ar ei ganol y diwrnod cynt pan ddaeth Siôn, y plismon, i'w nôl, neu yn hytrach i nôl Ned, gan ei chymryd hi yn ei le. Yr oedd Mrs. Huws braidd yn anfodlon i ddweud y stori, ond llwyddodd Dafydd i gael y cwbl allan drwy holi yn o fanwl. Rhywbeth yn debyg i hyn oedd yr hanes, ond ei fod wedi cymryd tua chymaint deirgwaith o amser i Mrs. Huws ei ddweud:

Pan gyrhaeddodd Mrs. Huws adref o'r treial, yr oedd bron yn nos. Gwnaeth Mrs. Huws gwpaned o de, ac yna dechreuodd feddwl. Ym mhle yr oedd Ned? A oedd a wnelai efe rywbeth â'r tân mewn gwirionedd? Gwyddai yn iawn na fuasai Ned byth yn rhoi'r ydlan ar dân yn fwriadol, ond beth am ddamwain?

"Ys gwn i beth wnaen nhw iddo fo taen nhw'n medru profi mai gwreichionen o'r ffagal oedd gen Ned roes y lle ar dân? Tybed fedren nhw'i dransportio fo ai peidio?" ebe Mrs. Huws, wrthi ei hun, mewn dygn flinder enaid.

Gyda hynny, agorodd y drws a daeth Ned i mewn, mewn braw a chyffro mawr, yn ôl pob golwg. Gyda'i bod wedi ei weld, troes ofnau Mrs. Huws yn ddigllonrwydd fwy na heb, canys hi a ymaflodd yn ysgwydd ei mab, a dechreuodd ei ysgwyd yn dost.

"Beth ydw i wedi wneud rŵan?" ebe Ned.

“Beth wyt ti wedi wneud, wir!” ebe Mrs. Huws, gan ei ysgwyd yn waeth nag o’r blaen. “Dysgu i ti fynd i gario cŵn bach i’r hen hogan yna. Dyna ti wedi rhoi’r ydlan ar dan, wedi dengid i ffwrdd, a’r plismyn yn chwilio’r wlad amdanat ti, ac yn fy llusgo finne o flaen y ’stusiaid yn dy le di! Mi rof i ti, ’ngwas i, fynd i wneud rhyw gastia fel yna!”

Yn rhyfedd iawn, nid atebodd Ned yr un gair, eithr eisteddodd i lawr tan grynu. “Peidiwch, mam,” meddai toc. “Rydw i wedi cael braw.”

“Cael braw!” meddai Mrs. Huws, yn ddiystyrllyd. “Faint o fraw wyt ti’n feddwl wyt ti wedi roi i bobol ar pan eist ti â’r ffagal i’r ydlan yna, ac y rhoist ti’r lle ar dân?”

“Nid dyna’r peth,” ebe Ned. “Does gen i ddim ofn hynny, achos nid fi ddaru. Na, does gen i ddim ofn hynny.”

“Beth sy’ gen ti ofn, ynte?” ebe Mrs. Huws, yn ddigofus.

“Rydw i wedi cael braw ofnadwy,” ebe Ned. “Mam, cyn sicred â’r byd, mae Mr. Arthur wedi marw; mi gwelis o’n cael ei ladd.”

Y peth cyntaf wnaeth Mrs. Huws pan glywodd hyn oedd edrych ar ei mab fel pe buasai gyrn ar ei ben. Yna, tybiodd fod y bachgen wedi drysu. Yna, dechreuodd ei ysgwyd drachefn.

“Siarad synnwyr, wnei di,” meddai.

“Siarad synnwyr yr ydw i,” ebe Ned. “Mam, cyn sicred â’n bod ni yma ill dau, mi welis i Mr. Arthur yn cael ei ladd. Yn y coed yn ymyl y llyn ar y llwybr drwy’r caeau, mi gwelis o’n cael ei daro i lawr, ac mi glywis yr anadl yn mynd allan ohono fo.”

“Mr. Arthur wyt ti’n ddeud?” meddai Mrs. Huws yn ei braw.

“Ie, Mr. Arthur,” meddai Ned. “Mi ges fraw ofnadwy, ac mi redis i ffwrdd fel y gwynt!”

“Pwy lladdodd o?”

Edrychodd Ned o’i gwmpas, yn ofnus. “Feiddia’i ddim deud,” meddai.

"Ond, raid i ti ddeud!"

"Na, ddeuda i byth, os na orfodir fi. Hwyrach mai fy lladd inne wnâi o. Pan aiff yr hanes allan yfory fod o wedi marw, a phan fyddan nhw'n gofyn pwy ddaru, fydd yna neb i ateb. Mi gadwa i'n ddistaw, achos rhaid i mi. Tase Sioned Ffowc wedi gweitied, sut bynnag, ac wedi gweld yr helynt, fase waeth gen i ddeud, achos mi fase hi'n dyst 'mod i'n deud y gwir."

"Rydw i'n credu fod rhywbeth ar dy ben di," ebe Mrs. Huws. "Lle buost ti'n llechu?"

"Fuom i ddim yn llechu," ebe Ned. "Mi es i'r daflod ym Mhen y Wern neithiwr, ac mi gysgis tan brynhawn heddiw. Roeddwn i wedi blino'n ofnadwy, ac mae gwair yn beth garw am wneud i rwfun gysgu."

Er gwaethaf Mrs. Huws, ni chafodd ragor o wybodaeth gan Ned, a bore drannoeth, aeth Ned druan, mewn ofnau mawr o hyd, at ei waith. Prin y gwnaethai Hannah Owen yn ddoeth ryddhau Ned mor fuan, ond hwyrach fod yn amhosibl ei guddio yn hwy yn y daflod.

Yn gynnar yn y bore, cafodd Mrs. Huws fraw arall, nid amgen wrth weld Dafydd Owen yn dod yno i holi am Ned. Holodd Dafydd hi yn fanwl, a dwedodd hithau wrtho gymaint ag a addefodd Ned wrthi. Nid oedd hynny'n llawer, ond yr oedd yn addefiad rhyfedd, ac aeth Dafydd ymaith i ymofyn Ned.

Ond yr oedd taro ar Ned y bore hwnnw, ac yr oedd Siôn y Plismon eisoes wedi cael gafael arno ym Mhen y Wern. Y peth cyntaf wnaeth Siôn oedd rhoi cyffion am arddyrnau Ned. Hwyrach fod Siôn yn ofni iddo ddianc drachefn.

"Hwda di'r celffant bach!" ebe Siôn. "Rhed di i ffwrdd eto i dreio, ar ôl y llofruddiaeth wnest ti!"

Doedd gan Mr. Siôn reswm yn y byd dros ddefnyddio'r gair "llofruddiaeth," dim ond fod arno eisiau rhoi disgrifiad cryf o ymddygiad Mr. Ned. Cymerodd Ned olwg arall ar y gair, sut bynnag.

"Nid y fi ddaru lofruddio fo," ebe Ned, mewn dychryn mawr. "Wnes i ddim ond edrych ar y peth. Pa achos oedd gen i i'w lofruddio fo?"

"Pwy sy'n sôn am lofruddiaeth?" ebe Mr. Siôn, wedi anghofio, fe ddichon, ei fod ef ei hun wedi defnyddio'r gair. "Doedd ddim yn ddigon i ti roi'r ydlan ar dân, tybed, heb wneud dim arall?"

"O, y tân ydech chi'n feddwl," ebe Ned, gyda dirfawr ryddhad. "Nid y fi wnaeth hynny chwaith, ac mi fydd yn ddigon hawdd profi. Roeddwn i yn meddwl mai am y llofruddiaeth yr oeddech chi yn sôn."

Edrychodd Siôn ar ei garcharor heb wybod yn iawn beth i feddwl ohono. Dechreuodd holi, braidd yn fwy cyfrwys nag y buasai yn disgwyl i Mr. Siôn fedru gwneud.

"Pa lofruddiaeth wyt ti'n feddwl, tybed?" ebe.

"Llofruddiaeth Mr. Arthur—"

"Mr.—beth ar y ddaear wyt ti'n feddwl, dywed?" ebe Mr. Siôn, a'i wallt yn sefyll yn syth ar ei ben gan faint syndod, os nad dychryn, Mr. Siôn.

Gwelodd Ned ei fod wedi ei ddal. Buasai'n falch pe gallasai suddo i'r ddaear neu hedeg i'r awyr, ond gan nad oedd efe na thwrch daear nac aderyn bach, ni allai wneud y naill na'r llall. Wrth glywed Siôn yn sôn am "lofruddiaeth," tybiodd Ned, yn ddigon naturiol, fod y stori yn wybyddus, ond yr oedd efe wedi penderfynu bod yn ddistaw ynghylch y peth.

"Pwy sy'n deud fod Mr. Arthur wedi ei ladd?" ebe Siôn.

"Felly mae o," ebe Ned, "ond nid y fi ddaru."

Y peth nesaf wnaeth Mr. Siôn oedd cipio gafael yn mraich Ned, druan; a'i lusgo bob cam i'r pentref i dŷ'r plismyn. Pan gyraeddasant yno, yr oedd Mr. Jackson i mewn, a'i geffyl yn sefyll y tu allan wrth y drws. Cafodd Ned fraw anaele pan welodd ef Mr. Jackson.

"Hylô!" ebe'r Sarsiant Jones. "Mi ddoist ti i'r golwg o'r diwedd. Lle buost ti ddoe?"

Nid atebodd Ned, eithr edrychai fel pe buasai'n awyddus i osgoi Mr. Jackson, a chrynai fel deilen. Yr oedd Jones ar fedr gofyn iddo pam y crynai mor ofnadwy, pryd y llefarodd Mr. Jackson, fel taran:

"Pam ddaru ti redeg i ffwrdd yn lle dŵad i roi dy dystiolaeth?" meddai.

"Ddaru mi ddim rhedeg i ffwrdd," ebe Ned, druan, "ddaru mi ddim ond gorfedd ar y gwair yn y daflod ym Mhen y Wern, a ddeffris i ddim tan neithiwr bron iawn. Mi feder Hannah Owen ddeud 'mod i yno, achos hi gafodd hyd i mi yno neithiwr, ac mi gyrrodd fi adre. Doedd dim achos i mi redeg i ffwrdd, achos nid fi roes yr ydlan ar dan."

"Ond mi gwelist hi yn cael ei thanio," ebe Mr. Jackson.

Ciliodd Ned o'r tu ôl i Siôn, er mwyn bod yn ddigon pell oddi wrth Mr. Jackson. Dygodd Jones ef i'r golwg drachefn. "Raid i ti ddim cilio fel yna," meddai, "dywed ti'r gwir, ond does dim rhaid arnat ti ddeud dim fydde'n debyg o dy ddrygu di dy hun."

"Mi alla ddeud rŵan," meddyliai Ned, ynddo'i hun, "gan fod Mr. Arthur wedi marw, wneiff deud ddim drwg iddo fo."

Yna, ychwanegodd Ned, yn uchel: "Mr. Arthur ddaru. Ar ôl i chi ei chwipio fo, mi gipiodd y ffagal, ac mi rhoes hi yn y das, a dyna'r gwir, tawn i'n marw'r munud yma."

"Mi gwelist o'n gwneud hynny?"

"Roeddwn i'n gwylio ar hyd yr amser. Roedd o'n edrych fel un o'i go', ac mi roes fraw i mi. Mi dynis i'r gwair oedd wedi tanio allan o'r das, ac mi diffoddis o, ond mae'n debyg fod yno wreichionen wedi aros. Mi ddychrynis yn waeth fyth wedyn pan welis i'r tân yn torri allan, ac mi redis i nôl y peirianne i'w ddiffodd o. Mi ddeudis wrth Huw Dafis neithiwr mai dyna lle bûm i, a dyna'r gwir, dawn i byth o'r fan yma!"

Credai Jones fod yr hogyn yn dweud y gwir, ond gofynnodd, serch hynny, yr un mor amheus a phenderfynol, "Felly, pam yr est ti i ymguddio? Rŵan, dywed y gwir!"

Yr oedd Ned braidd a cholli rheolaeth arno ei hun, ond atebodd, "Roeddwn i bron blino i farwolaeth," meddai, "ac mi es i'r daflod, ac mi gysgis am orie. Ddeffris i ddim nes oedd hi'n hwyr yn y pryn'awn."

Yr oedd hyn yn edrych yn ddigon tebyg i wir, ond cyn i Jones gael amser i ofyn cwestiwn arall, dwedodd Jackson,

"Dyna ddigon, Jones, mae o wedi cyfadde mai Arthur Wynn ddaru. Ond mae o'n haeddu cosb am roi cymaint o drafferth i bawb. Rhaid cael ail dreial rŵan. Mi ellir gwrando'r achos fory—mae gen i eisio mynd i ffwrdd heddiw. Cadwch yr hogyn yma, a chofiwch wneud yr hyn ddeudis i wrthoch hi heddiw."

Aeth Mr. Jackson ymaith, a chyda hynny, rhuthrodd Dafydd Owen i mewn i'r ystafell, ar gymaint o frys fel y bu agos iddo daflu Siôn ar ei hyd ar lawr.

XL.
Tro Di-ddisgwyl

"Hylô, Ned!" ebe Dafydd. "Wyt ti mewn penbleth? Y ti ydi'r hogyn oedd gen i eisio weld."

Aeth Dafydd at y Sarsiant Jones, yr hwn oedd yn eistedd wrth ei ddesg, a chan ostwng ei lais, gofynnodd, "Glywsoch chi'r stori am Arthur Wynn?"

"Rydw i wedi clywed fod yn debyg ei fod o wedi dengid," ebe Jones. "Mae Mr. Jackson wedi rhoi ei enw wrth warrant i'w ddal o."

"Maen nhw'n deud," ebe Dafydd yn araf, "fod Arthur Wynn wedi marw."

"Marw!" ebe Jones mewn syndod. "Arthur Wynn wedi marw! Pwy sy'n deud?"

Edrychodd Dafydd ar Ned. Yr oedd Ned yn edrych fel corff, ac yn crynu fel deilen, ond cyn y gellid gofyn cwestiwn iddo, daeth Siôn, yr hwn a glywsai'r cwestiwn a ofynnodd Jones, ymlaen a siaradodd.

"Yr oedd o yn deud hynny," ebe Siôn, gan bwyntio at Ned. "Pan rois i'r cyffion am ei arddyrne fo, mi droes cyn wyned â'r galchen, ac mi ddechreuodd wadu mai fo oedd wedi cyflawni'r llofruddiaeth. Mi ofynnis iddo fo beth oedd o'n feddwl, a phwy oedd wedi cael ei lofruddio, a dyma fynte yn deud mai Mr. Arthur Wynn."

Edrychodd Jones fel pe buasai wedi ei daro â syndod. "Pa reswm sydd gyno fo dros ddeud hynny?" meddai. "Mr. Owen, lle clywsoch chi'r stori?"

"Yn Nghwm Eryr," meddai Dafydd, "ac yr ydw i wedi bod yn holi. Cyn belled ag y medra i gael allan, y fo, Ned, ddeudodd y stori gynta."

Galwodd Jones ar Ned ato, ac aeth yr hogyn yn ofnus. "Fuost ti'n gwneud rhyw gam â Mr. Arthur?" ebe Jones.

"Y fi!" ebe Ned, ac yr oedd yn amlwg fod ei syndod at gwestiwn y swyddog yn wirioneddol. "Y fi! faswn i ddim yn niweidio'r un blewyn ar ei ben o," ychwanegai, gan dorri i wylo. "Fedrwn i ddim cysgu o grugo am y peth. Nid y fi ddaru!"

Tynnodd Jones y cyffion oddi am ei arddyrnau. "Rŵan," meddai, "mi fedri siarad yn iawn rŵan. Dywed yr hanes wrthon ni."

"Mae gen i ofn, syr," ebe Ned.

"Raid i ti ddim ofni, os wyt ti'n ddiniwed. Wyddost ti a oes rhyw ddrwg wedi digwydd i Arthur Wynn?"

"Mi wn ei fod o wedi marw," ebe Ned. "Roeddan nhw'n fy ffraeo fi am ddeud mai fo roes y das ar dân, ond rŵan wedi iddo fo farw, dydi ddim pwys, ac mi allai ddeud mai fo ddaru."

"Pwy oedd yn dy ffraeo di?" ebe Jones.

"Rhai ohonyn nhw," ebe Ned, gan gofio na thalai iddo ddweud mai Hannah Owen a Mrs. Jackson fu wrthi. Yr oedd Ned mewn gwirionedd yn hoff iawn o Arthur, a buasai yn marw erddo bron.

"Wel, beth sydd gen ti i'w ddeud am Mr. Arthur? Os oes gen ti ofn deud wrtha i, dywed wrth dy feistr; rydw i'n siŵr ei fod o'n feistr caredig i ti."

"Raid i ti ddeud, Ned," ebe Dafydd, gan roi ei law ar ysgwydd yr hogyn. "Ofn beth sydd arnat ti?"

"Mi alle Mr. Jackson fy ladd i am ddeud," ebe Ned yn anewyllysgar.

"Twt! Mi fydde Mr. Jackson mor awyddus i wybod â minne."

"Ond beth os mai fo lladdodd o?" sibrydai Ned, gan edrych yn ofnus o gwmpas yr ystafell. Bu distawrwydd. Edrychodd Jones ar Dafydd, wyneb yr hwn a, droesai yn fflamgoch gan syndod a braw.

"Rhaid i ti ddeud y cwbl, Ned," ebe Dafydd.

"Neithiwr y bu hyn," ebe Ned, "yn y coed wrth y llyn yn ochor y llwybr. Yr oeddwn i'n mynd adre ar ôl i

Hannah Owen fy nhroi fi o'r daflod. Pan gyrhaeddis i atyn nhw, roedden nhw'n ffraeo—"

"Pwy oedd yn ffraeo?" gofynnai Dafydd.

"Mr. Jackson a Mr. Arthur. Mi ddychrynis i, ac mi ymguddis yn y coed, a welson nhw monof fi. Wedyn, mi glywis sŵn taro, ac mi edrychis allan, ac mi welis Mr. Arthur yn cael ei daro i lawr. Mi syrthiodd fel dyn marw, ac mi glywis inne'r anadl olaf yn mynd allan o'i gorff o, fel ochenaid, 'run fath yn union â'r ochenaid roes brawd fy mam wrth farw."

"Beth fu wedyn?" ebe Jones.

"Wn i ddim, syr," ebe Ned, "mi redis i ffwrdd yn fy mraw, ac mi es adre. Ddeudis i ddim wrth fy mam mai Jackson a'i lladdodd o. Faswn i ddim yn deud wrthoch chithe heblaw y'ch bod chi yn fy ngorfodi fi."

Yr oedd Jones yn meddwl am yr hyn a welsai ac a glywsai.

"Does dim deng munud er pan oedd Jackson yn gorchymyn i mi chwilio am Arthur Wynn a'i ddal o heddiw," meddai, yn fwy wrtho ei hun nag wrth Dafydd. "Roedd o'n gwybod ei fod o'n llechian yn rhywle yn y gymdogaeth, medde fo; llechian, dyna'r gair. Wn i ddim beth i feddwl o hyn."

Ni wyddai y lleill chwaith, ag eithrio Ned Huws, hwyrach, canys yr oedd Ned yn hollol bendant am yr hyn a welsai â'i lygaid ei hun.

"Ys gwn i ar y ddaear," ebe Jones yn araf, "ys gwn i ar y ddaear yma beth achosodd y briwie a'r cleisie hynny ar wyneb Mr. Jackson?"

Cyn pen ychydig oriau, yr oedd y chwedl wedi ymledu drwy'r holl ardal fod Jackson wedi lladd Arthur Wynn. Hysbysid mai Ned Huws oedd yn dweud ei fod wedi gweld y llofruddiaeth, a'i fod yntau mewn dalfa. Yr unig beth i gadarnhau'r chwedl mewn gwirionedd, heblaw tystiolaeth Ned, oedd y ffaith na ellid cael hyd i Arthur Wynn yn unman er chwilio'r holl ardal. Pe buasai Arthur Wynn wedi ei ladd gan Mr. Jackson, yr oedd yn beth hynod na chawsid hyd i'w gorff, ond yr oedd y mwyafrif mawr o'r trigolion yn credu mai Jackson a'i llofruddiodd, a'i fod wedi gwneud i ffwrdd â'r corff hefyd. Y cyfryw oedd meddwl ei gymdogion am Mr. Jackson. Gyda'r nos, galwodd Mr. Jackson gyda'r plismyn, ar ei ffordd adref o'r gwaith.

"Ydech chi wedi ei ddal o?" gofynnai Mr. Jackson.

"Naddo," ebe Jones, gan sylwi'n fanwl ar wyneb Jackson. "Mae'r ddau blismon wrthi hi drwy'r dydd yn chwilio amdano fo, ond nid ydyn nhw eto wedi cael siw na miw o'i hanes o yn unman."

"Segura mae'r ddau gelffant!" ebe Mr. Jackson yn ffyrnig. "Rhaid iddyn nhw ei ddal o!"

"Fyddwch chi cystal â dod drwodd i'r offis yma am funud, syr, mae gen i air hefo chi," ebe Jones.

Aeth Jackson i mewn, gyda pheth syndod. Caeodd Jones y drysau oll ond un drws ym mhen pellaf yr ystafell. Yr oedd hwnnw yn gilagored.

"Mae stori ar led, Mr. Jackson," ebe Jones, "fod rhyw ddrwg wedi digwydd i Arthur Wynn. Wyddoch chi rywbeth am y mater?"

"Na wn i," ebe Jackson yn gwta a nerfus, "pa ddrwg alle ddigwydd iddo fo?"

"Dywedir eich bod chi ag ynte wedi cyfarfod neithiwr, yn hwyr, ac, yn fyr, fod Arthur Wynn wedi ei ladd."

Edrychai'r ddau ar ei gilydd am ysbaid, Jones yn berffaith ddigyffro, a Jackson mewn dirfawr gyffro mewnol. Aeth ei wyneb cyn goched â'r tân, ac yna troes cyn wyned â'r mur gerllaw, oedd newydd ei wyngalchu.

"Pwy sy'n deud y fath beth?" ebe Jackson toc.

"Mi welwyd y cwbl yn ddamweiniol," ebe Jones. "Roedd rhywun yn digwydd pasio ar y pryd, ac mae o wedi hysbysu'r peth heddiw."

"Pwy oedd o?"

Nid atebodd Jones, ond gofynnodd gwestiwn ei hun.

"Ydech chi'n gwadu hyn, Mr. Jackson?"

"Ddyweda i ddim byd," ebe Jackson, "hyd nes y ca i wybod pwy sy'n fy nghyhuddo i."

"Y sawl a welodd yr helynt rhyngoch chi ag Arthur Wynn neithiwr," ebe Jones, "ydi Ned Huws—"

"Ha!" ebe Mr. Jackson, gyda dirmyg. "Os ydech chi'n dymuno gwneud rhywbeth ar bwys gair y creadur yna, gwnewch ar bob cyfri. Mi gyfarfyddis i Arthur Wynn neithiwr, ac mi fu tipyn o ffrae rhyngon ni. Beth ddaeth ohono fo wedyn, wn i ddim; busnes y plismyn ydi ei ddal o yn ngrym y warant sydd yn ei erbyn o, ac mi fydde'n llawer gwell iddyn nhw wneud hynny hefyd na gwrando ar straeon hen wragedd!"

"Hanner munud, os gwelwch chi'n dda," ebe Jones, gan fod Mr. Jackson yn paratoi i fynd allan.

Troes Mr. Jackson yn ei ôl. "Os oes gynnoch chi rywbeth yn chwaneg i'w ddeud wrtha i," meddai Jackson, "mi fyddwn yn ddiolchgar i chi am ei ddeud o mor ddi-oed ag y medrwch chi, gan nad oes gen i ddim amser i'w golli i wrando ar straeon hen wragedd a hogie."

"Fydda i ddim yn hir," ebe Jones, gan godi ar ei draed a mynd at y drws oedd yn gilagored ym mhen draw'r ystafell. Curodd y drws yn ysgafn, ac ar y foment, agorwyd y drws, a daeth dyn i mewn.

Edrychodd Mr. Jackson arno, ac adnabu ef yn y fan. "Sut yr ydech chi ers talwm, Mr. Robinson?" meddai, gan estyn ei law i'r bonheddwr, yr hwn nad oedd neb amgen na'r *detective* a fu yn ceisio dod o hyd i'r lladron dorrodd i mewn i Gwm Eryr beth amser yn ôl.

"Rydw i'n bur iach, diolch i chi," ebe Mr. Robinson, heb ysgwyd llaw â Mr. Jackson, a chan droi at Jones, dwedodd wrtho:

"Fyddwch chi gystal â chymryd y dyn yma i'r ddalfa?"

XLI.
Ffoi

Pan ddwedodd Mr. Robinson wrth y Sarsiant Jones am gymryd Jackson i'r ddalfa, daeth cymaint o fraw dros Mr. Jackson fel na wyddai yn iawn beth i'w wneud. Paham y dylasai frawychu cymaint, efe ei hun a wyddai orau. Yr hyn sydd sicr yw mai brawychu a wnaeth, a chyn sydyned â'r fellten, efe a ruthrodd allan o'r ystafell. Rhuthrodd Mr. Robinson a'r Sarsiant Jones ar ei ôl, ond cyn eu bod hwy drwy'r drws, yr oedd Jackson yn y cyfrwy a'i geffyl yn carlamu ymaith nerth carnau. Yn ffodus i Jackson, cymerodd y ceffyl y ffordd fyrraf i glirio o'r pentref, canys yr oedd pawb yn dechrau sylwi, ac oni buasai i'r ceffyl ddewis y ffordd a ddewisodd, diau y buasai Jackson yn y ddalfa yn union deg, canys yr oedd yno ddigon o ddwylo parod i'w ddal. Y gwir amdani hefyd oedd mai i'r ceffyl yr oedd Jackson i ddiolch am y cyfeiriad a gymerodd, canys yr oedd ei fraw ef ei hun yn gymaint fel na allodd ond neidio i'r cyfrwy, a phlannu ei ysbardunau yn ystlysau y ceffyl, ac yna gadael iddo ddewis y ffordd a ddymunai ei rhedeg. Yn ddigon naturiol, dewisodd y ceffyl fynd tua chartref. Mae'n amheus ai yno y cawsai fynd pe buasai Jackson yn alluog i drin ei feddwl a'r awenau yn ddigon hwylus i'w droi i ryw gyfeiriad arall, ond fel y bu, troes y ceffyl tua Chwm Eryr gyda'i fod allan o'r pentref, a charlamodd yn ei flaen fel pe buasai holl nerthoedd y bydysawd yn ei yrru. Yn fuan iawn cyrhaeddodd i fuarth Cwm Eryr, a dyna'r pryd y medrodd Jackson am y tro cyntaf ryw hanner sylweddoli beth oedd wedi digwydd.

Teimlai fod tynged ar ei ôl, a bron na cheisiodd droi pen ei geffyl, a marchog ymaith rhagddo wedyn cyn gynted ag y gallai. Ond nid oedd efe wedi cyfrif fod yno dynged arall yn byw yn Nghwm Eryr ym mherson ei annwyl chwaer-yng-nghyfraith, Gaenor Wynn.

Pan ruthrodd ceffyl Jackson i'r buarth mor wyllt, yr oedd y dynged olaf yn digwydd bod allan yn y fan a'r lle, eto mewn mwy neu lai o syndod oherwydd y stori glywsai hi ar ôl Ned Huws, sef fod Jackson wedi dial ar Arthur Wynn am a wnaethai drwy roi terfyn ar flinderau ei hoedl helbulus y noson cynt. Yn y cyflwr hwn, nid anodd a fuasai i ddyn gyfarfod tynged haws i'w dwyn na Gaenor Wynn. Pan oedd Jackson ar fedr ceisio troi pen y ceffyl draw, yr oedd Gaenor yn ei ymyl, ac yn galw arno'n awdurdodol,

"Jackson! Beth ar y ddaear ydi'r mater arnoch chi? Ydi'r stori'n wir wedi'r cwbl? Dowch i lawr mewn dau funud—mae gen i eisio siarad hefo chi."

Rhoes Gaenor gymaint o bwys ar y gair chi fel y cafodd Jackson, os yr un, fwy o fraw nag a gafodd pan archodd Mr. Robinson i'r plismon ei gymryd i'r ddalfa. Ond ni effeithiodd y braw yn hollol yr un fath arno y tro hwn, canys yn lle alluogi i farchog ymaith megis y gwnaethai rhag y plismon a chyfraith y wlad, fe barodd y braw hwn iddo deimlo'i hun yn mynd yn ddi-ffrwyth ac yn gwbl analluog i ddianc ymaith rhag gorchymyn a chyfraith Gaenor.

Felly, efe a ddisgynnodd oddi ar gefn ei geffyl, ac heb ddweud gair, efe a ddilynodd y dynged fenywaidd i'r tŷ.

"Jackson," ebe Gaenor, wedi eu mynd o glyw pawb arall, "ydi'r stori ofnadwy yna'n wir?"

"Pa stori?" ebe Jackson, gan ddangos yn amlwg ar ei wyneb, ei fod yn meddwl am fwy nag un stori, a'i fod yn analluog i benderfynu pa un ohonynt yr oedd Gaenor yn cyfeirio ati.

"Y stori," ebe Gaenor, "y'ch bod chi wedi lladd Arthur Wynn neithiwr draw ar y llwybr wrth y llyn."

"Nac ydi hi ddim yn wir," ebe Jackson, "fel y dylech chi wybod."

"Sut y dylwn i wybod?" ebe Gaenor. "Mi wyddoch y'ch bod chi'n hwyr ofnadwy yn dod adre neithiwr; a bod golwg ryfedd arnoch chi—yn wir, mi faswn i'n leicio gwybod beth wnaeth y marciau yna ar eich wyneb chi—dydyn nhw ddim wedi diflannu eto."

Nid atebodd Jackson, canys daeth y braw a gawsai efe yn ystafell y plismyn arno drachefn nes ei ddiffrwytho bron.

"Beth ar y ddaear yma ydi'r mater arnoch chi, Jackson?" ebe Gaenor. "Mae arnoch chi olwg fel petaech chi wedi gweld ysbryd. Beth oedd y rheswm eich bod chi'n gyrru mor ofnadwy—roedd y ceffyl yn furum o chwys pan ddaethoch chi i mewn i'r buarth?"

"Hwyrach fod y ceffyl yn gwybod," ebe Jackson, gan ymadfer tipyn drachefn, a cheisio ei orau ymddangos yn ddidaro, ond mewn gwirionedd, yr oedd efe yn meddwl yn ddifrifol pa fodd y gallai ddianc rhag y plismyn, o leiaf nes caffai rywfodd wybod beth oedd yn dod yn ei erbyn.

Pan welodd Gaenor ei fod yn pwyllo tipyn, hi a gofiodd am lythyr a ddaethai iddo yn ystod y bore, llythyr ag enw cwmni o dwrneiod Llundeinig ar gefn yr amlen. Nid oes wybod beth a barodd i Gaenor feddwl am y llythyr hwnnw ar y foment honno, ond fydd hi byth yn glawio na fydd hi'n tywallt, fel y dywed y Sais, ac felly yn awr, yr oedd pob anffortun fel pe'n bwrw ar ben Jackson i gyd hefo'i gilydd. Aeth Gaenor i gyrchu'r llythyr, a thra roedd hi'n mynd, meddyliodd Jackson am ddianc. Yr oedd ei geffyl bellach yn y stabl, ond fe allai ffoi ar ei draed, ffoi i'r caeau neu rywle, hyd nes caffai efe gyfle i wrando, modd y clywai, os yn bosibl, beth oedd y storm oedd ar ddod i'w erbyn o gyfeiriad Mr. Robinson, y *detective*. Cofiodd Jackson—pan fo rhywun mewn penbleth ac ofn anghyffredin, mae'n dueddol o gofio llawer o bethau na chofia mo'nynt pan fo'n hamddenol a di-gyffro. Cofiodd Jackson, fel y dywedwyd, am ei gyfarfyddiad cyntaf â Mr. Robinson, a'i waith yntau ei hun yn gwahodd estron felly i'w dŷ, ac yn ymddiried popeth iddo. Cofiodd mor fyr fu arhosiad Mr. Robinson gydag ef, ac mor sydyn fu ei ymadawiad. Teimlai yn barod i'w felltithio ei hun am a wnaethai, er na wyddai ar y ddaear pam. Yr un foment bron, cofiodd am y dyn dieithr a roesai gymaint o fraw iddo wrth holi am rywbeth i'w wneud yn y gwaith haearn. Cofiodd weld y dyn hwnnw wedi hynny ar bont Llunden, ac yna ei golli ar unwaith, a phan ddaeth efe adref, cafodd fod y dyn dieithr wedi ymadael yn sydyn. Beth oedd ar ddigwydd? Rhywbeth ofnadwy! Teimlai Jackson ei galon yn suddo, yr oedd raid iddo ffoi; cyn pen ychydig funudau, hwyrach y byddai'r plismyn yno, ac y byddai yntau yn y ddalfa ac heb wybod yn iawn beth a ddygid i'w erbyn. Ffoi, ffoi i rywle oedd yr unig beth allai efe wneud, a gorau po gyntaf iddo gychwyn. Llamodd Jackson tua'r drws gyda'r amcan o fynd allan, ond daeth Gaenor i'w wyneb bron, â llythyr yn ei llaw, a chiliodd Jackson yn ôl, fel ci rhag fflam a fflachier i'w wyneb.

"Dyma lythyr ddaeth i chi fore heddiw. Faswn i'n meddwl ei fod o'n bwysig," ebe Gaenor.

Cipiodd Jackson y llythyr o'i llaw, edrychodd ar yr enw argraffedig ar gefn yr amlen, a dechreuodd ei galon guro. Edrychodd ar yr enw yn hir, mor hir fel y collodd Gaenor ei hamynedd.

"Fydde well i chi ei agor o," ebe hi. "Ddalltwch chi byth mo'no fo wrth edrych ar y tu allan iddo fo fel yna."

Agorodd Jackson y llythyr, gyda dwylo crynedig, a darllenodd ef, yna suddodd i eistedd ar gadair gerllaw, gyda gruddfaniad, ac estynnodd y llythyr i Gaenor. Darllenodd Gaenor y llythyr, ac ymdaenodd syndod, a gradd o ddychryn hyd yn oed dros wyneb yr hen ferch.

Dyma fel yr oedd y llythyr:

"Syr,—

Dymunwn eich hysbysu fod cyfiawn berchennog Cwm
Eryr ar fedr hawlio'r eiddo, ac y bydd efe ar fyrder yn dod
i gymryd meddiant o'r lle. Archwyd i ni eich hysbysu am
hyn, ac yr ydym yn gwneud hynny mewn ysbryd cyfeillgar,
fel y bo'ch yn barod i adael y tŷ, ac fel na ddeuir ar eich
gwarthaf heb yn wybod i chwi.

Yr eiddoch, syr, yn gywir,
Sharp a Quicke, cyfreithwyr.

"Felly, dydi'r stori eich bod chi wedi lladd Arthur ddim
yn wir," ebe Gaenor. "Jackson, sut y meder o hawlio'r
eiddo?" Nid atebodd Mr. Jackson, canys yr oedd ei
ddychryn yn gymaint fel na chlywodd efe mo Gaenor yn
ei annerch.

XLII.
Llythyr i Dafydd Owen

Tra roedd y pethau hyn yn mynd ymlaen yn Nghwm Eryr, yr oedd Sioned Ffowc a'i thad mewn cryn helbul. Nid oedd hi eto ond tua chanol dydd, ac yr oedd Sioned wrthi yn paratoi cinio pryd y daeth Mr. Griffith, y twrne, at y drws. Curodd yn awdurdodol, a rhoes hynny ynddo ei hun fraw i Sioned; ond pan ddaeth y twrne i mewn, a phan ddechreuodd ei holi am yr hyn a welsai hi y noswaith cynt, cafodd Sioned, druan, fwy fyth o fraw.

"Sioned Ffowc," meddai Mr. Griffiths, "mae gen i eisio i chi ddeud wrtha i beth welsoch chi neithiwr. Mae gen i le i gredu eich bod chi wedi gweld Arthur Wynn?"

Crynai Sioned fel deilen, ond llwyddodd i ateb rywsut. "Do, syr," meddai, "mi cyfarfyddis o ar y llwybr, yn ymyl y llyn, ac mi fûm yn siarad gair neu ddau hefo fo."

"I ble'r aeth o wedyn?"

"Wn i ddim, syr, yno gadewais i fo. Roedd o'n cwyno fod arno fo eisio bwyd, ac mi rois inne ddarn o deisen oedd gen i yn y fasged iddo fo, ac yno y gadewais i o'n bwyta'r deisen."

"Wel, yn ddiweddarach, welsoch chi rywun arall?"

"Do, syr, mi welis Mr. Jackson."

"Ffordd roedd o'n mynd?"

"Ar hyd y llwybr tua'r lle yr oedd Arthur Wynn yn eistedd ar y gamfa."

"Welsoch chi rywun arall?"

"Do, mi welis Ned Huws yn ddiweddarach yn rhedeg heibio i mi fel bachgen o'i go'."

"A wyddoch chi ddim i ble'r aeth Arthur Wynn—wyddoch chi ddim ble y bu o'n cysgu?" Crynai Sioned fel deilen, ond atebodd yn y man: "Mi ofynis iddo fo ddŵad yma tan y bore, gan nad oedd gyno fo le'n y byd i fynd, ond mi ddeudodd yn bendant na ddoe o ddim, achos nad oedd gyno fo ddim eisio fy nwyn i a 'nhad i drwbl am ei gynnwys o yma."

Holodd Mr. Griffiths lawer rhagor, ond toc ymadawodd; a phan aeth efe o'r golwg, rhoes Sioned ochenaid o ryddhad, a sychodd y chwys oer oddi ar ei hwyneb gwelw.

Yn hwyrach ar y dydd, llechiodd Sioned allan o'r bwthyn, a chyfeiriodd ei chamau yn ochelgar tua Phen y Wern. Pan ddaeth hi yn agos i'r fferm, aeth ar draws y cae, gan gerdded yn ofalus yn nghysgod y gwrych, fel pe buasai yn ymguddio rhag i rywun ei gweld. Toc, mentrodd Sioned edrych dros y gwrych, i weld a oedd yna rywun yn y golwg yr ochr arall. Cododd ei phen i'r golwg uwchlaw'r gwrych, ac yn union gyferbyn â hi, yn edrych yn myw ei llygaid, gwelai Siôn y Plismon. Sgrechiodd Sioned mewn dychryn, a chychwynnodd redeg i ffwrdd. Os oedd un dyn ar y ddaear ag yr oedd gan Sioned fwy o'i ofn na'i gilydd ar y foment honno, Siôn y Plismon oedd hwnnw. Aeth Siôn yn ei flaen at y giât gerllaw, a gwaeddodd arni.

"Sioned Ffowc," meddai, "be' rydech chi'n rhedeg i ffwrdd fel yna? Oeddech chi'n meddwl mai'r gŵr drwg oedd yn edrych arnoch chi?"

Pan glywodd hyn, troes Sioned yn ei hôl, mewn braw ac ofn mawr, mae'n wir, ond eto, barnai fod yn well iddi fynd yn ei hôl a cheisio rhoi'r olwg orau ar bethau.

"Gawsoch chi fraw?" meddai Mr. Siôn.

"Gwarchod ni, do," ebe Sioned. "Ches i 'rioed y fath fraw!"

Roedd Siôn yn deall hynny wrth ei golwg, ac yr oedd hynny braidd yn ei blesio, canys peth wrth fodd Siôn oedd fod gan hogiau a merched ei ofn ar adegau.

"Oedd gynnoch chi eisio rhwfun?" ebe Siôn, yn fwyaf neilltuol am nad oedd ganddo ddim arall i'w ddweud.

"Nac oedd," ebe Sioned, "digwydd edrych dros y gwrych ddaru mi, ac mi ges y fath fraw! Doedd gen i ddim eisio neb."

Troes Siôn ar ei sawdl, ac aeth ymaith yn dra thalog, cystal â dweud nad oedd gan ŵr o'i bwysigrwydd ef amser i'w golli gyda bath Sioned. Aeth Sioned yn ei blaen i gyfeiriad Pen y Wern yn ochelgar. Yr oedd hi'n crynu o hyd, a throes yn ofnus i edrych a oedd Siôn yn dal i fynd yn ei flaen. Yr oedd efe bellach yn ddigon pell, ond ofnai Sioned yn ddifrifol iddo ddod yn ôl; a phan gyrhaeddodd hi i ymyl y "buarth uchaf," fel y gelwid darn o dir y tu uchaf i dy Pen y Wern, dechreuodd Sioned edrych yn ochelgar dros y gwrych, ac yna plygu i lawr ac ymguddio drachefn, fel pe buasai yn chwarae mig â rhywun. A barnu oddi wrth yr amser y bu hi wrth y gorchwyl hwnnw, rhaid fod Sioned yn ei fwynhau yn fawr, canys hi a fu yno am yn agos i awr o amser, yn codi ac yn gostwng ei phen gyda sydynrwydd rhyfeddol. Ond y gwir oedd fod Sioned bron â syrthio i lawr gan flinder, ac ofn, ac anobaith. Pan oedd hi ar fedr symud ymaith, daeth Ned Huws i'r buarth—yr oedd Ned bellach wedi ei ryddhau gan y plismyn——a chan chwibanu yn hoyw, daeth i fyny yn union ar gyfer y lle y safai Sioned. Tybiodd Sioned ei fod wedi ei gweld, ac yr oedd arni ofn mawr, ond yr oedd yn amlwg nad oedd gan Ned ddychymyg fod yno neb, canys dechreuodd hêl coflaid o wellt yn ddigon didaro. Edrychodd Sioned dros y gwrych, a sibrydodd yn isel, ond yn hyglyw, "Ned!"

"Duw fo'm gwarchod!" ebe Ned, gan neidio o leiaf lathen oddi wrth y llawr. Nid oes wybodaeth pam yr ebychodd Ned ddymuniad mor dduwiol-fryd, os nad meddwl a wnaeth am danau, a phlismyn, a thrafferthion eraill cyffelyb i'r rhai y daethai efe drwyddynt yn ystod y dyddiau diweddaf. Cododd Sioned ei llaw arno, sut bynnag, ac ymdawelodd Ned dipyn.

"Gwared ni!" ebe drachefn. "Be' ydi'r mater, Sioned? Mae golwg fel drychiolaeth arnoch chi!"

"Ust!" ebe Sioned. "Dowch yma ata i, Ned."

Oni bai ei fod yn sicr mai Sioned Ffowc oedd yno, diau nad aethai Ned dros y gwrych mor hwylus. Fe aeth, sut bynnag, gan fawr awyddu gwybod beth oedd gan Sioned ei eisio.

"Ydi Dafydd Owen o gwmpas?" gofynnai Sioned.

"Mae o newydd fynd i'r ysgubor rŵan," meddai Ned. Petrusodd Sioned. Sylldremiodd Ned.

"Fedrwch chi wneud cymwynas â fi, Ned?" ebe Sioned.

Tybiodd Ned yn syth mai cymwynas oedd hon ag yr oedd eisiau ei gwneud heb yn wybod i'w feistr, ond yr oedd Ned yn hogyn digon caredig hyd yn oed i hynny. "Wel, medra, am wn i. Be' sy' gynnoch chi eisio?" meddai.

"Mae gen i eisio i chi roi'r llythyr yma i Dafydd Owen," ebe Sioned, gan ddangos dernyn bychan o bapur i Ned. "Mae gen i eisio i chi ei roi o iddo fo heb yn wybod i neb. Fedrwch chi wneud?"

"Wel, medra, rydw i'n meddwl," ebe Ned. "Be' sy' yn y llythyr?"

"Rhywbeth o bwys i Dafydd Owen," ebe Sioned yn betrusgar. "Os medrwch chi wneud y gymwynas hon hefo fi, Ned, mi fyddaf yn ddiolchgar i chi am byth."

"Mi wnaf," ebe Ned. Cymerodd y llythyr, dododd ef yn ei boced, ac aeth ymaith, a rhedodd Sioned ymaith fel y gwynt, hefyd.

Ni fu raid i Ned aros yn hir am gyfleustra i, gyflawni ei addewid. Cafodd hyd i Dafydd Owen yn un o'r adeiladau, a rhoes y llythyr iddo.

"Be' ydi hwn, Ned?" ebe Dafydd.

"Ust!" ebe Ned. "Sioned Ffowc rhoes o i mi. Roedd hi'n cuddied tu ôl i wrych y buarth ucha', ac mi ofynnodd i mi roi hwnna i chi heb yn wybod i neb—a dyna fo."

Nid oedd y llythyr ond dernyn bychan o bapur wedi ei blygu yn drwsgl, a'i selio. Nid oedd enw na chyfeiriad arno. Agorodd Dafydd ef, a darllenodd:

"*Peidiwch â 'mradychu fi, Dafydd. Dowch ataf heb yn wybod i neb gynted y gallwch. Mae arnaf ofn fy mod yn marw.*"

Er nad oedd enw wrtho, ac er fod y llawysgrifen yn grynedig, gwybu Dafydd mai oddi wrth Arthur Wynn y deuai y llythyr.

XLIII.
Ger Gwely'r Claf

Ar y gwely bychan caled yn y llofft gefn yn nhŷ'r hen Ffowc, gorweddai Arthur Wynn. Safai Dafydd Owen wrth erchwyn y gwely i edrych arno, ac yr oedd y lle mor fychan fel y gallasai efe gyffwrdd y muriau o bobtu heb blygu, a'r to mor isel fel na allai Dafydd sefyll yn syth yno. Yr oedd eglurhad Ned Huws mai Sioned Ffowc ddygodd y llythyr yn naturiol wedi arwain Dafydd i dŷ'r hen Ffowc; oni bai am hynny ni fuasai efe yn gwybod i ba le i fynd i chwilio am Arthur.

"Ers pryd y mae o yma?" ebe Dafydd, canys nid oedd efe unwaith wedi dychmygu y gallai fod Arthur yn y fan honno.

"Mae o yma byth er y noson y collwyd o," ebe Sioned Ffowc. "Y noson honno, ymhen rhyw hanner awr wedi i mi gyrraedd adref, mi ddaeth at y drws i ofyn am gael dŵad i mewn. Mi ddeudodd wrtha i ei fod o wedi ffraeo, a bod Jackson wedi ei daro fo i lawr. Yr oedd o wedi brifo ei ysgwydd, ac yn teimlo'n sâl. Roedd o'n deud yr arhose fo yma tan y bore, ac yr âi o i ffwrdd cyn iddi hi ddod yn ole, rhag ein dwyn ninne i helynt am roi cysgod iddo fo. Mi fedrais o'r diwedd gael gynno fo ddod i fyny i'r gwely yma, ac mi gysgais inne ar y fainc yn y gegin. Mi ddeffrois yn fore ac mi ddechreuis wneud cwpaned o de iddo fo, ond doedd o ddim yn codi. Mi ddois i fyny yma i edrych beth oedd y mater, ac mi welis ei fod o'n sâl. Yr oedd gyno fo boen fawr yn ei ysgwydd, a thros ei holl gorff, a fedre fo ddim codi. Yma'r arhosodd o, ac yma mae o byth, fel y gwelwch chi, ac rydw inne wedi bod mewn ofne ar hyd yr amser rhag i Jackson ne'r plismyn gael hyd iddo a'i fynd a fo i ffwrdd a fynte mor sâl."

Edrychai Dafydd ar Arthur. Yr oedd yn amlwg ei fod yn wael iawn, ac yn ddiamau mewn perygl. Yr oedd y gwely yn fychan, cul, a dialed, a gorweddai Arthur yn anesmwyth arno.

"Faint sydd ers pan mae o wedi colli ei wybodaeth?" gofynnai Dafydd.

"Tuag awr, syr," meddai Sioned, "mi ysgrifennodd y llythyr hwnnw atoch chi, ac erbyn i mi ddod yn fy ôl, roedd o'n dechre mynd fel hyn. Mae'n debyg y daw o'n well eto toc. Mae o wedi bod fel hyn o'r blaen. Mae gen i ofn iddo fynd ar ei 'fennydd o. 'Tae o'n dechre rafio, fedren ni byth ei gadw fo yma heb yn wybod i bobol."

"Mi ddylse doctor fod wedi bod hefo fo cyn hyn," ebe Dafydd.

"Ond sut y cawn ni un? Hwyrach y deude fo'n syth. Ac heblaw hynny, sut y medre doctor ddod yma heb i neb ei weld o?"

Gwyddai Dafydd fod yn rhaid gwneud rhywbeth, a gwelai hefyd gymaint o anhawsterau oedd ar y ffordd. Cyn y gallesid cael y gobaith lleiaf am adferiad Arthur, buasai raid cael cynorthwy meddygol gofalus a medrus, cael ystafell eang â digon o awyr iach ynddi, a chael digon o ymborth maethlon i'r claf. A pha sut y ceid y naill na'r llall dan yr amgylchiadau hyn? Yr oedd yr ystafell mor fechan fel mai prin yr oedd yno ddigon o le i Dafydd a Sioned sefyll yn ymyl y gwely, a'r unig ffordd y deuai goleuni i'r ystafell oedd drwy ffenestr fechan, nemor fwy na lled llaw, yn y to. Yr oedd yr awyr boeth, afiach, bron â thagu Dafydd, er ei fod ef yn ddyn cryf ac iach; rhaid ei bod ynte gystal â gwenwyn marwol i'r claf gwanllyd.

"Beth roesoch chi iddo fo?" ebe Dafydd.

"Mi rois dipyn o de wermod iddo fo," ebe Sioned, "ond doedd hwnnw'n gwneud fawr o les iddo fo, faswn i'n meddwl. Felly, mi es i'r dref, ac mi ges boteled o ffisig gan y *druggist*. Mi ddeudis wrtho fo mai i 'nhad roedd gen i eisio'r ffisig, ac wrth i mi ddeud sut yr oedd y salwch yn effeithio arno fo, mi ddeudodd y *druggist* wrtha'i y dylswn i gael doctor ato fo. Wnaeth y ffisig fawr o les iddo fo chwaith. Dydi o'n bwyta dim chwaith, a does gen i ddim byd ffit i'w gynnig iddo fo, dim ond llefrith a bara llefrith, a rhywbeth felly."

Beth oedd i'w wneud? Buasai'n beryglus galw doctor i mewn. A chaniatáu y buasai'r meddyg yn cadw'r gyfrinach ei hun, buasai'r ffaith ei fod yn dod i dy Ffowc yn sicr o dynnu sylw pobl y plas. Byddai Gaenor yn sicr o ddod yno a holi'r hen ŵr ynghylch ei salwch, a byddai hi yn siŵr o gael allan nad oedd yr hen Ffowc yn ddigon sâl fel yr oedd angen doctor ato mor aml ag y byddai raid i'r doctor fynd yno. Ond, nid oedd wiw gadael Arthur yno i farw. Yr oedd raid gwneud rhywbeth.

Cydiodd Dafydd yn llaw y claf. Yr oedd y llaw'n boeth; felly hefyd yr oedd y wyneb, yn boeth ac yn fflamgoch gan y clefyd.

"Ydech chi ddim yn f'adwaen i, Arthur?" ebe Dafydd. Symudodd Arthur ei ben yn anesmwyth ar y gobennydd caled, ond nid adnabu neb. Fe allai fod ei enw wedi cyffwrdd ei gof, ond dyna'r cwbl, a dechreuodd y claf gydio yn nillad y gwely, a'u troi o gwmpas yn anesmwyth. Aeth Dafydd allan o'r ystafell ac i lawr i'r tŷ.

"Beth ydech chi'n feddwl ohono fo?" ebe'r hen Ffowc.

"Wn i ddim," ebe Dafydd. "O leia, wn i ddim beth i'w wneud. Ond rydw i'n siŵr o un peth: rhaid cael doctor ato fo."

"Unwaith y caiff doctor wybod, mi fydd ar ben arnon ni a fynte," ebe Ffowc.

"Rydw i'n credu y cadwe Dr. Williams y gyfrinach," ebe Dafydd, "Yn wir, rydw i'n siŵr y gwnâi o, ond mae o'n greadur mor syml fel y galle fo ollwng y stori allan yn ddifeddwl. Mi fase'n llawer gwell gen i gael Dr. Parri ato fo, ac mi fase fo'n siŵr o gadw'r gyfrinach, ond wedyn, mi fydd yn amhosib ei gael o. Tase pobol yn ei weld o'n dod yma atoch chi—a rhaid i ni gymryd arnon mai atoch chi y bydd y doctor yn dŵad—mi fydden yn methu dallt pa saldra fydde arnoch chi fel y bydde raid cael Dr. Parri yma, ac wedyn mi fydde'n amhosib cadw'r peth yn ddistaw. Dr. Williams raid gael."

"Fedrech chi ddim mynd at un o'r doctoriaid, a deud sut mae o, a chael ffisig? Fydde ddim yn rhaid i chi ddeud i bwy bydde eisio'r ffisig."

"Na, thale hynny ddim. Mae eisio doctor i wybod sut mae o. Faddeuwn i byth i mi fy hun tase rhywbeth yn digwydd iddo fo wedi i mi fod yn ceisio dweud wrth y doctor beth oedd arno fo."

Aeth Dafydd allan o'r tŷ, gan geisio meddwl beth i'w wneud. Y foment honno, daeth Neli i'r golwg. Cerddai'n araf hyd y ffordd, ar ei phen ei hun. Aeth Dafydd i'w chyfarfod, a sylwodd ar ei cherddediad llesg, a'i hwyneb gwelw. "Beth ydi'r mater, Neli?" meddai.

Torrodd Neli i wylo'n chwerw, ac arweiniodd Dafydd hi i gysgod y coed.

"Neli," meddai, "peidiwch crio fel yna, ne mi ewch yn sâl. Beth ydi'r mater?"

"O, yr ansicrwydd ofnadwy yma," ebe Neli. "Mae pob dydd, pob awr bron, yn dwyn rhywbeth i wneud yr helynt yn waeth. Fedra i ddim dal y gofid yn hwy. Pe gwyddwn i fod Arthur yn fyw, mi fydde'n rhywbeth."

Meddyliodd Dafydd ynddo ei hun. Yn sicr, gallai fentro dweud wrth Neli, yn wir, teimlai fod yn ddyletswydd arno ddweud wrthi. Cydiodd yn ei llaw, a phlygodd ei ben i ymyl ei phen hithau, a sibrydodd,

"Neli! Beth rowch chi i mi am y newydd? Mi allaf ddeud hanes Arthur wrthoch chi. Nid yw wedi marw, ac nid yw'n bell oddi wrthon ni!"

Safodd calon Neli. "Maen nhw wedi ei ddal o ynte?" ebe.

"Nac ydyn. Ond rhaid i ni fod yn ofalus os mynnwn ni rwystro hynny. Y mae o, yn yr ystyr honno, yn rhydd, ac yn agos iawn aton ni. Ond, Neli, mae o'n bur sâl."

"Lle mae o?" ebe Neli, bron ar golli ei hanadl.

"Fedrwch chi reoli'ch hun os af â chi ato fo, yn siŵr, rŵan?"

"Medraf, Dafydd, medraf."

"O'r gore, ond rhaid i ni fod yn ofalus nad oes neb yn ein gweld ni." Rhoes Neli ei phwysau ar un o'r coed, a thybiai Dafydd ei bod yn llewygu. Ond daeth ati ei hun. Nid oedd y cwbl ond yr ymdrech ofnadwy a gostiai iddi gadw rheolaeth ar ei theimladau.

"O," meddai hi yn y man, "cym'rwch fi ato fo, Dafydd annwyl! Mi'ch bendithiaf tra bydda'i byw!"

Arweiniodd Dafydd hi i dŷ'r hen Ffowc, ac i fyny'r grisiau cul, serth, i'r ystafell fechan ddi-awyr. Aeth Neli i mewn yn araf. Yno gorweddai'r claf, megis yr oedd pan adawsai Dafydd ef. Troai ei ben yn anesmwyth ar y gobennydd, a throai'r cwilt â'i law yn aflonydd a phoenus.

"Dowch i mewn, Neli; raid i chi ddim ofni, ond edwyn o monoch chi," ebe Dafydd.

Aeth Neli i mewn dan grynu. Edrychodd arno'n hir, ac yna, disgynnodd ar ei gliniau wrth erchwyn y gwely, cusanodd law boeth y claf, a sibrydodd, "O, Arthur druan!"

XLIV.
Mewn Ofnau

Pan ddihangodd Jackson oddi ar y plismyn, edrychodd Mr. Robinson a'r Sarsiant Jones ar ei gilydd yn awgrymiadol.

"Rhaid fod rhywbeth yn y stori," ebe'r Sarsiant.

"Rhaid," ebe'r *detective*, "y fo ydi'r dyn, mi ellwch fod yn siŵr."

"Felly, fydde well ceisio gwarant i'w ddal o?"

"Bydde, dyna faswn i'n wneud."

Gyda hynny, daeth Mr. Griffith, y twrne, i mewn, a dwedodd wrth y ddau fod cyfeillion Arthur Wynn yn ceisio ganddo ef ymofyn gwarant i ddal Jackson ar y cyhuddiad o lofruddio Arthur.

"Ie, ar bob cyfri," ebe Mr. Robinson, "mi faswn i yn eich cynghori chi i wneud hynny."

Hwyliodd Mr. Griffith ati yn ddi-oed i wneud hynny, ac aeth i lawr i Abercwm, lle'r oedd dau ustus yn eistedd i wrando rhyw achos. Aeth y si ar led fel tân gwyllt, ac yr oedd y llys yn orlawn o bobl, y rhan fwyaf ohonynt yn cwbl gredu fod Jackson wedi llofruddio Arthur Wynn. Pwy glywodd, ymhlith eraill, am y cais am y warant, ond Mr. Lloyd, twrne Jackson, ac aeth ef i'r llys, wrth gwrs, er nad oedd efe wedi gweld Jackson. Yr oedd yr ustusiaid wrthi yn gwrando'r achos arall pryd y daeth cennad i'r llys i ymofyn am Mr. Lloyd. Aeth yntau tua'i swyddfa, a phwy oedd yno, er ei syndod, ond Jackson ei hun.

"Wel, Mr. Jackson," meddai Lloyd. "Maen nhw ar fin gwneud cais am warrant i'ch dal chi ar y cyhuddiad o fod wedi achosi marwolaeth Arthur Wynn. Dowch yno'r munud yma i amddiffyn eich hun."

"Na ddof," ebe Jackson, a'r chwys yn berwi allan o'i dalcen.

"Beth? Na ddowch? Ydech chi'n euog ynte?"

Rhegodd Mr. Jackson yn ddigllon. "Euog!" meddai; "Nac ydw, ddim yn euog."

"Pam na ddowch chi i'r llys ynte?" Ni allai Mr. Jackson yn hawdd ateb, canys ofn rhywbeth arall na allai hyd yn oed ei egluro i'w dwrne oedd arno ef ar y pryd. Cofiai am y llythyr a gawsai, ac yr oedd hynny yn pwyso cymaint ar ei feddwl fel mai prin y gallai efe sylweddoli dim arall. Yr oedd rhywbeth hefyd yn ymddygiad Robinson yn peri braw anaele iddo, ond ni wyddai ar y ddaear beth allai fod gan hwnnw yn ei erbyn. Edrychai ar ei gynghorwr cyfreithiol yn ofnus ac erfyngar.

"Wel," ebe Mr. Lloyd, "wn i ddim pam nad allech chi ddŵad i'r llys i amddiffyn eich hun os ydech chi'n ddieuog."

"Mi egluraf i chi eto," ebe Jackson. "Ewch yno rŵan i wneud eich gore i gael y felltith yma drosodd. Wnes i ddim ond taro Arthur Wynn i lawr, dyna'r cwbl. Brysiwch yno, a gadewch i mi aros yma nes dowch chi'n ôl. Peidiwch â deud 'mod i yma. Brysiwch!"

Aeth Mr. Lloyd i'r llys, ac aeth Mr. Griffith ymlaen i wneud ei gais. Eglurwyd stori Ned Huws, ond yr oedd Mr. Lloyd yn barod i gyfarfod honno orau gallai, a bu peth siarad ynghylch a oedd y cwrs a gymerid yn hollol reolaidd, ond nid oedd ustusiaid Abercwm yn enwog am reoleidd-dra eu gweithredoedd, ac eglurodd Mr. Lloyd ei fod ef yno ar ran Mr. Jackson, ac nad oedd ganddo ef wrthwynebiad. Gwelodd Lloyd mai dyna'r ffordd ddiogelaf iddo, a dwedodd fod Mr. Jackson wedi bod yn siarad ag ef ar y mater cynt, ei fod wedi dweud wrtho fod tipyn o ffrae wedi bod rhwng Arthur ac yntau y noson y collwyd Arthur, a'i fod yntau (Mr. Jackson), mewn hunan-amddiffyniad, wedi taro Arthur i lawr. Ond hyd yn oed pe buasai'r ddyrnod yn ddyrnod marwol, buasai corff Arthur i'w gael. Gan nad oedd i'w gael yn y fan lle bu'r helynt, nac yn unman arall, yr oedd, meddai Mr. Lloyd, yn eglur fod

Arthur Wynn yn fyw a'i fod wedi dianc i rywle ar ôl hynny. Nid oedd efe, ychwanegai, yn gwadu nad oedd golwg ddigon rhyfedd ar bethau, a chymryd yr amgylchiadau i ystyriaeth, ond hyd yn oed a gwneud hynny, daliai nad oedd ddigon o achos dros gymryd Mr. Jackson i'r ddalfa. Pe buasid wedi cael hyd i gorff marw Arthur Wynn, wrth gwrs, buasai popeth yn wahanol, neu pe buasai rhywun wedi ei weld yn farw ar ôl yr helynt, buasai lle i ymresymu o blaid dal Mr. Jackson. Ond gan na ddigwyddodd dim o'r fath beth, yr unig gwrs i'w gymryd oedd gwrthod y cais, gan fod yn eglur ddigon nad oedd Arthur Wynn, beth bynnag a ddaethai ohono, wedi ei ladd.

Siaradodd Mr. Griffith ar yr ochr arall i'r cwestiwn, yn gryf hefyd, gan awgrymu fod yn bosibl fod corff Arthur Wynn wedi ei symud o'r golwg ar ôl yr anfadwaith, ond gan nad oedd Mr. Griffith, rywfodd, wedi gofalu am y tyst a welodd yr ymdrechfa, a chan fod y ddau ustus oedd yn digwydd bod yn eistedd ar y fainc ar delerau gwell na'r cyffredin hyd yn oed o'r ustusiaid gyda Mr. Jackson, cafodd araith Mr. Lloyd fwy o ddylanwad arnynt nag araith Mr. Griffith, ac wedi cymryd popeth i ystyriaeth, ofnai'r fainc na ellid caniatáu'r cais. Wrth gwrs, os deuai rhyw brawf newydd i'r golwg, gellid gwneud cais drachefn, a galw tystion. Ond fel y safai pethau ar y pryd, ni allent hwy gydsynio i roi'r warant a geisid.

Aeth Lloyd yn ei ôl tua'r swyddfa, lle roedd Jackson mewn ofnau dybryd o hyd. Er i Lloyd ei hysbysu am ganlyniad y cais, nid oedd efe nemor tawelach, a dechreuodd ddweud wrth Lloyd beth oedd cynnwys y llythyr a gawsai efe. Yn anffodus yr oedd efe wedi anghofio dod a'r llythyr gydag ef i'w ddangos, ac felly yr oedd raid i Mr. Lloyd ffurfio barn arno heb ei weld.

"Wel," ebe Lloyd, "gan fod y llythyr yn dod oddi wrth gwmni o Lunden, rhaid fod gan y bachgen rywun yn gweithredu drosto fo yno. Hwyrach mai'r tramorwr hwnnw fu yma sydd dan wraidd y peth eto. Os felly, mi ellwch fod yn dawel, achos yr ydw i'n credu fod y creadur hwnnw wedi colli ei bwyll, fwy neu lai."

"Rydw i'n siŵr ei fod o," ebe Jackson, ond er y cwbl, nid oedd Mr. Jackson fawr esmwythach. Yr hyn a'i boenai ef oedd beth oedd gan y *detective* yn ei erbyn.

"Pan oeddwn i hefo'r plismyn gynne," meddai, "mi ddaru'r *detective* ddeud wrth y plismon am fy nghymryd i i'r ddalfa."

"Y *detective*?" ebe Mr. Lloyd mewn syndod.

"Ie," ebe Mr. Jackson, "a'r peth sy' yn fy mhoeni fi ydi beth oedd gyno fo mewn golwg."

"Pwy oedd y *detective*?" ebe'r twrne.

"O, roeddwn i'n meddwl 'mod i wedi deud wrthoch chi'r hanes," ebe Jackson, ac yna dwedodd wrth Mr. Lloyd y modd y cyfarfu efe â Mr. Robinson, a'r hyn ddigwyddodd.

"Tro gwirion iawn wnaethoch chi, derbyn dyn fel yna i'ch tŷ," ebe Mr. Lloyd, "ond wn i ddim beth alle fod gyno fo yn eich erbyn chi. Wyddoch chi am rywbeth y galle fo fod wedi cael gafel ynddo fo yn eich erbyn chi?"

"Na wn i am ddim. Ond mae'n ofnadwy bod fel hyn mewn ansicrwydd."

"Ydi. Y tebygolrwydd ydi ei fod o wedi clywed am y stori am Arthur Wynn. Sut ddyn ydi o?"

Disgrifiodd Jackson y *detective*, fel yr oedd pan welodd efe ef gyntaf, ac fel yr oedd hefyd pan archodd i'r swyddog ei ddal ef.

"O," ebe Lloyd, "yr oedd o yn y cwrt hefo Griffith. Rhaid mai am yr helynt hefo Arthur yr oedd o'n meddwl, achos roedd o a Griffith yn ymgynghori â'i gilydd, yn ystod y siarad a fu. Dydw i ddim yn meddwl fod gynnoch chi ddim i'w ofni oddi wrth hynny, achos rydw i'n credu y rhaid fod y bachgen yn fyw yn rhywle, ac os felly, wnân nhw ddim cais arall."

"Da chi, Lloyd, treiwch gael allan rywsut beth maen nhw'n wneud yn fy erbyn i. Fedra i ddim bod yn esmwyth nes cael gwybod. Mae'n amlwg eu bod nhw'n gweithio yn fy erbyn i ore gallan nhw, a does dim posib' gwybod beth i'w wneud tra bo ni fel hyn yn y tywyllwch ynghylch eu symudiade nhw."

"Wel," ebe Lloyd, "mi wnaf fy ngore, mi ellwch fod yn siŵr."

"Diolch i chi. Rydw i am ofyn un gymwynas arall i chi, sef cael aros yma, yn rhywle, nes cewch chi wybod rhywbeth. Fedra i ddim mynd adre heb wybod."

Aeth Mr. Lloyd ag ef drwodd, i ystafell breifat, ac wedi dweud wrtho am wneud ei hun yn gyfforddus, aeth allan i edrych beth glywai.

Gwneud ei hun yn gyfforddus! Buasai Jackson yn rhoi llawer, er mor gybyddlyd oedd efe, pe gallasai wneud hynny. Buasai'n rhoi Cwm Eryr bron, ond, na! Pan feddyliodd y gallasai hynny roi terfyn ar yr holl helynt, daeth arno drachefn ofn colli'r eiddo, a dyna lle'r eisteddai Mr. Jackson mewn dygn ofn a blinder, yn druana' gŵr, o, bosib, y buasai ddichon i ddyn ei gael ar wyneb y ddaear.

XLV.
Gyda'r Meddyg

Gwelodd Dafydd fod yn rhaid iddo wneud rhywbeth a hynny yn ddi-oed os mynnai achub Arthur. Wedi i Neli ac yntau fynd allan, penderfynodd Dafydd fynd at Dr. Williams i ofyn iddo ddod i olwg Arthur. Aeth tuag yno ar ei union, heb fawr feddwl y gallasai gyfarfod ag anhawster wrth geisio dweud wrth y doctor beth oedd ei neges. Curodd ddrws meddygfa Dr. Williams a galwodd y doctor arno i mewn. Aeth Dafydd drwodd, a'r cyntaf a welodd efe yno oedd Siôn y Plismon. Gwyddai Dafydd yn dda nad oedd raid iddo ofni llawer ar Siôn, ond gwelodd efe'r swyddog. Ni wyddai beth i'w ddweud, ond cofiodd yn sydyn fod y doctor wedi bod yn gyrru ffisig i'w lysfam, a manteisiodd ar hynny.

"Wel, doctor," meddai, "ydi ffisig 'mam-yn-nghyfraith yn barod?"

"O, mae'r hogyn wedi mynd â fo ers orie," ebe'r doctor.

"O, gore'n y byd," ebe Dafydd, "ond roeddwn i'n digwydd pasio, ac mi feddylis y bydde'n eitha peth i mi alw rhag ofn nad oeddech chi ddim wedi ei yrru fo."

"Eisteddwch i lawr," ebe'r doctor, a gwnaeth Dafydd hynny, a dechreuasant siarad am y naill beth a'r llall, ac yn eu plith, am ddiflaniad rhyfeddol Arthur Wynn. Teimlai Dafydd dipyn yn anesmwyth wrth sôn am y mater yma, a cheisiodd droi'r stori drwy ofyn i Siôn y Plismon beth oedd yn ei boeni ac yn peri ei fod wedi dod at y doctor. Buasai'n well i Dafydd beidio tynnu Siôn i mewn i'r sgwrs, canys wedi i Siôn fynegi mai gwaew yn ei ben oedd yn ei boeni, efe a ddechreuodd yn ddi-oed sôn am ddiflaniad Arthur Wynn.

"Oes gynnoch chi ddim dychymyg i ble galle fo fod wedi mynd?" ebe Siôn. "Fedra i ddim credu ei fod o wedi cael ei ladd, rywsut."

"Dydw inne ddim yn credu ei fod o wedi ei ladd chwaith," ebe Dafydd.

"Lle mae o ynte?" ebe Siôn.

"O, fedra i ddim deud hynny," ebe Dafydd. "Ond oeddech chi'n deud y munud yma nad oeddech chi ddim yn credu ei fod o wedi cael ei ladd."

"Wel, mae'n ddigon posibl i mi gredu rywsut nad ydi o ddim wedi ei ladd, ac eto fod heb fedru dweud lle mae o."

"O," meddai Siôn, "roeddwn i'n meddwl eich bod chi'n gwybod lle mae o."

"Achos rhyfedd iawn ydi o, beth bynnag," ebe'r doctor. "Rydw inne'n meddwl rywsut nad ydi o ddim wedi cael ei ladd. Tase fo wedi cael ei ladd, chreda i ddim na fase ei gorff o wedi dod i'r golwg bellach."

"Mi fasen ni'r plismyn yn siŵr o fod wedi dod o hyd i'w gorff o," ebe Siôn. "Ryden ni wedi bod yn chwilio pob twll a chornel yn y wlad."

Tra'r âi'r ymddiddan ymlaen, yr oedd anesmwythder ac anfoddogrwydd Dafydd yn cynyddu o hyd, canys yr oedd ganddo eisiau cymorth meddygol i Arthur cyn gynted ag y gallai, ond nid oedd arwydd fod Siôn y Plismon am fynd i ffwrdd. Yr oedd Siôn fel pe buasai'n mwynhau'r sôn am Arthur Wynn, ac nid oedd olwg tebyg arno i ddyn â gwayw yn ei ben. Ond toc, daeth terfyn i ymddiddan Siôn, fel y daw terfyn i bopeth yn y byd hwn, ac aeth Siôn ymaith gan adael Dafydd a'r meddyg gyda'i gilydd.

"Well doctor," ebe Dafydd, "a alla i ymddiried ynoch chi?"

"Pam rydech chi'n gofyn y fath gwestiwn?" ebe'r doctor.

"Wel, mae gen i gymwynas bwysig i'w gofyn i chi."

"Mi wna i unrhyw gymwynas fedra i i chi."

"Mi wn hynny. Ond eisio gofyn i chi wneud cymwynas â rhywun arall sydd gen i."

"Pwy ydi hwnnw?"

"Wel, alla i ddibynnu arnoch chi?"

"Wel gellwch, achos rydw i'n credu na ofynnech chi ddim i mi wneud dim byd di-anrhydeddus."

"Wel, tybiwch 'mod i'n deud wrthoch chi y gwn i ymhle mae Arthur Wynn, a'i fod o'n sâl, yn wir, rnewn perygl am ei fywyd—"

"Yna mi wnawn i fy ngore iddo fo."

"Wnaech chi gydsynio i adael i bobol gasglu mai gweini ar rywun arall y byddech chi?"

"Well gwnawn, dan yr amgylchiade."

"O'r gore. Mae Arthur Wynn yn nhŷ'r hen Ffowc, ac mae o mewn cyflwr difrifol. Mae arna i ofn mai camp fydd ei gael o drwyddi hi'r tro yma, achos mae o mewn gwendid mawr, ac wedi bod yn gorwedd yn y cwt bychan di-awyr hwnnw gyhyd o amser fel y mae o bellach wedi anadlu digon o wenwyn i ladd dyn cryf, heb sôn am un mor wanllyd â fo."

"Wel, rhaid i ni wneud ein gore iddo fo dan yr amgylchiade. Beth ydi'ch awgrymiad chi?"

"Fy awgrymiad i ydi eich bod chi i ddod yno hefo fi yn ddi-oed, a'n bod ni i adel i bobol feddwl mai yr hen Ffowc sy'n sâl. Mae o'n ddigon gwachul, ran hynny. Ond mae pobol mor ymyrgar, ac mi fydd yn anodd iawn gwneud pethe hyd yn oed felly. Er y cwbl, a'r holl beryg, rhaid gwneud rhywbeth ne mi fydd Arthur Wynn wedi mynd tu hwnt i allu pob help."

"O'r gore. Mi awn ni yno pan fynnoch chi ynte."

Felly fu: aeth Dafydd a'r meddyg tua thŷ'r hen Ffowc ar unwaith. Trefnwyd fod Dafydd i fynd yn ei flaen hyd y ffordd, ac i ddychwel i le neilltuol erbyn y byddai'r meddyg wedi dod allan o dŷ'r hen Ffowc. Aeth Dafydd yn ei flaen, a llwyddodd y doctor i fynd i mewn i'r bwthyn heb i neb ei weld, cyn belled ag y gwyddid. Cafodd hyd i Arthur mewn cyflwr peryglus, a'r peth cyntaf a ddaeth i'w feddwl oedd y byddai raid ei symud i rywle fel y cawsai fwy o awyr iach ac o ofal a maeth. Ond gwelodd y doctor yn y man fod hynny yn amhosib, ac felly, gwnaeth ei orau dan yr amgylchiadau. Agorwyd y ffenestr fechan er mwyn cael cymaint o awyr iach ag a ellid i mewn, a chliriwyd pob peth ellid hepgor o'r ystafell. Yna, archodd y meddyg i Sioned Ffowc roi ymborth maethlon i'r dioddefydd, megis potes cryf, a phethau cyffelyb, a dwedodd yr anfonai yntau botelaid o feddyginiaeth yn ddi-oed.

"Ymhle cawn ni botes, syr?" ebe Sioned. "Mi rown i ddigon o botes iddo fo tawn i'n medru cael peth, ond wela'i yn fy myw ym mhle i'w gael o."

"Wel," meddai'r doctor, "rhaid i ni geisio cael peth yn rhywle. Mi siarada'i hefo Dafydd Owen am y peth, ac mi gewch chithe glywed rhywbeth oddi wrtho fo eto. Mi ddof yma eto yfory i weld y claf. Ceisiwch wneud eich gore iddo fo o hyn hyd hynny.

"Bobol annwyl, syr," ebe Sioned, "rydw i'n gobeithio nad ydech chi ddim yn meddwl nad ydw i ddim yn fodlon i wneud fy ngore iddo fo—"

"O, na, dydw i ddim yn meddwl dim byd o'r fath," ebe'r meddyg, "yn wir, mi wn y gwnewch chi'ch gore, ac y rhaid eich bod chi wedi gwneud eich gore iddo fo hyd yn hyn, ne fase fo ddim hanner cystal ag ydi o. Gyda gofal, mi ddown ni â fo o gwmpas eto. Ond byddwch yn ofalus."

"Mi wnaf yn wir, syr," ebe Sioned gan deimlo gryn dipyn yn esmwythach wedi cael ar ddeall nad oedd y doctor yn meddwl nad oedd hi yn gwneud ei gorau.

Er mwyn diogelwch ac ymddangosiad pethau, holodd y doctor dipyn ar yr hen Ffowc ynghylch cyflwr ei iechyd, a phenderfynodd toc pa anhwyldeb yr oedd yr hen ŵr i ddioddef tano. Pan oedd efe ar fin ymadael, curodd rhywun y drws, a daeth Miss Gaenor i mewn.

"Mi anfona i botel i chi, Ffowc," ebe'r doctor. "Does dim byd peryglus iawn arnoch chi, ond fod yr hen grydcymala yna braidd yn blagus, ac yn gafel yn lled dost yn yr esgyrn, a thuedd yn hynny i effeithio ar eich calon chi. Ond gwnewch chi fel y deudis i wrthoch chi, sef rhwbio'r aelode hefo turpentein, a gwisgo gwlanen boeth, a chymrwch y ffisig yrra i chi."

"O'r gore, syr," ebe'r hen ŵr yn berffaith ddifrifol, ac aeth y doctor ymaith.

XLVI.
Y Darganfyddiad

Trefnodd Dr. Williams a Dafydd i roddi cymorth i Arthur cyn gynted ag y gellid. Aeth y doctor adref, a danfonodd feddyginiaeth, ac yn nghwrs ei ymdrechion i drefnu sut i gael rhyw lun o ymborth cymwys i'r claf, ymgynghorodd Dafydd, yn ddigon naturiol, â Neli. Barnai Neli y gellid ymddiried yn Mrs. Jackson yn hyn o beth, ac na fyddai perygl y dywedai hi, drwy deg na garw, wrth ei gŵr ym mha le yr oedd Arthur. Yr oedd Mr. Jackson wedi dychwelyd i Gwm Eryr, ar ôl i'w dwrne fethu cael unrhyw wybodaeth ymhellach beth oedd gan Robinson yn ei erbyn, ond nid oedd efe yn mynd fawr o gwmpas, gan gymaint ei ofn. Yr oedd hynny yn gwneud pethau gryn lawer yn fwy anodd yn y plas, canys pe gwelsai Jackson fod yno goginio rhywbeth mwy nag arfer, buasai yn sicr o holi, a mynnu gwybod beth oedd yr achos. Yr oedd Dafydd, wedi hir berswadio ar ran Neli, wedi cydsynio iddi hi ddweud wrth Mrs. Jackson am adfydus gyflwr Arthur, ac yr oedd Neli wedi dweud. Yn rhyfedd ddigon, yr oedd Mrs. Jackson wedi dal y newydd yn llawer mwy digyffro nag y tybiodd hyd yn oed Neli y gallasai hi wneud. Mynnai Mrs. Jackson yn ddi-oed wneud ei gorau i'r claf, ond nid peth hawdd oedd hynny, canys Gaenor a fyddai bob amser yn gorchymyn y morwynion, ac yn edrych ar eu holau yn Nghwm Eryr. Canlyniad y cyflwr hwn ar bethau fu ddarfod i Mrs. Jackson, yr hon yn gyffredin na fwytai fwy nag a fwytai cyw iâr, droi i ymborthi'n hynod dda, os teg barnu oddi wrth y ffaith fod y gogyddes yn gorfod gwneud llawer o bethau blasus iddi. Yr oedd Mrs. Jackson yn fynych yn arfer cymryd ei brecwast yn ei gwely, a dygid yno iddi bethau tra maethlon yn ystod y dyddiau hyn, ond gydag y byddai y sawl a'u dygai wedi troi ei gefn, neidiai Mrs. Jackson dros yr erchwyn, a buan y cadwai rai o'r pethau mewn cwpwrdd, gan gloi'r drws a chadw'r allwedd yn ofalus. Fel hyn aeth pethau ymlaen am rai dyddiau, ac ni thynnwyd mwy o sylw na'r cyffredin, er fod Gaenor braidd yn amheus a oedd archwaeth ei chwaer-yn-nghyfraith wedi gwella cymaint â hynny mor sydyn. Yn naturiol, wedi i syniad fel hyn unwaith ddod i ben Gaenor, nid oedd hawdd ei gael oddi yno, ac felly, hi a ddechreuodd fod ar ei gwyliadwriaeth, a gwae'r neb y byddai Gaenor yn ei amau a'i wylio.

Un diwrnod, yr oedd y gogyddes wrthi yn paratoi potes cryf i'w yrru i'r claf, pryd y daeth Gaenor yn sydyn i'r gegin ac y gofynnodd, mewn llais awdurdodol, beth oedd y gogyddes yn ei wneud. Dwedodd honno mai gwneud potes i'w meistres yr oedd hi, er y gwyddai, mewn gwirionedd, i bwy yr âi y danteithfwyd. Dywedodd Gaenor, yn lled uchel ei chloch, fod yn syn ganddi hi fod Mrs. Jackson yn gallu bwyta cymaint o botes ag a fuasai yn digoni o leiaf dri o ddynion. Pan glywodd y gogyddes hyn, hi a gafodd gymaint o fraw fel y trodd y llestr yr oedd y cawl berwedig, ag y collodd y cwbl am ben ei throed. Wedi hynny, bu cyffro mawr, a dynnodd bawb i'r gegin, hynny yw pawb oedd yn y tŷ. Dechreuodd Gaenor holi yn ei dull arferol, dull na allai neb ei wrthsefyll, o leiaf, neb o weinidogion Cwm Eryr. Fel y bu gwaetha'r modd, nid oedd Mrs. Jackson i mewn ar y pryd i roi unrhyw eglurhad a allasai dawelu pethau, ac yn hynod ddigon, nid oedd Mr. Jackson yn digwydd bod i mewn ychwaith. Canlyniad gwaith Gaenor yn holi oedd i'r forwyn, druan, rhwng y braw a gawsai a'r boen a ddioddefai, gyfaddef cymaint ag a wyddai, sef mai i Arthur Wynn yr oedd hi yn darparu'r cawl.

Pan glywodd hyn, bodlonodd Gaenor, ac yna archodd i rywun geisio ymgeleddu'r gogyddes. Ond pan oedd Gaenor yn gwneud y darganfyddiad: hwn, yr oedd Mr.

Jackson yntau yn gwneud peth cyffelyb. Yr oedd efe wedi anturio allan am dro, ac yn llechian rhwng y coed i gyfeiriad y ffordd pryd y gwelai ei annwyl briod yn cerdded yn ochelgar hyd y ffordd tua bwthyn yr hen Ffowc. Aeth Mr. Jackson ar ei hôl, a buan y sylwodd ei bod hi fel pe buasai'n cario rhywbeth yn dra gofalus dan ei chlog. Gadawodd iddi fynd i fyny at y bwthyn ac yna, drwy redeg rhwng y coed, llwyddodd i ddod i wyneb Mrs. Jackson yn hollol ddiarwybod iddi.

Cafodd Mrs. Jackson gymaint o fraw fel y gollyngodd ddysgl a gariai dan ei chlog nes y disgynnodd ar lawr a thorri'n deilchion, a gwelai Mr. Jackson y danteithfwyd drudfawr ar lawr.

"Beth ydi hyn, os gwelwch chi'n dda?" ebe Mr. Jackson, yn ffyrnig.

"O," meddai Mrs. Jackson, yn ei braw, "mynd â thamaid i'r hen Ffowc yr oeddwn i."

"Beth!" ebe Jackson. "Mynd â pheth fel hyn i'w fath o, ai e? Rydw i'n meddwl fod rhywbeth dan wraidd hyn. Mi fynnwn ni weld."

"O, na, peidiwch, peidiwch!" ebe Mrs. Jackson, yn erfyngar.

"Peidio beth?" gofynnai Mr. Jackson. "Roeddwn i'n amau fod rhyw ddrwg yn y caws. Beth sydd yn y mater yn peri i chi ofyn cymaint, ma'am?"

"Eisio i chi beidio bod yn gas wrth yr hen ŵr oedd gen i," ebe Mrs. Jackson, "nid arno fo mae'r bai."

"Bai neu beidio," ebe Mr. Jackson, "mi gawn ni weld."

Gyda hynny, aeth Mr. Jackson i mewn yn sydyn i'r bwthyn, a gwelodd yr hen Ffowc yn eistedd yn y gornel yn smocio. Gwir fod yr hen ŵr wedi cadw ei bibell yn ddi-oed, ond nid cyn i Mr. Jackson ei weld.

"Wel," ebe Mr. Jackson, "ai chi ydi'r gŵr sy'n sâl ac yn cael pethau da o'r plas, ai e, ac yn smocio yn y fan yna cyn iachad â finne?"

Cyn bod yr hen ŵr wedi cael amser i ateb clywid sŵn gruddfan yn y llofft fechan lle'r oedd Arthur. Clywodd Jackson y sŵn, a throes i wrando'n sydyn.

"Beth sydd yna?" ebe Jackson.

"Sioned sydd yna, mae'n debyg," ebe'r hen ŵr.

"Felly, faswn i'n meddwl ei bod hi'n marw," ebe Jackson.

"O, na, mae hi'n arw am wneud sŵn," ebe Ffowc.

"Dyn byw!" ebe Jackson. "Rhaid fod rhywbeth o'i le!"

Gyda'r gair, cychwynnodd Jackson i fyny'r grisiau cul, serth, ac yr oedd efe yn cyrraedd y top pryd yr agorwyd y drws ac y daeth Sioned allan i'w wyneb, mor sydyn nes y disgynnodd Mr. Jackson yn wysg ei gefn ar lawr. Bu cryn gyffro oherwydd y cwymp, ond nid oedd Mr. Jackson ryw lawer iawn gwaeth. Toc, medrodd godi ar ei draed.

"Beth ar y ddaear roeddech chi'n gwneud y fath sŵn?" ebe wrth Sioned, wedi iddo orffen bwrw ei felltithion ar ei phen am ei daflu i lawr y grisiau.

"O, dydw i ddim yn teimlo'n dda iawn, yn wir, syr," ebe Sioned.

"Faswn i'n meddwl, yn wir," ebe Jackson, ond y foment honno clywodd y gruddfan drachefn, yn uwch ac yn fwy poenus nag o'r blaen.

"Mae yna rhywbeth yn y llofft yna!" ebe Jackson. "Rhaid i mi gael gweld beth sydd yna, fel mae byw fi!"

Cychwynnodd Jackson i fyny'r grisiau drachefn, a llefodd Mrs. Jackson dros y tŷ yn ei braw. Llwyddodd Mr. Jackson i ddringo'r grisiau cul, ac heb gymryd sylw yn y byd o lefain ei wraig, agorodd y drws ac ymwthiodd i mewn i'r ystafell. Yno, gwelai Arthur Wynn yn gorwedd ar y gwely bychan, ac yn troi o'r naill ochr i'r llall, gan ruddfan yn boenus. Aeth Mr. Jackson i lawr yn ddi-oed, a chan droi at ei wraig, dwedodd,

"Ai dyma'r triciau ydech chi'n wneud, ai e? Ai dyma lle roedd y ddysglaid honno'n mynd, ai e? Mi rown ni derfyn ar hyn, madam. Mi ddaw'r plismyn yma, cyn gynted ag y gellir eu nôl nhw, ac mi gewch chi sbario'r drafferth o geisio cario pethau yma drwy dwyll a chelwydd fel hyn."

"O, Harold, peidiwch!" llefai Mrs. Jackson. "Dydi'r bachgen ddim ffit i'w symud—mae o bron marw, a ninne wedi bod mor gas wrtho fo!"

"Tewch, wnewch chi!" ebe Mr. Jackson. "Dim ychwaneg o'r lol yna hefo fi. Ac amdanoch chithe, Ffowc, yn rhoi lloches i droseddwyr fel hyn yn eich tŷ, rhaid i chi ymadel oddi yma gynted gellwch chi. Fynna i mo fy nhwyllo a fy herio fel hyn dan fy nhrwyn gan bawb o fy nghwmpas!"

"O, Harold," ebe Mrs. Jackson, "gadewch i mi erfyn arnoch chi beidio gyrru am y plismyn! 'Rhoswch iddo fo wella tipyn bach. Dydi o ddim ffit i'w symud rŵan, mi fydd farw ar y ffordd, ac mi ddaw melltith ar ein pene ni am ein creulondeb, yn siŵr i chi. O, peidiwch, er mwyn trugaredd!"

"Waeth i chi un gair na chant," ebe Mr. Jackson, "rydw i wedi gwneud fy meddwl i fyny, a throwch chi na neb arall mo'na i, 'taech chi'n crefu ar eich glinie. Ha! Hawdd iawn ydi llechu mewn lle fel hyn a chymryd arno ei fod o'n sâl, ai e! A rhai o fy nheulu fi fy hun yn cario bwyd a diod iddo fo yn fy ngwrthgefn i, ac yn dweud anwiredd yn fy ngwyneb i!"

"O, Harold, ofn dros y bachgen barodd i mi ddeud yr hyn ddeudis i wrthoch chi!" ebe Mrs. Jackson, gan deimlo brath geiriau ei phriod. "Fynaswn i mo'ch twyllo chi, ond roedd gen i gymaint o ofn!"

"Ofn ne beidio," meddai Mr. Jackson, "mae gwarant allan i'w ddal o, ac mi delir o cyn gynted ag y medra i nôl y plismyn. Ffowc, ar eich perygl y gadewch chi i'r hogyn yna fynd o'r tŷ yma, cofiwch, nes daw'r plismyn i'w nôl o. Mrs. Jackson, dowch chi adre hefo fi, gael i minne gael fy ngheffyl i fynd i nôl y plismyn!"

Aeth Mrs. Jackson gyda'i phriod dan wylo, a safai yr hen Ffowc yn y drws i edrych ar eu holau nes aethant o'r golwg.

"Sioned," meddai'r hen ŵr, "mae rhywbeth rhyfedd ar ddigwydd, marcia di be' ydw i'n ddeud!"

XLVII.
Datguddiad

Pan gyrhaeddodd Mr. a Mrs. Jackson i'r plas, yr oedd y cyffro a achoswyd yno drwy'r darganfyddiad a wnaeth Gaenor pan ysgaldiwyd y gogyddes heb dawelu na thebyg, a phan wnaeth Jackson ei ymddangosiad, dechreuodd Gaenor ei holi yn fanwl, a dechreuodd yntau fwrw bygythion ac erchi i un o'r gweision baratoi ei geffyl iddo fynd i nôl y plismyn. Aeth y gwas yn ddi-oed i wneud y ceffyl yn barod, ac yn y cyfamser, cafodd Mr. Jackson lawn digon o waith ateb cwestiynau ei chwaer-yn-nghyfraith.

"Mae o'n llechian yn nhŷ'r hen Ffowc yna, ac yn cymryd arno ei fod o'n sâl," ebe Mr. Jackson, "ond fydd o ddim â'i draed yn rhyddion yn hir, fel mae byw fi. Cheiff y ffyliaid pobol yma mo'r siawns i ledu eu straeon cythreulig amdana i; a deud 'mod i wedi lladd yr adyn llymrig gyno fo—"

"Dyma chi, Jackson," ebe Gaenor yn chwyrn, "os gwelwch chi'n dda, peidiwch chi â defnyddio iaith fel yna yn fy nghlyw i!"

"Eitha' henw arno fo!" ebe Jackson yn ei wylltineb. "Mae gwarant allan i'w ddal o am un o'r troseddau gwaetha y base'n bosibl i'r un lleidr ei gyflawni, ac rydw i'n mynd i nôl y plismyn y munud yma." Stopiodd Mr. Jackson yn sydyn, canys agorodd drws yr ystafell, a daeth Mr. Robinson a'r Sarsiant Jones i mewn i'r ystafell. Aeth wyneb Mr. Jackson cyn wyned â'r galchen, ac edrychai'n llawer tebycach i ddyn oedd yn disgwyl i'r plismyn ddod i'w nôl ef nag i ddyn oedd ar fedr mynd i nôl y plismyn at rywun arall. Gwelodd Gaenor fod Mr. Jackson mewn ofnau dirfawr, ac yn ôl ei harfer uchelfryd, anerchodd y swyddogion gyda llais awdurdodol.

"Fyddwch chi cystal â deud," ebe hi, "drwy ba awdurdod yr ydech chi'n dod i mewn i fy nhŷ i?"

"Drwy awdurdod cyfraith, ma'am," atebai Mr. Robinson yn hamddenol.

"Felly, fyddwch chi gystal â deud pa fusnes sydd gynnoch chi yma?"

"O, byddwn," ebe Mr. Robinson. "Ryden ni wedi dod yma i gymryd Mr. William Johnson i'r ddalfa."

"Mr. Johnson?" ebe Gaenor mewn syndod, ond sylwodd y foment honno ar wyneb Jackson. Yr oedd wedi troi'n las-welw, ac yr oedd aelodau'r gŵr hwnnw fel pe'n rhy weiniaid i'w gynnal. Pwysai ei gefn ar y pared, ac yr oedd ei ddau lygad fel pe ar fin neidio allan o'i ben.

"Mr. Johnson?" ebe Gaenor drachefn. "Pwy ydi Mr. Johnson? Does yma'r un Mr. Johnson. Rhaid eich bod chi wedi camgymryd, syr."

"O, naddo, ma'am, dyden ni ddim wedi camgymryd. Mae yma un o'r enw Mr. Johnson—o leia, mae yma un oedd yn arfer gwisgo'r enw Mr. Johnson flynyddoedd yn ôl."

"Lle mae o ynte?" ebe Gaenor, am na wyddai beth i'w ddweud, yn hytrach nac am ddim arall.

"Dyma fo!" ebe Mr. Robinson, gan bwyntio at Jackson. "Cymerwch o i'r ddalfa, Jones!"

Paratodd Jones at wneud hynny. Tynnodd bâr o gyffion gloywon o'i logell, a symudodd i gyfeiriad Jackson. Wrth weld y cyffion, mae'n debyg, ymddadebrodd Jackson dipyn o'r dychryn ddaethai arno.

"Am beth rydech chi'n fy nghymryd i i'r ddalfa, os gwelwch chi'n dda?" ebe.

"Am gelcio arian un Mr. Watson, yr hwn oedd yn berchennog gwaith haearn Tŷ'n y Parc, ddeng mlynedd ar ugien yn ôl, a rhoi'r bai ar glarc oedd yno, o'r enw Gruffydd Huws," ebe Mr. Robinson.

Ymwingai Jackson wrth glywed y cyhuddiad, ond pan glywodd y geiriau olaf, daeth gwawr o obaith dros ei wyneb.

"Profwch mai fi ydi William Johnson, os medrwch chi," meddai, "ond cyn y gellwch chi 'nghymryd i i'r ddalfa, mi hoffwn i chi fy nwyn i wyneb yn wyneb â'r sawl sydd yn fy nghyhuddo fi."

"O, peidiwch chi â gofalu am hynny," ebe Mr. Robinson, "mi ofalwn ni y cewch chi bob chware teg. Ydech chi'n deud mai nid y chi ydi William Johnson?"

"Ydw," ebe Jackson. "Wn i ddim am bwy rydech chi'n sôn. Rydech chi'n camgymryd, syr, ac rydw i'n eich rhoi chi ar eich gwyliadwriaeth rhag mynd yn rhy bell hefo fi, neu hwyrach y bydd yn edifar gynnoch chi am yr hyn ydech chi'n wneud."

"O, rydw i'n ddigon parod i gymryd y canlyniade," ebe Mr. Robinson. "Ydech chi'n dal i wadu mai y chi 'di William Johnson?"

"Ydw," ebe Jackson. "Wn i ddim pwy ydi William Johnson, ac fel y deudis i wrthoch chi o'r blaen, mi ddylech, fel gŵr bonheddig—ac mi gawsoch eich croesawu fel gŵr bonheddig yma unwaith—mi ddylech ddwyn y neb sydd yn fy nghyhuddo fi wyneb yn wyneb â fi."

"O'r gore," ebe Mr. Robinson, "mi wnawn hynny'n union deg; mi ddaw yma cyn bo hir, ac mi gewch y pleser o'i weld o. Yn y cyfamser, rhaid i mi ofyn i chi ystyried eich hun yn garcharor i mi."

"Rydw i'n gwadu'ch holl gyhuddiade chi," ebe Jackson "a gadewch i mi ddeud wrthoch chi eich bod chi'n ymddwyn yn anfoneddigaidd ac yn isel drwy ddŵad yma i aflonyddu arna i a fy nheulu fel hyn heb fod gynnoch chi rithyn o ddim i brofi'ch cyhuddiade yn f'erbyn i. Rhyw gast uffernol ydi hwn o waith yr hogyn yna a'i gyfeillion i dynnu gwarth a gwaradwydd arna i a fy nheulu, ond peidiwch â meddwl y medrwch chi gael yr eiddo o fy ngafael i! Mae Cwm Eryr yn ddigon diogel i mi tra bydd ewyllys Sgweiar Wynn ar gael!"

"Mi gawn weld, os byddwch chi gystal â bod yn amyneddgar am ychydig o funude," ebe Mr. Robinson.

"Bod yn amyneddgar am ychydig o funude, yn wir," ebe Jackson. "Pe tasech chi'n rhywbeth heblaw creadur twyllodrus a chastiog, mi fasech yn dod â'r sawl sydd yn fy nghyhuddo fi yma i fy ngwyneb i, yn lle dŵad yma fel hyn i godi helynt, a, 'ngwaradwyddo fi o flaen fy nheulu drwy ddŵad â chyhuddiade di-sail yn fy erbyn i. Faint raid i mi ddisgwyl am y dyn yr ydech chi'n deud ei fod o'n mynd i brofi'r holl bethe hyn yn fy erbyn i, ys gwn i?"

"O, raid i chi ddim aros yn hir," ebe Mr. Robinson, "rydw i'n ei ddisgwyl o yma bob munud."

"Jackson," ebe Gaenor Wynn, yr hon oedd wedi gwrando'r holl siarad o'r dechrau heb ddweud gair, "Jackson, beth ydi'r cyhuddiade yma mae'n nhw'n ddwyn yn eich erbyn chi? Ai gwir ai celwydd ydyn nhw? Atebwch fi!"

"'Rhoswch tan ddaw'r sawl sydd yn fy nghyhuddo fi yma," ebe Jackson, "gael i chi weld fod yma ryw gynllun melltigedig yn f'erbyn i! Wna i ddim ymostwng i ddweud dim wrth y dynionach yma nes byddan nhw'n ddigon boneddigaidd i ddŵad â'r cyhuddwr i fy wyneb i."

"O, Harold, beth ydi'r mater? O, peidiwch â gyrru'r plismyn i'w ddal o, peidiwch, peidiwch, er mwyn trugaredd!" ebe Mrs. Jackson, yr hon oedd wedi bod yn wylo yn ei hystafell ei hun, ac a ddaethai yn awr i ganol yr helynt am y tro cyntaf.

"Tewch â'ch sŵn," ebe Jackson yn ffyrnig. "Petai'r cerlynnod yma'n gwneud eu dyletswydd, mi fasen wedi ei ddal o ers meitin yn lle bod yn y fan yma yn fy mhoeni fi fel hyn."

"O, beth ydi'r mater ynte? Beth mae'n nhw'n wneud yma?" ebe Mrs. Jackson.

"Peidiwch â chyffroi, ma'am," ebe Mr. Robinson. "Well i chi fynd allan o'r ystafell nes byddwn ni wedi gorffen gyda Mr.—Mr. Jackson. Mi gewch wybod yr hanes gan Miss Wynn, rydw i'n siŵr y dyfyd hi wrthoch chi ei hun. Mae Mr. Jackson a minne yn—yn dweud pethe croes i'n gilydd, ac mae o'n dymuno gweld cyfaill i mi, yr hwn yr ydw i'n ei ddisgwyl o yma bob munud. Fydde'n well i chi beidio aros yma, ma'am."

"O, na," ebe Mrs. Jackson, "raid i mi gael gwybod beth ydi'r mater. O, Harold, dydech chi ddim wedi lladd Arthur, ydech chi? O, mae rhywbeth ofnadwy yn siŵr o ddigwydd! Ryden ni wedi bod mor gas wrtho fo, ac mae rhywbeth yn deud wrtha i fod y dial yn mynd i ddŵad ar ein pennau ninne rŵan. O, Harold, Harold, deudwch wrtha i beth ydi'r mater!"

Gwrandawai Jackson ar ei wraig gyda golwg o ddychryn a digofaint ar ei wyneb. Troes at Gaenor, a dwedodd, "Er mwyn popeth, ewch â'r ddynes wallgof yna i ffwrdd! Does heddwch i ddyn gael ganddi hi hefo'i ffwlbri. Ewch â hi i ffwrdd."

"Na, peidiwch, peidiwch!" ebe Mrs. Jackson, "rhaid i mi gael gwybod beth ydi'r mater!"

Agorodd y drws drachefn, a daeth dyn dieithr i mewn. Adnabu Jackson ef yn y fan fel y dyn dieithr y rhoddes ef waith iddo yn y gwaith haearn beth amser cyn hynny, ac edrychodd yn ffyrnig arno fel y deuai i mewn i'r ystafell, ac yr ymgrymai'n foesgar i Mrs. Jackson a Miss Gaenor.

"Wel, syr," ebe Mr. Robinson, "dyma'r dyn sy'n dweud mai chi ydi William Johnson."

Croesodd Jackson ei ddannedd, ac atebodd, "Ai gwneud gwawd ohona i yr ydech chi heblaw fy sarhau a fy ngwarthruddo fi? Pwy ydi'r creadur yma? Mi fuo'n begio am waith gen i ychydig amser yn ôl, ac wedyn mi redodd i ffwrdd am ei fod o'n rhy ddiog i weithio. Twt! Cliriwch o'r tŷ yma!"

"Yn ara deg," ebe'r newydd ddyfodiad, "ydech chi'n cofio'r clerc gafodd y bai am gelcio arian yn ngwaith haearn Tŷ'n y Parc, Mr. Johnson? Rydw i'n deud mai chi celciodd nhw—"

"Pwy ydech chi?" ysgyrnygai Mr. Jackson, â'i wyneb yn ddu-las.

Cododd y gŵr dieithr ei law at ei ben, a chyda sydynrwydd, symudodd y cnwd o wallt gosod a wisgai oddi ar ei ben.

"O, o, Arthur!" llefai Mrs. Jackson.

XLVIII.
Ffowc yn Gweld Ysbryd

Llewygodd Mrs. Jackson, a buwyd am beth amser yn ei dwyn ati ei hun. Ymgripiodd Mr. Jackson i gornel bella'r ystafell, lle crynai ac yr edrychai ar bawb o'i gwmpas fel pe buasent haid o fleiddiaid ar ruthro arno a'i larpio'n ddarnau. Safai'r dyn dieithr ar ganol y llawr, â'i freichiau ymhleth, ac edrychai ar Mr. Jackson, ond ni ddwedai air. Yn y man, daeth Mrs. Jackson ati ei hun. Yr oedd Gaenor wedi llwyddo i gadw rheolaeth arni ei hun, ond yr oedd hi'n rhy brysur yn ceisio gweini ar ei chwaer i dalu llawer o sylw i'r hyn oedd yn mynd ymlaen. Pan ddaeth Mrs. Jackson ati ei hun, troes at y gŵr dieithr, a llefodd yn erfyngar,

"O Arthur, maddeuwch i mi!"

"Mi wnaf," ebe'r gŵr dieithr yn ddifrifol, a chyda llais dwfn a barodd i bawb droi i edrych sydyn, clywyd ergyd, a gwelwyd Mr. Jackson yn disgyn ar lawr. Yr oedd efe, y foment y troes pawb i edrych ar y gŵr dieithr wedi tynnu o'i logell y pistol yr oedd efe ers peth amser, oherwydd ei ofnau, yn ei gario gydag ei, ac wedi saethu ei hun drwy ei ben.

Aeth y lle yn gyffro gwyllt. Rhuthrodd y gweision a'r morwynion a'r plant o'r ystafell, a haws dychmygu na disgrifio'r r olygfa yno. Yr oedd hyd yn oed Gaenor wedi colli pob rheolaeth arni ei hun; yr oedd Mrs. Jackson yn llefain ac yn rhedeg o gwmpas yr ystafell fel dynes wallgof; wylai ac ysgrechiai'r plant ieuengaf, a safai Norman a Lucy wrth y drws mewn gormod o ddychryn i allu symud, tra'r oedd Mr. Robinson a'r Sarsiant Jones yn penlinio gerllaw corff Mr. Jackson i edrych a ellid gwneud rhywbeth i'w helpu.

"Mae o wedi marw," ebe Mr. Robinson. "Mae'r ergyd wedi mynd drwy ei 'fennydd o. Cliriwch bawb allan o'r ystafell, Jones."

Felly fu, buan y cliriwyd pawb allan o'r ystafell, a gyrrwyd, fel mater o ffurf, am y meddyg. Ond yr oedd Mr. Jackson yn hollol farw, a dywedai'r meddyg, wedi chwilio'r archoll, ei bod yn ddigon i'w ladd yn y fan.

Ni cheisiwn ddisgrifio'r olygfa a ddilynodd yn Nghwm Eryr. Yr oedd pawb fel pe wedi mynd o'u co', ond yr oedd y gŵr dieithr yn lled dawel, ac yn gwneud ei orau i gysuro Mrs. Jackson a Gaenor. Buan y medrodd Gaenor gael digon o feistrolaeth arni ei hun i siarad yn bwyllog gydag ef.

"Arthur!" meddai hi. "Roeddwn i'n credu ers blynyddoedd eich bod chi wedi boddi!"

"Ac am hynny'n credu fod yn iawn i chi dwyllo a chamdrin yr un ddylse fod yn aer ar fy ôl i?" ebe'r gŵr dieithr.

"Wel, roedd yr eiddo wedi ei adael i Jackson yn ôl 'wyllys fy nhad, Arthur."

"Ie, ond wydde neb yn well na chi mai i fab fy mrawd y base fo'n gadel yr eiddo pe buase fo'n gwybod fod gyno fo fab, ac mae gen i le i gredu'ch bod chi a Jackson wedi cadw hanes genedigaeth y bachgen oddi wrth fy nhad."

Aeth Gaenor yn fud, ac aeth Arthur Wynn rhagddo i siarad. "Flynyddoedd yn ôl," meddai, "pan aeth yr hanes ar led mae fi saethodd un o'r ciperiaid un noson, mi fu raid i mi ffoi o'r wlad. Mi ffois, ond doedd gen i ond ychydig o bres ar fy helw. Mi gymris le fel clerc mewn gwaith haearn, gan alw fy hun yn Gruffydd Huws, ac mi roedd a wnelo dyn o'r enw William Johnson â'r gwaith. Rywfodd, mi gafodd o allan pwy oeddwn i, ac mi wnaeth ddefnydd o'i wybodaeth. Mi ddeudodd y rhoe o fi yng ngafel y gyfraith os na ffown i o'r wlad a chymryd y bai o gelcio arian y cwmni. Doedd gen i ddim i'w wneud ond derbyn ei delere fo, ac mi ffois. Mi fûm yn crwydro'r byd am flynyddoedd, ond o'r diwedd, mi ddois yn ôl, ac mi ges allan fod pob amheuaeth mai fi laddodd y cipar wedi ei chwalu. Mi ddalltis hefyd fod William Johnson wedi troi'n Harold Jackson, wedi priodi fy chwaer, wedi twyllo fy nhad a fy nai, ac wedi cael yr eiddo i'w grafangau, a hynny drwy gydsyniad os nad drwy gymorth fy chwaer arall, sef chi."

Ceisiodd Gaenor siarad, ond cododd Arthur Wynn ei law i arwyddo am iddi fod yn ddistaw, ac aeth yn ei flaen.

"Mi ddechreuis weithio i wastadu pethau," meddai, "ac mi ges help Mr. Robinson yma. Mi ddaethon i'r ardal eill dau hefo'n gilydd; mi ges i waith yn y chwarel drwy weithio ar ofnau Johnson, neu Jackson fel y galwai ei hun, ac mi fedrodd Mr. Robinson gael derbyniad i'r tŷ. Yma, drwy fy nghyfarwyddyd i, mi fedrodd gael hyd i arian oedd yn gudd mewn lle na wyddai neb amdano ond y fi, ac hefo'r arian hynny, ryden ni eill dau wedi gwastatu pethe erbyn hyn, a dyma fi wedi dŵad yn ôl i hawlio fy eiddo, adawyd i mi drwy 'wyllys fy nhad. Roedd Jackson wedi clywed 'mod i wedi boddi, wrth gwrs, ac yn meddwl ei fod o felly'n ddigon diogel, ond y fi oedd yr unig un ddihangodd o'r llong honno dorrodd danon ni, ac mi ges fy arbed i ddŵad yn ôl i roi pethe yn eu lle, ac i arbed bywyd fy nai, a gamdriniwyd mor ofnadwy gan y rhai ddylasai fod garedicaf ato fo."

Gyda hyn, troes Arthur Wynn, ac aeth allan. Edrychai'r gweision a'r morwynion arno gyda syndod, ond yr oedd efe mor debyg i'w dad fel yr oedd rhywbeth yn naturiol yn ei weld yn cerdded o gwmpas yno. Aeth Arthur Wynn hyd y ffordd tua bwthyn yr hen Ffowc. Gyda'i fod ef wedi pasio o olwg y tŷ hyd y ffordd, pwy ddaeth i'w gyfarfod ond Hannah Owen. Yr oedd Hannah wedi sylwi arno cyn iddo ef sylwi arni hi, a bu agos iddi lefain mewn braw pan welodd hi ef gyntaf, canys hi a dybiodd mai'r hen Sgweiar ydoedd, ac yr oedd tipyn o ofergoeledd yn perthyn i Hannah. Pan ddaeth hi'n nes ato, hi a welodd ei fod dipyn yn ieuengach na'r hen Sgweiar, ond yr oedd mor debyg iddo fel yr aeth Hannah i grynu pan ddaeth i'w ymyl, a bu agos iddi lewygu pan ddwedodd efe "prynhawn da" wrthi. Hi a fedrodd ateb, ond cyn gynted ag y medrodd gael ei gwynt, hi a redodd ar draws y caeau tua Phen y Wern cyn gynted ag y medrai ei thraed ei chario, i ddweud ei bod wedi gweld "Ysbryd yr hen Sgweiar!"

Heb wybod ei fod wedi peri'r fath fraw i Hannah, aeth Arthur Wynn yn ei flaen tua chaban yr hen Ffowc i edrych am ei nai, yr Arthur Wynn arall oedd yno bron ar derfyn ei yrfa. Pan oedd y Sgweiar (dyna bellach fyddai orau ei alw, rhag dryswch oherwydd ei fod ef a'i nai'r un enw) yn dynesu at y bwthyn, yr oedd yr hen Ffowc yn sefyll yn y drws, ac yn edrych tua'r plas, gan ddisgwyl o hyd am weld Jackson yn pasio ar gefn ei geffyl i nôl y plismyn i ddal Arthur. Pan oedd Ffowc yn sefyll i wylied y ffordd fel hyn, efe a welai ddyn yn dynesu tuag ato. "Duwch annwyl!" ebe Ffowc wrtho'i hun, gan rwbio ei lygaid yn enbyd ac edrych drachefn. Ymddangosai fod yr ail edrychiad wedi peri mwy o syndod fyth iddo, canys ebychodd, "Arglwydd trugarog!" ac aeth i mewn i'r bwthyn yn llawer cynt nag yr aeth ers rhai blynyddoedd.

"Sioned," meddai, "mi ddeudis wrthat ti fod rhywbeth ofnadwy ar fin digwydd!"

"Beth sydd rŵan, 'nhad?" ebe Sioned, yr hon oedd newydd ddod o fod yn edrych am Arthur.

"Dyma ysbryd yr hen Sgweiar yn dŵad ar hyd y ffordd tuag yma rŵan."

"Ysbryd yr hen Sgweiar!" ebe Sioned. "Ydech chi'n drysu, 'nhad?"

"Yn wir, mae gen i ofn mai drysu wna'i os gwela'i lawer o bethe fel hyn," ebe Ffowc, "ond mae ysbryd yr hen Sgweiar yn dŵad i ti, cyn sicred â'r byd. Dos di i edrych."

Aeth Sioned allan yn dra thalog i edrych a welai'r ysbryd, ond pan oedd hi'n croesi'r rhiniog daeth rhywun i'w chyfarfod mor sydyn fel y cafodd Sioned fraw anaele, ac y ciliodd yn ei hôl ddau gam neu dri i mewn i'r tŷ. Yna aeth yn ei blaen drachefn yn ochelgar, ac yno yn sefyll ar garreg y drws, hi a welai—ni allai Sioned mwyach ond credu ei thad, a hi a lefodd dros y lle yn ei dychryn, "O, ysbryd annwyl, paid â gwneud niwed i ni!"

XLIX.
Y Cais Olaf

Yr oedd Sioned Ffowc yn cwbl gredu mai ysbryd yr hen Sgweiar Wynn oedd yno'n sefyll o'i blaen, a chan fod ganddi ofn ysbrydion, yr oedd yn ddigon naturiol iddi ofyn iddo beidio gwneud unrhyw niwed iddi. Nid oedd yr "ysbryd," sut bynnag, mewn tymer i egluro ei hun i Sioned, ac felly, fe aeth i mewn i'r tŷ ar ei gyfer, a gofynnodd, "Lle mae Arthur Wynn?"

Dechreuodd Sioned grynu yn enbyd ac wylo, canys hi a dybiodd yn sicr mai dod o'r byd arall a wnaethai ysbryd yr hen Sgweiar i fynd ag Arthur Wynn druan o'i boenau. Dan ddylanwad y gred hon, aeth Sioned mewn dygn ddychryn, a rhoes ei chefn ar ddrws y grisiau, megis pe i rwystro'r ysbryd fynd i fyny i'r llofft at y claf. Yr oedd yr hen Ffowc hefyd mewn cymaint o fraw â'i ferch, a bu yntau am ysbaid cyn medru dweud gair. Safai, gan ymgynnal wrth y fainc gerllaw'r tân, ac edrychai'n syn a syfrdanllyd ar yr "ysbryd." Edrychai hwnnw arno yntau ac ar Sioned bob yn ail, agos mewn cymaint o syndod â hwythau, ond nad oedd efe ddim mewn dychryn megis hwy. Yn y man, efe a ofynnodd drachefn, "Lle mae Arthur Wynn?"

"O!" meddai Ffowc, yn grynedig, "mae o'n sâl iawn, ond peidiwch â'i fynd â fo i ffwrdd! Mae o wedi ei chael hi yn rhy galed, ac mae o'n rhy ifanc i farw rŵan. Gadewch iddo fo fyw, syr!"

"Byw!" ebe'r llall. "Pwy sy'n sôn am wneud niwed iddo fo? Ffowc, ydech chi ddim yn fy nghofio fi, Arthur Wynn, mab hyna'r hen Sgweiar?"

"Mistar Arthur," ebe Ffowc. "Trugaredd i'r amddifaid! Ai nid ysbryd ydech chi?"

"Ysbryd!" ebe'r Sgweiar Wynn. "Does bosib 'mod i'n edrych mor debyg i ysbryd fel na fedrwch chi ddim deud mai dyn ydw i! Rŵan, rhowch eich llaw i mi, gael i chi gael eich argyhoeddi!"

Yr oedd ar Ffowc, mewn gwirionedd, ofn rhoi ei law, ond yr oedd arno fwy o ofn peidio, ac felly, fe estynnodd ei law allan yn araf, a chydiodd y Sgweiar ynddi, gan ei hysgwyd yn galonnog.

"Gwarchod ni!" ebe Ffowc. "Dyn ydi o wedi'r cwbl; Sioned. O ble ar y ddaear y daethoch chi, syr, wedi'r holl flynyddoedd, a ninne'n credu'ch bod chi wedi boddi?"

"Ie, 'ddyliwn," ebe'r Sgweiar, "ac mi fase'n dda iawn gan rai pobol pe taswn i wedi boddi, hefyd."

"O, gobeithio nad ydech chi ddim yn meddwl hynny amdanon ni, syr," ebe Sioned, gan ddechrau credu bellach mai dyn ac nid ysbryd oedd yno'n sefyll o'i blaen.

"O, nac ydw i ddim yn meddwl dim byd o'r fath," ebe'r Sgweiar. "Mi gewch wybod eto sut fu, does gen i ddim amser rŵan, mae gen i eisio gweld Arthur Wynn, fy nai, sy'n gorwedd yna, bron marw, fel rydw i'n dallt. Gadewch i mi ei weld o rhag blaen."

Arweiniodd Soned y Sgweiar i fyny i'r llofft fechan ddi-awyr lle roedd Arthur Wynn bellach ym mhoethder ei glefyd, yn cwyno ac yn troi'n ôl ac ymlaen yn aflonydd ar ei wely caled. Edrychodd y Sgweiar arno yn hir ac heb ddweud gair. Yr oedd yr awyr mor amhur yno, a'r lle mor fychan fel y teimlai'r Sgweiar bron â thagu yno.

"Gwarchod ni!" ebe. "Mae'r lle yma ddigon a'i ladd o! Rhaid ei symud o i'r plas ar unwaith."

"Ond mi fydd Mr. Jackson yn siŵr o'i gymryd o i fyny, syr," ebe Sioned.

"Na!" ebe'r Sgweiar. "Wneiff yr adyn hwnnw byth fwy o ddrwg i neb. Mae o wedi mynd i'w ateb."

"Be!" ebe Sioned. "Ydi o wedi marw?"

"Wedi gwneud peth ddylse fo fod wedi ei wneud ers talwm," ebe'r Sgweiar, "wedi saethu ei hun."

Rhoes hyn ddychryn ofnadwy i Sioned drachefn, ac er mwyn ei thawelu, eglurodd y Sgweiar yn fyr iddi beth oedd wedi digwydd. Yr oedd yr hen Ffowc yn gwrando'r hanes wrth waelod y grisiau, a phan glywodd beth oedd hanes Jackson, sibrydodd yr hen ŵr wrtho'i hun, "Nid hir y ceidw'r diawl ei was!"

Aeth y Sgweiar ymaith, a threfnodd i symud Arthur i'r plas, yr hyn a wnaed yn ddi-oed. Yr oedd yr hanes am ddiwedd ofnadwy Jackson a dyfodiad rhyfeddol aer Cwm Eryr adref yn ymledu fel tân gwyllt drwy'r ardal, a dirfawr oedd y berw. Yr oedd Mrs. Jackson wedi ei hanner ddrysu gan yr hyn a ddigwyddodd, ac yr oedd hyd yn oed Gaenor yn cerdded o gwmpas gan edrych ar lawr, fel dynes wedi cwbl dorri ei chrib. Yr oedd Norman wedi colli ei holl hyfdra, ac yn galaru ynddo'i hun wrth feddwl fod Cwm Eryr bellach wedi mynd o'i afael am byth, ac y byddai raid iddo yntau bellach droi i wneud rhywbeth at ennill ei damed. Yr oedd Lucy wedi ei syfrdanu, ac eto, yn nghanol yr helynt i gyd, meddyliai am Dafydd Owen, a theimlai y gallasai efe ei chysuro, pe cawsai hi hyd iddo. Nid oedd dim hyd yn hyn wedi ei fynegi i deulu Jackson yn nghylch bwriadan y Sgweiar, ond yr oeddynt oll yn teimlo fod eu teyrnasiad yn Nghwm Eryr ar ben, a Mrs. Jackson yn wylo'n barhaus ac yn dweud mai barn oedd y cyfan arnynt am eu creulondeb a'u hanghyfiawnder tuag at Arthur Wynn. Caed un neu ddau o feddygon at Arthur, ond yr oedd efe'n rhy bell i'w gallu hwy wneud dim i'w arbed mwyach; yr oedd y bywyd truenus y bu efe'n ei fyw, a'r caledi a ddioddefodd efe wedi cwbl ddifetha ei iechyd, a dywedai y meddygon na fyddai efe fyw yn hir. Aeth amryw ddyddiau heibio, ac yr oedd teulu Jackson yn gorfod ymgadw yn un rhan o'r tŷ, a Gaenor gyda hwy, hyd nes caffent le i fynd iddo, ac hyd nes penderfynai y Sgweiar beth i'w wneud. Yr oedd y Sgweiar yn byw yn y rhan arall o'r tŷ, ac wedi rhoi'r ystafell orau yno at wasanaeth y claf. Yr oedd y Sgweiar hefyd wedi mynnu gan Neli ddod i weini arno ef ac Arthur, gwaith ag yr oedd yn dda ganddi hithau ei wneud. Yr oedd Neli hefyd yn byw yn yr un rhan o'r tŷ â'i hewythr a'i brawd, ac yr oedd y morwynion oll yn gwasanaethu arnynt wrth ei galwad hi, a hithau bellach yn feistres yn y lle y bu hi cyhyd yn ddarostyngedig i sarhad a gorchymyn pawb.

Cynhaliwyd cwest ar gorff Jackson, a bwriwyd rheithfarn unol â'r tystiolaethau a roddwyd. Nid achosodd ei hunanladdiad ef gymaint o gyffro yn yr ardal ag a fuasid yn ddisgwyl, canys y peth y rhyfeddai pobl fwyaf ato oedd dychweliad y Sgweiar, a'r hanes hynod am dwyll Jackson, a'r modd y dygwyd ef i'r goleuni yn y diwedd. Nid oedd siarad am ddim ond hyn ym mhob man yn y gymdogaeth, ac nid oedd ond ychydig os neb yn gofidio'n fawr fod Jackson o'r diwedd wedi cyfarfod â'i haeddiant. Yr oedd Arthur Wynn wedi gwella cryn lawer er pan symudwyd ef i'r plas, ac yr oedd ei ewythr wedi ei hysbysu am yr holl hanes. Caffai bob sylw a gofal gan y meddygon, ond yr oedd yr afiechyd wedi cymryd gafael rhy dynn yn ei gyfansoddiad eiddil, fel nad oedd obaith y gwellhâi efe byth. Yr oedd Dafydd yn parhau yn ffyddlon iddo, ac yn mynd i edrych amdano bob dydd, ac yr oedd Arthur wedi dweud wrth ei ewythr gymaint o wasanaeth a charedigrwydd a wnaethai Dafydd iddo.

Un prynhawn, yr oedd Arthur gryn lawer yn waelach, a gwyliai ei ewythr a'i chwaer, Neli, uwchben ei wely. Tybient fod y claf yn cysgu, ond yn sydyn, efe a agorodd ei lygaid, ac edrychodd arnynt.

"F'ewyrth!" meddai, yn wannaidd. "Mae gen i eisio i chi addo un peth i mi cyn i mi fynd."

"O'r gore, 'machgen i, os galla i ei wneud o, mi gwnaf o a chroeso."

"Mi faswn i'n hoffi gweld Dafydd Owen i ddechre."

Gyda'i fod wedi llefaru'r geiriau, curodd un o'r morwynion y drws, a hysbysodd fod Dafydd Owen yno, a gyrrwyd amdano i'r llofft.

L.
Y Diwedd

Pan ddaeth Dafydd Owen at erchwyn y gwely, gwenodd y claf yn foddhaus ac estynnodd ei law iddo, a chyda dagrau yn ei lygaid, ceisiodd Dafydd wneud ei orau i godi calon ei gyfaill.

"Dafydd," ebe Arthur, "rydech chi wedi bod yn garedig iawn wrtha i, ac rŵan, rydw inne'n mynd. Mae gen i eisio siarad gair hefo chi ar eich pen eich hun."

Cymerodd y Sgweiar a Neli yr awgrymiad, ac aethant allan o'r ystafell. "Dafydd," ebe Arthur, "rydw i'n mynd i ofyn cwestiwn i chi, ac mi wnewch ei ateb o, wnewch chi?"

"Gwnaf," ebe Dafydd, bron â thorri i wylo ar ei waethaf.

"Wel, dyma fo: ydech chi'n caru Neli, fy chwaer?"

"Ydw," ebe Dafydd; "ydw, â'm holl galon, Duw a'i gŵyr!"

"Mi wyddwn eich bod chi, ond roedd gen i eisio'ch clywed chi'n deud. Mi wn y cymerwch chi ofal ohoni hi, ac mi wn nad oes neb arall yn y byd y base'n well gen i ei gadel hi yn ei ofal o. Roedd gen i eisio deud hynny wrthoch chi cyn mynd, a rhoi 'mendith i chi ill dau. A wnewch chi alw arni hi a f'ewyrth i mewn?"

"Gwnaf," ebe Dafydd; "ond cyn iddyn nhw ddod, diolch i chi, Arthur annwyl!"

Galwodd Dafydd ar y ddau, a daethant i mewn i'r ystafell yn ddistaw a phruddaidd.

"F'ewyrth," ebe Arthur, "mae Dafydd Owen wedi bod yn well na brawd i mi; mae o wedi cymryd fy mhlaid i er pan oeddwn i'n hogyn bach, ac mae o am edrych ar ôl Neli a gofalu amdani hi. Fase dim yn fy mhlesio fi yn well na hynny. Wnewch chithe gydsynio?"

"Gwnaf, 'machgen i," oedd y cwbl allai'r Sgweiar ei ddweud, a chuddiodd ei wyneb â'i ddwylo, a gwnaeth Neli a Dafydd yr un modd.

"Peidiwch â chrio," ebe'r claf; "rydw i'n hollol ddiboen, ac yn hapus iawn rŵan. Neli, gadewch i mi afael yn eich llaw, a Dafydd, gadewch i mi afael yn eich llaw chithe; dyna fo."

Bu distawrwydd dwfn, ac yna ceisiodd y claf uno dwylo y ddau. Yr oedd efe yn rhy wan, ond deallodd y ddau beth oedd ei amcan, a chydiodd y naill yn llaw'r llall. Gwenodd y claf yn siriol, a sibrydodd. "Dyna chi, bendith Dduw arnoch chi ill dau!"

Suddodd yn ei ôl, â'i ben ar y gobennydd, fel pe buasai'r ymdrech a wnaethai i siarad cymaint wedi treulio ei holl nerth. Bu'n ddistaw yn hir, yn hir iawn, ac yn llonydd, mor llonydd â phe buasai wedi marw. Safai Dafydd a Neli wrth un ochr i'r gwely, law yn llaw, y Sgweiar wrth y llall. Buont yno'n hir, yn disgwyl i'r claf agor ei lygaid unwaith yn rhagor, ond ni wnaeth.

Yr oedd Arthur Wynn wedi marw.

Nid oes lawer i'w ddweud eto. Claddwyd Arthur Wynn yn barchus, yn nghanol galar yr holl ardal, yn meddrod ei dadau, a chaniataodd y Sgweiar i Mrs. Jackson a'i theulu fynd i fyw i dŷ ar yr ystâd, canys credai fod Mrs. Jackson yn ddieuog o unrhyw ran yn y camwri. Aeth Gaenor ymaith, i fyw ar yr ychydig eiddo oedd ganddi yn ei henw ei hun, ac ni fu fyw yn hir, canys yr oedd hithau yn teimlo fod y rhan a fu iddi hi yn y camwri wedi lladd ei balchder am byth, ac ni allai Gaenor fyw heb falchder, ac heb rywun i'w reoli a'i lywodraethu. Wedi marwolaeth Jackson, nid oedd ganddi hi neb dan ei phawen, a bu farw cyn pen ychydig fisoedd, gan adael ei heiddo i Neli, fel math o iawn, o bosibl, am y cam a ddioddefasai Neli a'i brawd oddi ar ei llaw.

Yr oedd Mrs. Owen, Pen y Wern, bellach yn llwyr gredu mai ei mab hi, Henri, a fuasai aer Cwm Eryr, ar ôl ei brawd, y Sgweiar, ac yr oedd hi erbyn hyn yn dra awyddus am i Dafydd Owen barhau i aros ym Mhen y Wern i edrych ar ôl y fferm. Pwy, meddyliai Mrs. Owen, a ddylasai gael eiddo ei thad, ond ei mab hi?

Daeth dydd priodas Dafydd a Neli, ac yr oedd pawb yn llawenychu yn y digwyddiad, pawb ond un. Fel yr âi'r parti yn ôl o'r eglwys tua Chwm Eryr ar ôl y seremoni yr oedd cannoedd o bobl yn gwylio'r olygfa, gyda chalonnau llawen, a dymuniadau da. Ond tu ôl i goeden mewn gardd yn ymyl tŷ ar ochr y ffordd, yr oedd yno un yn gwylio'r olygfa, un nad oedd ei chalon yn llawen, pa un bynnag ai da ai drwg oedd ei dymuniadau. Lucy Jackson oedd honno. Gyda wyneb gwelw, hi a edrychai heibio'r goeden, a gwelai'r parti yn dod; gwelai Neli, yr hon y bu hi gynt yn ei gorchymyn a'i thrin fel y mynnai; gwelai ei hewythr yn edrych yn hapus, a gwelai Dafydd. Ymgynnalodd Lucy drwy gydio am y pren, a gwyliodd nes aeth y parti o'r golwg, yna troes, a cherddodd i'r tŷ yn araf, araf.

Yr oedd Mrs. Owen a'i mab, Henri, ymhlith y gwahoddedigion, ac wedi'r brecwast priodas, cododd y Sgweiar ar ei draed, a chan gydio yn llaw Neli ac yn llaw Dafydd, dwedodd, "Wel, mae'n dda, gen i gael tipyn o lawenydd fel hyn wedi cymaint o flynyddau o ofid a thristwch ag a ges i. Neli, chi ydi merch fy mrawd, ac i chi felly y daethai'r eiddo yma ar fy ôl i petase chi'n digwydd bod yn fachgen—"

"Mae'n dda iawn gen i, Arthur," ebe Mrs. Owen, "eich bod chi'n parchu dymuniade fy nhad drwy benderfynu peidio gadel yr eiddo i ferch."

"Ie," ebe'r Sgweiar, "fydda inne ddim byw yn hir iawn eto, wedi'r yrfa y bu raid i mi ei rhedeg yn y byd yma, ac yr ydw i'n meddwl y caf yr hyfrydwch o adael yr eiddo ar fy ôl i un teilwng o'r hen deulu ym mhob ystyr, er hwyrach, na chafodd o mo'r manteision y bydd aerod Cwm Eryr yn arfer eu cael nhw—"

"Mae'n dda gen i ddeud wrthoch chi, Arthur," ebe Mrs. Owen yn awyddus, "fod Henri wedi cael addysg ragorol, a'i fod o wedi ei ddwyn i fyny yn deilwng o'r hen deulu ym mhob ystyr."

"Da iawn," ebe'r Sgweiar. "Mae'n dda gen i glywed hynny. O'm rhan fy hun, rydw i'n methu gweld fod dim byd o'i le mewn gadel yr eiddo i ferch, a chan mai Neli ydi'r unig un o blant fy mrawd sy'n awr yn fyw, wn i ddim pam na allaf adael yr eiddo iddi hi—"

"O, Arthur!" ebe Mrs. Owen.

"Na wn i," ebe'r Sgweiar, "ddim beth alle fod o'i le yn hynny, ond gan fod fy nhad wedi cymryd yn ei ben na adawa fo mo'r eiddo i'r un ferch, rydw i'n meddwl ar y cyfan, y bydde'n well i mi barchu ei deimlade fo drwy adel y cwbwl i fab ac nid i ferch. Fyddwch chi ddim yn ddig, Neli, fyddwch chi, fy ngeneth i?"

"Na fydda i'n wir, f'ewyrth," ebe Neli; "does gen i ddim eisio'r eiddo o gwbwl, yn wir."

"Roeddwn i'n meddwl y byddech chi'n rhesymol. Felly, rydw i am adel yr eiddo i fab yn lle merch, gan gydymffurfio felly â mympwy fy nhad."

"Caniatewch i mi ddiolch ichi am roi cymaint o barch i goffadwriaeth fy nhad," ebe Mrs. Owen.

"Peidiwch â sôn," ebe'r Sgweiar. "Mae'n dda iawn gen i eich bod chi'n cydsynio â fi. Gan fod Neli'n deud nad oes gyni hi ddim eisio'r eiddo, a chan mai mympwy fy nhad oedd peidio gadael yr eiddo i ferch, yr ydw i wedi penderfynu ei adael o i fab, a hwnnw, yn ôl pob rheswm, fydd gŵr Neli."

Rhoes Mrs. Owen ddolef o syndod, neu yn hytrach o siomedigaeth, canys yr oedd hi'n disgwyl ar hyd y ffordd mai i Henri y daethai yr eiddo. Yr oedd syndod Dafydd a Neli yn llawn cymaint, ac yn wir, awgrymodd y ddau i'r Sgweiar y buasai rhyw ddarpariaeth lai yn eu bodloni hwy, ond ni fynnai'r Sgweiar newid ei benderfyniad.

Trosglwyddodd fferm Pen y Wern yn eiddo i'w chwaer a'i mab, a chytunodd Dafydd a Neli i fyw gydag yntau yn Nghwm Eryr, yr hwn a ddeuai'n eiddo iddynt ar ei farwolaeth ef.

Ymhen amser, dysgodd Mrs. Owen anghofio min ei siomedigaeth, a bu cael Pen y Wern yn llawer mwy o fendith i Henri na phe cawsai Gwm Eryr. Yr oedd Dafydd a Neli a'r Sgweiar yn byw yn hapus yn y plas, a chafodd yr hen Ffowc a'i ferch dreulio eu dyddiau mewn heddwch a digonedd bellach yn eu bwthyn. Nid anghofiwyd Ned Huws, yr hwn a wnaethai gymaint er mwyn Arthur Wynn, a chofiwyd hefyd am Hannah Owen. Adroddir yn yr ardal hyd heddiw y fel y darfu i amser ddwyn pethau i'r golwg, ac unioni Camwri Cwm Eryr.

DIWEDD

Ar gael hefyd gan yr un awdur gan Melin Bapur:

T. Gwynn Jones
Lona

"Dewines, duwies, drychiolaeth, pa beth? Rhywbeth ond geneth gyffredin o gig a gwaed. Bwriodd ei hud drosto hyd na wyddai ef pa beth i'w feddwl amdani. Agorodd ffenestr ei henaid iddo, a dangosodd beth o'r trysor ysblennydd oedd yno, heb yn wybod i neb ond iddi hi ei hun, ac heb ei bod hithau hefyd, o ran hynny, yn gwybod fod ynddo ddim oedd mor brin a rhyfeddol."

Newydd symud i ardal y Minfor yw Merfyn Owen pan, ar siawns, mae'n cwrdd â Lona O'Neil, y Wyddeles brydferth sy'n byw ar gyrion cymdeithas y gymdogaeth. Ond beth fydd goblygiadau eu carwriaeth i safle Merfyn yn y dref - a beth yw cysylltiad teulu Lona â dirgelwch cefndir Merfyn ei hun?

Ar gael yma fel cyfrol am y tro cyntaf ers dros canrif, ac mewn iaith ac orgraff ddiwygiedig, Lona oedd ffefryn T. Gwynn Jones o blith ei nofelau ac erys o hyd yn glasur o'i chyfnod.

"Stori serch yw *Lona*, ac mae'n nofel ddarllenadwy hyd y dydd hwn. Mae'r ddeialog a'r naratif yn ystwyth ac yn naturiol."
—*Alan Llwyd*

Ar gael hefyd gan Melin Bapur:

T. Rowland Hughes
Chwalfa

"Wyddwn i ddim 'i fod o wedi gyrru'i enw i mewn."
Nid oedd ond un ystyr i'r geiriau, a chododd Edward Ifans ei
olwg yn reddfol tua'r cerdyn ar y silff-ben-tân.
"Nid oes Bradwr yn y tŷ hwn," meddai'n chwerw wrtho'i hun.

Mae hi'n droad yr ugeinfed ganrif, ac yn chwarel
pentref Llechwedd ym mro Chwarelyddol Gogledd
Cymru mae'r gweithwyr, yn sgil gwrthdaro hir gyda'r
perchnogion wedi penderfynu sefyll allan yn y gobaith y
caent gwell tâl ac amodau a gweld diwedd i system
nepotistaidd y *Contractors.*

Ond wrth i'r misoedd fynd rhagddynt heb ddim
golwg ar ddiwedd i'r streic, fe rwygir y gymuned yn
ddarnau fesul teulu wrth i'r Bradwyr troi eu cefnau ar eu
cyfeillion a dychwelyd i'r chwarel, ac wrth i eraill adael y
fro i chwilio am fywyd gwell yn y Sowth.

Un o nofelau mawr yr iaith Gymraeg, dyma argraffiad
newydd hwn o nofel hanesyddol bwerus T. Rowland
Hughes sy'n croniclo effaith Streic Fawr Chwarel y
Penrhyn ym Methesda o 1900-03.

Gyda rhagymadrodd newydd gan Elin Gwyn.

MELIN BAPUR

Ar gael hefyd gan Melin Bapur:

Mary Oliver Jones
Nest Merfyn

*"'Tom, tyrd i lawr y funud yma,' meddai llais un a adnabyddai
Tom fel eiddo i Bill Tomos, porthor yn y Plas.
'Beth sy'n bod?'
'Mr. Pugh wedi'i ladd.'"*

Tra'n ymweld â bro enedigol ei thad, daw merch ifanc
dan amheuaeth o lofruddio'r gŵr y mae disgwyl iddo
etifeddu cartref ei thaid. Mae'r holl dystiolaeth yn ei
herbyn: beth ddaw o Nest?

Nofel Mary Oliver Jones yw un o'r enghreifftiau
cynharaf o nofel drosedd yn Gymraeg: mae'n dystiolaeth
o gyfraniad yr awdures bwysig hon i lenyddiaeth ei
chanrif, ac yn enghraifft bwysig o lais y ferch yn hanes y
nofel Gymraeg.

Mae *Nest Merfyn* yn ymddangos ar ffurf llyfr am y tro
cyntaf yn y gyfrol hon, sef y cyntaf gan Mary Oliver
Jones i gael ei chyhoeddi ers ei marwolaeth dros ganrif
yn ôl.

"[Mae] ei gwaith yn ddarllenadwy a difyr; gwyddai sut i
orffen pennod ar nodyn cyffrous a fyddai'n codi awydd i
ddarllen y rhan nesaf,"
—*Meic Stephens*

MELIN BAPUR

www.melinbapur.cymru

Dilynwch ni ar:

X (@melinbapur)
Facebook (@melinbapur